Anna Simons ist das Pseudonym einer erfolgreichen deutschen Autorin, die 1966 in Bergneustadt geboren wurde. Die promovierte Betriebswirtschaftlerin arbeitete viele Jahre bei einer Großbank in Frankfurt. Vor einiger Zeit wechselte sie ins erzählerische Fach: 2008 gewann sie den Women's Edition Kurzkrimi-Preis, 2015 war sie für den UH!-Literaturpreis des Ulla-Hahn-Hauses in Monheim nominiert. Die Autorin lebt mit Mann und Kindern im Münchner Umland. *Seelentot* ist ihr zweiter Roman um die Gefängnisärztin Eva Hanssen.

Außerdem von Anna Simons lieferbar:

Verborgen

Besuchen Sie uns auf www.penguin-verlag.de und Facebook.

ANNA SIMONS

SEELEN-
TOT

Ein Fall für die Gefängnisärztin

PENGUIN VERLAG

MIX
Papier aus verantwortungsvollen Quellen
FSC® C014496

Verlagsgruppe Random House FSC® N001967

PENGUIN VERLAG

1. Auflage 2019

Umschlag: favoritbüro
Umschlagmotiv: © plainpicture / VCreative;
amyrxa, Valeriy Boyarskiy, Ensuper / Shutterstock
Redaktion: Carlos Westerkamp
Satz: Uhl + Massopust, Aalen
Druck und Bindung: GGP Media GmbH, Pößneck
Printed in Germany
ISBN 978-3-328-10469-8
www.penguin-verlag.de

Dieses Buch ist auch als E-Book erhältlich.

Die in diesem Roman beschriebenen Personen
und Ereignisse sowie die genannte Haftanstalt
sind Fiktion und frei erfunden.
Jegliche Übereinstimmung oder Ähnlichkeit
mit lebenden oder toten Personen sowie
mit realen Begebenheiten ist rein zufällig
und nicht beabsichtigt.

Prolog

An der Decke, direkt über mir, sehe ich verwaschenes, lichtes Grau. Vielleicht ist es nur Dreck, gar keine echte Farbe. Was nicht verwunderlich wäre. In diesem Loch ist alles grau.

Ich habe vorher nicht geahnt, wie viele Grautöne es gibt: warm und kalt, hell und dunkel, blaustichig oder mit einem Hauch Violett, fast schwarz. In diesem Gebäude findet man sie alle, jede Schattierung. Und mindestens ebenso viele Abartigkeiten. Hier drinnen wird beobachtet, abgeschätzt, betrogen, gelogen, gedemütigt, geschlagen, getreten. Niemand traut dem anderen. Jeder kann dich ans Messer liefern. Immer. Ohne Zögern. Wer zuvor nicht schon Täter war, der muss es hier werden. Falls er sich weigert, wird er das Opfer von denen, die weniger Skrupel haben. Raushalten kann sich jedenfalls kaum einer.

Für all das gibt es ein treffendes Wort: Grau-sam-keit.

Ich starre weiter nach oben. Die Kerben und Schlieren, auch den Rostfleck ignoriere ich. Irgendwann nehme ich sie nicht mehr wahr. Dann reicht die Fläche für die Bilder, die meine Fantasie darauf projiziert. Jeden Tag. In jeder freien Minute, in der ich nichts tun kann, außer zu starren. Selbst in der Nacht, wenn ich nicht zur Ruhe komme, wenn die unnatürliche Stille durchbrochen wird von den Echos der anderen, die auch keinen Schlaf finden. Von ihrem Schnarchen und Stöhnen, ihren Schreien.

Dort oben ist meine Flucht, mein Ausweg. Ich muss nur

lange genug warten. Den Blick nicht abwenden. Bis alles verschwimmt. Irgendwann sehe ich es dann. Wie einen Film. An der Decke über mir. Sie sind nicht wirklich da, diese Bilder. Das weiß ich. Sie sind nur in meinem Kopf, Spiegel einer anderen Zeit.

Der glücklichen Tage. Damals konnte ich es nicht spüren. Die anderen konnten es, das sah ich an ihrer Miene. Ich konnte es nie. Ich hatte immer gedacht, es müsste sich anders anfühlen. Spektakulärer. Ich habe nicht begriffen, dass es längst da war, das Glück. Stattdessen habe ich mich ständig beschwert. Wollte mehr. Nie war es genug, immer wünschte ich mir etwas anderes. Vielleicht weil alles zu leicht war, zu selbstverständlich. Oder ich einfach zu blöd. Ignorant.

Heute kann ich es fühlen. Seit das Glück weg ist, weiß ich genau, wo es war. Ich spüre deutlich die Konturen dessen, was jetzt fehlt. Für immer. Diese Leere füllt alles in mir aus. Nimmt mir den Atem, liegt bleiern auf meiner Brust, tötet jedes Gefühl. So als wäre man innerlich gestorben.

Nur eines bleibt: die Sehnsucht.

Sie gaukelt mir vor, dass es irgendwo dort draußen noch mehr gibt, etwas viel Schöneres. Doch das ist nicht wahr. Ich weiß, dass diese Zeit nicht wiederkommen wird. Nie mehr. Auf Gutes folgt das Schlechte. Früher oder später. Das hat mich das Leben gelehrt. Es gibt keine Alternative. Und keine Möglichkeit, die Zeiger zurückzudrehen, egal wie sehr ich es mir wünsche.

Es war immer so. Und so wird es bleiben.

Dennoch mischen sich ständig neue Bilder in meine Träume. Es ist diese verdammte Hoffnung, die mir keine Ruhe lässt …

Ich schließe die Augen, will heute nichts sehen. Ich halte die Bilder nicht aus. Doch sie laufen weiter. Meine Finger krallen sich in die Handflächen. Die Wunde dort ist noch nicht verheilt, der Schmerz pocht. Gut so. Ich will nicht mehr hoffen, will in der Realität bleiben. In der bitteren Wirklichkeit. Wenn ich die Bilder nicht sehe, dann fühle ich sie sofort: die Ein-sam-keit. Sie hat genauso viele Nuancen wie das Grau. Und ist ebenso kalt.

Ein Geräusch holt mich aus meinen Gedanken. Ich erstarre. Schlagartig verschwinden alle meine Bilder. Das Grau ist wieder grau, der Rost, die Risse, sie bleiben. Sind real. Kein Traum. Keine Hoffnung.

Die Laute kommen von draußen. Etwas scharrt auf dem Boden. Dann ein Lufthauch.

Ich schließe meine Augen, lockere meine Gesichtsmuskeln, lasse den Kiefer hängen. Drehe den Kopf zur Wand, als würde ich mich im Traum bewegen. Tief atmen, ruhig und gleichmäßig. Ich schlafe. Natürlich. Es ist mitten in der Nacht, was sollte ich sonst tun.

Die Geräusche sind jetzt ganz nah, fressen sich in mein Gehör, bleiben darin haften, hallen nach. Meine Hände krampfen, so sehr muss ich mich zurückhalten, sie nicht auf meine Ohren zu pressen. Ich drücke mich enger an die Wand, atme flach, rühre mich nicht.

Kleidung knistert. Ein sachtes Wischen, etwas fällt zu Boden. Ganz luftig leicht. Ein Kichern. Gleich werden Bewegungen und Geräusche in einen gemeinsamen Rhythmus kommen. Dann bin ich nicht mehr von Bedeutung.

Ich muss nur warten, still liegen. Wie versteinert.

Doch etwas ist anders. Jemand steht dicht bei mir. Ich

spüre die Wärme eines Körpers. Das Blut in meinen Ohren dröhnt, ich beginne zu schwitzen, versuche mich zu beruhigen. Meine Lage nicht zu verändern.

Die Person ist immer noch da, reglos, starrt mich an.

Meine Haut kribbelt unter dem Blick, ich will die Bettdecke über mich ziehen, mich wegdrehen, irgendwas tun. Aber ich darf mich nicht rühren. Auf keinen Fall. Immer tiefer bohren sich meine Nägel in mein eigenes Fleisch. Ich spüre Feuchtigkeit. Vielleicht Blut. Das wird mich verraten!

Verdammt.

Dann höre ich Stimmen. Aufgeregt. Es sind mehrere. Ich verstehe sie nicht. Sie schreien etwas – wütend, unbarmherzig, seelentot.

Mit einem Mal weiß ich es: Ich kann der Vergangenheit nicht entfliehen. Sosehr ich es wünschte. Alles hätte ein Ende: die Träume, die Qual und die Einsamkeit.

Diese Nacht wird meine letzte sein.

1.

Eva Hanssen* bog mit ihrem Volvo gerade auf den Parkplatz der JVA München-Wiesheim ein, als sich ein Platzregen aus düsteren Wolken entlud. Während sie einparkte, klatschten mächtige Regengüsse auf ihr Wagendach.

Der gesamte Platz war in wenigen Sekunden überspült, deshalb zog sie es vor, noch einen Moment im Auto zu bleiben und abzuwarten, bis das Wetter sich etwas beruhigt hatte.

Eine weiße Plastiktüte wirbelte mit einer Böe durch die Luft, stieg höher, verfing sich im Stacheldraht oben auf der Gefängnismauer und peitschte dort im Wind wie eine Fahne hin und her. Eva betrachtete die graue Fassade, das eiserne Tor. An diesem Novemberdienstag wirkte die Haftanstalt noch mehr wie eine düstere Festung.

Mit einem Mal wurde ihr bewusst, wie sehr sie sich in den fünf Wochen, die sie nun hier arbeitete, an diese trostlose Umgebung gewöhnt hatte, sie kaum mehr wahrnahm.

Der Regen ging in Hagel über. Sie schlug den Kragen hoch, im Wagen schien es kälter zu werden. Fröstelnd rieb sie ihre Arme. Dann wandte sie den Blick von den emporragenden Mauern ab und beobachtete stattdessen die schmalen, hohen Bäume, die den Parkplatz begrenzten und die der Wind wie Gummispielzeuge verbog. Zweige und Blätter lösten sich dabei und flogen durch die Luft.

* Aus juristischen Gründen musste der Name der Figur geändert werden. Wir bitten dies zu entschuldigen.

Der Herbst hatte in diesem Jahr ungewöhnlich viele Stürme mit sich gebracht, und jedes Mal schien ihre Intensität zuzunehmen. Genauso wie die Menschen in Evas Wahrnehmung auch ständig aufbrausender und rücksichtsloser wurden. Alles war hektischer und lauter geworden, und sie sehnte sich nach Ruhe und einer kleinen Auszeit. Vielleicht sollte sie am Wochenende in die Berge fahren, die nur einen Katzensprung entfernt waren. Weg von allem, in die Einsamkeit der Natur. Oder nach Salzburg. In Mozarts Geburtsstadt. Das wäre ein gelungener Kontrast zu ihrem täglichen Umfeld.

Ein riesiger Blitz zuckte über den Himmel und setzte die Szenerie für einen Moment in ein gespenstisches Licht. Dann war es fast so dunkel wie mitten in der Nacht. Der krachend laute Donner ließ die Scheiben des Wagens klirren. Sie schob sich tiefer in ihren Sitz. Das Gewitter befand sich jetzt direkt über ihr. Sie hasste Unwetter, wurde immer unruhig, so als würde sie die elektrische Ladung der Luft in sich aufnehmen. Nur die klare Frische und die eigentümliche Stille danach, wenn das Wetter sich ebenso schlagartig wieder normalisierte, die mochte sie. Eva schaute auf die Uhr und wischte einmal liebevoll über das Glas des Ziffernblattes, legte ihre Hand schützend über das Andenken an ihren Vater und lugte dann erneut aus dem Fenster.

Erleichtert bemerkte sie, dass sich der Himmel hinter dem Wachtturm bereits aufhellte. Entschlossen zog sie ihr Handy aus der Tasche, um ihrem Bruder Patrick via WhatsApp einen guten Tag zu wünschen und ihre Mails zu checken, während der Regen rhythmisch auf das Wagendach trommelte. Eine Nachricht von ihrer besten Freundin Ann-Kathrin Delgado war eingegangen, die sich am Abend mit ihr treffen wollte. Eva lächelte und verteufelte den Gedanken, dass das Gewitter ein böses Omen wäre.

Es gab keine schlechten Nachrichten. Alles war gut.

Wie auf Kommando ließ der Regen nach, prasselte sanft und gleichförmig auf die Scheibe. Eva sagte rasch für das Abendessen zu, dann schlüpfte sie in ihre Winterjacke, kramte in ihrer Tasche nach dem riesigen Schlüsselbund, mit dem sie insgesamt acht Türen im Inneren auf- und wieder zuschließen musste, bevor sie die Krankenstation erreichte.

Eilig stieg sie aus, übersprang mit großen Sätzen ein paar Pfützen und stellte sich unter das schützende Vordach, bis sich das riesige graue Metalltor zur Seite geschoben hatte. Sie hielt ihren Ausweis zur Kamera, grüßte den Wachhabenden und verschwand dann hinter den Mauern, die sie in eine andere Welt führten.

Als sie sich wenige Minuten später in ihrem Dienstzimmer ihre kurzen blonden Haare trocken gerubbelt hatte und sich gerade dem Aktenstapel der Patienten widmen wollte, die für den heutigen Vormittag angemeldet waren, räusperte sich jemand an der Tür. Eva hatte sie ausnahmsweise offen gelassen, um kurz durchzulüften, da die Luft im Zimmer stickig gewesen war und Gefangene um diese Zeit noch keinen Zutritt zur Station hatten.

Lisbeth Haberer, ihre fähigste Mitarbeiterin, trat zögernd in den Raum. Eva sah kurz auf und bedeutete ihr mit einem Lächeln, vor dem Schreibtisch Platz zu nehmen.

»Ich weiß, Sie sind in Eile, aber ich muss dringend etwas mit Ihnen besprechen, Frau Dr. Hanssen«, sagte Lisbeth zögerlich.

Sofort schob Eva die Unterlagen zur Seite. Eigentlich hätte sie längst beginnen müssen, die Patienten zu priorisieren, da ihre Sprechstunde bald anfing. Aber sie kannte Lisbeth als tüchtige und sehr selbstbewusste Pflegekraft, zu der diese Zurückhaltung gar nicht passte. Sie musste etwas Wichtiges auf dem Herzen haben, wenn sie sich so verhielt.

Eva hoffte inständig, sie würde nicht kündigen. Oder hätte ein Problem und würde um eine Freistellung bitten, denn das wäre ein Albtraum. Eva hatte immer noch jede Menge Fragen zu den Abläufen und Gepflogenheiten in der JVA und schätzte Lisbeths langjährige Erfahrung.

Außerdem war Evas Team sehr jung und mit nur acht Krankenpflegern, die nicht alle in Vollzeit und obendrein in Schicht arbeiteten, ohnehin viel zu dünn besetzt. Sie konnte sich nicht vorstellen, wie sie die ganze Arbeit ohne die Unterstützung von Lisbeth Haberer schaffen sollte. Sie war ihre wichtigste Kraft und hielt alles zusammen.

»Schießen Sie los, Lisbeth. Wo drückt der Schuh?«, fragte Eva und versuchte sich ihre Sorge nicht anmerken zu lassen.

»Wir haben einen Neuzugang im Krankentrakt«, antwortete Lisbeth und strich mit dem Zeigefinger über den Schreibtischrand.

Eva sank erleichtert gegen die Stuhllehne. Auch wenn das erst der Beginn von Lisbeths Geschichte war, konnte sie ihre schlimmste Befürchtung erst einmal zur Seite schieben.

»Es ist gerade niemand dort untergebracht. Deshalb … wie soll ich sagen … dieser Häftling ist nicht krank … na ja, das heißt, eigentlich ist er das schon, nur nicht im üblichen Sinn …« Sie seufzte. Dann sah sie Eva direkt ins Gesicht und raunte: »Er ist ein Sittich.«

»Der Mann ist ein … was? Das müssen Sie mir übersetzen, Lisbeth.«

»Ein Sittlichkeitsverbrecher, ein Pädophiler. Die Gefangenen nennen die hier *Sittiche*. Oder noch abfälliger *Kifis*. Der Mann hat gestern am Nachmittag seine Haftstrafe angetreten. Fragen Sie mich nicht warum, aber in seiner Zugangszelle haben die vier anderen nach kürzester Zeit den Grund für seine Inhaftierung herausgefunden, obwohl der Beamte ihn zuvor umfassend aufgeklärt und mehrmals gewarnt hat, nicht damit hausieren zu gehen. Aber er hatte keinen Haftzettel dabei …«

»… und da haben die cleveren Jungs gleich geahnt, was dahintersteckte, und ihm gezeigt, was sie von dieser Sorte von Verbrechern halten«, setzte Eva den Satz fort.

Lisbeth nickte bestätigend und atmete laut aus.

Eva war zwar noch nicht lange Gefängnisärztin, aber es war nicht das erste Mal, dass ein Gefangener zusammengeschlagen wurde. Sie konnte nicht verstehen, wie die Beamten jemanden ohne den üblichen Haftzettel, auf dem die Haftbedingungen und der Grund für die Inhaftierung konkret aufgeführt wurden, in eine Mehrpersonenzelle schicken konnten. Wenn der fehlte, war eigentlich klar, was damit vertuscht werden sollte. Man hätte es dem Mann im Grunde gleich auf die Stirn schreiben können.

»Wie geht es ihm jetzt? Soll ich ihn mir ansehen?« Eva war schon halb aufgestanden, als Lisbeth ihr bedeutete, Ruhe zu bewahren.

»Nicht nötig, Frau Hanssen.« Ein Lächeln huschte über ihr Gesicht. »Er ist wortwörtlich mit einem blauen Auge und ein paar Prellungen davongekommen. Er hat laut geschrien, und der Angriff passierte zum Glück so schnell, dass der Beamte, der ihn gebracht hatte, umgehend wieder bei der Zelle war, um ihn da rauszuholen.«

Oder er hatte einfach einen Moment vor der Tür gewartet, damit der Mann seine Tracht Prügel erhielt. Vielleicht war diese Unterstellung ungerecht, aber auch unter den Beschäftigten gab es immer wieder mal ein schwarzes Schaf. Wenn dieser Beamte selbst Familienvater war und kleine Kinder hatte, hielt er es vielleicht für vollkommen richtig, dem Sittich einen Denkzettel zu verpassen.

»Warum ist der Gefangene eigentlich nicht in einer Einzelzelle untergebracht worden? Darauf hat er doch einen Anspruch.«

Lisbeth wiegte den Kopf bedächtig hin und her. »Ja, das ist absolut korrekt. Offiziell wird den Neulingen gesagt, man wolle sie davor bewahren, in der Isolation total durchzudrehen.«

Eva nickte. In einem engen Raum eingeschlossen zu sein, war gerade für die Neuen besonders schwer zu ertragen: die Ausweglosigkeit, Einsamkeit und Langeweile genauso wie der Kontrollverlust. Die Hafträume hatten keine Klinke an der Tür, womit sich jeder Strafgefangene völlig in die Hand fremder Menschen begeben musste. Gerade in der Untersuchungshaft, wo die Inhaftierten nicht arbeiten durften und stundenlang alleine ohne jede Ablenkung in ihrer Zelle saßen, wog das besonders schwer. Manche Menschen reagierten darauf lediglich depressiv oder klaustrophobisch, andere konnte die Situation bis zum Suizid führen. Deshalb wurden die Gefangenen für die Eingewöhnung bevorzugt zu zweit untergebracht.

»Inoffiziell ist es aber gerade so«, fuhr Lisbeth fort, »dass wir einfach zu viele Gefangene aufnehmen mussten und gar nicht für jeden eine Einzelzelle bereitstellen könnten. Vor allem in der U-Haft sind wir heillos überbelegt. Aber auch sonst gibt es nicht viel Auswahl, deshalb konnten wir den Mann nirgends unterbringen, wo seine Sicherheit gewährleistet war.«

»Und da kam jemand auf die Idee, ihm hier eines der freien Krankenzimmer zu geben«, folgerte Eva.

Lisbeth nickte und lugte vorsichtig unter ihrem schrägen Pony hervor, der in der Mitte durch eine blonde Strähne aufgepeppt war.

»Nur über Nacht natürlich. Sophie hatte freiwillig eine zweite Schicht übernommen, um regelmäßig nach ihm zu sehen. Bei der Nachtschicht sind wir ja immer bewaffnet, zu unserem Schutz. Und die Sophie ist echt gut an der Waffe. Die Beamten haben wohl gedacht, es wäre die beste Alternative, um während der Schlafenszeit keinen weiteren Krawall zu riskieren.«

Eva nickte. Sie fand die Idee ausgesprochen clever, denn in jeder anderen Zelle wäre es dem Häftling vermutlich nicht anders ergangen als in der, der er mit knapper Not entronnen war. Auch unter den Straftätern gab es eine feste Hierarchie. Und Männer, die Kindern etwas antaten, waren definitiv auf der niedrigsten Stufe angesiedelt. Niemand wollte mit Pädophilen etwas zu tun haben und begegnete ihnen mit Verachtung.

»Was hat der Mann eigentlich genau gemacht? Hat er ein Kind missbraucht?« Eva schluckte und musste sich zwingen, nicht an ihre Nichte Lilly zu denken. Es war ihre Pflicht, allen Gefangenen vorbehaltlos und mit Respekt gegenüberzutreten. Egal was sie verbrochen hatten. Doch gerade fiel es selbst ihr enorm schwer, das Bild des schönen, blond gelockten Kindes abzuschütteln und diesem Mann gegenüber wirklich unvoreingenommen zu sein.

Lisbeth zuckte die Schultern. »Ich glaube nicht. Warten Sie, ich kann gleich seine Akte holen …«

Schnell winkte Eva ab. »Schon gut, das müssen Sie nicht. Es tut im Grunde nichts zur Sache.«

Lisbeth fuhr sich immer wieder nervös mit dem Daumen über den Handrücken und schaute zum Fenster. Etwas schien sie weiterhin zu bedrücken. Eva schwieg und wartete geduldig ab, was sie ihr sonst noch zu sagen hatte.

Sie betrachtete Lisbeth und bemerkte erst jetzt, dass der Haaransatz an ihrem Scheitel ergraut war. Ihre Mitarbeiterin trat immer so dynamisch und agil auf, deshalb hatte Eva beinahe vergessen, dass ein Altersunterschied von fast zwanzig Jahren zwischen ihnen lag.

»Ich weiß, wir haben damit eindeutig unsere Kompetenzen überschritten. Wir hätten Sie anrufen müssen …«, murmelte Lisbeth nun weiter. »Aber in den letzten Monaten, in denen wir hier ohne einen Arzt klarkommen mussten … Wissen Sie, und auch davor … Ihr Vorgänger …« Lisbeth stockte, und ein Schatten huschte über ihr Gesicht.

In dem Moment zerriss das Klingeln des Telefons die Stille. Es war die Nummer des anderen Pflegers, Hamid Erdem, der sie sicher nicht unterbrochen hätte, wenn es keinen triftigen Grund dafür gäbe. Mit einem Schulterzucken nahm sie den Anruf entgegen. Es ging um einen Notfall in Haus III. Im ersten Stock wälzte sich ein Insasse schreiend im Flur auf dem Boden und klagte über starke Schmerzen und Krämpfe im Bauchraum.

»Wir kommen sofort«, entgegnete Eva und erhob sich von ihrem Platz.

Lisbeth blinzelte kurz, fuhr sich einmal durch ihre Haare, wie ein Hund, der die Nässe kurz aus dem Fell geschüttelt hatte. Dann stand sie mit entschlossener Miene auf, griff nach Evas Arzttasche neben dem Schreibtisch und wartete, bis Eva die Tür hinter sich verriegelt hatte.

»Der Gefangene kann erst einmal hier auf der Krankenstation bleiben«, sagte Eva im Weggehen. »Ich habe damit kein Problem und finde, Sie haben genau richtig gehandelt. Falls es das war, was Sie fragen wollten.«

Lisbeth nickte und lächelte dankbar, während sie den Gang entlangeilten.

Dann fügte Eva noch hinzu: »Es geht doch darum, dass die uns anvertrauten Leute gesund bleiben. Dafür haben Sie gesorgt.«

Auch wenn Lisbeth nun aufrecht und mit gestrafften Schultern vor ihr die Treppe hinunterlief, war Eva sicher, dass sie sich die Veränderung in ihrem Gesichtsausdruck vorhin nicht eingebildet hatte. Jetzt war nicht der richtige Moment, um das Thema aufzugreifen. Aber sie musste herausfinden, was Lisbeth ihr noch hatte sagen wollen.

Bislang hatte Eva nie viel über ihren Vorgänger nachgedacht. Doch der Schatten auf Lisbeths Gesicht hatte Bände gesprochen. Erstmals fragte sie sich, aus welchem Grund er eigentlich den Dienst in der Anstalt vorzeitig beendet hatte.

2.

Schon nach kurzer Zeit hatte Eva den Patienten, der auf Druck im gesamten Bauchraum reagierte und sich mehrfach übergeben hatte, zur Sicherheit in ein Krankenhaus überstellen lassen. Zwar konnte sie den Schmerz nicht eindeutig lokalisieren, der Mann hatte auch kein Fieber, dennoch konnten die Symptome auf eine akute Blinddarmentzündung hindeuten. Um eine klare Diagnose stellen zu können, waren weitere Untersuchungen nötig, die sie in ihren Praxisräumen nicht durchführen konnte. Im Krankenhaus war er deshalb besser aufgehoben und konnte dort im Zweifel gleich operiert werden.

Als alle Papiere für die Überstellung ausgefüllt und der Patient in Begleitung eines Vollzugsbeamten in den Rettungswagen verfrachtet worden war, konnten Eva und Lisbeth endlich ihre normale Arbeit aufnehmen. Der Zwischenfall hatte sie zwar nur weniger als eine Stunde gekostet, dennoch wollte Lisbeth ihrer Kollegin Jasmin bei der Methadonausgabe zur Hand gehen, um zügig damit fertig zu werden, und blieb deshalb im Erdgeschoss der Krankenstation.

Eva hatte gehofft, noch einmal mit ihrer Mitarbeiterin sprechen zu können. Ihr erster Patient musste noch von einem Beamten abgeholt werden, was erfahrungsgemäß eine Weile dauern würde und ihr etwas Zeit verschafft hätte. Doch sie hielt sich zurück und ging alleine nach oben.

Schließlich konnte sie die Sprechstunde ohne Weiteres mit Hamid bestreiten.

Als Eva gerade die oberste Akte vom Stapel nahm und sie aufschlug, um sich ein Bild von dem Gesundheitsstatus und der kriminellen Vergangenheit des Patienten zu machen, unterbrach sie erneut das Klingeln des Telefons.

»Brielbeck. Entschuldigen Sie die Störung, Frau Dr. Hanssen. Wir haben hier einen Toten. Selbstmord. Könnten Sie bitte gleich vorbeikommen, um den Tod zu bescheinigen? Im Männertrakt, Haus III, zweiter Stock. In der Gemeinschaftsdusche.«

Eva schnappte kurz nach Luft. Obwohl der Beamte den Sachverhalt völlig gleichmütig und nüchtern geschildert hatte, überlief sie eine Gänsehaut. Ein Todesfall löste jedes Mal eine Flut von Gefühlen bei ihr aus. Vermutlich trug ihre eigene Geschichte dazu bei, denn sie hatte schon früh durch einen Unfall ihre Eltern verloren. Doch sie wollte sich dem Beamten gegenüber nichts davon anmerken lassen, denn schließlich gehörte auch das zu ihrem Job. »Natürlich. Ich bin schon unterwegs!«, antwortete sie deshalb nur knapp und griff nach ihrer Arzttasche.

Ein seltsamer Vormittag. Schon wieder betraf es Haus III, dachte Eva, nachdem sie sich von Hamid ein Klemmbrett und die entsprechenden Formulare hatte geben lassen. Offenbar war das Gewitter vorhin doch ein schlechtes Omen gewesen.

Ihr war mulmig zumute, denn es war das erste Mal, dass sie eine solche Begutachtung vornehmen musste. Natürlich waren auch in ihrer Klinikzeit Patienten verstorben, aber ein Suizid war dort nie vorgekommen.

In Wiesheim wunderte sie es jedoch nicht, dass jemand dieses Leben nicht aushielt. Sie musste daran denken, wie frustrierend die Anstalt noch am Morgen auf sie selbst gewirkt hatte. Dabei konnte sie Abend für Abend nach Hause und raus aus dieser Trostlosigkeit.

Die Gefangenen hingegen waren von ihrem ersten Tag an einem System ausgeliefert, in dem der immer gleiche Rhythmus von Schlaf, Arbeit, Essen herrschte. Ohne Ausnahme und völlig fremdbestimmt. Hinzu kamen Langeweile und Einsamkeit.

Nicht einmal ihre Zellenmitbewohner konnten die Häftlinge sich aussuchen – oder die Art des Zusammenlebens. Das alles konnte einem labilen Menschen sicher zusetzen.

Und noch eines hatte Eva in den wenigen Wochen ihrer Dienstzeit begriffen: Mit der Inhaftierung im Knast wurde man für die Welt draußen unsichtbar. Die Gefangenen verschwanden hinter dem Bollwerk dicker Mauern – und befanden sich damit außerhalb der Gesellschaft. Sobald sie keine akute Gefahr mehr darstellten, interessierte sich niemand für ihr Schicksal. Außer ein Häftling türmte und bedrohte damit erneut die Sicherheit.

Genauso waren auch einige Menschen von ihr abgerückt und auf Distanz gegangen, wenn sie erzählte, wo sie praktizierte. Nur Victor, der Mann ihrer besten Freundin, war fasziniert von ihrem Job.

Mit einem beklommenen Gefühl durchquerte Eva den riesigen Innenhof, der rundum von den vierstöckigen Haftgebäuden eingeschlossen war. Niemand war zu sehen. Die Bäume reckten ihre kahlen Äste in die Luft. Tristesse hing wie Dunst in der Luft. Angespannt packte Eva ihre Tasche fester, eilte in das Gebäude und nahm im Laufschritt die Treppen nach oben.

Schon beim Betreten des Flurs entdeckte sie an dessen Ende zwei Vollzugsbeamte, die ihr gestikulierend bedeuteten, wohin sie kommen musste, und dann zur Seite traten, um ihr Platz zu machen. Die Stille fiel ihr als Erstes auf – ganz anders als bei ihrem ersten Besuch an diesem Morgen, bei dem der Vorfall einen Stock tiefer für allgemeine Unruhe gesorgt hatte und einige Gefangene neugierig aus ihren Zellen geschaut hatten. Jetzt waren bereits alle an ihren Arbeitsplätzen, und es war nichts zu hören. Die einzigen Geräusche waren ihr Atem, der sich langsam von dem kurzen Lauf beruhigte, und ihre Schritte auf dem Linoleumboden. Die Atmosphäre war unheimlich.

Als sie die Beamten erreicht hatte, stellte Eva sich kurz vor, woraufhin diese ihr sofort die Türe öffneten, um sie in den Duschraum zu lassen.

Der Tote war nackt und lag unterhalb eines geöffneten Fensters, hatte noch den gezwirbelten Streifen eines zerrissenen Bettlakens um den Hals. Es war wohl in der Mitte durchtrennt worden, denn das andere Stück hing darüber am Gitter, an dem ein Beamter sich gerade zu schaffen machte.

Der Raum war groß, von oben bis unten mit hellgrauen Kacheln gefliest, der Boden eine Nuance dunkler. Jedes Geräusch hallte und es war ausgesprochen kalt. Eva zog ihre Jacke enger um sich. An den Wänden erhoben sich flache Auslässe für das Wasser, darunter waren Temperaturregler angebracht. Sechs Personen konnten hier gleichzeitig duschen, ohne jede Trennwand, nur knapp einen Meter voneinander entfernt.

Auf der gegenüberliegenden Seite des Raumes befanden sich links und rechts der Tür zwei Bänke, wo die Inhaftierten ihre Kleidung ablegen konnten. Dort lag ein einziges unordentliches Knäuel, ein Paar Schuhe stand direkt daneben.

Als sie eintrat, hielt der Vollzugsbeamte in seiner Tätigkeit inne und wischte sich die Hände an seiner Hose ab, bevor er Haltung annahm. Der Mann war etwa genauso groß wie sie selbst, hatte braunes Haar und einen Schnurrbart. »Sie sind die Ärztin?«, fragte er und nickte zur Begrüßung. »Brielbeck, ich hatte Sie angerufen. Das ist der Mann: Harald Winkler, aus Zelle 218. Wir gehen davon aus, dass er die allgemeine Unruhe vorhin hier im Block genutzt hat, um sich das Leben zu nehmen. Wir haben ihn losgeschnitten, aber … wir kamen wohl zu spät.«

Eva kniete nieder und betrachtete den Toten eingehend und ließ die Szenerie auf sich wirken.

Die Nacktheit des Mannes in dem eisigen, schmucklosen Raum hatte etwas Trauriges und erschien ihr würdelos. Sie sah sich um, konnte aber kein Handtuch oder Ähnliches finden, mit dem sie seinen Körper hätte bedecken können, außer den Kleidern, die vermutlich ihm selbst gehört hatten.

Eva wollte schon zu der Bank hinübergehen, zögerte jedoch und betrachtete den Raum noch einmal eingehend. Dann entschied sie, alle Dinge genau so zu belassen, wie sie jetzt dalagen. Auch wenn sie nicht sagen konnte, was es war, aber etwas irritiere sie.

Sie musterte zunächst das Gesicht des Toten, den sie ungefähr auf Mitte vierzig schätzte. Vielleicht auch etwas jünger, denn er war groß und sehr dünn, fast mager, was seine Züge eventuell älter wirken ließ. Seine Rippen standen weit hervor. Auf seiner blassen Haut fielen Eva sofort einige Hämatome auf.

Genauestens studierte sie seinen Körper, prägte sich jede Feinheit ein, die für ihr Protokoll später wichtig sein könnte. Die Lage der Totenflecken, seinen Allgemeinzustand, Verletzungen. Sein Körper war wie eine Landkarte, die einiges über die letzten Tage in seinem Leben aussagte. Eva nahm ein Thermometer aus ihrer Tasche, maß seine Körpertemperatur und notierte das Ergebnis, alle anderen Auffälligkeiten sowie die genaue Uhrzeit.

»Wer hat ihn gefunden?«, fragte Eva den Beamten.

»Das war ich«, antwortete dieser. »Als wir nach dem Vorfall mit dem Kranken einen Stock tiefer wieder für Ruhe gesorgt hatten, wollte ich die Putzkolonne anweisen, hier sauber zu machen. Und als ich die Tür öffnete, da hing er eben hier.« Er deutete auf das Gitter, schüttelte den Kopf und wandte sich dann schnell wieder ab.

»Um welche Uhrzeit werden die Gefangenen normalerweise in die Duschräume gelassen?«

Brielbeck stemmte die Arme in die Seite. »Wieso …« Er zögerte, fuhr dann aber sachlich fort: »Das ist unterschiedlich. Je nach Haus und Stockwerk.«

»Ich bin mit den Abläufen hier noch nicht vertraut, aber wie konnte es passieren, dass er alleine hier drin war? Muss nicht immer mindestens ein Beamter bei den Gefangenen sein, wenn sie duschen?«

Brielbeck runzelte die Stirn. »Die Männer dürfen aus rechtlichen Gründen beim Duschen nicht beobachtet werden. Privatsphäre, Sie wissen schon. Aber ich verstehe Ihre Frage nicht. Der Winkler war ja ganz offensichtlich nicht zum Duschen hier. Wie schon gesagt, er hat sich wohl in dem ganzen Durcheinander am Morgen heimlich hier reingeschlichen, um … na ja, Sie sehen es ja selbst.«

Ein Nackter in einem Duschraum legte für sie schon diese Vermutung nahe, aber sie verkniff sich einen Kommentar und fragte stattdessen: »Meinen Sie mit Durcheinander die Sache mit dem Häftling, den wir vorhin ins Krankenhaus eingeliefert haben? Oder gab es noch einen anderen Zwischenfall?«

Er nickte. »Genau das meine ich.«

Eva betrachtete den Toten und versuchte den zeitlichen Ablauf zu rekonstruieren. »Winkler hätte doch um diese Zeit bereits mit einem Beamten auf dem Weg zu seinem Arbeitsplatz gewesen sein müssen. Ist sein Fehlen denn niemandem aufgefallen? Zum Beispiel seinen Zellengenossen, einem Arbeitskollegen oder dem Beamten, der ihn zur Arbeit begleitet. Gab es vielleicht eine entsprechende Meldung?«, hakte sie nach.

Brielbeck verschränkte die Arme vor der Brust. »Nicht, dass ich wüsste. Aber wir sind im Kontrollraum momentan nur zu dritt. Unser Bereich umfasst dreißig Kameras und exakt genauso viele Bildschirme. Bei so einem Fall wie heute Morgen … Wir müssen ja immer mindestens zu zweit los, wenn so was passiert. Natürlich herrschte hier totales Chaos, weil zu dem Zeitpunkt alle Arbeitstrupps ausrücken mussten. Da war ein Großteil unserer Kollegen schon unterwegs zu den Werkstätten. In diesem Durcheinander scheint das keiner gemerkt zu haben – und der

Winkler hat das halt für seine Zwecke ausgenutzt«, antwortete Brielbeck knapp, als würde das alles erklären.

Eva versuchte sich zu erinnern, wie viele Beamte vorhin in der Zelle gewesen waren, als sie den Kranken behandelt hatte, es fiel ihr aber beim besten Willen nicht mehr ein. Sie hatte sich völlig auf ihren Schmerzpatienten konzentriert und darüber ihre Umgebung vernachlässigt, worüber sie sich jetzt ärgerte. Und anders als für Brielbeck erschien es ihr nicht normal, dass jemand eine Gelegenheit abpasste, um sich mal eben schnell das Leben zu nehmen. Das war etwas anderes als ein Fluchtversuch, für den man einen Tumult brauchte, diesen vielleicht sogar bewusst inszenierte. Wegen des morgendlichen Chaos hätte hingegen jederzeit die Tür zum Duschraum aufgehen können und Winkler wäre früher gefunden worden.

Sie spürte genau, dass etwas nicht stimmte, auch wenn sie nicht in Worte fassen konnte, was es war. »Ich frage mich ja nur, warum das niemand bemerkt hat«, murmelte sie.

»Ich weiß nicht, worauf Sie mit Ihren Fragen hinauswollen, Frau Hanssen!«, sagte Brielbeck barsch. »Meinen Sie etwa, es wäre meine Schuld, dass der Winkler sich hier aufgehängt hat? Oder die eines Kollegen? Ist es das, was Sie sagen wollen?«

Eva schüttelte den Kopf. Offenbar ging dem Mann die ganze Sache doch näher, als sie vermutet hatte, und sie wollte ihn keineswegs verärgern. Schließlich würde sie keine sinnvolle Information mehr von ihm bekommen, wenn er sich in die Ecke gedrängt fühlte. Rasch lenkte sie deshalb ein. »Ich wollte Ihnen nicht zu nahe treten, Herr Brielbeck, wirklich nicht. Mir liegt es fern, Ihnen irgendetwas zu unterstellen. Ich bin noch neu hier, wie Sie sicher wissen. Mich interessieren einfach nur die genauen Hintergründe dieses … Unfalls.«

Eva legte eine besondere Betonung auf das letzte Wort. Sie wollte es Brielbeck gegenüber nicht zugeben, aber sie hatte schon beim Eintreten in den Raum Zweifel daran gehabt, dass der Mann, der vor ihr lag, sich wirklich selbst das Leben genommen hatte. Doch sie brauchte erst Fakten, um es zu belegen.

Sie wandte sich wieder ihrer Arbeit zu, entnahm ihrer Tasche ein Paar Handschuhe und zog sie über. Dann hob sie den Arm des Toten an, blickte ihm unter die Achseln, öffnete behutsam seine Handfläche und untersuchte die Innenseite. Vorsichtig legte sie den Arm danach wieder ab, hielt jedoch für einen Moment seine Hand und schloss kurz die Augen, versuchte sich ganz auf den Menschen, der vor ihr lag, zu konzentrieren, alles andere zu vergessen.

Sie hatte einmal gelesen, dass Tote noch einige Stunden lang Berührungen spüren und Worte hören konnten. Ob es stimmte, wusste sie nicht, aber falls es etwas wie die Seele gab, war ihr diese Geste wichtig. Wenigstens das wollte sie Harald Winkler an diesem furchtbaren Ort gewähren. Einen kurzen Abschied. Eine letzte Würdigung.

Dann öffnete sie ihre Augen wieder und legte Winklers Hand behutsam auf den Boden.

Brielbeck machte sich von Neuem an dem Knoten zu schaffen, mit dem das Bettlaken an den Gitterstäben befestigt war.

»Würden Sie das bitte dort belassen?«, sagte Eva so neutral wie möglich, um ihn nicht erneut zu provozieren, und leuchtete dem Toten mit einer Lampe in die Augen. Wieder machte sie sich eine Notiz. »Alles hier.«

Der Beamte drehte sich ruckartig um, stemmte seine Arme in die Seite, sah sie jedoch nicht an, sondern in Richtung der Tür und rollte die Augen.

Erst jetzt bemerkte Eva, dass Brielbecks Kollegen mittlerweile gespannt ihrem Wortwechsel folgten.

Eva verkniff sich die Frage, warum sie untätig in der Gegend herumstanden, denn nun war der Überwachungsraum erneut unbesetzt. Aber sie wollte die Stimmung nicht unnötig aufheizen.

»Hier muss jetzt endlich sauber gemacht werden, Frau Hanssen. Sonst kommen unsere Leute mit ihrer Arbeit nicht mehr hinterher, wir sind sowieso schon zu spät dran«, verteidigte sich Brielbeck. Er nahm Haltung an, als er erneut zu seinen Kollegen schaute, und fügte dann hinzu: »Außerdem wollen wir ja nicht, dass sich jemand ein Beispiel an dem Winkler nimmt, oder? Nachahmung heißt das doch im Fachjargon, wenn ich richtig informiert bin. Insofern sollte die Leiche doch so schnell wie möglich abtransportiert werden, meine ich.«

»An diesem Vormittag wird das vermutlich nichts mehr mit dem Putzen, Herr Brielbeck«, konterte Eva sachlich. Sie notierte sich die Verletzungen von Winklers Hand, in der sie eine nässende ältere Wunde, frische Blutungen und Abschürfungen gesehen hatte. Dann zog sie ihre Handschuhe aus und verstaute sie wieder in ihrer Tasche.

»Brauchen Sie denn noch lange, um diese Bescheinigung auszufüllen? Vorher kann die Leiche nicht abtransportiert werden, müssen Sie wissen. Ihr Vorgänger … «

»Ich bin nicht mein Vorgänger, Herr Brielbeck, daher gehe ich so vor, wie ich es für richtig halte. Genau wie Sie es bei Ihrer eigenen Arbeit tun. Und deshalb möchte ich Sie jetzt alle bitten, den Raum zu verlassen, bis die Kripo hier eintrifft.«

Brielbeck schüttelte den Kopf, blinzelte kurz und schaute Eva dann mit gerunzelter Stirn an. »Die Kripo? Das ist ja wohl ein Scherz! Frau Hanssen, wir kennen die Abläufe. Sie müssen niemanden rufen, wir hatten das schon häufiger und ...«

»Das will ich nicht hoffen, Herr Brielbeck. Denn ich bezweifele stark, dass Herr Winkler sich selbst das Leben genommen hat. Und schon gar nicht während der letzten Stunde, sondern bereits einige Zeit vorher. Ich bin keine Rechtsmedizinerin, aber die Kollegen dort werden Ihnen das sicher genauer sagen können, wenn sie die Leiche untersucht haben.«

»Sie meinen ...« Brielbeck bewegte sich nicht, schaute nur zwischen ihr und den Kollegen hin und her, die sich etwas zuraunten.

Eva ging nicht weiter darauf ein. Sie hatte ohnehin schon viel zu viel gesagt.

»Wenn Sie die Polizei unterstützen wollen, dann wäre es hilfreich, in der Zwischenzeit festzustellen, welche Ihrer Kollegen in der letzten Nacht Dienst hatten. Denn mit denjenigen werden die Beamten sicher sprechen wollen, um abzuklären, ob ihnen vielleicht in den Stunden zuvor etwas aufgefallen ist. Und natürlich mit den Zellengenossen von Herrn Winkler, falls er welche hatte.«

Brielbeck ging auf seine Kollegen zu, drehte sich aber

noch einmal herum und sagte: »Ich denke, zuerst sollte unsere Direktorin über den Vorfall informiert werden.«

»Das ist eine ausgezeichnete Idee, Herr Brielbeck. Sagen Sie ihr Bescheid? Und vergessen Sie bitte nicht, jemanden vor der Tür zu postieren, der auf die Beamten wartet und sicherstellt, dass bis dahin niemand diesen Raum betritt und etwas verändert.«

Brielbeck nickte, aber ihr entging nicht, dass er seine Lippen zusammenpresste und sich nur mit Mühe einen Kommentar verkneifen konnte.

Auch gut, dachte Eva, während sie mit festem Schritt den Raum verließ, ohne einen Blick zurückzuwerfen. Sie konnte damit leben, wenn die Beamten Vorbehalte gegen sie hatten. Sie hatte sich bereits in ihrer ersten Woche in der JVA durch ihre kritische Art bei den Wachhabenden nicht besonders beliebt gemacht. Aber sie war nicht hier, um gemocht zu werden, sondern um ihre Arbeit so gewissenhaft wie möglich zu erledigen. Ihre Zweifel als unwichtig abzutun, nur um niemandem auf die Füße zu treten, wäre ihr hingegen nicht in den Sinn gekommen. Ganz im Gegenteil.

Sie lief die Treppe hinunter, schloss mit dem entsprechenden Schlüssel die Tür zum Innenhof auf und holte tief Luft. Noch immer jagten graue Wolken über den Himmel, und der Wind wehte ihr eisig entgegen.

So hatte sie sich ihren Morgen nicht vorgestellt. Sie seufzte. Aber wenigstens würde sie auf diese Weise Hauptkommissar Lars Brüggemann von der Kripo München wiedersehen. Sie hatte schon länger nach einem Grund gesucht, mit ihm in Kontakt zu treten, es dann aber doch immer wieder gelassen.

Unweigerlich tastete Eva nach der mittlerweile verheilten Narbe an der Schläfe, schlug den Kragen ihrer Jacke hoch und eilte weiter zu ihrer Station, um umgehend im K11 anzurufen.

3.

Nachdem Eva mit Aleksandra Jovic, der jungen Kollegin des Kommissars, telefoniert hatte, die ihr sofortiges Kommen zusagte, ging sie zwei Türen weiter zum Zimmer der Pflegekräfte. Sie wollte schnellstmöglich in Haus III zurückkehren, zuvor aber noch einen Blick in Winklers Akte werfen.

Zu ihrer Erleichterung war Lisbeth schon wieder an ihrem Platz und sah ihr erwartungsvoll entgegen.

»Ich habe schon gehört, was passiert ist. Soll ich nachher den Abtransport beaufsichtigen, wenn Sie den Totenschein ausgefüllt haben? Die nötigen Durchschläge liegen bei. Und Winklers Akte ist gleich darunter. Für die persönlichen Angaben.«

Eva seufzte erleichtert. »Vielen Dank, Lisbeth. Es ist wirklich großartig, dass Sie immer bei allem mitdenken.«

Ihre Mitarbeiterin errötete leicht bei ihren Worten.

»Aber die Leiche wird zunächst hier im Gefängnis bleiben. Ich gehe gleich noch mal rüber und warte dort, bis die Kripo eintrifft. Würden Sie bitte für heute Vormittag alle Termine absagen und auf den Nachmittag verschieben?«

Lisbeth nickte und griff zu einer Liste, auf der die Patienten des heutigen Tages vermerkt waren. Wie erwartet ging ihre Mitarbeiterin sofort an die Arbeit, ohne nachzufragen, warum die Kripo benachrichtigt worden war. Eva beschloss deshalb, ihr mehr Informationen zukommen zu lassen, als zuvor den Wärtern.

»Ich habe die Vermutung, dass Winkler sich nicht selbst getötet hat. Allerdings wollte jemand uns genau das glauben machen.«

Lisbeth musterte sie mit zusammengekniffenen Augen. »Wirklich? Sind Sie sich da ganz sicher? Das wäre dann ja …«

Eva nickte. »Natürlich habe ich keine Beweise. Und eigentlich scheint alles zu passen: Es gab Punktblutungen auf den Lidern und der Bindehaut, und tatsächlich deuten alle Merkmale darauf hin, dass die Strangulation die Todesursache ist. Aber Herr Winkler war völlig nackt. Vielleicht bin ich auch bloß prüde, aber das passt für mich nicht. Er konnte schließlich nicht wissen, wer ihn findet. Trotzdem zeigte er sich ohne einen Fetzen am Leib, völlig ungeschützt und irgendwie verletzlich … So würde man sich doch nicht endgültig von der Welt verabschieden.«

Lisbeth wiegte nachdenklich ihren Kopf.

»Hm. Darüber habe ich noch nie nachgedacht. Aber vom Gefühl her stimme ich Ihnen zu. Was glauben Sie denn, was geschehen ist?«

Nachdenklich zuckte Eva die Schultern. »Wenn ich das bloß wüsste. Ganz ehrlich: Ich habe absolut keine Ahnung. Sein Körper wies zwar einige Verletzungen auf, aber die sahen für mich nicht nach einem Kampf aus. Dennoch werde ich das Gefühl nicht los, dass irgendjemand bei ihm war …«

»Sie meinen, es gab jemanden, der ein wenig nachgeholfen hat?«

Eva schaute Lisbeth an. Das hieß, es ginge um einen Mord. Und es war klar, wo der Täter zu suchen war. Seufzend sah sie auf das Dokument vor sich.

»Auszuschließen ist es jedenfalls nicht. Deshalb wollte

ich, dass die Polizei kommt und es sich näher anschaut. Und vor allem möchte ich, dass ein Kollege aus der Rechtsmedizin den Toten untersucht.«

Eva machte sich daran, sorgfältig den Totenschein auszufüllen. Nachdem sie Winklers persönliche Daten eingetragen hatte, kam sie zu den näheren Details. Dem Aussehen der Totenflecken nach zu urteilen und da die Leichenstarre noch nicht eingesetzt hatte, war Winkler wenige Stunden zuvor gestorben, vermutlich in der Nacht oder am frühen Morgen.

Was erneut die Frage aufwarf, wieso niemand bemerkt hatte, dass er nicht in seiner Zelle war. Wie war er überhaupt dort herausgekommen? Und wieso ausgerechnet in der Dusche? Etwas störte sie an der ganzen Geschichte. Die Lage der Totenflecken in den unteren Extremitäten sprach zunächst dafür, dass er sich dort erhängt hatte. Andererseits wusste sie, dass sich kurz nach dem Eintritt des Todes durch die Schwerkraft diese Blutablagerungen auch komplett verschieben konnten, wenn man relativ rasch die Haltung der Leiche veränderte. Er hätte also auch in einer völlig anderen Lage gestorben sein können. Und damit auch an jedem anderen Ort.

Eva schüttelte den Kopf. Vermutlich ging sie mit ihren Annahmen zu weit. Sie durfte nicht mutmaßen, nur weil sie keine Antworten auf ihre Fragen fand. Doch es blieb das Gefühl, dass etwas an diesem Todesfall nicht stimmte. Aber das reichte bei Weitem nicht aus, um die Behauptung aufzustellen, dass er nicht dort gestorben war. Sie musste sich nachher in dem Gespräch mit Brüggemann unbedingt an die Fakten halten.

Nur eines war klar: In der Zeitspanne nach Winklers

Tod hatte derjenige, der bei ihm war, jede Menge Zeit gehabt. In der Nacht war die personelle Besetzung noch geringer als während des Tages. Denn in einem musste sie Brielbeck beipflichten: Die JVA litt in allen Bereichen unter der unzureichenden Personalausstattung, die in krassem Gegensatz zu der starken Überbelegung der Haftanstalt stand. In Bayern gab es zwar weit weniger offene Stellen als in den meisten anderen Bundesländern, dennoch wurde es auch hier immer schwieriger, alle anfallenden Aufgaben mit dem vorhandenen Personalstamm zu erledigen. Zum einen mangelte es bei einem Teil der Bediensteten sicher an der Motivation. Aber die hohe Zahl von Überstunden brachte auch die motiviertesten Mitarbeiter an ihr Limit. Lisbeth hatte am Morgen selbst erwähnt, dass Sophie eine Doppelschicht gemacht hatte. Das war auch in ihrer eigenen Abteilung kein Einzelfall. Zum anderen gab es immer weniger Menschen, die eine Tätigkeit im Vollzug ausüben wollten. Das Klima in den Gefängnissen war wie in der Gesellschaft draußen in den letzten Jahren durchaus rauer geworden, was sich natürlich herumsprach.

Eva seufzte. »Leider habe ich mir heute wieder neue Freunde unter den Wachleuten gemacht«, sagte sie. »Ich fürchte, Lisbeth, wir werden bald zur unbeliebtesten Abteilung in Wiesheim gekürt.«

Lisbeth schmunzelte. »Das halten wir schon aus, Frau Hanssen. Sie tun ja nur, was getan werden muss. Und das ist gut so. Sie haben den Menschen im Blick. Das bleibt doch das Wichtigste.«

»Das sieht sicher nicht jeder so«, murmelte Eva, während Sie nach der dünnen Handakte von Winkler griff.

»Wie meinen Sie das?«, hakte ihre Mitarbeiterin nach.

»Die Beamten vorhin haben mich daran erinnert, dass mein Vorgänger offenbar wesentlich unkomplizierter war.« Eva beobachtete bei diesen Worten aus den Augenwinkeln Lisbeths Miene, doch die war schon wieder mit ihrer Liste beschäftigt und murmelte bloß: »Stören Sie sich nicht an dem Gerede. Wir sind jedenfalls froh, Sie hier zu haben, Frau Doktor.«

Eva sah auf die Uhr. Sie hatte keine Zeit, jetzt noch einmal wegen dieses Themas bei Lisbeth nachzuhaken. Die Kommissare mussten bald eintreffen, und sie wollte dann in jedem Fall wieder im Nachbargebäude sein. Deshalb schlug sie rasch Winklers Akte auf. Doch gleich am Anfang stutzte sie.

»Die Eintrittsuntersuchung ist unterblieben, Lisbeth. Warum?«

Lisbeth lugte unter ihrem Pony hervor. »Verstehen Sie mich bitte nicht falsch, Frau Hanssen.« Sie stockte. »Ich will jetzt keine dreckige Wäsche waschen, aber sagen wir einfach, dass hier nicht immer alles so gelaufen ist, wie es sollte. Mehr möchte ich dazu nicht sagen.«

Eva nickte und schluckte den aufkeimenden Ärger herunter. Diese Unterlassung war ganz sicher nicht Lisbeths Schuld gewesen, deshalb schwieg sie – obwohl sie nichts mehr hasste als unsaubere Arbeit. Es konnte in der Medizin ungeahnte Folgen haben, Details zu übersehen. Die Eignung eines Inhaftierten für die Haft zu prüfen war vor allem deshalb so wichtig, um etwaige Besonderheiten bei der Unterbringung berücksichtigen zu können. Damit ließen sich gerade Vorfälle wie die Prügelattacke gegen den Sittlichkeitsverbrecher vom Vortag vermeiden. Oder Suizide. Für Eva war dies wieder ein Beispiel mehr, dass bestimmte Vorgänge in Wiesheim einfach unter den Tisch gefegt wurden.

Frustriert schlug sie die medizinische Akte zu. Die wenigen Blätter darin verschafften Eva jedenfalls keinen weiteren Aufschluss über den Mann.

»Schauen Sie doch bitte mal in der Akte im Computer nach, ob es noch etwas Wichtiges über Winkler gibt.«

Lisbeths Finger flogen über die Tastatur, dann schüttelte sie den Kopf.

»Er war während der Haft unauffällig. Gearbeitet hat er in der Wäscherei.« Lisbeth scrollte durch die Seiten. »Moment. Hier ist ein Eintrag, den Sie kennen sollten: Winkler ist erst vor Kurzem von einer Einzel- in eine Gruppenzelle verlegt worden. Er war dort mit zwei anderen Gefangenen untergebracht.«

»Gab es dafür einen Grund?«

Lisbeths Augen weiteten sich, und sie nickte. »Den gab es allerdings: Winkler galt laut Akte als selbstmordgefährdet. Er wurde von unserer Psychologin betreut.«

Eva schaute auf. Dieser Hinweis traf sie wie ein Schlag. Sie stützte sich auf dem Tisch auf und versuchte zu verdauen, was das bedeuten konnte. Wenn Winkler bipolar war, konnte es sogar durchaus sein, dass er im Affekt einen Suizid begangen hatte. Dann würde selbst die Art, wie die Kleidung dalag, die Hast, in ein Schema passen. Vielleicht sogar die Nacktheit. Hatte sie sich täuschen lassen? War sie voreingenommen? Sah sie überall in der JVA nur noch Fehler und Verschwörungen?

Sie atmete tief durch. Sie hatte die Geschehnisse nicht bis zum Ende durchdacht und gründlich Fakten gesammelt, bevor sie sich ein Urteil bildete, sondern hatte sich von ihrem Gefühl treiben lassen. Gerade noch hatte sie innerlich wegen der Nachlässigkeit ihres Vorgängers gekocht – doch jetzt musste sie sich fragen, ob der Übergriff vor ein paar Wochen, bei dem sie selbst in eine bedrohliche Situation geraten war, ihre eigene Urteilsfähigkeit nicht mehr getrübt hatte, als sie sich eingestehen wollte.

Hatte sie die Kavallerie etwa zu voreilig gerufen? Plötzlich hatte sie Angst, sich mit ihren Bedenken lächerlich zu machen. Aber die Kriminalbeamten waren längst unterwegs, das ließ sich jetzt nicht mehr ändern. Rasch packte sie die Akte und den Totenschein und brach wieder auf zu Haus III.

Mit jedem Schritt durch die langen, leeren Flure gewann sie ihre Sicherheit zurück. Schließlich war es ihr gutes Recht, Zweifel zu hegen. Mehr hatte sie nicht getan. Brüggemann würde schnell herausfinden, was mit Winkler geschehen war, dann hätte sie Klarheit.

Evas Schritte beschleunigten sich, und sie richtete sich gerade auf. Ihr Instinkt hatte sie bisher noch nie im Stich gelassen. Darauf musste sie vertrauen. Unbedingt.

4.

Als Eva in den langen Flur einbog, sah sie an dessen Ende bereits den Wachhabenden zusammen mit Maren Schilling, der Direktorin der Haftanstalt. Durch den Hall ihrer Schritte auf Eva aufmerksam geworden, unterbrach diese sofort das Gespräch und wandte sich der Ärztin zu.

»Guten Morgen, Frau Dr. Hanssen. Was für ein unschöner Vorfall gleich zu Beginn des Tages. Herr Reinhard hat mich soeben detailliert ins Bild gesetzt. Furchtbar tragisch, das Ende dieses Mannes. Er kann einem nur leidtun.«

Eva nickte zustimmend und gab ihr zur Begrüßung die Hand. Schon bei ihrem Einstellungsgespräch war sie von der zierlichen, fast einen Kopf kleineren Direktorin beeindruckt gewesen. Ihre bedachte Sprechweise, der graue Kurzhaarschnitt und ihr Hang zu ebenfalls grauen Hosenanzügen ließen sie zunächst etwas bieder wirken. Doch ein kurzer Blick in ihre wachen braunen Augen machte klar, dass es sich bei Frau Schilling um eine Powerfrau handelte, die Probleme rasch erfasste und keine Scheu davor hatte, sie anzupacken.

Mit einem Lächeln grüßte Eva auch den Vollzugsbeamten, den sie bereits zuvor dort angetroffen hatte. Sie war froh, dass er ihr die Konfrontation mit seinem Kollegen Brielbeck nicht übel zu nehmen schien, denn er erwiderte ihre Geste freundlich. Oder aber er wollte sich vor der Direktorin nichts anmerken lassen. Beides war Eva nur recht.

»Gerade der Herr Winkler…«, fuhr die Direktorin fort und schüttelte dabei den Kopf. »Er hat sich immer tadellos geführt und hatte es beinahe geschafft: Seine Haftstrafe wäre Ende nächsten Monats beendet worden, ein Job in einem Getränkemarkt stand in Aussicht. Er hat ein einziges Mal in seinem Leben einen schlimmen Fehler gemacht, aber den hätte dieser Mann sicher nicht wiederholt. Seine Frau und sein Sohn, der erst während seiner Inhaftierung zur Welt kam, hatten ihm in der ganzen Zeit starken Halt gegeben. Und jetzt… Ich mag mir gar nicht vorstellen, wie die Frau auf diese Nachricht reagieren wird. Sie hatte wirklich schon genug zu ertragen… Erst die Sache mit der Tochter, jetzt das… Furchtbar.«

Eva merkte auf. Sie ärgerte sich, dass sie vorhin nicht die Zeit genutzt hatte, um die näheren Umstände von Winklers Inhaftierung nachzulesen. Dabei hatte sie sich schon an ihrem ersten Arbeitstag geschworen, nie wieder unvorbereitet auf einen Gefangenen zu treffen. Frau Schillings kurze Beschreibung von Winklers Lebensumständen erinnerten Eva nun fatal an eine Geschichte, mit der sie in den ersten Tagen ihrer Tätigkeit in Wiesheim konfrontiert war. Auch damals hatte ein Häftling kurz vor seiner Entlassung gestanden, als ihm etwas zustieß. Aber dieser Mann war nur schwer verletzt worden und noch am Leben.

Eva schloss für eine Sekunde die Augen, ignorierte das Ziehen der Narbe an ihrer Schläfe, die aus dieser Zeit stammte, und versuchte die Erinnerung an Robert Arendt abzustreifen. Sie musste sich auf Winklers Fall konzentrieren und nicht auf die Vergangenheit. Und sich vor Vergleichen hüten.

»Werfen wir vielleicht kurz einen Blick hinein, damit Sie sich Ihr eigenes Bild machen können?«, schlug sie rasch vor.

Frau Schilling nickte bestätigend, woraufhin der Beamte sich daranmachte, die Türe aufzuschließen. Eva hoffte, dass die Direktorin nach der Betrachtung der Leiche besser nachvollziehen konnte, warum sie selbst nicht an einen Suizid glaubte.

In diesem Moment drangen Stimmen aus dem Treppenhaus nach oben, untermalt vom rhythmischen Klirren eines Schlüsselbundes. Schon entdeckte Eva den rotblonden Haarschopf von Kommissar Lars Brüggemann, und unweigerlich huschte ein Lächeln über ihre Lippen. Er war wie immer lässig-elegant gekleidet in einem grau-blau karierten kurzen Mantel und dunkelblauer Jeans. Während Frau Schilling bereits den Beamten entgegenging, zupfte sich Eva ein paar Haarfransen über ihre Narbe, folgte der Direktorin, achtete jedoch darauf, ein gutes Stück hinter ihr zurückzubleiben.

»Frau Schilling, ich grüße Sie! Wir sind so schnell wie möglich gekommen.« Brüggemann schüttelte ihr mit festem Griff die Hand. Dann wandte der Kommissar sich Eva zu. »Guten Morgen, Frau Hanssen. Schön, Sie zu sehen. Trotz der Umstände.«

Er ergriff Evas Rechte, drückte sie und legte für einen kurzen Moment auch seine Linke darauf. Eva schlug die Augen nieder, löste sich rasch aus der Berührung, die eine eigentümliche Intensität hatte. Schnell streckte sie Brüggemanns junger Kollegin Aleksandra Jovic die Hand hin, bevor einer der Umstehenden ihre Verunsicherung bemerken konnte. Dann trat sie einen Schritt zurück, um auch räumlich etwas Abstand zu gewinnen, und atmete einmal tief durch.

Eva und der Kommissar kannten sich im Grunde kaum, waren sich aber bei dem letzten Fall ungewöhnlich nahegekommen. Sie empfand eine seltsame Verbundenheit mit ihm, seit ihr Lars Brüggemann in diesem Keller buchstäblich das Leben gerettet hatte. Da sie aber weder mit dieser Situation umzugehen wusste noch ihre Gefühle ihm gegenüber einordnen konnte, hatte sie nach ihrem letzten Treffen im Krankenhaus vor ein paar Wochen jeden Kontakt vermieden – auch wenn sie oft an ihn hatte denken müssen. Doch er trug einen Ring und war gebunden – und sie durfte sein professionelles Handeln nicht mit Interesse oder gar Zuneigung verwechseln.

Das heutige Wiedersehen ging ihr jedoch näher, als sie erwartet hatte. Sie drückte Winklers Akte fest an ihre Brust und konzentrierte ihren Blick auf die Direktorin.

»Frau Hanssen hatte gerade vorgeschlagen, dass wir uns den Toten einmal selbst anschauen«, sagte diese und wies den Beamten an, die Türe zu den Duschen aufzuschließen.

»Wir sollten den Raum am besten nicht betreten, bis die Kollegen von der Spurensicherung fertig sind«, gab Brüggemann zu bedenken. Während der Wachhabende mit den Schlüsseln hantierte, fragte er an Eva gewandt: »Haben Sie an der Leiche Spuren gefunden, die auf ein Fremdeinwirken hindeuten, oder wie sind Sie zu Ihrer Vermutung gekommen, es könne sich um ein Gewaltverbrechen handeln?«

Als die Tür aufschwang, schlug ihnen ein kalter Luftzug von dem geöffneten Fenster her entgegen. Aber nicht nur das war für das Frösteln verantwortlich, das Eva erfasste, sondern erneut der Anblick des nackten Mannes mit dem zerfransten hellblauen Baumwollstrick um den Hals. Sie riss sich zusammen, holte gerade Luft, um auf Brüggemanns Frage zu antworten, als dieser ungehalten schnaufte und mit barscher Stimme fragte: »Wer hat denn das Strangwerkzeug durchschnitten? Das kann ja wohl nicht wahr sein!«

Der Wachhabende räusperte sich: »Das war mein Kollege, der Markus Brielbeck. Wir haben ihn dort gefunden und ihn sofort runtergeholt. Wir wussten ja nicht, ob er nicht noch am Leben ist. Und dann wurde die Ärztin verständigt, um den Tod zu bescheinigen.«

»Das heißt vermutlich, dass es kein Foto gibt, das den Toten zeigt, bevor Sie ihn heruntergeholt haben.«

Der Beamte schüttelte den Kopf und wechselte einen Blick mit der Direktorin.

Brüggemanns Gesichtsausdruck sprach Bände, während er sich fahrig über den Nacken strich und seine Kollegin mit versteinerter Miene ansah.

»Die Männer konnten nicht wissen, dass die Polizei verständigt werden würde. Aus ihrer Sicht war der Fall klar«, verteidigte Maren Schilling die Handlungsweise der Beamten. »Wir wollen natürlich nicht, dass so etwas bei den Häftlingen Schule macht, deshalb behandeln wir jeglichen Suizid mit der nötigen Achtung, sehen aber auch zu, so schnell wie möglich zur Tagesordnung zurückzukehren, um die Gerüchteküche nicht unnötig anzuheizen oder andere zum Nachahmen anzuregen. Je geräuschloser das vonstattengeht, desto besser. In Ihrer Welt da draußen wird schließlich auch versucht, jedwede Berichterstattung über Selbsttötungen zu unterbinden, Herr Brüggemann. Das ist bei uns nicht anders. Die Maßnahmen zur Suizidprävention sind bei uns deshalb sehr eindeutig – auch dahingehend, wie die Beamten beim Auffinden einer Leiche konkret vorgehen sollen. Immerhin führte erst die Untersuchung durch Frau Hanssen zu der Vermutung, dass es sich um etwas anderes als eine Tötung durch die eigene Hand handeln könnte, wurde mir berichtet. Und um das zu beurteilen, sind wir ja alle hier zusammengekommen. Also?« Die Direktorin deutete auf den Raum.

Eva wollte gerade ansetzen, ihre Vermutungen zu schildern, doch erneut fiel ihr der Kommissar ins Wort. »Genau diese Beurteilung wäre wesentlich effektiver gewesen, wenn zuvor niemand etwas verändert hätte. Die Art, wie das Strangwerkzeug befestigt wurde, die Bindung des Knotens, wie der Mann gehangen hat, wo genau die Strangmarke verlief – all das gibt uns Aufschluss darüber, was passiert ist. Jedes noch so kleine Detail ist wichtig. Vielleicht sollten Sie Ihr Protokoll dahingehend überarbeiten, dass zuerst eindeutig festgestellt wird, ob es sich überhaupt um einen Suizid handelt, und erst danach sollten alle weiteren Maßnahmen erfolgen. Ihre Leute hätten ihm ja einfach den Puls fühlen können.« Er machte eine kleine Pause. »Und ist nicht ohnehin bei jedem Tod in staatlichem Gewahrsam eine Obduktion Pflicht? Korrigieren Sie mich bitte, wenn ich da falschliege.«

Gespannt beobachtete Eva die Direktorin. Frau Schilling schien von Brüggemanns Kommentar völlig unbeeindruckt, verzog keine Miene und reagierte auch auf seine offene Kritik nicht. Kein Wunder. In ihrer Funktion musste sie sicher einigen Gegenwind aushalten und ließ sich nicht so schnell aus der Reserve locken.

Brüggemann trat einen Schritt vor und warf einen genaueren Blick in den Raum, schien sich jedes Detail einzuprägen, während Aleksandra Jovic mit ihrer Handykamera einige Fotos schoss.

Eva musterte die Züge des Toten. Erst jetzt bemerkte sie seine Gesichtsfalten, tiefe Furchen, die sich bis zu den Mundwinkeln zogen und ihn auch nun noch gequält aussehen ließen. Die Traurigkeit hatte sich förmlich in sein Gesicht eingegraben. Warum war ihr das beim ersten Mal nicht aufgefallen? Sie fragte sich, was Frau Schilling mit seiner Tochter gemeint hatte, wischte sich über ihr Gesicht und konnte nur mit Mühe einen Seufzer unterdrücken.

Auch alle anderen standen da, ohne ein Wort zu sagen, starrten in den Raum, jeder in die eigenen Gedanken versunken.

Dann nickte der Kommissar dem Beamten zu, der die Tür wieder schloss. »Unsere Leute von der Spurensicherung müssen jeden Moment eintreffen. Es wäre ausgesprochen hilfreich, wenn bis dahin nichts mehr verändert würde.« Seine Verärgerung war dem Kommissar immer noch deutlich anzumerken.

»Selbstverständlich«, entgegnete Reinhard, riegelte die Tür sorgfältig ab und nahm auf dem Stuhl daneben Platz.

»Hören Sie, ich möchte nicht, dass wir uns streiten«, lenkte Frau Schilling nun ein, »und auch nicht, dass bei Ihnen ein falscher Eindruck entsteht. Ich will nicht in Abrede stellen, dass meine Männer vielleicht vorschnell gehandelt haben. Aber die sind eben gar nicht von der Möglichkeit ausgegangen, dass es sich nicht um einen Selbstmord handeln könnte. Richtig? Und der Strick wurde außerdem nur durchschnitten, die Knoten und den ganzen Rest können Sie ja immer noch untersuchen.«

Reinhard nickte ihr zu, wandte seinen Blick dann aber wieder starr auf die graue Wand direkt gegenüber.

»Vielleicht kann uns Frau Hanssen nun erläutern,« fuhr die Direktorin fort, »wieso sie vermutet, dass Herr Winkler sich nicht selbst stranguliert hat. Denn bisher haben wir für diese Theorie ja noch keine Beweise.«

Eva horchte auf. Auch wenn Maren Schilling völlig ruhig gesprochen hatte, war der latente Zweifel in ihrem letzten Satz deutlich zu hören.

»Frau Hanssen hat sicher die Todesmerkmale interpretiert und guten Grund zu ihrer Annahme«, meldete sich Aleksandra Jovic zu Wort und lächelte Eva an. »Stimmt's?«

Eva spürte ein Prickeln im Nacken und hatte das Gefühl, dass Winklers Akte in ihrer Hand plötzlich schwerer wurde. Ob Frau Schilling bereits über den Befund der Psychologin Bescheid wusste? Rührten die Vorbehalte der Direktorin aus einer tieferen Sachkenntnis, die ihr selbst fehlte?

Alle Augen ruhten auf Eva. Umso wichtiger, dass sie sich ihre aufkeimenden Zweifel nicht anmerken ließ. Deshalb holte sie tief Luft, straffte ihre Schultern und bemühte sich um eine klare, feste Stimme und präzise Formulierungen, um ihre Haltung damit zu untermauern.

»Herr Winkler lag genau so da, wie wir ihn jetzt alle gesehen haben, als ich zu dem Duschraum gerufen wurde. Zum einen gingen die Beamten nach eigener Aussage davon aus, dass der Mann sich innerhalb der letzten Stunde, in der sich hier ein anderer Störfall ergeben hat, erhängt hat.« Eva entging der irritierte Blick nicht, den Frau Schilling mit Reinhard wechselte. Ohne zu zögern, fuhr sie fort: »Diese Annahme ist nach meinen Erkenntnissen falsch. Es gibt verschiedene Hinweise, dass der Mann schon länger tot ist, auch wenn die Totenstarre noch nicht eingetreten ist. Ich will mich dabei nicht festlegen, schließlich bin ich keine Expertin, aber ich denke, es waren mehrere Stunden. Außerdem störte ich mich an seiner Nacktheit. Wenn er wirklich vorgehabt hätte, sich hier während der Nachtruhe das Leben zu nehmen, warum hätte er dann seine Kleider ausziehen sollen? Das macht für mich keinen Sinn. Er musste nichts vortäuschen, niemand würde glauben, er sei hier zum Duschen gewesen.«

Sie suchte den Blick von Brüggemann, der ihr zunickte. »Sich so verletzbar zu zeigen, passt für mich nicht zu einem solchen endgültigen Schritt. Er hätte sich meiner Meinung nach mit einem letzten Rest Würde aus dieser Welt verabschiedet. Außerdem weist die nachlässige Art, wie seine Kleidung dort liegt, auf Hast hin. Aber er hätte zu dieser frühen Stunde jede Menge Zeit gehabt, denn der übliche Tagesablauf begann viel später.«

Sie zögerte kurz und schaute von einem zum anderen. »Außerdem stoße ich mich daran, wie er alleine ungesehen und unbemerkt mitten in der Nacht aus seiner Zelle herausgekommen sein soll. Die Tür zur Dusche war zwar unverschlossen, aber einen Schlüssel für seine Zelle hatte Winkler ja definitiv nicht. Ich will damit niemandem etwas unterstellen«, sie blickte kurz zu dem Wachmann und nickte ihm zu, »aber das alles passt für mich absolut nicht zusammen. Deshalb habe ich erhebliche Zweifel, dass wir es hier mit einem echten Suizid zu tun haben. Außerdem erwähnte Frau Schilling mir gegenüber seine positiven Aussichten nach der Haft, die engen familiären Verbindungen. Das alles bestärkt mich zusätzlich in dieser Einschätzung.«

Brüggemann schmunzelte amüsiert, während er zu Boden sah.

Sofort fühlte Eva wieder das Gewicht der Akte in ihrer Hand. Dennoch beschloss sie, den Eintrag der Psychologin zunächst für sich zu behalten. Immerhin sprach einiges gegen einen Suizid. Und falls die Direktorin, die ohnehin an ihrer Meinung zweifelte, nichts von der Diagnose wusste, wollte sie ihr keine zusätzliche Munition liefern, die eine weitere Untersuchung von Winklers Tod gefährden könnte.

»Das war alles?«, fragte Frau Schilling sachlich. Eva versuchte ihren Blick zu deuten, aber die Mimik der Direktorin ließ keinen Rückschluss auf ihre innere Haltung zu. Dennoch spürte sie eine gewisse Distanz. Mehr als deutlich.

»Mir sind an Winklers Leiche auch noch einige Verletzungen aufgefallen, die ein Rechtsmediziner aber besser deuten kann. Ich möchte den Kollegen vom Fach deshalb nicht mit Mutmaßungen vorgreifen.«

Keiner reagierte, und das Schweigen auf dem Flur schien unendlich anzudauern. Irgendwo in der Ferne hallte das Geräusch einer zuklappenden Tür, und es ertönten Schritte. Eva vermied es, den Kommissar anzusehen, der schließlich als Erster die Stille durchbrach: »Dann schlage ich vor, dass Frau Jovic und ich jetzt mit unserer Arbeit beginnen und uns als Nächstes die Zelle des Toten anschauen. War er in Einzelhaft?«

Reinhard schüttelte den Kopf. »In einer Gemeinschaftszelle. Sie waren zu dritt. Seine Kollegen sind bis zum Mittagessen in der Schlosserei beschäftigt.«

»Gut. Die beiden würden wir im Anschluss gerne sprechen, wenn das möglich ist. Am besten jeden einzeln.« Der Kommissar sah zur Direktorin, die ihm daraufhin zunickte.

Eva hätte Brüggemann und Jovic zu gerne weiter begleitet, aber damit hätte sie ihre Kompetenzen deutlich überschritten, und sie mochte Frau Schilling nicht noch mehr gegen sich aufbringen. Sie hatte selbst den Ball ins Feld geworfen und die Polizei gerufen, aber das Spiel oblag jetzt anderen. Außerdem musste sie sich wieder ihren Patienten zuwenden, auch wenn es ihr sicher schwerfallen würde, sich auf ihre normale Arbeit zu konzentrieren.

»Stellen Sie mir doch bitte alle Akten zur Verfügung, die es über den Gefangenen gibt, Frau Schilling«, sagte Brüggemann. »Die Aufzeichnungen der Kameras von diesem Flur für den Zeitraum der letzten sagen wir zehn bis zwölf Stunden wären auch wichtig, wenn wir davon ausgehen, dass der Todeszeitpunkt in der Nacht lag. Damit erhalten wir schnell ein umfassendes Bild davon, wie der Gefangene überhaupt während der Nacht seine Zelle verlassen konnte, denn diese Frage von Frau Hanssen hat in meinen Augen durchaus ihre Berechtigung.«

»Die Akten lasse ich sofort zusammenstellen, und unser Herr Reinhard wird Ihnen die Gefangenen zu einem Gespräch holen. Allerdings kann ich Ihnen mit Kameraaufzeichnungen leider nicht dienen. Es wird gerade von einer Fremdfirma ein Systemupdate installiert. Während der gesamten Woche findet deshalb keine Aufzeichnung statt.«

Eva schaute erstaunt hoch. Von dieser Umstellung hatte sie nichts gewusst, und sie wunderte sich, warum sie als Leiterin der Krankenabteilung keine Information darüber erhalten hatte. Sie musste an den Sittich auf ihrer Station denken und daran, wie in ihrer ersten Arbeitswoche jemand in diesem Raum angegriffen und schwer verletzt wurde. Dort gab es nicht einmal Kameras. Sie hatte das völlig vergessen, nahm sich jedoch vor, diese so bald wie möglich für ihre Station zu beantragen, denn bisher wurde lediglich das Wartezimmer permanent überwacht. Überall sonst konnte jeder ungesehen herumspazieren, was in ihren Augen ein hohes Sicherheitsrisiko darstellte. Zumal vorwiegend Frauen in ihrem Bereich beschäftigt waren.

»Gilt diese Einschränkung nur für diesen Flur oder für die gesamte Haftanstalt?«, fragte Brüggemann nach, der erneut einen Blick mit Jovic wechselte.

»Für alle Häuser. Aber keine Sorge, die Sicherheit bleibt natürlich dennoch gewahrt. Die Gefangenen wissen nichts davon. Außerdem haben wir die Zahl der Vollzugsbeamten erhöht und die Livebilder der Kameras werden im Kontrollraum permanent überwacht. Ich lasse Ihnen umgehend die Namen der Personen zusammenstellen, die in der letzten Nacht und am heutigen Morgen in diesem Sektor Dienst hatten, damit sie Ihnen alle Fragen beantworten können. Meine Männer werden Sie natürlich nach besten Kräften unterstützen«, sagte sie und bedachte Reinhard, der gerade aufgestanden war, mit einem Blick. »Sonst noch etwas?«

Brüggemann schüttelte den Kopf. »Das wäre für den Moment alles. Wir geben Ihnen Bescheid, sobald die Spurensicherung abgeschlossen ist. Wir beeilen uns natürlich und sind so diskret wie möglich, damit wir die Abläufe nicht zu lange stören.«

»Soll ich vielleicht auf den Kollegen von der Rechtsmedizin warten?«, fragte Eva, die zu gerne zugesehen hätte, wie der Kollege bei seiner Untersuchung vorging und welche Schlüsse er dabei zog.

»Nicht nötig«, sagte Frau Schilling. »Winkler wird direkt nach München in das Institut für Rechtsmedizin in der Nußbaumstraße überführt. Das habe ich bereits in die Wege geleitet. Sobald die Spurensicherung fertig ist, brauchen wir nur die entsprechenden Papiere und die Freigabe. Sie können sich jetzt gerne wieder Ihren Patienten zuwenden. Vielen Dank.«

Eva nickte und überreichte der Direktorin die entsprechenden Durchschläge des Totenscheins für die Überführung der Leiche. Das Kreuz an der Stelle für die ungeklärte Todesursache sprang ihr förmlich ins Gesicht.

»Wir geben Ihnen dann Bescheid, wenn wir Sie noch einmal brauchen, Frau Hanssen.«

Obwohl die Direktorin nichts Negatives gesagt hatte, fühlte sich Eva wie ein Kind, das wegen seines ungebührlichen Benehmens weggeschickt wurde. Sie mochte sich jedoch keine Blöße geben, wie nahe ihr diese Behandlung ging. Deshalb zwang sich Eva zu einem Lächeln und verabschiedete sich mit den Worten: »Sie wissen ja, wo Sie mich finden können.«

Immerhin hatte sie Brüggemanns Handynummer und

jedes Recht der Welt, sich nach den Ermittlungen zu erkundigen, wann immer sie mochte.

Ihre Schuhe quietschten auf dem glatten Linoleumboden, als sie sich schwungvoll umdrehte und mit hocherhobenem Kopf in Richtung Treppe ging.

»Frau Hanssen«, hörte sie da die Stimme des Kommissars hinter sich. »Vielleicht können wir uns nachher bei einem Mittagessen noch einmal über den Toten und Ihren Befund unterhalten. Mich würden Ihre medizinischen Einschätzungen zu den Verletzungen schon sehr interessieren. Das rechtsmedizinische Gutachten wird sicher noch einige Zeit brauchen, und es würde helfen, unser Bild nach allen Seiten abzurunden.«

Eva unterdrückte ein Lächeln, als sie sich umdrehte.

»Sehr gerne. Rufen Sie doch bei meiner Mitarbeiterin an, wenn Sie fertig sind. Ich treffe Sie dann in der Kantine.«

5.

Der Wachhabende brachte Jovic und Brüggemann auf direktem Weg zu Winklers Zelle. Nachdem er ihnen das Bett des Toten in der hinteren Ecke gezeigt hatte, wartete er auf Bitten des Kommissars vor der geschlossenen Tür.

»Was war denn das gerade?«, brach es aus Brüggemann heraus, sobald er sicher war, dass der Mann ihn nicht mehr hörte.

»Was genau meinst du?« Seine Kollegin stand mitten in der Zelle, musterte die Einrichtung und begann dann mit ihrem Smartphone Fotos zu machen. »Dein unfreundliches Auftreten der Direktorin gegenüber oder die eigenwillige Vorgehensweise der Vollzugsbeamten?«

»War ich zu drastisch?«, fragte Brüggemann kleinlaut.

Sie nickte, ließ ihr Smartphone in die Handtasche gleiten und zog dann ein Paar Handschuhe heraus. »Nach meinem Empfinden wäre es auch eine Spur freundlicher gegangen.«

»Aber ich habe doch recht mit dem, was ich gesagt habe, oder etwa nicht? Mich ärgert es eben maßlos, wenn uns die Arbeit durch grob fahrlässiges Handeln erschwert wird.«

»Das schon. In diesem Fall wird es dennoch nicht besonders dienlich sein, schließlich sind wir auf die Kooperation der Leute hier angewiesen. Da wäre ein wenig Wertschätzung sicher hilfreich. Deren Job ist sicher auch nicht einfach.« Sie zögerte und fügte dann hinzu: »Eva Hanssen hast du damit im Übrigen auch keinen Gefallen getan.«

»Meinst du? Das habe ich auch schon befürchtet.« Er rieb sich den Nacken. »Aber das war die andere Sache, die mich so geärgert hat: Wie kann die Direktorin das Urteil einer erfahrenen Ärztin so deutlich in Zweifel ziehen? Noch dazu vor uns.«

»Weil Frau Hanssens Vermutungen sehr vage klingen?«

Brüggemanns Kopf fuhr jäh zu ihr herum, als sie schon lachend die Hände hob und ihm mit einem »Jetzt bloß nicht aufregen!« zuvorkam.

Unweigerlich ließ er Luft ab und fiel in ihr Lachen ein. In den letzten zwei Monaten waren er und Jovic zu einem guten Team herangereift. Jovic war völlig anders als die männlichen Kollegen, mit denen er bislang gearbeitet hatte, aber er schätzte ihre patente und gewissenhafte Art, und sie verfügte außerdem über Biss und Haltung. Nur an Erfahrung mangelte es ihr bisher. Doch da sie ihre Laufbahn bei der Kriminalpolizei gerade erst begonnen hatte, war das völlig normal. Brüggemann war sicher, dass ihr vor allem zwei Dinge helfen würden, schnell weiterzukommen: Sie hatte einen guten Instinkt und traute sich den Mund aufzumachen – was sie gerade wieder unter Beweis gestellt hatte. Er wusste, dass sie mit ihrem Einwand recht hatte. Seit seiner Scheidung vor einem Jahr war er oft zu aufbrausend, was nur zu einem geringen Teil auf den Mangel an Schlaf zurückzuführen war. Er war häufig unausgeglichen, und gerade ärgerte er sich vor allem über sich selbst, denn Jovic hatte den Nagel auf den Kopf getroffen.

»Ich schätze Frau Hanssen, das weißt du«, fuhr Jovic fort. »Aber ein wenig dünn ist ihre Begründung schon gewesen. Denk doch mal nach: Genauso gut könnte Winklers Nacktheit ein Hinweis darauf sein, dass er selbst ein Opfer war, vielleicht sexuell missbraucht wurde. Vielleicht konnte er diese Qual einfach nicht mehr aushalten. Das wäre in diesem Umfeld sicher nicht ungewöhnlich, denke ich. Wenn die Direktorin in dieser Richtung gedacht hat, würde es ihre Reaktion erklären. Aber dazu wird uns die Rechtsmedizin sicher bald Genaueres sagen können.«

»Das erklärt allerdings nicht, wie der Mann aus der Zelle gekommen ist.«

Jovic zog sich die Gummihandschuhe über und begann, den Kleiderschrank neben Winklers Bett zu untersuchen. »Lass uns mal überlegen: Wir sind hier mitten unter Kriminellen. Einbrecher, Diebe, Trickbetrüger. Für solche Leute ist ein Schloss kein großes Problem. Oder einer der Wachleute könnte geschmiert worden sein. Mit Geld wird manches möglich. Auch hier.«

»Nun gut. Du hast ja recht. Wir sollten im Moment für alles offen sein. Eines ist jedenfalls sicher: Eva Hanssen hat ein sehr gutes Gespür für Menschen.«

Jovic drehte sich um und zwinkerte ihm zu. »Du magst sie, stimmt's? Das habe ich mir schon gedacht, als wir sie das erste Mal getroffen haben.«

Brüggemann schnaubte, schüttelte den Kopf, drehte sich aber zur Sicherheit in Richtung der Waschnische um, damit seine Kollegin nicht weiter in seinen Zügen forschen konnte. Es ließ sich nicht bestreiten, dass er sich gefreut hatte, als der Anruf aus Wiesheim gekommen war. Sehr sogar. Aber das ging Jovic nichts an. Auch nicht, dass er immer mal wieder in dem Café gewesen war, in dem er Eva Hanssen kennengelernt hatte.

Jovic lachte kurz auf, schloss den Schrank und murmelte: »Männer. Nur nicht an der Oberfläche kratzen. Aber keine Angst, ich halte meine Klappe. Dein Geheimnis ist bei mir sicher. Versprochen.«

Unweigerlich musste nun auch Brüggemann grinsen. Doch das Lächeln erstarb sofort auf seinen Lippen, als sein Blick auf die nur von einer schmalen Wand abgetrennte Toilette fiel, die in einer Ecke direkt neben der Eingangstür angebracht war. Er stellte sich vor, wie der Aufschluss am Morgen gerade dann erfolgte, wenn jemand dort saß und sein Geschäft verrichtete. Der Begriff »Würde« bedeutete im Knast tatsächlich nicht mehr viel.

Sooft Brüggemann schon in Wiesheim und anderen Gefängnissen zu tun gehabt hatte, er würde sich dennoch nie an die eigentümliche Atmosphäre gewöhnen und war jedes Mal froh, wenn er die schweren Metalltüren hinter sich gelassen hatte. Zu gerne hätte er gewusst, wie eine gut ausgebildete, kluge Frau wie Eva Hanssen ausgerechnet hier hatte landen können.

Er seufzte, zog ebenfalls Handschuhe über, bückte sich, hob den Toilettendeckel an. Ein übler Geruch nach Klostein und Urin schlug ihm entgegen. Routiniert griff er dennoch unter den Rand, tastete jede Stelle genau ab.

Nachdem er alles genauestens untersucht hatte, wechselte er die Handschuhe und ließ den Blick erneut durch den langen, schmalen Raum gleiten. Drei Betten standen, jeweils durch einen eintürigen Kleiderschrank getrennt, nebeneinander, die gegenüberliegende Wand wurde von drei Schreibtischen eingenommen, über denen je ein doppelreihiges Regalbrett hing. Ein Fernseher war auf einem

Eckbrett oberhalb des Waschtisches befestigt. Nur ein paar Schritte waren in jede Richtung möglich. Viel zu wenig Platz für drei erwachsene Männer. Schon gar keiner für Intimität. In dieser Enge konnte man kaum Geheimnisse voreinander haben.

Zwei der Schreibplätze waren mit den typischen Postern von Pin-up-Girls dekoriert, und einiger Krimskrams lag in den Regalen. Nur der dritte Platz, direkt an dem vergitterten zweiflügeligen Fenster, unterschied sich deutlich. Bücher waren dort der Größe nach aufgereiht, dem Anschein nach alles Klassiker der Weltliteratur: Camus, Dostojewski, Grass und viele mehr. Zwei Fotos hingen mittig darunter: Eines zeigte ein kleines blondes Mädchen in einem roten Sommerkleid, das andere war von einer Frau mit glatten braunen Haaren, die ein properes Baby in einem beigen Strampler auf dem Arm hielt. Der Optik nach ein Junge, ungefähr ein halbes Jahr alt. Brüggemann trat einen Schritt näher heran. Obwohl die Frau direkt in die Kamera sah, schien ihr Blick seltsam entrückt, so als würde sie in eine unbekannte Leere schauen.

»Ist dir eigentlich aufgefallen, dass uns bisher noch niemand darüber aufgeklärt hat, was der Mann verbrochen hat?«, fragte Brüggemann nachdenklich.

»Wir haben auch nicht danach gefragt«, antwortete Jovic. »Offen gestanden finde ich das gerade gut. So können wir ganz neutral bleiben. Es schützt uns davor, in starren Kategorien zu denken.«

Lächelnd drehte er sich zu Jovic um, die gerade dabei war, Winklers Bett zu inspizieren. Brüggemann ließ sich gegen eine Stuhllehne sinken und sah ihr einen Moment zu.

Ihr Blick war konzentriert, und eine schmale Falte zog sich quer über ihre Stirn. Ihre halblangen, dunklen Haare waren heute wieder zu einem strengen Zopf gebunden. Alles an Jovic war praktisch: das weiße Shirt mit V-Ausschnitt, das sie offenbar in jeder Farbschattierung besaß, die schwarze Jeans genauso wie der ebenfalls schwarze Blazer, den sie trug. Er hatte sie noch nie in einer anderen Kombination gesehen. Er mochte ihren ganz eigenen, unverwechselbaren Stil und auch, dass sie sich offenbar kaum von aktuellen Moden beeinflussen ließ.

Jovic war völlig anders als die Frau auf dem Bild. Nicht nur weil sie jünger war. Manchmal kam sie ihm vor wie aus einer anderen Epoche; sie war frei und selbstbewusst, wusste genau, was sie wollte und schien völlig autark. Zudem wirkte sie immer, als könnte sie nichts so leicht aus der Fassung bringen. Was bisher auch nicht geschehen war.

Erneut wandte Brüggemann sich um, betrachtete noch einmal das Bild von Winklers Frau. Sie schien relativ alt für ein so kleines Baby zu sein. Vielleicht war der Sohn ein Nachzügler und nicht geplant gewesen. In jedem Fall wirkte sie unglücklich. Hätte er eine Einschätzung abgeben sollen, wäre sie es gewesen, der er eine Depression, vielleicht sogar Suizidgedanken unterstellt hätte. Er hob das Foto an und lugte darunter, in der Hoffnung auf eine Datierung, aber dort war nichts vermerkt. Vielleicht lag ihr trauriger Blick an der Inhaftierung ihres Mannes. Es war sicher kein leichtes Los für eine Frau, plötzlich alleine mit zwei Kindern dazustehen und dazu noch die Häme und Vorurteile der Leute auszuhalten. Vom finanziellen Aspekt, wenn ein Verdiener für längere Zeit ausfiel, ganz zu schweigen.

»Glaubst du eigentlich, dass sie bei Winklers Sachen in der Dusche einen Schlüssel finden werden?«

»Möglich«, murmelte er. »Aber nicht wahrscheinlich.«

»Denkst du, einer der Wachleute könnte …«

Er zuckte die Achseln und ließ den Blick noch einmal über die Buchrücken gleiten. »Wir sind hier von Kriminellen umgeben, haben die Auswahl zwischen Betrügern, Schlägern und Mördern. Ich finde, wir sollten erst bei denen suchen, bevor wir einen von den Guten verdächtigen, meinst du nicht auch?«

Vorsichtig zog Brüggemann nun die oberste Schublade des Schreibtisches auf und entdeckte dort einen ordentlich zusammengebundenen Stapel Briefe, die Frau Winkler ins Gefängnis geschickt hatte, dann einige Stifte, die alle mit der Spitze nach oben ausgerichtet waren, eine kleine Dose mit Büroutensilien sowie einen linierten Briefblock. Er musterte noch einmal die Bücher im Regal und musste unweigerlich an etwas denken, das im Gespräch vor dem Duschraum erwähnt wurde. Dem ersten Eindruck nach war Winkler ein überaus ordentlicher Mensch gewesen, die Gruppierung der Dinge wirkte fast schon pedantisch. Eva Hanssen hatte hingegen auf das unordentliche Kleiderbündel verwiesen, das auf der Bank gelegen hatte. Nach dem, was er hier sah, schien das tatsächlich nicht zu dem Toten zu passen.

Andererseits hatte der Mann sich an diesem Morgen in einer emotionalen Ausnahmesituation befunden, hatte vielleicht Angst vor seiner eigenen Courage. Oder er wollte es so schnell wie möglich hinter sich bringen und löste sich deshalb von seinem üblichen Verhaltensmuster. In jedem

Falle mussten sie herausfinden, in welcher Verfassung der Mann unmittelbar vor seinem Tod gewesen war. Der Kommissar war gespannt, was die Zellengenossen ihm über Winkler erzählen würden.

Zur Sicherheit hob Brüggemann das Deckblatt des Briefblocks an und erstarrte: »Meine geliebte Frau« stand da in kleinen, eckigen Buchstaben. Eine Männerhandschrift. Darüber das Datum des gestrigen Tages. Doch der Rest des Textes fehlte. Das Blatt war grob unterhalb der Anrede abgerissen worden, lediglich die oberen Bögen der ersten Zeile waren noch zu sehen – aber das war eindeutig zu wenig, um irgendwelche Rückschlüsse auf den Inhalt des Briefes ziehen zu können.

Brüggemann nahm den Block an sich, zog die Schublade bis zum Anschlag heraus, lugte hinein, doch den Rest des Blattes fand er dort nicht.

Er bückte sich – kein Papierkorb. Lediglich unter dem Waschbecken stand einer. Er hastete hinüber. Natürlich war er komplett leer. Die Reinigung war ihnen schon zuvorgekommen. Es wäre ja auch zu einfach gewesen, wenn Beweise direkt vor ihrer Nase aufgetaucht wären.

»Verdammt«, sagte er und hielt den Block hoch. »Wir müssen den Rest dieses Briefes finden, Jovic. Schau noch einmal unter der Matratze und sonst überall nach! Vielleicht ist das der Anfang zu einem Abschiedsbrief … Das würde ein völlig neues Licht auf den Fall werfen.«

Eines, das Eva Hanssen vermutlich nicht gefallen würde.

6.

Eva saß wie versteinert in ihrem Dienstzimmer und starrte ins Leere. Lisbeth hatte alle Termine, die sie nicht ohne Evas Hilfe bearbeiten konnte, auf den Nachmittag geschoben und den Rest der Patienten einfach selbst behandelt. Ein positiver Effekt der Tatsache, dass ihr Team einige Zeit alleine hatte zurechtkommen müssen.

Andererseits wäre Eva lieber bis über beide Ohren in Arbeit versunken. Nun musste sie sich wohl oder übel die Zeit nehmen, in sich hineinzuhören. Als sie in den vertrauten Krankentrakt zurückgekommen war, hatte sie sich noch immer wie ein kleines Kind gefühlt, das vom Lehrer ermahnt worden war: unsicher, enttäuscht, frustriert.

Wieso eckte sie nur ständig bei den Mitarbeitern in der JVA an? Nun auch noch bei der Direktorin, die sie so sehr schätzte. Es wirkte, als teilten alle anderen einen Kodex, an dem sie eisern festhielten und der ihr weiterhin verborgen blieb. In ihrer ersten Arbeitswoche, in der sie schon einmal so empfunden hatte, war ihre simple Erklärung gewesen, dass sie neu war, Dinge einfach anders einschätzte. Aber besonders fremd fühlte sie sich eigentlich nicht mehr. Auch mit den Gefangenen hatte sie keinerlei Probleme. Und nur selten verlief sie sich noch in dem riesigen Gebäudekomplex.

Natürlich hatte es in der Sprechstunde sehr viele leichte Fälle gegeben, bei denen sie eher das Gefühl hatte, die

Patienten wollten sie kennenlernen. Die Neue kurz abchecken. Aber es hatte auch schwierigere Situationen gegeben und Patienten, die ihr Unbehagen verursachten. Doch sie hatte dazugelernt: Wenn Eva sich jetzt unsicher fühlte, bat sie einfach telefonisch einen der Helfer zu sich in das Behandlungszimmer, um gar nicht erst in eine brenzlige Situation zu geraten. Vorsicht war besser als Nachsicht. Mit der Zeit würde sie ganz von selbst ihre alte Sicherheit und Routine zurückerlangen, dessen war sie sicher.

Das Misstrauen von Frau Schilling hatte Eva jedoch völlig auf dem falschen Fuß erwischt. Bei ihrem Einstellungsgespräch war sie fest davon überzeugt gewesen, sie würden auf derselben Wellenlänge liegen. Sie war froh gewesen, dass eine Frau die Institutsleitung innehatte, und hatte sich sehr auf die Zusammenarbeit mit dieser klugen und tatkräftigen Person gefreut. Vielleicht hätte es ihr zu denken geben sollen, dass sie bereits in dem ersten Gespräch die Zusage für die Stelle erhielt, obwohl sie nur sehr kurz im allgemeinmedizinischen Bereich tätig gewesen war. Hatte Maren Schilling sie etwa nur genommen, weil sich niemand sonst für die Stelle beworben hatte?

Dass die Direktorin ihrer fachlichen Einschätzung so eindeutig widersprach, hatte sie jedenfalls nicht erwartet. Im Gegenteil: Es hatte gewirkt, als hätte Frau Schilling sich ihre Meinung längst gebildet, bevor Eva ihre Argumente überhaupt darlegen konnte. Dass es egal war, wie sie ihre Zweifel begründete. Fragte sich nur, warum. Entweder schenkte sie den Wärtern mehr Glauben und wollte einfach zu Ruhe und Ordnung zurückkehren. Oder sie versuchte, eine umfangreiche Ermittlung in ihrer Anstalt zu verhindern. Dabei war jeder ungewöhnliche Todesfall in einer JVA Grund genug, um eine umfassende Untersuchung einzuleiten. Schon wegen der Prävention für die Zukunft.

Am meisten hatte Eva allerdings geärgert, dass diese Herabwürdigung im Beisein Dritter geschehen war. Sowohl die Wachhabenden wie auch die Kriminalbeamten waren Zeugen dessen geworden – und sie hatte nichts getan, sich kein bisschen zur Wehr gesetzt. Bloß geschwiegen.

Eva schnaubte, ballte ihre Fäuste, fixierte die Gegenstände auf ihrem Schreibtisch und konnte sich nur mit Mühe zurückhalten, alles mit einem Streich herunterzufegen. Stattdessen ließ sie den Kopf in den Nacken fallen, starrte an die Decke und hielt sich an den Armlehnen ihres Schreibtischstuhls fest. Ein Gutes hatte ihre Wut: Wenigstens war die Unsicherheit von vorhin verpufft.

Sie hielt einen Moment inne, überlegte. Nein. Dieses Mal würde sie das Geschehene nicht einfach auf sich beruhen lassen. Sie würde die Energie nutzen und ihrem Ärger und Unverständnis genau da Luft machen, wo er hingehörte. Sie würde Maren Schilling direkt darauf ansprechen. Jetzt sofort. Sie musste wissen, woran sie mit ihr war. Kurz entschlossen suchte Eva auf ihrer Liste die Kurzwahl des Direktorats und griff gerade zum Telefonhörer, als Lisbeth die Tür öffnete.

»Frau Hanssen, hier ist …«

Bevor sie den Satz beenden konnte, schob sich die schlanke Gestalt von Mateo Santana an Lisbeth vorbei und ging zielstrebig mit ausgestreckter Hand auf ihren Schreibtisch zu.

»… Staatsanwalt Santana«, murmelte ihre Mitarbeiterin noch, zuckte bedauernd die Schultern und schloss dann leise die Tür hinter sich.

Eva erhob sich, versuchte sich ihre Erregung nicht anmerken zu lassen, und reichte Santana die Hand. Sie hatte den Staatsanwalt, der mehr als einen Kopf größer als sie war, bisher nur ein einziges Mal im Rahmen des Falles Arendt getroffen. Santana trug einen dunkelblauen Anzug, ein weißes Hemd und eine dezente einfarbige Krawatte im exakt selben Ton des Blazers. So schlicht seine Kleidung auch wirkte, seine Haltung und seine geschmeidigen Bewegungen gaben ihm eine besondere Eleganz, die durch seine welligen, halblangen Haare und den südländischen Teint noch unterstrichen wurde. Er wirkte eher wie ein Model und nicht wie ein Jurist. Und das wusste er offenbar genau.

»Frau Hanssen!« Santana zeigte ein strahlendes Lächeln, als er ihr die Hand drückte und sich dabei leicht verbeugte. »Ich hätte mir einen angenehmeren Ort für ein Wiedersehen gewünscht.«

Eva nickte und deutete zu dem Besprechungstisch auf der anderen Seite ihres Zimmers.

Sie setzte sich über Eck und legte locker ihre Hände in den Schoß. Ein angenehmer Duft von Aftershave wehte zu ihr herüber, der perfekt zu Santana passte. Dezent, aber mit Klasse.

»Sie sind wegen des Falles Winkler hier, richtig?«

Er nickte. »Frau Schilling hat mich angerufen und hergebeten.«

Eva schlug die Beine übereinander. Santana war schon der Zweite, den die Direktorin eigens kontaktiert hatte. Erst der Rechtsmediziner, jetzt der Staatsanwalt. Interessant. Sie fragte sich, ob das die übliche Vorgehensweise war oder ob es sich um eine Reaktion handelte, weil Eva eigenmächtig die Kripo ins Haus geholt hatte. Warum hatte sie daran nicht früher gedacht? Wenn Maren Schilling der Meinung war, dass Eva ihre Kompetenzen überschritten hatte, würde das ihre ablehnende Reaktion wenigstens halbwegs erklären. Wenn sie mit dieser Vermutung richtiglag, war Santanas plötzliches Erscheinen ein Wink des Schicksals und hatte sie vor einem riesigen Fehler bewahrt. Sie sollte besser vorsichtig bleiben. Und sich kooperativ verhalten. Schließlich brauchte sie den Job und durfte nicht vergessen, dass sie noch in der Probezeit war.

Sie legte den Kopf schief und lächelte den Staatsanwalt an. »Womit kann ich Ihnen weiterhelfen, Herr Santana? Den Totenschein habe ich Frau Schilling bereits ausgehändigt. Aber wenn Sie eine Kopie benötigen, kann ich meine Mitarbeiterin gerne bitten …«

»Nicht nötig. Ich wollte mich nur noch einmal mit Ihnen unterhalten«, sagte er beschwichtigend und sah sie mit seinen dunkelbraunen Augen unverwandt an.

Eva bemerkte, dass Santanas rechte Augenbraue etwas höher lag als die andere. Es verlieh seinem Blick etwas Skeptisches, das einen Gegner vor Gericht sicher verunsichern konnte.

»Als Frau Schilling mir sagte, Sie seien in den Fall involviert, habe ich mich gleich auf den Weg gemacht. Voilà!« Er lächelte sie offen an und beugte sich ein Stück nach vorne. »Ich hätte mir natürlich andere Umstände gewünscht, aber man kann sich die Gegebenheiten nicht immer aussuchen, nicht wahr?«

Wäre er nicht wegen Winkler gekommen, hätte Eva vermutet, er wolle mit ihr flirten. Demonstrativ schaute sie auf die Uhr. Sie schätzte, dass Brüggemann sich in der nächsten halben Stunde melden würde.

»Sie sind unter Zeitdruck, ich verstehe schon«, reagierte Santana sofort und richtete den Kragen seines Jacketts. »Vielleicht war es doch keine gute Idee, so unvermittelt bei Ihnen hereinzuplatzen. Bitte entschuldigen Sie. Ich dachte nur …«

»Nein, nein, das ist völlig in Ordnung. Sie machen ja nur Ihre Arbeit. Meine Termine haben sich ohnehin schon verzögert, da machen zehn Minuten auch nichts mehr aus.«

Er nickte, schlug ein Bein über und legte die Hände locker gefaltet in den Schoß. Eva entging nicht, dass er ihre eigene Haltung exakt spiegelte.

»Ein Suizid in einer Haftanstalt ist immer ein heikles Thema. Vor allem, wenn der Fall an die Öffentlichkeit gelangt. Es wirft Fragen auf: nach der Verletzung der Aufsichtspflicht, nach den Haftbedingungen, der ärztlichen und psychologischen Betreuung. Ich muss Ihnen nicht erläutern, welchem enormen Kostendruck Frau Schilling hier unterliegt, von der momentanen Überbelegung und der überaus engen Personaldecke ganz zu schweigen.« Er hob die Augenbrauen. »Ein Ermittlungsverfahren macht diese Lage noch weitaus schwieriger. Es zieht sich oft in die Länge, die Presse mischt sich ein, während ein simpler Suizid relativ schnell in Vergessenheit gerät … Natürlich nicht bei den Angehörigen, verstehen Sie mich richtig. Nur bei den Menschen draußen, die immer eine aufregende Schlagzeile und ein neues Drama suchen.«

Eva verschränkte die Arme vor der Brust. Wollte er ihr zu verstehen geben, sie solle ihre Bedenken für sich behalten? Hatte Frau Schilling ihn deshalb geschickt? Bevor er ihr irgendeine fadenscheinige Geschichte auftischen konnte, warf sie deshalb ein: »Ich weiß mittlerweile aus der psychologischen Akte, dass Harald Winkler als suizidgefährdet eingestuft wurde und zu seinem Schutz in eine Gemeinschaftszelle verlegt worden ist. Aber egal, wie es um seine psychische Stabilität stand, ich glaube dennoch nicht, dass er sich umgebracht hat. Wenn das interne Probleme aufwerfen sollte, tut mir das natürlich leid. Aber ich habe hier einen Job zu erledigen, und den möchte ich so gut wie möglich machen. Etwas anderes könnte ich mit meinem Gewissen nicht vereinbaren. Und jetzt entschuldigen Sie mich bitte ... Wenn Sie keine weiteren Fragen haben, würde ich mich gerne wieder meinen Patienten zuwenden. Wie Sie gerade selbst schon sagten: Die Besetzung ist auch in meiner Abteilung am unteren Limit, und es gibt eine Menge zu tun.«

Er nickte und hob beschwichtigend seine Hände. »Genau darum ging es mir, Frau Hanssen. Eben diese Gründe müssen Sie mir bitte in aller Ausführlichkeit darlegen.« Santana erhob sich, ließ sie aber weiterhin keine einzige Sekunde aus den Augen. »Um einen hinreichenden Tatverdacht formulieren zu können, reichen Mutmaßungen nicht aus. Ich brauche Fakten. Je mehr, desto besser. Insofern möchte ich jedes Argument kennen, um genau zu verstehen, wieso Sie glauben, dass Winkler sich nicht selbst das Leben genommen hat. Wichtiger noch: welche Hinweise Sie bei ihm gefunden haben, die Ihre Meinung bekräftigen, dass eine andere Person involviert war. Vielleicht haben Sie ja sogar eine Ahnung, um wen es sich dabei handelt. Wenn Sie jetzt keine Zeit dafür haben, würde ich Sie bitten, heute nach Ihrem Dienstschluss in meinem Büro vorbeizukommen, wenn Ihnen das keine Umstände macht. Dort könnte ich auch gleich alles protokollieren. Ließe sich das einrichten?«

Er zog eine Visitenkarte aus der Innentasche seines Jacketts und reichte sie Eva. Weiße, klare Schrift auf einem blau glänzenden Grund. Alles Ton in Ton mit seinem Anzug. Sie schaute immer noch auf die Karte, als er fortfuhr: »Und wenn wir das erledigt haben, könnten wir danach noch irgendwo eine Kleinigkeit essen, was meinen Sie?«

Eva steckte die Karte ein und blickte voller Neugier in Santanas makelloses Gesicht. Sie hatte sich nicht getäuscht: Er flirtete. Sie hielt seinem Blick stand und setzte dennoch lieber an der Stelle eine Grenze. Immerhin wusste sie immer noch nicht, was es mit seinem Erscheinen auf sich hatte. Und ihn selbst konnte sie ebenso wenig einschätzen. »Ich komme gerne. Aber lassen Sie uns besser erst das Dienstliche erledigen, Herr Staatsanwalt.«

Er grinste. »Nur wenn Sie mir versprechen, noch einmal darüber nachzudenken. Ich kenne ein wirklich nettes Lokal. Brasilianische Küche. Gemütlich. Ein Geheimtipp.«

Lächelnd schüttelte Eva den Kopf. Er war auf eine charmante Art hartnäckig, was ihr durchaus gefiel, und sie war einem guten Essen eigentlich nie abgeneigt. Doch zum einen war sie bereits verabredet, und zum anderen blieb sein Auftritt für sie undurchsichtig. Außerdem dachte Eva wieder an den eigentlichen Grund seines Kommens: Frau Schilling. »Wir werden sehen. Bis später, Herr Santana.«

Es war besser, auf der Hut zu bleiben.

7.

Als sich die Tür hinter dem Staatsanwalt geschlossen hatte, atmete Eva laut aus. Selten war sie so angespannt gewesen wie heute. Was für ein seltsamer Tag.

Doch bevor sie sich ihrer Arbeit zuwenden konnte, öffnete sich die Tür erneut. An diesem Morgen ging es bei ihr zu wie im Taubenschlag. Lisbeth trat herein, eine dampfende Teetasse in ihrer Hand balancierend. »Ich dachte, ich bringe Ihnen mal einen Kräutertee. Der ist gut für die Nerven.« Sie stellte sie auf den Tisch. »Es tut mir echt leid, Chefin. Der Staatsanwalt ist einfach an mir vorbeispaziert. Ich hatte gedacht, er sei noch vorne am Empfang, als wir den Anruf erhielten. Dass er einfach so ohne Wärter hier durchkommt, damit habe ich nicht gerechnet und …«

»Schon gut, Lisbeth. Frau Schilling hat ihn hergebeten. Ich soll nachher in seinem Büro in der Innenstadt vorbeikommen, um meine Beobachtungen zu Protokoll zu geben. Das war alles.«

»Ist das denn üblich?«, fragte Lisbeth, der ihre Verwunderung ins Gesicht geschrieben stand.

Eva wusste nicht, was sie darauf antworten sollte. Für sie war gerade nichts von dem normal, was sich in der JVA abspielte. Sie handelte rein intuitiv, hielt sich an ihre Werte, beurteilte die Dinge, die sie sah, und zog dann ihre Schlussfolgerungen. Nur eines schien sich zu wiederholen: Wenn sie auf irgendeine Unregelmäßigkeit stieß, lehnte sich der ganze interne Apparat gegen sie auf. Genau wie heute. Und auch wenn Santana seinen Hinweis vorhin mit seiner Essenseinladung überspielen wollte, hatte er ihr eindeutig nahegelegt, sich zurückzuhalten. Sie brauchte Klarheit – und eine Verbündete, der sie vertrauen konnte. Alleine konnte sie gegen das System nichts ausrichten.

»Sagen Sie es mir, Lisbeth«, forderte Eva sie deshalb geradeheraus auf. »Ist das für Sie normal? Wie lief es denn bislang, wenn sich hier ein Todesfall oder ein Suizid ergab?« Sie bedeutete ihrer Mitarbeiterin, Platz zu nehmen.

Lisbeth setzte sich zögernd. Sie schien genau zu überlegen, was sie antworten sollte.

»Einfach raus damit«, ermutigte Eva sie. »Ich merke doch schon den ganzen Tag, dass Ihnen etwas auf dem Herzen liegt.«

Doch ihre Mitarbeiterin schüttelte den Kopf und wich ihrem Blick aus. »Ich mag es einfach nicht, schlecht über jemanden zu reden …«

»Das verstehe ich natürlich. Aber ich versichere Ihnen, dass alles, was wir hier besprechen, unter uns bleibt. Wenn es Ihnen lieber ist, außerhalb der JVA …«

»Nein«, unterbrach Lisbeth sie abrupt und etwas zu laut. Gleich wiederholte sie in ruhigerem Ton: »Nein. Entschuldigen Sie, das ist es nicht. Ich glaube nur einfach nicht, dass das, was zuvor hier in unserem Bereich geschehen ist, etwas mit Ihnen zu tun hat. Mit Regeln. Oder mit diesem Fall von heute.«

»Was ist denn zuvor geschehen?« Evas Neugier war nun endgültig geweckt. Sie hoffte, ihre Mitarbeiterin würde nicht gleich wieder zumachen. Sie wollte endlich mehr darüber erfahren, was in der Vergangenheit hier los war.

»Vielleicht fange ich anders an.« Lisbeth strich mit den Fingern am Saum ihres weißen Oberteils entlang. »Sie fragten doch nach anderen Todesfällen. Es hat natürlich welche gegeben. Aber da war nichts Auffälliges. Denke ich jedenfalls.«

»Wie meinen Sie das, Sie *denken*?«, hakte Eva behutsam nach.

»Es hat schon seltsame Vorgänge gegeben. Früher, vor Ihrer Zeit.« Sie sah kurz auf, betrachtete dann wieder den Saum ihres Kittels. Aufgeregt fügte sie an: »Aber nicht bei uns Pflegern, in den Befunden und Arbeitsvorgängen. Das hoffe ich zumindest. Eher … hier.«

Eva verstand nicht, worauf Lisbeth hinauswollte. Am liebsten hätte sie sie geschüttelt. Doch offenbar kostete es ihre sonst so selbstbewusste und direkte Mitarbeiterin große Überwindung auszusprechen, worüber sie seit Langem geschwiegen hatte. Also ließ Eva ihr die Zeit, die sie brauchte, und verhielt sich ganz still.

»Es fing ungefähr vor einem Jahr an. Erst erschien es ganz harmlos. Aber dann …« Jetzt hob sie den Kopf, sah Eva an, sprach aber noch eine Spur leiser. »Ihr Vorgänger unterstellte uns, wir hätten Sachen verschlampt. Dabei halte ich wirklich Ordnung und tue, was ich nur kann, das wissen Sie!«

Nach und nach erzählte Lisbeth stockend eine Geschichte, die Eva nicht erwartet hatte: Der Arzt, der zuvor in Wiesheim gearbeitet hatte, war nicht mehr der Jüngste und offensichtlich schwer erkrankt. Psychisch. Mit einem Mal fehlten Akten, Termine wurden nicht eingehalten, falsche Medikamente verschrieben, manche verschwanden auch spurlos, immer wieder hatte er behauptet, etwas stimme mit seinem Auto nicht. In Wahrheit hatte er wohl versucht, eigene Fehler zu vertuschen, indem er das Team beschuldigte, nachlässig zu arbeiten. Doch einmal habe der Arzt mitten in der Nacht in der Praxis gestanden und behauptet, er sei wegen eines Notfalls angerufen worden. Was definitiv nicht der Fall gewesen war. Es war kein Anruf durch die Helfer erfolgt, das war anhand der Verbindungsprotokolle eindeutig nachweisbar. Dieses Ereignis hatte dann das Fass zum Überlaufen gebracht.

Jetzt begriff Eva, wieso Lisbeth so unsicher gewesen war. Angesichts der Verfassung ihres Vorgängers war es mehr als wahrscheinlich, dass früher oder später fehlerhafte Prozesse zum Vorschein kommen würden. Davor hatte Lisbeth vermutlich Angst gehabt, weil sie wusste, dass Eva Unregelmäßigkeiten keinesfalls dulden würde. Sie wollte sich schützen. Genauso wie die Kollegen in ihrem Team.

»Und was passierte dann? Ist er freiwillig ausgeschieden?«, fragte Eva vorsichtig.

Lisbeth schüttelte den Kopf und errötete. »Es wurde ihm nach einigen Monaten nahegelegt. Er … es hört sich schrecklich an und ich wollte ihm auch nichts unterstellen, aber … er legte schon immer wenig Wert auf sein Äußeres … deshalb habe ich mir zunächst nichts dabei gedacht … jedenfalls …« Sie zögerte und sah zu Boden. »Irgendwann roch es öfter. Hier im Büro.«

»Wie meinen Sie das?« Eva verstand nicht.

»Nach Urin. So als hätte er sich hier drinnen erleichtert.«

Damit hatte Eva nicht gerechnet. Sie schlug die Hand vor den Mund. »Wie furchtbar! Das war sicher eine schwierige Situation für Sie. Er litt unter Demenz, richtig?«

Lisbeth nickte. »Er wurde furchtbar wütend, wenn ich das Fenster zum Lüften öffnen wollte oder den Reinigungsdienst herbestellte. Er behauptete immer, das sei jemand anderer gewesen. Man wolle ihm etwas unterstellen. Wir würden ihn bloß loswerden wollen. Er sprach von einem Komplott gegen ihn, aber alle wussten ja … Es war nicht zu übersehen.«

Eva nickte. Sie kannte Geschichten wie diese. Es war eine furchtbare Krankheit, für die Erkrankten genauso wie für die Angehörigen. Obwohl in ihrem Umfeld niemand unter Demenz litt, war Eva gut mit dem Krankheitsbild vertraut. Die Inkontinenz war neben der Vergesslichkeit, starken Stimmungsschwankungen und Veränderungen in Verhalten und Persönlichkeit leider auch ein typisches Symptom.

»Irgendwann waren wir uns im Team einig, dass wir seine Krankheit nicht länger unter dem Deckel halten konnten, dieser Zustand untragbar und auch gefährlich war. Ich habe dann Frau Schilling um ein persönliches Gespräch gebeten und ihr alles erzählt. Daraufhin hat sie sich offenbar mit ihm geeinigt, dass er bis zu seiner Pensionierung, die offiziell erst in über einem Jahr gewesen wäre, beurlaubt würde. Schon am Tag nach diesem Gespräch ist er nicht mehr aufgetaucht.« Sie schluckte. »Dadurch konnten wir uns nicht einmal verabschieden. In der JVA ist diese Geschichte nicht bekannt. Offiziell war er plötzlich sehr schwer erkrankt. Was ja im Grunde auch der Wahrheit entspricht.«

Eva musterte ihre Mitarbeiterin, deren Hände sich, während sie sprach, ständig umeinander rangen. »Das alles ist Ihnen sehr nahe gegangen.«

Lisbeth nickte. »Sehr. Er hat mir so leidgetan. Er konnte ja nichts für diese Ausfälle. Aber so, wie es war, funktionierte es einfach nicht mehr.«

Eva musterte ihre Mitarbeiterin. »Und jetzt glauben Sie, dass Frau Schilling uns auf dem Kieker hat? Dass sie doch glaubt, es steckte ein Körnchen Wahrheit in seinen Vorwürfen und wir würden nicht sorgfältig genug arbeiten?«

Lisbeth zuckte die Achseln.

»Noch einmal zurück zu meiner ersten Frage: Wie ging es denn normalerweise vonstatten, wenn sich ein Todesfall ereignete?«

»Ihr Vorgänger hat das stets alleine übernommen. Vor seiner Zeit wurde bei jedem ungewöhnlichen Todesfall automatisch eine Obduktion durchgeführt. Ich hatte mich gewundert, als sich diese Praxis änderte. Aber er hat das Gespräch mit Frau Schilling gesucht und meines Wissens die enormen Kosten und den Zeitverlust angeführt … und er könne diese Untersuchung …«

Eva hob die Hand. Sie wollte nicht mehr wissen. »Das reicht mir schon.« Sie sah Lisbeth unverwandt an und fuhr dann fort: »Zunächst finde ich es gut und richtig, dass Sie sich wegen der Sache mit meinem Vorgänger an die Direktorin gewandt haben. Ein Arzt mit diesem Krankheitsbild hätte früher oder später Fehler gemacht, die ernsthafte Folgen für die Patienten hätten haben können. Das zu vermeiden, war sicher auch der Grund für die unmittelbare Freistellung. Ich glaube, da haben Sie sich nichts vorzuwerfen.«

Lisbeth senkte ihren Blick und faltete die Hände in ihrem Schoß.

»Alles, was hier gerade passiert«, fuhr Eva fort, »hat allein mit mir zu tun und nicht mit dieser alten Geschichte. Dessen bin ich mir absolut sicher. Und ich versichere Ihnen noch einmal, wie froh ich bin, eine so umsichtige Mitarbeiterin wie Sie zu haben. Nach allem, was Sie erzählt haben, umso mehr. Ich weiß, wie gewissenhaft Sie sind und dass hier bestimmt nichts falschläuft. Im Gegenteil: Sie haben alles hervorragend im Griff und sind eine echte Stütze für mich.«

Lisbeth schaute sie dankbar an.

»Fühlen Sie sich jetzt besser?«, fragte Eva.

»Ja. Danke.« Sofort kam wieder Leben in ihre Mitarbeiterin. »Aber der Staatsanwalt … Wie geht es denn jetzt weiter in dem Fall Winkler?«

Gute Frage. Eva überlegte. Nach allem, was sie nun wusste, würde sie Lisbeth auf jeden Fall bitten müssen, ihr die Akten aller Todesfälle zusammenzustellen, die ihr Vorgänger begutachtet hatte. Zumindest die der letzten zwölf Monate. Sie musste prüfen, ob nichts übersehen worden war – auch wenn das allein anhand der Aktenlage schwierig zu beurteilen sein würde. Außerdem müsste sie mit Lisbeth darüber sprechen, was ihr Vorgänger sonst noch eigenmächtig unter dem Deckmantel der Kosteneinsparung geändert hatte, denn sie konnte sich nun nicht mehr sicher sein, dass alle Abläufe wirklich den Regeln entsprachen. Vielleicht erklärte sich damit auch, warum auf der gesamten Krankenstation Kameras fehlten. Aber das hatte nicht die oberste Priorität.

Für den Moment hatte Winklers Tod Vorrang. Sie wollte so viel wie möglich über den Gefangenen und seine Erkrankung in Erfahrung bringen, bevor sie Brüggemann und Jovic wiedertraf.

»Bitte stellen Sie mir alle Akten zusammen, die es über Winkler gibt«, sagte sie zu Lisbeth. »Vor allem brauche ich die Begründung, warum er als suizidgefährdet eingestuft worden ist. Hören Sie sich doch auch mal bei den Bediensteten um. Es muss ja irgendetwas vorgefallen sein. Und dann würde ich mir gerne noch einmal die Todesfälle der vergangenen Monate ansehen. Aber das eilt nicht.«

»Ihr Vorgänger war immer sehr korrekt, bis …«

»Ich weiß, das habe ich schon verstanden. Nur zur Sicherheit.«

Lisbeth nickte und machte sich auf den Rückweg in das Zimmer der Pflegekräfte.

Vielleicht würde Winklers psychologisches Gutachten irgendeinen Hinweis darauf liefern, wieso es zu diesem Unfall gekommen war. Oder zu dem Mord. Sie ließ diesen Gedanken wirken. Auch diese Möglichkeit bestand weiterhin, das wusste sie. Dass jemand Winkler aus dem Weg schaffen wollte. Erstmals gab sie diesem Gedanken Raum. Nachdenklich tippte sie mit dem Zeigefinger auf die Schreibtischplatte. Für sie war die drängendste Frage, wie Winkler unbemerkt aus seiner Zelle gelangen konnte. Genauso wie der andere, denn sie war sicher, dass mindestens zwei Personen in dem Duschraum gewesen waren. Woher war dieser Zweite gekommen? Hatte er dort auf Winkler gewartet?

Eva verfluchte den Umstand, dass Kameraaufzeichnungen für die letzte Nacht nicht verfügbar waren.

Sie stand auf und trat an das vergitterte Fenster, das zur Außenmauer der JVA hinausging. Sie seufzte und dachte an die Warnung ihrer Freundin Ann-Kathrin, die ihr schon seit Wochen in den Ohren lag, dass dieser Job sie in ein übles Milieu ziehen würde.

Konnte es wirklich sein, dass sie erneut in eine seltsame Geschichte hineingeraten war? Beinahe befürchtete sie, dass sie diese Frage bald mit »Ja« beantworten würde.

8.

Nachdem Brüggemann und Jovic von Eva Hanssen durch die Kantine geführt worden waren, nahmen sie mit ihren Tabletts an einem Tisch ganz am Rande des großen Raumes Platz, um in Ruhe reden zu können. Der Kommissar bedauerte nicht, dass sie noch bleiben mussten, denn seine Königsberger Klopse rochen ausgesprochen gut, genau wie der Grießbrei mit Pflaumenkompott, den die beiden Frauen gewählt hatten und der ihn an seine Kindheit erinnerte. Seine Großmutter hatte oft Süßspeisen für ihn zum Mittagessen gemacht, wenn seine Eltern bei der Arbeit waren.

Während sie ihre Teller abstellten, musterte er die wenigen Mitarbeiter in der Kantine, die um diese Uhrzeit noch spärlich besetzt war. Was gut war, denn so fiel ihre Anwesenheit nicht weiter auf und wurde nicht zum allgemeinen Gespräch.

»Und das Essen wird wirklich von den Gefangenen zubereitet?«, erkundigte sich Aleksandra Jovic interessiert.

Eva Hanssen nickte. »Unter der Leitung eines Küchenchefs, der schon seit zehn Jahren in der JVA seinen Dienst tut. Ich esse regelmäßig hier und bin ziemlich begeistert. Es ist viel besser als in dem Krankenhaus, in dem ich zuvor gearbeitet habe. Alles wird täglich frisch zubereitet.«

»Und das Angebot ist für die Gefangenen und die Bediensteten gleich?«

»Ja. Damit will die Gefängnisleitung vermeiden, dass allzu viele Beschwerden über das Essen kommen.«

Jovic kratzte den äußeren Rand des Grießbreis weg, hielt dann aber kurz mit dem vollen Löffel in der Luft an, bevor sie ihn zum Mund führte.

»Und wie halten sie es mit Spezialessen? Es gibt ja sicher viele verschiedene Nationalitäten und Religionen unter den Gefangenen«, fragte sie und hielt auch den nächsten Löffel noch einmal prüfend unter die Nase, so als würde sie dem Essen doch nicht recht trauen.

Ein Lächeln huschte über Eva Hanssens Lippen, die offenbar das Zögern seiner jungen Kollegin bemerkt hatte. »Es gibt natürlich Diätkost, eine vegetarische Speise und auch spezielle Kost für Muslime. Aber eben jeweils nur ein Gericht. Mehr ist bei dem Budget nicht drin.« Sie zuckte die Schultern. »Bevor wir noch länger über das Essen reden – ich bin neugierig. Haben Sie schon etwas Neues im Fall Winkler herausgefunden? Hat die Zellendurchsuchung einen Hinweis ergeben?«

Brüggemann zog ein Kartoffelstück durch die Soße und vermied es, Jovic anzusehen, deren Blick er deutlich spürte. Er durfte der Ärztin keine näheren Auskünfte über den Fall geben, immerhin war sie Teil des Systems und in gewisser Weise eine Zeugin. Dennoch fiel es ihm schwer, ihr nichts zu verraten. Er mochte Eva Hanssen, das hatte Jovic vorhin ganz richtig erkannt. Wäre er mit ihr alleine gewesen, hätte er vermutlich auf ihre Vertrauenswürdigkeit gezählt und ihr über seinen Fund in der Zelle berichtet. Aber in dieser Konstellation musste er sich zurückhalten.

»Wir sind noch mitten in der Beweisaufnahme«, ergriff

Jovic nun statt seiner das Wort. »Insofern können wir derzeit noch gar nichts sagen. Winklers Leiche wurde schon abtransportiert, aber die Techniker sichern noch Spuren. Aus der Rechtsmedizin erwarten wir auch erst morgen eine Rückmeldung, dort herrscht wohl gerade Hochbetrieb.«

Eva schaute zu Brüggemann hinüber und schien darauf zu warten, dass er sich ebenfalls dazu äußerte. Er wusste, dass sie mehr von ihm erwartete, und es fiel ihm unglaublich schwer, sie in diesem Moment zu enttäuschen. Aber er hatte keine andere Wahl. Er wollte sie nicht zur Mitwisserin machen. Schon um sie zu schützen. Denn wenn sie Recht hatte, ging jemand in Wiesheim um, der selbst hier nicht vor einem Mord zurückschreckte. Einer, der ganz offenbar Türen öffnen konnte.

Als er weiter hartnäckig schwieg und so ruhig wie möglich weiteraß, nahm auch Eva Hanssen ihr Besteck wieder auf, rührte jedoch nur in ihrem Brei herum und schien über irgendetwas nachzudenken.

»Ist es eigentlich normal, dass der Staatsanwalt parallel zu Ihnen beiden hier auftaucht und Fragen stellt?«, fragte sie nach einer Weile, ohne den Blick zu heben.

Brüggemann ließ die Gabel verblüfft auf den Teller sinken. »Der Staatsanwalt? Wie kommen Sie darauf?«

»Mateo Santana war vorhin bei mir und bat mich, ihn heute noch in seinem Büro aufzusuchen, um meine Beobachtungen zu Protokoll zu geben.«

Der Glatte, wie er ihn gerne nannte. Ausgerechnet. Der hatte Brüggemann gerade noch gefehlt. Er schob den Teller von sich. Der Appetit war ihm mit einem Schlag vergangen.

»Schmeckt es Ihnen nicht?«, fragte Eva Hanssen, die seine Geste missdeutete.

Brüggemann bemühte sich um ein Lächeln. Die Ärztin konnte nicht wissen, dass er kein großer Fan von Santana war – und allergisch darauf reagierte, wenn der Staatsanwalt hinter seinem Rücken am selben Tatort agierte, ohne ihn darüber in Kenntnis zu setzen. Santana machte mit seiner Art immer wieder klar, dass die Kriminalpolizei für ihn eine reine Ermittlungsbehörde war, die ihm zu Diensten stand, im Grunde aber keine echte Relevanz hatte. Diese Haltung brachte Brüggemann regelmäßig auf die Palme. Immerhin konnte die Staatsanwaltschaft nur dann erfolgreich Klage erheben, wenn die Polizei zuvor absolut zuverlässig, gründlich und sauber gearbeitet hatte. Für Brüggemann war die Verbrechensbekämpfung schon immer auf gute Teamarbeit ausgerichtet gewesen und nichts für karriereorientierte Einzelkämpfer. Und als einen solchen empfand er Santana. Soweit er wusste, kannte der Staatsanwalt Frau Schilling schon seit Jahren – und vermutete, dass sie ihn auf den Plan gerufen hatte, um die Ermittlungen ganz in ihrem eigenen Sinne zu lenken.

»Nein, nein«, beeilte er sich dennoch zu sagen und nahm sein Besteck wieder zur Hand. »Alles prima! Offen gestanden hatte ich damit nicht wirklich gerechnet.«

»Mit dem Staatsanwalt oder dem guten Essen?«, hakte Eva sofort nach und lächelte.

»Mit beidem«, antwortete er und deutete auf sein Essen. »Es ist wirklich sehr gut. Aber um auf Ihre Frage zurückzukommen: Staatsanwaltschaft und Polizei arbeiten immer Hand in Hand, gerade bei Mordermittlungen. Da wir dieses Mal allerdings noch gar nicht sicher sind, ob wir es mit einem echten Tötungsdelikt zu tun haben, erstaunt mich nur der Zeitpunkt seines Erscheinens. Das ist alles.«

»Glauben Sie denn mittlerweile, dass es kein Selbstmord war?« Eva Hanssen fixierte ihn mit ihren grünen Augen.

Brüggemann zuckte die Schultern, konnte sie aber nicht offen ansehen, sondern konzentrierte sich auf seinen Teller. Er hätte der Ärztin zu gerne eine andere Antwort gegeben – immerhin war die seltsame Stimmung zwischen ihr und der Direktorin mehr als deutlich gewesen, und er ahnte, wie sehr sie auf eine Bestätigung ihrer These von seiner Seite hoffte. Aber er wollte Eva Hanssen auch nichts vormachen. Deshalb wiederholte er stoisch, was Jovic bereits gesagt hatte. »Wir haben unsere Ermittlungsarbeit gerade erst begonnen, Frau Hanssen. Ich kann und darf Ihnen zu diesem Zeitpunkt keine Prognose abgeben, auch wenn ich Ihr Interesse gut verstehen kann. Ich hoffe, Sie können das nachvollziehen. Sie wissen, dass ich da immer vorsichtig bin.«

Als er nun ihren Blick erwidern wollte, um ihr zu verstehen zu geben, wie leid es ihm tat, hatte Eva Hanssen sich schon von ihm abgewandt. Kein Wunder: Er hatte sie enttäuscht. Manchmal hasste er sich für seine Einstellung. Aber er konnte nicht aus seiner Haut. In der er sich allerdings gerade nicht sonderlich wohlfühlte.

»Und um gleich einen Schritt weiterzukommen, hätte ich noch eine Frage«, durchbrach Aleksandra Jovic, die auf ihrem Teller einen kleinen Berg aus dem verbliebenen Brei geformt hatte, das Schweigen. »Wir wollten noch einmal genau durchgehen, welche Details Sie heute Morgen zu der

Auffassung gebracht haben, dass Winkler sich nicht selbst das Leben genommen hat.«

Eva wiederholte noch einmal die medizinischen Aspekte ihrer Untersuchung. »Obwohl auf den ersten Blick alles zu passen schien, war ich mir sicher, dass es kein Suizid war. Ich bin natürlich keine Expertin in solchen Dingen.« Sie schaute auf ihren Teller und schob eine Pflaume hin und her. »Deshalb hatte ich ja auch um Ihre Hilfe gebeten. Mein Gefühl sagte mir ganz deutlich, dass etwas nicht zusammenpasste.«

Brüggemann nickte, schwieg aber weiter. Er musste feststellen, dass Eva Hanssen sich seit ihrer letzten Begegnung verändert hatte. Sie erschien ihm nachdenklicher, wirkte in sich gekehrt. Und hier im Zwiegespräch war sie nicht mehr so überzeugend wie zuvor gegenüber Frau Schilling. Vielleicht hatte sie ihr Gefühl dieses Mal getrogen. Er hoffte es beinahe. Denn wenn wirklich jemand einen Mord vertuschen wollte, wäre diejenige, die den Bluff entlarvt hatte, sicher in Gefahr. Wieder einmal.

»Haben Sie den Gefangenen denn gekannt? War er bei Ihnen in Behandlung?«, fragte Jovic.

Eva Hanssen schüttelte den Kopf. »Leider nicht. Er ist offenbar auch nie bei meinem Vorgänger vorstellig geworden. Ich habe vorhin noch in unseren Akten nachgeschaut, aber da war kein relevanter Vermerk zu seinem Gesundheitszustand.« Sie hielt den Blick auf ihren Teller gerichtet, der Löffel stand still. »Nur eine Sache gibt es, die Sie ohnehin bei Ihren Ermittlungen erfahren werden: Die Psychologin hier im Haus hat Winkler vor zwei Monaten als suizidgefährdet eingestuft.«

Brüggemann wechselte mit Jovic einen Blick.

»Ich weiß, was Sie jetzt denken. Alles deutet ausschließlich in eine Richtung: Selbsttötung«, sagte Eva Hanssen und richtete sich auf. Ihre Miene wirkte entschlossen. »Aber Ihnen ist sicher nicht verborgen geblieben, dass die Direktorin meine Meinung schon angezweifelt hat, bevor ich überhaupt etwas geäußert habe. Genauso ging es mir mit dem Wachhabenden, den ich nur mit Mühe davon abhalten konnte, noch mehr Beweise zu vernichten. Und dann der Staatsanwalt, den übrigens auch Frau Schilling gerufen hat. Sie sagen selbst, dass das nicht ganz dem üblichen Vorgehen entspricht.« Sie presste die Lippen zusammen, schien abzuwägen, ob sie fortfahren sollte.

»Und noch eine andere Sache stört mich. An diesem Morgen gab es einen weiteren Zwischenfall in demselben Haus, kurz bevor ich zu Winkler gerufen wurde. Warum haben da sämtliche Beamten den Überwachungsraum verlassen, nur wegen eines kranken Mannes, der sich auf dem Boden wälzte? Von dem ging definitiv keine Gefahr aus. Genauso war es, als ich in dem Duschraum war: Alle drei Beamten standen dort herum. Wenn ein Systemupdate gemacht wurde, hätte dann nicht erst recht mindestens einer im Wachraum verbleiben müssen, um die Vorgänge auf den Bildschirmen zu beobachten? Mir wurde immer gesagt, dass die Gefangenen jede Unruhe ausnutzen. Diese Gefahr bestand ohne jeden Zweifel an diesem Morgen. Ich will hier nichts gegen die Wachleute sagen, aber …«

»Vielleicht waren sie in dieser Mannstärke dort für den Fall, dass ein Tumult unter den anderen Gefangenen entsteht. Oder dass er nur simuliert und jemanden angreifen will. Sie zum Beispiel«, hielt Jovic ihr entgegen.

Eva Hanssen musterte Jovic und ließ das Gesagte wirken. Dann schüttelte sie den Kopf. »Dennoch: Ich wundere mich, dass das Fehlen des Mannes am Morgen niemandem aufgefallen ist. Seinen Zellenkollegen zum Beispiel. Denn da war der Mann schon tot und vermutlich längst in dem Duschraum. Vielleicht irre ich mich ja bei Winklers Todesursache. Das kann ich nicht ausschließen. Aber bei einem bin ich mir sicher: Irgendetwas stimmt in diesem Haus nicht. Das sagt mir mein Instinkt, wenn Sie es so nennen wollen.«

»Möglicherweise waren die Männer durch den Vorfall zuvor einfach nur spät dran und haben es mit den Kontrollen nicht so genau genommen«, mutmaßte Jovic. »Immerhin war Winkler ja nicht alleine in der Zelle …«

Eva Hanssen ließ sich gegen ihre Stuhllehne sinken, nahm ihren Löffel wieder auf, stocherte aber nur in dem Brei herum, den sie kaum angerührt hatte. Jovic tat es ihr gleich.

»Danke«, durchbrach Brüggemann schließlich die Stille.

»Wofür?« Eva schaute ihn genauso überrascht an wie seine Kollegin.

»Für Ihre Offenheit. Es scheint nicht ganz einfach zu sein, bei seiner Meinung zu bleiben, wenn man das Gefühl hat, dass alle anderen in der Anstalt vom Gegenteil überzeugt sind. Und wenn dann auch noch die Beweislage so ist, wie Sie sie beschrieben haben … Es erfordert Mut, dann gegenzuhalten und der eigenen Überzeugung treu zu bleiben.«

Für einen kurzen Moment traf sein Blick den von Eva Hanssen. Doch dieses Mal war er es, der sich abwandte, bevor Jovic wieder in seinem Gesicht las wie in einem Buch.

Rasch fuhr er fort: »Gut. Dann wollen wir mal wieder

weiter. Wir haben noch eine Menge zu tun, und sicher stehen jetzt schon sämtliche Akten bereit.« Brüggemann tupfte sich mit der Papierserviette den Mund ab und schob sich ein Stück vom Tisch weg.

»Wir werden völlig unvoreingenommen ermitteln«, sagte Jovic schnell und lächelte Eva Hanssen an. »Das verspreche ich Ihnen. Wie mein Kollege schon sagte, wir haben gerade erst mit unseren Untersuchungen angefangen. Und wir werden Ihre Hinweise im Hinterkopf behalten.«

Brüggemann wusste in demselben Moment, in dem Jovic sie aussprach, dass diese Worte von ihm hätten kommen müssen. Doch jetzt war es dafür zu spät. Oder nicht? Er strich seinen Kragen glatt und vermied es, Jovic anzusehen, die ihm sicher den Kopf waschen würde für das, was er nun sagte: »Was halten Sie davon, uns zu begleiten? Wir werden als Nächstes Winklers Zellengenossen befragen.«

»Aber ...« Jovics Augen waren weit aufgerissen und ihre Lippen zusammengepresst. Dennoch bemühte sie sich um Ruhe, suchte nach den richtigen Worten. »Wenn der Staatsanwalt ...«

»Wenn der Staatsanwalt das erfährt«, unterbrach Brüggemann sie abrupt, »dann werden wir ihm sagen, dass wir jemanden von der Verwaltungsseite bei unseren Vernehmungen dabeihaben wollten. Weil wir sicher waren, dass die Gefangenen so kurzfristig keinen Anwalt ihres Vertrauens hinzuziehen konnten. Wir werden auch Frau Schilling bitten dazuzukommen. Alles ganz offiziell. Damit es nicht im Nachhinein heißt, wir hätten Druck ausgeübt, unsere Befugnisse übertreten oder Ähnliches.«

Er zwinkerte seiner Kollegin vielsagend zu.

Jovic, die während seiner Rede die Luft angehalten hatte, atmete stoßweise aus und grinste. Sie wusste natürlich dasselbe wie Brüggemann selbst: Die Direktorin hatte sich bereits auf den Weg nach München in die Rechtsmedizin begeben, um dort Druck zu machen und die Obduktion zu beschleunigen. Eine vergebliche Mühe, denn wie der Kommissar aus Erfahrung wusste, ließ sich der Verantwortliche grundsätzlich nicht unter Zugzwang setzen. Im Gegenteil. Er war sehr genau und nahm sich dann eher noch mehr Zeit. »Der Tote wird schließlich nicht wieder lebendig«, hatte der Mediziner ihm mal entgegengehalten.

Zu seinem Bedauern winkte Eva Hanssen jedoch nach einem kurzen Moment des Nachdenkens ab: »Ich weiß Ihr Angebot sehr zu schätzen, Herr Brüggemann. Ihr Vertrauen ehrt mich. Wirklich. Aber mein Verhältnis zu Frau Schilling ist momentan ohnehin schwierig, wie Sie vielleicht gemerkt haben, und ich würde damit meine Kompetenzen hier im Haus eindeutig überschreiten.« Ihr Blick ging von einem zum anderen, dann lächelte sie. »Aber danke, dass Sie meine Bedenken ernst nehmen. Wenn ich noch irgendetwas tun kann, dann lassen Sie es mich wissen. Ansonsten würde ich jetzt gerne wieder zu meiner Station zurückkehren.«

Brüggemann wich ihrem Blick aus und rückte das Besteck auf seinem Tablett zurecht. Er bedauerte ihre Entscheidung – nicht nur, weil er mehr Zeit mit ihr verbringen wollte, er hätte sie auch zu gerne im Gespräch mit den Gefangenen erlebt. Eva Hanssen hatte als Neuling in der JVA einen ungetrübten Blick. Außerdem verfügte sie über eine gute Menschenkenntnis, die sie in ihrem Beruf ebenso benötigte wie er selbst. Aber ihr Einwand war vollkommen berechtigt.

Gleichzeitig bewunderte er Eva Hanssen für ihren Weitblick und ihre rationale Entscheidung, trotz ihrer offenkundigen Wissbegier. Mit ihm gingen immer wieder die Pferde durch, weil er zu spontan und impulsiv handelte. So wie mit seiner Frage vor wenigen Minuten. Er war mit dem Angebot an die Ärztin deutlich zu weit gegangen, ohne die Folgen zu bedenken, einfach weil er seinen Gefühlen folgte. Und obwohl der Glatte im Haus war und ihm auf die Finger schaute. Dieser Wesenszug machte Brüggemann zwar in seiner Abteilung beliebt, hatte ihm aber in seiner Laufbahn schon häufiger Steine in den Weg gelegt. An Eva Hanssens Stelle hätte er sich eine Gelegenheit wie diese vermutlich nicht durch die Lappen gehen lassen. Er musterte sie von der Seite. Doch bevor es eine der Frauen bemerken konnte, wandte er den Blick wieder ab.

»Sollen wir dann los?«, fragte Aleksandra Jovic, die in den Kantinenraum deutete, der sich mit einem Mal sichtlich füllte. »Die Gefangenen sind offenbar von ihrer Vormittagsschicht zurück und warten vermutlich schon im Vernehmungsraum.«

Brüggemann nickte und beeilte sich, alles auf sein Tablett zu räumen.

»Und ich hoffe, dass ich Winklers ausführliche Akte von unserer psychologischen Abteilung bekommen habe.« Eva Hanssen erhob sich, ließ ihr Tablett aber noch stehen. »Sie halten mich weiter auf dem Laufenden?«, wollte sie wissen und hielt ihm die Hand hin.

»Natürlich«, antwortete er.

Nichts lieber als das, fügte er im Stillen hinzu.

9.

Eva Hanssen. Schon wieder. Überall muss sie ihre hübsche Nase hineinstecken.

Kann die nicht einfach mal ihren Job machen, ohne sich in die Angelegenheiten anderer einzumischen? Immer wieder taucht sie auf, stellt Fragen. Wie ein kleines Kind. Nur Fragen, Fragen, Fragen.

Sie kapiert es einfach nicht! Die wichtigste Regel hier lautet: Tu deine Arbeit und kümmere dich nicht um die anderen. So simpel. Aber sie findet einfach immer was. Wühlt sich durch Akten, will alles wissen.

Und stellt alles infrage, was bisher funktionierte. Sie stört die Ordnung.

Dabei hat niemand um ihren Rat gebeten. Ganz sicher nicht.

Deshalb ist es auch allein ihre Schuld, was jetzt passiert. Sie hat ihre Chance bekommen, damals, aber sie muss ja immer weitermachen, kann sich nicht zurückhalten wie alle anderen hier drin.

Sie muss endlich begreifen, wie es bei uns läuft.

Wer nicht hören will, muss fühlen.

So ist das eben.

Jetzt muss sie mit dem Echo klarkommen.

Basta.

10.

Wie nicht anders zu erwarten, lag die angeforderte Akte aus der psychologischen Abteilung bereits auf Evas Schreibtisch bereit, genau wie Winklers allgemeine Akte. Auch die Gerichtsakten fehlten nicht. Zwar interessierten Eva die Umstände seiner Inhaftierung sehr, aber ihr brannte vor allem unter den Nägeln, mehr über Harald Winklers seelischen Zustand zu erfahren.

Interessiert studierte sie die präzisen Einträge von Judith Herzog, der Gefängnispsychologin, die vor etwa zwei Monaten nach einer Sitzung mit Winkler angeordnet hatte, ihn von einer Einzel- in eine Gemeinschaftszelle zu verlegen. Der Mann litt nach Judith Herzogs Diagnose unter einer akuten Psychose, die sich durch Angstattacken und depressive Phasen äußerte. Außerdem hatte er Wahnvorstellungen. Der Patient, so schrieb sie, würde sich zunehmend sowohl während der Freistunde, in der die Gefangenen an die frische Luft durften, wie auch während des abendlichen Aufschlusses von den anderen Gefangenen fernhalten. Er verbrachte immer mehr Zeit alleine, zog sich in seine Zelle zurück, redete kaum noch mit seinen Arbeitskollegen. Als Begründung gab er an, sich verfolgt zu fühlen. Die anderen Gefangenen würden ihn beobachten, schikanieren und verletzen. Für Letzteres gab es jedoch keine Beweise, weder Wachhabende noch Inhaftierte konnten derartige Vorkommnisse bestätigen.

Die Auskunft über den konkreten Namen seines Angreifers hatte Winkler verweigert und nur hartnäckig geschwiegen. Er wies zwar einige Verletzungen auf, vor allem an den Innenflächen beider Hände, doch diese hatte er sich nach ihrer Diagnose selbst zugefügt. Aus diesem Grund hatte Frau Herzog angeordnet, dass Winkler künftig nicht mehr alleine in seiner Zelle bleiben dürfe. Zusätzlich hatte die Psychologin ein Antidepressivum verschrieben. Eva notierte sich den Namen des Produktes sowie das Datum des Eintrages, um Brüggemann diese Information weiterzugeben. Ob Winkler das Medikament etwa eigenmächtig abgesetzt hatte? Da Psychopharmaka in den Stoffwechsel der Nervenbotenstoffe im Gehirn eingriffen, wäre das nicht ohne Folgen geblieben. Es kam dann häufig zu Entzugssyndromen, zu denen allgemeine Reizbarkeit, Schlafstörungen und vieles andere gehörten. Verdammt!

Eva ließ frustriert Luft ab. Hoffentlich würde der Rechtsmediziner dazu recht bald konkrete Aussagen liefern. Sie betrachtete die Einträge erneut: Wahnvorstellungen. Isolation. Selbstverletzende Neigung.

Sogleich rief Eva sich den Zustand der Leiche in Erinnerung. Er hatte zwar am Körper blaue Flecken gehabt, jedoch keine anderen Verletzungen wie Schnitte oder Brandwunden. Aber genau wie Judith Herzog schrieb, hatte auch sie im Handteller eine nässende Wunde wahrgenommen. Sie tippte im Grunde darauf, dass es sich um eine alte Verbrennung handelte. Auf sie hatte es jedoch gewirkt, als sei die Wunde nicht richtig abgeheilt, sondern als habe Winkler sie immer wieder aufgekratzt. Sowohl an den Fingerkuppen wie auch unter den Nägeln waren Schorf und getrocknetes Blut zu sehen gewesen. Viele Menschen kämpften gegen einen starken inneren Druck an, indem sie sich selbst Schmerzen zufügten. Deuteten diese Verletzungen auf einen akuten psychotischen Schub hin?

Nachdenklich lehnte Eva sich zurück und starrte in den immer noch grauen Himmel. Sollte es etwa doch so gewesen sein, dass eine Wahnvorstellung Winkler in jener Nacht in den Selbstmord getrieben hatte? Vielleicht auch dazu, sich auszuziehen?

Eva wischte sich mit den Händen über das Gesicht. Mit dieser Theorie würden sich einige Dinge erklären lassen: die Hast, der Zustand der Kleider. Verdammt! Je länger sie sich mit diesem Todesfall beschäftigte, desto mehr Zweifel kamen ihr an ihrer eigenen Einschätzung.

Sie schloss einen Augenblick die Augen, ging noch einmal in Gedanken zu dem Toten in die Dusche, rief sich jedes Detail in Erinnerung. Nach einer Weile schüttelte sie den Kopf. Nein, sie durfte sich nicht selbst verunsichern. Etwas war falsch gewesen. Sie konnte nicht sagen, was es war. Es war einfach ein Misston, wie ein Sirren von einem lästigen Moskito. Oder bildete sie sich das nur ein? Im Krankenhaus war sie sich ihrer Sache immer sicher gewesen. Ohne jeden Zweifel.

Ihr Kopf fuhr hoch. Bis auf ein einziges Mal …

Rasch schob sie diesen Gedanken zur Seite und nahm wieder die Akte zur Hand, um weiterzulesen. Doch nach dem ersten langen Eintrag gab es nur eine Reihe von Formularen, von denen allerdings kein einziges ausgefüllt war.

Verblüfft klappte sie die Akte zu. Natürlich kannte sie die Auslastung der psychologischen Abteilung nicht. Bei siebenhundert Gefangenen gab es sicher auch dort jede Menge zu tun. Aber konnte es wirklich sein, dass sich Judith Herzog nach dieser Diagnose nicht noch einmal mit Winkler getroffen hatte? Eine Suizidgefährdung beinhaltete immerhin, dass der Mann eine Gelegenheit suchte, sich das Leben zu nehmen. Konnte es da ausreichen, ihn lediglich in eine Zwangsgemeinschaft zu verlegen? Fühlte er sich dort wohl, hörten die Wahnvorstellungen auf? Nichts davon schien überprüft worden zu sein.

Wenigstens die Wirksamkeit der Medikamente hätte nach Evas Ansicht gecheckt werden müssen. Ob sie anschlugen, richtig dosiert waren. Ganz abgesehen von therapeutischen Gesprächen, um die Genesung zu unterstützen. Eine medizinische Begleitung wäre genauso ratsam gewesen. Aber es gab keinen Eintrag in dieser Richtung, was Eva sehr wunderte.

Kurz entschlossen machte sie sich auf den Weg zu Judith Herzog.

Die Psychologie war im Erdgeschoss des Verwaltungsgebäudes untergebracht. Eva durchquerte verwundert den Flur, in dem sie sich zum ersten Mal aufhielt. Hier sah man nicht direkt auf die Fenstergitter, vielmehr waren diese in die Milchglasscheiben integriert und fielen deshalb kaum ins Auge. Dieser Teil der Anstalt war neu und hell, und den Zigarettengestank, der den älteren Gebäuden genauso anhaftete wie der Geruch nach Schweiß und Reinigungsmitteln, gab es hier ebenfalls nicht. Es roch sogar nach frischer Farbe. Der Boden war in einem hellen Grau gefliest, die Wände in Weiß gehalten, ein Streifen in der Bodenfarbe lief als Dekor bis zum Ende des Flurs. Die Türen waren taubenblau, alles wirkte sauber und neu.

Vor drei der Büros standen jeweils zwei hellgraue Stühle, die aussahen, als wären sie frisch aus einem nordischen Designstudio geliefert worden. Ohne die Kameras in den Ecken hätte das Ambiente zu jeder normalen, modernen Verwaltung gepasst. Ganz anders als in den fünf anderen u-förmig um den Hof angeordneten Gebäuden der Anstalt, die aus den Sechzigerjahren stammten. Der Krankentrakt und die integrierte Kapelle waren sogar noch etwas älter.

Insgesamt gingen acht Türen nach rechts und links ab, eine davon stand offen, und sofort zeigte sich dort ein Gesicht, als die Glastür krachend hinter Eva ins Schloss fiel.

»Guten Tag! Was kann ich für Sie tun?«, fragte die junge blonde Frau mit einem gewinnenden Lächeln.

»Hallo! Eva Hanssen, wir kennen uns noch nicht. Ich bin die neue Gefängnisärztin.«

»Jetzt sagen Sie mir bitte nicht, dass die Akte von Herrn Winkler noch nicht bei Ihnen angekommen ist! Ich habe sie Ihnen noch vor dem Essen geschickt.«

»Doch, doch, das ist sie, danke!«, beruhigte sie Eva. »Ich habe auch schon einen Blick hineingeworfen, nun aber noch ein paar Fragen zu dem Patienten. Frau Herzog hat nicht zufällig gerade Zeit?«

»Sie haben Glück! Unsere Termine sind wegen dieses schrecklichen Vorfalls heute alle verlegt worden. Sie sitzt gerade in ihrem Büro und bereitet sich auf den nächsten Patienten vor. Aber ein paar Minuten hat sie ganz sicher. Einen Moment, ich frage kurz nach.«

Während sie telefonierte, sah Eva sich in dem Büroraum

um, in dem zwei Schreibtische aneinandergeschoben waren. Auch hier war alles schick und funktional, es duftete sogar nach Früchten. Vermutlich ein Raumluftspender. Weiße Schrankwände reihten sich an beiden Wänden bis fast unter die Decke. Obwohl sie sich in dem eigentümlichen Möbel-Sammelsurium ihrer eigenen Abteilung, in der die Böden knarrten und alles etwas ältlich wirkte, im Grunde wohlfühlte, beneidete Eva die Psychologin doch um die modernen Computer und Telefone. Alles hier war auf dem neuesten technischen Stand und hätte auch ihrem Team die Arbeit erleichtert. Es dauerte in dem alten Trakt geraume Zeit, bis die Rechner am Morgen hochgefahren waren, und ähnlich verhielt es sich mit allem anderen. Selbst die Heizung schien hier besser zu funktionieren.

»Sie können gerne zu ihr gehen. Es ist die letzte Tür auf der rechten Seite«, sagte die junge Frau lächelnd.

Eva bedankte sich und hielt auf die Tür zu, die sich im selben Moment öffnete. Judith Herzog hatte ihre glatten braunen Haare zu einem Pferdeschwanz gebunden und trug einen schwarzen Blazer mit einem schwarzem T-Shirt zu einer engen Bluejeans und schwarzen Lackpumps. Der Look ließ sie älter als Ende zwanzig wirken und gab ihr eine souveräne Ausstrahlung.

»Frau Hanssen, ich grüße Sie! Kommen Sie doch herein!«, sagte sie überschwänglich und hielt ihr die Tür auf.

Eva musste an ihre letzte Begegnung mit der Psychologin denken, bei der diese nach einem ersten, wirklich netten Treffen plötzlich einen scharfen, sehr unfreundlichen Ton angeschlagen hatte. Sie wurde aus der Frau nicht schlau, deren Stimmungen zu wechseln schienen wie das Wetter.

Während sie in den Raum trat, beschloss Eva deshalb, auf der Hut zu sein.

Das Büro war groß und wie der Flur komplett in Weiß und Grau gehalten. Ein runder weißer Tisch mit vier Stühlen stand in der einen Ecke, auf der anderen Seite gab es einen weißen Schreibtisch mit einer Blumenvase darauf, in der ein paar dekorative Hagebuttenzweige steckten. Natürlich fehlte auch die obligatorische Ledercouch nicht, daneben gab es einen farblich passenden Sessel und einen Tisch, auf dem psychologische Fachzeitschriften ordentlich gestapelt lagen. Eva fand die Einrichtung geschmackvoll und funktional, sie wirkte allerdings ebenso distanziert wie die Psychologin selbst, die ihr gerade einen Platz an dem runden Tisch anbot.

»Möchten Sie etwas trinken? Wasser, Kaffee, Tee?«, fragte Judith Herzog und blieb abwartend stehen.

Eva winkte ab. »Ich will Sie nicht lange aufhalten, danke. Außerdem komme ich gerade vom Essen.«

Statt einer Antwort ging die Psychologin zu ihrem Schreibtisch und holte sich einen Block und einen Stift sowie ein Glas Wasser, in dem ein Blatt Minze und eine Zitronenscheibe schwammen. Wasser mit Fusion, dachte Eva. Auch sehr modern. Neben Judith Herzog fühlte sie sich plötzlich altbacken und zupfte instinktiv ein paar Knötchen von ihrer dunkelblauen Fleecejacke, die sie zu einem weißen Poloshirt und einer weißen Jeans trug, die schon bessere Tage gesehen hatte.

Nachdem Judith Herzog sich gesetzt hatte, musterte sie Eva aufmerksam mit ihren grauen Augen.

»Also, was führt Sie zu mir?«

»Es geht um Harald Winkler.«

Judith Herzog nickte, nahm ihren Bleistift auf, der frisch gespitzt war, und notierte das Datum, das sie säuberlich doppelt unterstrich.

»Sie hatten ihn laut Akte als suizidgefährdet eingestuft und eine Verlegung in eine Gemeinschaftszelle angeordnet.«

»Das ist richtig«, bestätigte Judith Herzog und zog die beiden Striche unter dem Datum nach, den Blick weiter konstant auf das Blatt gerichtet.

Da die Psychologin offenbar nicht bereit war, von sich aus mehr über den Patienten zu erzählen, musste Eva ausholen: »Wissen Sie, es deutete zwar alles auf eine Selbsttötung hin, als ich heute morgen im Duschraum die Totenschau vornahm. Dennoch bin ich zu der Auffassung gelangt, dass etwas anderes hinter dem Tod von Harald Winkler steckt.«

Judith Herzog sah nicht auf, aber eine Augenbraue schnellte ein Stück nach oben und sie spitzte ihren Mund. So cool sie sich auch gab, sie war bis in die Haarspitzen auf das konzentriert, was Eva sagte.

»Von Ihrer Diagnose hatte ich zu diesem Zeitpunkt natürlich nichts gewusst. Um mein Bild abzurunden, würde mich nun interessieren, wie Sie den Mann in Ihren Gesprächen erlebt haben. Ich habe ihn ja vor seinem Tod leider nicht kennengelernt.« Um die Atmosphäre zu lockern, fügte Eva hinzu: »Ich bin wirklich sehr neugierig auf Ihre Wahrnehmung. Robert Arendts Persönlichkeit haben Sie ja ebenfalls sehr gut eingeschätzt.«

Judith Herzog verzog keine Miene und blickte auch

nicht hoch, als sie erwiderte: »Alles, was ich über Winkler sagen kann, steht ausführlich in seiner Akte.«

Eva hatte zwar damit gerechnet, dass das Gespräch mit der Psychologin zäh verlaufen könnte, aber dass sie derart wortkarg bliebe, hatte sie nicht erwartet. Sofort änderte sie ihre Strategie. »Vermutlich werden nachher noch zwei Beamte der Kripo zu Ihnen kommen, die den Fall untersuchen.«

Abrupt stoppte der Bleistift der Psychologin in seiner Bewegung, und endlich blickte Judith Herzog sie an. Ein kühles Lächeln lag auf ihren Lippen. »Und davor soll ich mich jetzt fürchten, oder warum erwähnen Sie die Polizei?«

»Natürlich nicht. Ich wollte Sie bloß darüber informieren.« Am liebsten hätte Eva die Psychologin auf den Kopf zu gefragt, wo eigentlich ihr Problem lag, aber damit hätte sie deutlich zum Ausdruck gebracht, wie sehr ihr diese Abwehrhaltung zusetzte. Die Blöße wollte sie sich nicht geben.

»Keine Sorge. Ich bin bereits umfassend informiert worden und habe längst einen Termin vereinbart. Allerdings nicht mit den Beamten der Polizei, sondern direkt in der Staatsanwaltschaft.« Judith Herzog hielt ihren Blick unverwandt auf Eva gerichtet.

So lief das also, dachte Eva. Sie hätte wetten können, dass die Direktorin für beides gesorgt hatte. Während sie die Psychologin betrachtete, fragte sie sich, wie wohl das Verhältnis der beiden Frauen zueinander war.

»Sie sind mir natürlich keine Rechenschaft schuldig«, versuchte Eva es nun in milderem Ton. So leicht ließ sie nicht locker. Wie ihre Freundin Ann-Kathrin zu sagen pflegte:

Sie hatte die Qualitäten eines Terriers. Wenn sie etwas partout wollte, konnte sie sich regelrecht darin verbeißen. Und Judith Herzogs wenig kooperative Art forderte diese bei Eva erst recht heraus. Sie wusste genau, wie sie bei einer Person von Judith Herzogs Kaliber am Weitesten kam. »Aber mir würde es sehr helfen, wenn Sie mir etwas mehr über die Geschichte des Mannes erzählten. Immerhin ist es ja in unserem gemeinsamen Interesse, dass sich solche Fälle künftig nicht wiederholen – und wenn ich mehr darüber weiß, kann ich auch in meinem Bereich früher auf entsprechende Signale reagieren. Deshalb wäre mir Ihre fachliche Meinung, wie es zu der Psychose kam, sehr wichtig.«

Für einen Moment schien es, als würde die Psychologin stur bleiben. Dann aber legte sie den Stift zur Seite und schaute Eva direkt in die Augen. »Sie haben seine Fallakte nicht gelesen?«

Eva schüttelte den Kopf. »Sie meinen, weshalb er inhaftiert war? Nein, dazu bin ich leider noch nicht gekommen. Aber klären Sie mich gerne auf.« Es schadete sicher nicht, die Psychologin noch etwas mehr zu hofieren.

Judith Herzog nickte und fuhr fort: »Winkler hat seine Tochter verloren. Bei einem Autounfall. Ein SUV war auf einer Landstraße mit überhöhter Geschwindigkeit unterwegs, das Mädchen fuhr auf dem Fahrrad, geriet von dem Sog aus dem Gleichgewicht, als der Wagen viel zu dicht überholte, und kollidierte mit ihm. Sie war so schwer verletzt, dass sie kurz darauf im Krankenhaus verstarb. Sie war damals sieben Jahre alt.«

Eva konnte nichts dagegen tun, aber schon spürte sie Tränen in sich aufsteigen. Sofort traten die Bilder des Unfalltodes ihrer eigenen Eltern in ihr Gedächtnis. Die Wrackteile, das Blut … Sie atmete tief ein, blinzelte kurz und schaute auf die Flusen in ihrer Hand, hoffte, dass Judith Herzog nicht nachbohrte und ihre Reaktion als bloße Anteilnahme wertete. Eva spürte den Blick der Psychologin auf sich ruhen wie der einer Spinne auf einem Insekt, das in einer Spinnwebe festhing. Gespannt, aber ohne jede Emotion.

»Eines Abends stand Winkler mit dem Auto an einer roten Ampel, als ausgerechnet dieser Mann die Straße überquerte. Winkler hatte etwas Wein getrunken, was seine Hemmschwelle vermutlich gesenkt hat. Er hat Gas gegeben und ist einfach losgefahren. Eine Kurzschlussreaktion, urteilte das Gericht. Vermutlich wäre das Ganze glimpflich abgelaufen, denn Winklers Wagen hatte beim Aufprall nur ein geringes Tempo, wäre der Mann nicht unglücklich auf den Kopf gefallen. Er trug eine Hirnverletzung davon, an der er schließlich starb.«

Eva nickte, fühlte sich jedoch zunehmend unbehaglich unter dem Blick ihres Gegenübers. Sie zog es vor, nichts zu entgegnen, obwohl sie verstand, was in Harald Winkler vorgegangen sein musste. Auch sie hatte eine Zeit lang eine unbändige Wut auf den Mann gehabt, der ihre Eltern auf dem Gewissen hatte. Sie konnte sich durchaus vorstellen, dass sich bei einer solchen unerwarteten Gelegenheit plötzlich ein innerer Schalter umlegte und man impulsiv seinen Instinkten folgte. Erst recht, wenn man ein Kind verloren hatte.

»Seine Frau saß mit ihm im Wagen. Sie war schwanger. Der Junge kam zur Welt, während Winkler hier seine Strafe absaß. Das Gericht verurteilte ihn nur zu vier Jahren Haft, da er zum Unfallzeitpunkt unter posttraumatischem Stress stand und ihm keine Tötungsabsicht unterstellt wurde. Das Gefängnis, das er seit dem Unfall seiner Tochter in sich trug, behielt er allerdings lebenslänglich. Er kam nicht über den Tod des Mädchens hinweg. Wohl kein Wunder, dass er über Selbstmord nachdachte und es jetzt dieses Ende nahm.«

»Aber wäre er nicht in Kürze entlassen worden?«, fragte Eva nach und schnäuzte sich kurz die Nase. Die arme Witwe. Manche Menschen hatten Unmenschliches zu tragen.

»Wie wäre Ihnen zumute, wenn alles wieder hochkäme? Sie in ein Haus zurückkehren müssten, in dem jetzt ein kleiner Junge im Zimmer ihrer verstorbenen, innig geliebten Tochter lebt, der im Grunde ein Fremder ist und den Sie nur aus Erzählungen kennen? Ich denke, die bevorstehende Entlassung hat viele Erinnerungen und Ängste wieder hochgespült, die er hier drinnen jahrelang gut verdrängen konnte. Und heute Morgen hielt er dem Druck eben nicht mehr stand und hat einen Schlussstrich gezogen.« Judith Herzog nahm einen Schluck aus ihrem Glas und sah dann demonstrativ auf ihre Armbanduhr.

Aber Eva würde sich jetzt nicht abweisen lassen. Denn etwas störte sie massiv. »Ich bin etwas irritiert. Der Mann hat so eine furchtbare Geschichte hinter sich, weist Verletzungen auf, und Sie diagnostizieren eine Psychose, richtig?«

Judith Herzog nickte und hob eine Augenbraue.

Eva bemühte sich um einen gleichmütigen Ton, als sie fragte: »Mit Verlaub, wäre dann nicht eine besonders intensive und sensible Weiterbehandlung ratsam gewesen? Herr Winkler war nach Ihren eigenen Worten hochgradig traumatisiert. Und wenn ich Sie richtig verstanden habe, hat er damals im Grunde auch riskiert, dass seine Frau und sein ungeborenes Kind verletzt wurden. Das hat ihn sicher noch zusätzlich belastet, meinen Sie nicht? Gerade jetzt, kurz vor seiner Entlassung. Man hätte ihn doch auch in eine sozialtherapeutische Anstalt verlegen können, um ihn medizinisch bestmöglich zu versorgen und dort rund um die Uhr zu betreuen.«

»Deshalb wurde er hier in einer Gemeinschaftszelle untergebracht, damit er sich nicht noch stärker isolierte und wir ihn permanent im Auge hatten. Außerdem erhielt er natürlich die entsprechenden Medikamente.«

»Aber wirkten die Tabletten denn auch? Ging es ihm besser? Nahm er sie überhaupt ein? Es steht absolut nichts von einer Nachkontrolle in der Akte. Oder von einer Gesprächstherapie. Und hätte er nicht parallel dazu ärztlich betreut werden müssen? Vielleicht gab es auch andere Gründe für seine Verletzungen. Die haben heute Morgen so ausgesehen, als stammten sie von einer Verbrennung und als wären sie schon seit Wochen entzündet.« Eva hielt dem Blick von Judith Herzog stand, deren Augen sich kurz verengten.

Gleichzeitig rasten Evas Gedanken. Sie hatte gerade etwas Wichtiges gesagt. Etwas, das vielleicht den Schlüssel zu diesem Rätsel enthielt. Aber sie konnte einfach nicht greifen, was es war.

Judith Herzog ließ sich Zeit mit ihrer Antwort, musterte Evas Gesicht und verschränkte die Arme vor der Brust. »Sie wollen mir also sagen, ich hätte meinen Job hier nicht im Griff?«

Eva schüttelte den Kopf. »Das habe ich nicht gesagt. Ich wollte nur wissen, aus welchem Grund …«

Abrupt erhob sich Judith Herzog und unterbrach Eva barsch: »Frau Hanssen, auch wenn ich Ihnen absolut keine Rechenschaft schuldig bin über das, was ich hier tue oder lasse: Winklers Behandlung entsprach der gängigen Praxis. Von unseren Drogenabhängigen hat jeder Dritte eine Psychose. Mindestens. Meinen Sie, ich würde die alle mit einer Gesprächstherapie begleiten können? Das ist lachhaft bei siebenhundert Gefangenen, von denen ein Viertel nicht einmal Deutsch spricht und für die ich einen Übersetzer brauchen würde. Unsere Mittel sind beschränkt, aber Sie können mir glauben, dass ich genauso wie die anderen Kollegen hier tue, was ich kann. Und jetzt ist meine Zeit leider um. Ich habe einen Patienten, um den ich mich kümmern muss. Einen, dem ich wirklich helfen kann.«

Eva schnappte nach Luft, wollte etwas erwidern, hielt sich dann aber zurück. Jedes weitere Wort hätte die Situation nur noch weiter verschlimmert.

Deshalb nickte sie der Psychologin kurz zu und wandte sich zur Tür. Wenn Winkler sich nicht selbst in der Dusche umgebracht hatte, spielte es im Grunde ohnehin keine Rolle, ob und wie er therapiert worden war. Das wäre nur wichtig, wenn Eva sich irrte. Und das blieb abzuwarten.

Denn gerade war ihr endlich in den Sinn gekommen, über was sie in ihrer eigenen Rede gestolpert war. Es war bloß ein winziges Detail, aber es musste nur eine einzige Sache überprüft werden, um ihre Theorie endgültig zu untermauern. Und dafür brauchte sie die Ergebnisse der Spurensicherung. Dringend. Sie musste sich noch einmal mit Brüggemann in Verbindung setzen. Hier verschwendete sie nur ihre Zeit.

»Eine Sache noch, bevor Sie gehen«, sagte Judith Herzog, als Eva gerade an der Tür angekommen war. »Ist es richtig, dass Sie in der Krankenstation einen Sittich untergebracht haben? Ohne mich zu unterrichten, obwohl bei dem sicher auch eine Therapie anzuraten wäre? Oder eine umfassende Betreuung in einer sozialtherapeutischen Anstalt, wie Sie vorhin selbst anregten. Passen Sie bloß auf dieses Vögelchen auf, nicht dass dem auf Ihrer Station etwas zustößt …« Sie spitzte die Lippen. »Ich rate Ihnen eines im Guten: Kehren Sie in Zukunft besser vor Ihrer eigenen Tür. Einen schönen Tag noch, Frau Hanssen.«

11.

Brüggemann betrat den Besprechungsraum, der ansonsten für vertrauliche Treffen der Gefangenen mit ihren Anwälten genutzt wurde. Eine Kamera war direkt auf die Raummitte ausgerichtet. Ansonsten war das Zimmer bis auf einen Tisch mit zwei Stühlen auf jeder Seite leer und schmucklos.

Da sie wussten, dass eine Aufzeichnung derzeit nicht möglich war, hatte Jovic schon ihr Handy bereitgelegt, um die Befragung mitzuschneiden, sofern die Inhaftierten zustimmten.

Als Erstes kam Dirk Schnepper herein. Der korpulente Körper des großen Mannes nahm fast den gesamten Türausschnitt ein. Er trug seine braunen Haare kurz, ohne Scheitel, und hatte einen dünnen Vollbart. Brüggemanns Blick fiel auf die Schweißränder unter seinen Achseln, die sich auf der grauen Anstaltskleidung dunkel abzeichneten. Behäbig schlurfte er auf die Beamten zu, gab ihnen die Hand und setze sich dann auf die andere Seite des Tisches, während sich der Justizvollzugsbeamte, der den Gefangenen begleitet hatte, in der hinteren Ecke des Raumes postierte.

»Würden Sie uns bitte mit Herrn Schnepper alleine lassen?«, bat Brüggemann den Beamten und wandte sich dann lächelnd Schnepper zu. »Ich denke, wir kommen auch so miteinander klar, oder?«

»Tut mir leid«, antwortete der Wachmann und nahm Haltung an. »Es war der ausdrückliche Wunsch von Frau

Schilling, dass ich während des gesamten Gesprächs anwesend bleibe.«

Brüggemann presste die Lippen fest zusammen, um sich einen Kommentar zu verkneifen. Aber da alles, was hier gesprochen wurde, auf direktem Wege bei der Direktorin landen würde, hielt er sich zurück. Jovic hatte recht, er musste seine Emotionen unbedingt zügeln, um die Ermittlungen nicht schwieriger zu machen, als sie ohnehin waren. In Wiesheim waren sie auf die Kooperation der Verwaltung und all ihrer Mitarbeiter angewiesen. Und er tat sich und indirekt auch Eva Hanssen keinen Gefallen, wenn er aufbrausend oder rechthaberisch auftrat.

»Gut«, übernahm Jovic das Wort. »Bevor wir beginnen: Wir würden unsere heutige Unterhaltung gerne aufzeichnen, sofern Sie damit einverstanden sind, Herr Schnepper.«

Während sie ihn über seine Rechte aufklärte, legte der Mann seine fleischigen Hände flach auf den Tisch und blickte einmal kurz zu dem Vollzugsbeamten, bevor er mit einem Nicken seine Erlaubnis gab und bestätigte, dass er keinen Rechtsbeistand brauchte.

»Schön«, begann nun Brüggemann die Befragung, nachdem Jovic den Startknopf gedrückt hatte. Er nannte die Namen der Anwesenden, Ort, Datum und Uhrzeit. »Sie sind mit Herrn Winkler in einer Zelle untergebracht, richtig?«

»Seit ein paar Wochen«, antwortete Schnepper mit einem leichten Dialekt. Brüggemann tippte, dass er irgendwo aus dem hessischen Raum stammte. »Der Winkler war ein echt trauriger Mann. Hat nicht viel geredet.«

Brüggemann nickte. Er hatte mittlerweile Gelegenheit

gehabt, sich über den Grund für Winklers Inhaftierung zu informieren und kannte die ganze furchtbare Geschichte. Dennoch wollte er sich nicht in ein Gespräch über Winklers Vergangenheit verwickeln lassen und hakte gleich nach: »Wie hat sich das geäußert, dass er traurig war? Hat er manchmal geweint? Bitte beschreiben Sie uns sein Verhalten etwas näher.«

Schnepper schüttelte den Kopf, legte die Stirn in Falten. Er schien sich darauf zu konzentrieren, die richtigen Worte zu finden. »Der Winkler lag immer bloß in seiner Ecke, wenn wir in der Zelle waren. Schaute nur die Wand an. Oder er schlief. Er hat kaum gesprochen. Hielt sich fern von uns. Auf den Flur draußen ist er auch nie gegangen.«

»Aber er hat viel gelesen«, warf Jovic ein.

Schnepper schaute Jovic erstaunt an, doch bevor er auf ihren Einwurf reagierte, glitt sein Blick erneut zu dem Vollzugsbeamten. Brüggemann ärgerte sich, dass dieser hinter ihnen Position bezogen hatte. Er hätte zu gerne gewusst, ob er Schnepper Zeichen gab. Wieso hatte er daran nicht zuvor gedacht? Nun war es zu spät.

Schnepper zuckte die Schultern. »Ich weiß nichts davon, dass der viel gelesen hat. Wenn ich da war, hat er manchmal geschrieben. Na ja, und wie ich schon sagte, die meiste Zeit hat er geschlafen.«

»Hat er gestern Abend auch geschrieben?«, hakte Jovic ein.

»Gestern? Herrje, da fragen Sie was.« Er kratzte sich am Nacken und betrachtete dann seine Fingernägel. »Nein. Ich glaube nicht. Aber ich will mich da nicht festlegen. Die Zeit hat hier eine andere Dimension. Und wir konnten ja nicht wissen, was der vorhatte. Ich hab da gar nicht so drauf geachtet. Weil er eben im Grunde nichts machte. Außer grübeln und pennen.«

Jovic notierte sich etwas. Brüggemann fiel die Bemerkung von Eva Hanssen ein: Wenn Winkler suizidgefährdet war, litt er womöglich unter Depressionen. Bisher deutete das Bild, das Schnepper zeichnete, exakt in diese Richtung.

»Nahm Herr Winkler Medikamente?«

»Keine Ahnung.«

»Sie wissen das nicht? Obwohl Sie mit ihm in einer Zelle untergebracht waren? Bekommt man das nicht mit? Auf so engem Raum bleibt ja wohl kaum etwas unbemerkt, oder? Er hat doch die Tabletten aus dem Blister gedrückt und sich sicher einen Schluck Wasser geholt.« Wieder dachte er an die Enge der Zelle. Da gab es keine Privatheit.

»Ich bin nicht Winklers Kindermädchen, klar? Der wollte nichts mit uns zu tun haben, das war nicht zu übersehen. Ich habe ja versucht, mit dem zu reden. Oft. Als er bei uns eingezogen ist, gleich am ersten Tag schon. Aber der antwortete nicht, kritzelte höchstens irgendwas auf seinen Block. Oder er lag in seiner Ecke und starrte an die Decke. Wenn wir den Fernseher einschalteten, drehte er sich weg. Egal welches Programm. Da war klar, was Sache ist. Es gibt hier schließlich keine Tür, die man hinter sich zumachen kann, verstehen Sie? Der wollte eben für sich sein. Und irgendwann haben wir das kapiert und ihn gelassen. Man kann ja keinen zwingen, oder?«

»Sie haben nicht zufällig einen Brief von ihm gefunden? Oder eine seiner Kritzeleien? Es wäre für uns hilfreich zu wissen, was er geschrieben hat. Konnten Sie mal einen Blick darauf werfen? Vielleicht ganz nebenbei, ohne es zu wollen?«, hakte Jovic noch einmal nach.

»Wie?« Er schaute verwirrt zu ihr, als hätte er ihre Anwesenheit für einen Moment vergessen. »Sie meinen auf seine Briefe? Nein. Weder zufällig noch absichtlich. Das ging auch gar nicht. Die packte er immer sofort in seinen Schreibtisch. Wie gesagt, mit uns hatte er es nicht so. Der hätte nie etwas rumliegen lassen. Und gezeigt hätte der uns auch nie was, wenn Sie darauf hinauswollen. Ganz bestimmt nicht. Sie werden es ja sowieso erfahren, aber wir waren wohl nicht sein Fall. Tja, so ist das eben hier im Knast.«

Brüggemann musterte Schneppers Gesicht. Doch sosehr er es bedauerte, nicht mehr aus dem Mann herauszubekommen, allein die Einrichtung der Zelle bestätigte im Grunde schon jede seiner Aussagen. Und bei einem depressiven Gefangenen wäre es nicht ungewöhnlich, wenn er sich isolierte, vor allem, wenn die sozialen Unterschiede so eklatant waren wie in diesem Fall. Denn Brüggemann hielt Dirk Schnepper nicht unbedingt für einen Fan der Weltliteratur.

Versöhnlich fügte Schnepper hinzu: »Verstehen Sie mich nicht falsch, ich will nichts Schlechtes über den sagen, den Winkler, und mir tut es auch echt leid, was dem passiert ist. Ehrlich. So ein Ende ... furchtbar. Aber ich verstehe mich eben mit dem Jakub besser.«

»Sie sprechen von Ihrem anderen Zellenkollegen? Jakub Zednik, richtig?«, fasste Jovic nach.

Schnepper nickte.

»Wie ist denn der gestrige Abend in Ihrer Zelle abgelaufen?«, fragte sie weiter. »Können Sie uns den Ablauf beschreiben?«

Schnepper kniff die Augen zusammen und musterte Jovic. »Welcher Wochentag war noch gestern?«, wollte er wissen.

Jovic schnaubte, konnte sich offenbar auch nicht vorstellen, dass das Erinnerungsvermögen des Mannes so schlecht war. »Montag«, entgegnete sie mit ruhiger Stimme.

Schneppers Miene erhellte sich, und er antwortete prompt: »Jetzt weiß ich. Also vor dem Einschluss haben wir Tischtennis gespielt. Machen wir jeden Abend, der Jakub und ich.« Er deutete einen Schlag an und grinste schief. »Hab gestern nämlich gewonnen. Das weiß ich noch. War fit drauf. Danach haben wir Fernsehen geschaut, den Montagskrimi im Zweiten. Den sehen wir uns immer an. Jede Woche.«

Schnepper gab eine kurze Zusammenfassung des Films. Obwohl Brüggemann ihn nicht gesehen hatte, schienen seine Angaben korrekt. Aber das würde Jovic später noch überprüfen.

»Mit *wir* meinen Sie sich selbst, Ihren Freund Zednik und Harald Winkler, richtig? Und danach?«

»Wie jetzt, danach?« Wieder lag seine Stirn in Falten. »Ich hab Ihnen doch grade alles erzählt, Mann. Wir haben Tischtennis gespielt, den Film geschaut und dann geschlafen. Was sollen wir hier denn anderes machen? Spazieren gehen? Um zehn ist das Licht aus. Dann ist hier Feierabend. Keine Ahnung, worauf Sie hinauswollen.« Er hob schnaufend den Kopf und starrte die Wand an. Seine Oberlippe zuckte, dann lief ein Grinsen über sein Gesicht. »Oder wollen Sie wissen, was ich nachts unter der Decke treibe?«

»Und Winkler hat die ganze Zeit mit Ihnen ferngesehen? Es war alles wie immer?« Jovic ließ sich nicht von ihm provozieren. Gut so.

Er schob sich auf seinem Stuhl nach vorne. »Ich sagte doch, der Winkler machte sein eigenes Ding. Keine Ahnung, ob er hingeschaut hat oder geschlafen. Hat mich nicht interessiert. So einfach ist das.«

»Aber haben Sie gestern vielleicht eine Veränderung an ihm bemerkt? War er sehr euphorisch? Gesprächiger als sonst? Oder noch ruhiger? Kommen Sie schon, Herr Schnepper. Sie sitzen doch nicht auf ein paar Quadratmetern zusammen und kriegen nichts mit. Überlegen Sie mal. Gab es nicht doch irgendetwas?«, wollte Jovic wissen. »Vielleicht hat es ja auch gar nichts mit dem zu tun, was dann am Morgen passiert ist.«

Schnepper zuckte die Achseln und rieb sich den Nacken. Er schwitzte. »Nö. Es war alles wie immer. Oder halt …« Er legte eine Hand an sein Kinn. Dann schüttelte er den Kopf. »Nein. Er lag einfach nur da, auf seiner Pritsche, glaube ich. Wie jeden Abend. Der hat nur ab und zu was gemurmelt und dabei an die Decke geschaut. Das war aber die stärkste seiner Reaktionen, außer wenn er scheißen ging.« Er hielt kurz inne, atmete heftig aus. Dann sah er zu Jovic. »Sorry für diesen Ausdruck, aber ich kann Ihnen echt nicht mehr sagen.«

»Was hat er denn gemurmelt? Konnten Sie irgendetwas davon verstehen?«, fragte Brüggemann.

»Nicht wirklich. Es wirkte … na ja, vielleicht so, als würde er beten. Aber mit Religion und solchen Sachen kenne ich mich nicht aus. Ich glaube nicht an so was, bin nicht getauft, verstehen Sie? Hat mich auch nicht wirklich interessiert, um ehrlich zu sein. Ich konnte ja nicht ahnen …« Betroffen sah er zu Boden.

Etwas zu betroffen für Brüggemanns Geschmack, wenn der Mann ihm angeblich so völlig egal war. Er spielte Theater. Auf Brüggemann wirkte Schnepper wie ein gefühlloser Mistkerl, der bloß so tat, als würde er jemanden betrauern – der ihn in Wahrheit nicht die Bohne interessiert hatte. Aber das machte ihn noch lange nicht zu einem Mörder.

»Und der Morgen? Wie lief der gestern ab?« Brüggemann bemerkte den angespannten Körper seiner Kollegin, die genauso wie er nach Schneppers Antwort gierte.

»Normal. Wir sind aufgestanden, haben gefrühstückt und sind dann zur Arbeit in die Schlosserei.«

»Und da war Winkler in der Zelle?«

Er verzog den Mund und schüttelte den Kopf.

»Heißt das nein? Sie müssen schon aussprechen, was Sie antworten. Damit wir das auf Band haben«, sagte Jovic.

»Keine Ahnung«, blaffte er nur. »Ich weiß es nicht.«

»Sie wissen nicht, ob Winkler gefehlt hat?«

Schneppers Blick ging zum Fenster, er schluckte schwer. Wieder schüttelte er den Kopf, als er antwortete: »Wie ich schon sagte, alles war völlig normal, verdammt. Oder mir ist nichts aufgefallen, kann auch sein. Ich weiß echt nicht, was Sie von mir hören wollen, Mann.« Dann sah er zu dem Wärter und zuckte noch einmal die Schultern, so als suche er dort eine Bestätigung.

Brüggemann seufzte. Wären sie alleine gewesen, hätte er dem Kerl ein paar passende Worte zu seiner immer gleichen Leier gesagt. Er hoffte sehr, dass sie von dem anderen

Zellengenossen mehr erfahren würden. Bisher war ihr Erkenntnisgewinn mehr als bescheiden.

»Sie können ja die Kameraaufzeichnungen anschauen, wenn Sie mir nicht glauben. Da muss man den Winkler ja sehen, oder? Ob er da war oder nicht«, setzte Schnepper noch eifrig hinzu. »Wir sind ja so was wie das *Big-Brother*-Haus. Someone is watching you!«

»In Ordnung. Das war alles für heute«, sagte Brüggemann resignierend, dem jetzt endgültig klar war, dass sie aus dem Mann nichts herausbekommen würden. Jedenfalls nicht, solange der Wachmann im Raum war.

Er drehte sich zu dem Vollzugsbeamten um, vor dem Schnepper offenbar Respekt hatte. Was, wie er wusste, nicht selbstverständlich war. Er merkte sich den Namen auf der Brusttasche, um ihm später noch einmal ein paar Fragen zu den beiden Männern zu stellen. »Würden Sie uns dann als Nächstes bitte Herrn Zednik herholen?«

»Einen Moment noch! Darf ich noch etwas fragen?«, brummte Schnepper, der in voller Größe neben Jovic wie ein Riese wirkte und nun ganz dicht neben ihr stand. Er sah aus, als könnte er die zierliche Frau einfach zermalmen.

»Was gibt es?«, fragte Brüggemann und nahm im Augenwinkel wahr, dass Brielbecks Hand an den Schlagstock wanderte, so als wolle er sich für einen Angriff wappnen.

»Wann dürfen wir eigentlich wieder in unsere Zelle? Da, wo wir jetzt sind, zu acht, da kriegt man nie seine Ruhe, wissen Sie? Und ich schlaf grad echt nicht gut. Diese Sache…«

Brüggemann atmete ganz langsam aus und zählte bis zehn. Am liebsten hätte er ihn noch ein paar Tage länger dort schmoren lassen. Vielleicht wäre er dann kooperativer. Aber er hatte hier nichts zu sagen und machte nicht die Regeln. »Wir hoffen morgen, spätestens übermorgen.«

Schnepper nickte, doch bevor er den Raum verließ, sagte er noch: »Fragen Sie doch mal den Jasinski. Mit dem hat der Winkler in der Wäscherei gearbeitet. Ich glaube, dem hat er manchmal was erzählt. Aber das haben Sie nicht von mir.«

Dann zwinkerte er Jovic zu, ließ den Blick zu ihren Brüsten wandern, grinste anzüglich und schlurfte genauso behäbig aus dem Raum, wie er gekommen war. Nervös war der Kerl jedenfalls nicht, so viel stand fest.

12.

Wenige Minuten später betrat Jakub Zednik den Raum. Anders als Schnepper war er klein, durchtrainiert und muskulös. Zedniks blonder Schädel war kurz rasiert, und in seinem Nacken entdeckte Brüggemann sofort die Tätowierung einer geballten Faust. Auch er trug graue Häftlingskleidung, hatte das Oberteil aber weit offen, wodurch man den Rand eines gerippten Unterhemds und vor allem die gewölbten Brustmuskeln sehen konnte. Sein Blick war unstet und er konnte seine Hände kaum stillhalten. Auf seiner Stirn standen Schweißtropfen. Die nervöse Stimmung, die von ihm ausging, verbreitete sich wie schlechte Luft in dem Raum.

Dieses Mal zog Brüggemann den Stuhl seitlich an den Tisch, um auch den Beamten im Blick zu haben. Jovic nickte ihm zu, dann stellte sie erneut die Anfangsfrage, ob sie das Gespräch aufzeichnen dürften. Auch bei Zednik schnellte der Blick zunächst zu dem Wachhabenden hoch. Er öffnete den Mund, wollte wohl etwas antworten, schloss ihn dann aber einfach wieder.

»Er kann kaum Deutsch«, schaltete sich der Vollzugsbeamte ein. »Aber es ist in Ordnung, wenn Sie das aufnehmen. Seine Rechte kennt er auch, ich habe ihm das alles auf dem Weg hierher schon erklärt.«

Zednik nickte, rutschte auf seinem Sitz nach hinten, schnellte aber gleich wieder nach vorne, als Jovic die Aufnahme startete und die Namen der beteiligten Personen herunterbetete.

So langsam und deutlich wie möglich artikulierte Brüggemann seine erste Frage: »Ihr Zellenkollege Harald Winkler, was können Sie mir über ihn sagen, Herr Zednik?«

Der Gefangene schaute auf die Tischplatte und strich mit den Händen über seine Oberschenkel. Dann hob er den Kopf, leckte sich über die Lippen und sagte mit belegter Stimme: »Winkler, Kind tot. Schlimm.«

Brüggemann erinnerte sich an das Foto in der Zelle, den bedrückten Blick der Frau. Trotz Zedniks Schwierigkeiten, sich im Deutschen verständlich zu machen, hatte er sich ganz offenbar mit Winkler unterhalten. Anders als Schnepper. Sofort machte der Kommissar sich eine Notiz.

»Unfall. Immer traurig, Winkler«, wiederholte Zednik, so als könne er Brüggemanns Gedanken lesen.

»Ja. Wir haben davon gehört. Es ging ihm psychisch nicht gut.« Zur Untermalung hob Jovic die Hand an die Stirn und machte ein gequältes Gesicht. »Nahm Winkler Medikamente? Tabletten?«

Zednik schaute zu dem Wachhabenden hoch, der aber strikt geradeaus auf die gegenüberliegende Wand blickte und keinerlei Regung zeigte.

Der Gefangene rang seine Hände unruhig umeinander, so als suche er einen Anker. »Ich … keine Ahnung. Er gefragt. Aber ich nix weiß von Tabletten. Ich ihm gesagt.« Sein Blick ruhte auf der Tischplatte, während seine Hände in seinem Schoß sich immer weiterbewegten.

Brüggemann betrachtete sie genauer. Zedniks Fingernägel waren bis zu den Kuppen abgekaut. Seine Nervosität war offenbar nicht auf die spezielle Situation zurückzuführen, in der er sich gerade befand, sondern Teil seiner Persönlichkeit.

»Er hat Sie nach Tabletten gefragt? Habe ich Sie gerade richtig verstanden?«, hakte Jovic nach.

Zednik nickte, sein Blick blieb jedoch abgewandt.

»Wie kommt er darauf, dass Sie ihm welche besorgen können?«, fragte Jovic weiter.

Zedniks Augen weiteten sich und sein Blick ging zum Fenster, dann zu Brielbeck und wieder zurück. Brüggemann beugte sich weiter nach vorne, um die Situation noch zuzuspitzen. Da draußen gab es keine Hilfe. Der Mann hatte sich verrannt. Wenn sie ruhig blieben, würde er eventuell etwas ausplaudern.

Aber Zednik zuckte nur die Schultern. »Nix wissen«, murmelte er. »Sicher Versehen.« Dann ließ er sich gegen die Lehne fallen, verschränkte die Arme vor der Brust, eines seiner Beine wippte nervös. Doch Zednik sah den Kommissar unverwandt an.

Verdammt, dachte Brüggemann, der seinem Blick standhielt.

Der Moment war schon wieder vorbei.

»Bitte unterstellen Sie unseren Gefangenen nichts. Wie sollte Herr Zednik denn hier drin an Tabletten kommen?«, mischte sich der Wachhabende nun ein.

Brüggemann schloss kurz die Augen. Es lag ihm auf der Zunge zu sagen, dass die Männer in der JVA natürlich immer nur frisches Obst und Gemüse zu sich nahmen und einen Heiligenschein trugen. Aber er hielt sich zurück und sagte stattdessen: »In Ordnung. Schon verstanden. Dann zu etwas anderem: War Winkler gestern anders als sonst? Vielleicht nervös?«

Zednik schüttelte den Kopf. »Nein. Normal. Wie immer.«

»Hatte er sich vielleicht woanders Tabletten besorgt? Drogen?«, hakte jetzt Jovic nach.

»Nix Drogen!«, stieß Zednik hervor, löste die Arme vor der Brust und legte dann beide Hände auf den Tisch. »Ich nix wissen. Nix verstehen.« Er rutschte unruhig auf der Sitzfläche herum, so als sei er auf dem Sprung.

Es brachte für den Moment nichts, weiter nachzufragen. Der Mann würde nur weiter »Nix« sagen. Genau wie Schnepper. Aber Zednik war in jedem Falle das schwächere Glied dieser Zweierkonstellation. Beim nächsten Mal würde Brüggemann einen Übersetzer mitnehmen. Und definitiv nicht in Begleitung eines Justizvollzugsbeamten mit dem Mann sprechen, sondern allein. Zednik hatte Angst, das konnte er deutlich spüren. Doch er schien auch irgendetwas zu wissen, womit er jetzt nicht herausrücken wollte. Vielleicht aber unter vier Augen.

»In Ordnung«, sagte Brüggemann und erhob sich. »Vielen Dank für Ihre Hilfe, Herr Zednik.«

Zednik stand ebenfalls abrupt auf, sein Stuhl quietschte laut beim Zurückschieben, was ihn zusammenzucken ließ.

»Eine Frage habe ich noch«, warf Jovic ein, bevor der Gefangene das Zimmer verließ. »Wann haben Sie Winkler zuletzt gesehen?«

Zednik hielt inne, rieb sich die Hände an der Hose ab. »Am Morgen? Wie …« Er schaute zu dem Wachhabenden. »Ich verstehe nicht.«

»Haben Sie Herrn Winkler heute Morgen noch gesehen? Vor seinem Tod?«

Zednik wechselte von einem Bein auf das andere. Dann schüttelte er den Kopf, antwortete aber: »Weiß nicht. Glaube.«

»Sie wissen nicht, ob er da war? Kommen Sie, denken Sie nach!« Aufmunternd lächelte Jovic ihn an. »Oder war er schon vor Ihnen auf?«

Doch Zednik zuckte nur die Schultern. »Weiß nicht. Tut mir leid.«

»Und wie haben Sie heute von seinem Tod erfahren?«, fragte Jovic hartnäckig weiter.

Zednik sah zu Boden, dann antwortete er: »Bei Arbeit. Jemand erzählt.«

»Wer hat Ihnen davon erzählt?«

»Weiß nicht. Alle geredet. Alle aufgeregt.«

»Sie erinnern sich nicht, wer es war? Wirklich nicht?«

Zednik presste fest seine Lippen zusammen und schüttelte den Kopf.

»Danke. Das war's für heute«, sagte Jovic knapp, hielt aber Zednik weiter genau im Blick. An den Beamten gewandt fuhr sie fort: »Wir würden jetzt gerne noch mit dem Kollegen von Herrn Winkler sprechen, den Herr Schnepper vorhin erwähnt hat.«

»Vielleicht sollten wir das auf morgen vertagen, wenn uns die Auswertungen der Rechtsmedizin und der Spurensicherung vorliegen«, warf Brüggemann ein und sah Jovic vielsagend an. »Es ist schon spät und wir wollen die Abläufe nicht noch mehr durcheinanderbringen.«

In Wahrheit machten für ihn weitere Gespräche wenig

Sinn, solange ein Wachmann mit im Zimmer war. »Wenn Sie uns bitte noch die Akten der beiden Männer bringen könnten, die wir gerade vernommen haben?«, bat er den Beamten. »Damit wir wissen, mit wem wir es zu tun haben. Mit Winklers Arbeitskollegen würden wir gerne morgen sprechen. Seine Akte dann bitte auch.«

Brielbeck nickte und zog sich mit dem Gefangenen zurück, der bereits ohne jeden Gruß vor die Tür getreten war.

»Der lügt doch, dieser Zednik«, zischte Jovic, als sie wieder unter sich waren. »Eiskalt lügt der uns an.«

»Wie kommst du darauf?«, fragte Brüggemann.

»Hallo! Da fehlt am Morgen einer in der Zelle, und der will nichts davon gemerkt haben? Und der andere hat auch nichts dazu gesagt. Kein einziges Wort. Soviel ich weiß, dürfen die Gefangenen in Wiesheim nur zweimal in der Woche duschen. Das geht dann doch zellenweise. Entweder waren sie also alle in dem Duschraum oder alle in der Zelle. Denen hätte definitiv am Morgen sein Fehlen auffallen müssen. Nix, alles wie immer. Für wie blöd halten die uns eigentlich?«

Brüggemann musterte seine Kollegin. Es war die erste Befragung, in der Jovic deutlich das Heft in die Hand genommen und eigene Fragen gestellt hatte. Und sie hatte recht: Er hatte ebenfalls gemerkt, dass Zednik gelogen hatte. Und Schnepper war ihnen ausgewichen. Beide schienen etwas zu vertuschen.

Fakt war, dass auch er keine Ahnung hatte, wie Harald Winkler aus seiner Zelle heraus und in die Duschräume hineingekommen war. Es gab Wachen, andere Gefangene. Sie waren eigentlich nie ohne Aufsicht. Irgendjemand hätte etwas bemerken müssen. Sie suchten nach der Stecknadel im Heuhaufen.

Allerdings hatte Eva Hanssen ihnen von dem Zwischenfall erzählt. Vielleicht waren die Wachen wirklich für einen Moment unachtsam gewesen. Oder der Schlüsselbund eines Wärters war verschwunden, und er hatte den Vorfall nicht gemeldet, um keinen Ärger zu bekommen. Immerhin waren mehrere Beamte bei Winkler gewesen, als die Ärztin den Tod bescheinigen sollte. Jeder von ihnen hätte dabei den Schlüssel wieder unauffällig an Ort und Stelle bringen können.

Es war zum Verrücktwerden. Ohne die Aufzeichnungen der Kameras hatten sie keinerlei verlässliche Quelle – obwohl nur wenige Personen etwas mit dem Fall zu tun haben konnten. Trauen konnten sie im Grunde keinem der Männer. Sie hatten es mit Betrügern und Lügnern zu tun. Mit Menschen, die sich gerne aufspielten. Andere manipulierten. Oder die ihnen einfach nur das Leben schwer machen wollten, weil sie schon seit Langem eine Rechnung mit der Polizei offen hatten. Es blieb ihnen nichts anderes übrig: Sie mussten wirklich jede Aussage kritisch nach allen Seiten hin prüfen.

»Ich sehe das genauso wie du. Stellt sich nur die Frage, warum sie gelogen haben. Vielleicht lag es nur daran, dass diese Wachtel mit im Raum war. Sie haben ständig zu ihm geschaut. Vielleicht hatten sie Angst vor Konsequenzen, wenn sie vor ihm auspacken.«

»Meinst du? Ich hatte eher den Eindruck, dass sie einfach versucht haben, unseren Blicken auszuweichen. Gerade dieser Zednik.«

Brüggemann nickte. »Möglich. Wir müssen jetzt aber vor allen Dingen herausfinden, ob das, was hier vertuscht werden soll, mit Winklers Tod in Verbindung steht oder nicht.«

Denn für Lämmchen hielt er die beiden definitiv nicht, auch wenn sie den Eindruck erwecken wollten. Eher für Wölfe.

13.

Eva war zwar schon spät dran, wollte sich aber unbedingt noch duschen und umziehen, bevor sie sich mit Ann-Kathrin zum Essen traf.

Das Gespräch mit Santana war schneller erledigt gewesen, als sie erwartet hatte. Routiniert hatte sie ihm alles zu Protokoll gegeben, was sie nun bereits zum dritten Mal berichten musste. Er hatte sie noch in ein Restaurant einladen wollen, aber sie hatte mit dem Argument abgelehnt, dass ihr nach diesem Tag nicht danach zumute wäre. Das entsprach zwar nicht ganz der Wahrheit, aber ihre privaten Termine gingen den Staatsanwalt schließlich nichts an.

Santana hatte Verständnis für ihre Absage gezeigt und nicht versucht, sie zu überreden. Das verwunderte sie, denn er schien ein Mensch zu sein, der stets bekam, was er wollte. Und seine Enttäuschung war ihm deutlich anzusehen. Obwohl sie noch immer nicht wusste, wie sie ihn einzuschätzen hatte, fühlte Eva sich durch sein offenkundiges Interesse doch geschmeichelt. Dabei waren ihr eigentlich Männer wie Brüggemann viel lieber, die zupackend und ehrlich waren. Bei denen man wusste, woran man war. Aber der Kommissar war ja leider bereits vergeben.

Sie seufzte.

Zum Glück traf sie nach diesem seltsamen Tag einen vertrauten Menschen, bei dem sie sich aussprechen konnte. Sie brauchte heute dringend ein Ventil, jemanden, dem sie alles von vorne bis hinten erzählen konnte. Angefangen von dem Todesfall über die seltsame Haltung der Direktorin bis zu der Begegnung mit Brüggemann.

Eva streifte ihre Klamotten ab und warf alles, was sie getragen hatte, direkt in die Wäschetonne. Auch wenn es sicher Einbildung war, hatte sie das Gefühl, dass alles an ihr eigentümlich nach Tod roch. Dann sprang sie unter die Dusche und genoss die Wärme des Wassers.

Sie lebte nun schon über zwei Monate in München und war bisher noch kein einziges Mal am Abend in ein Lokal gegangen. Zwar hatte Ann-Kathrin sie vor Kurzem mit einem Kollegen aus der Redaktion bekannt machen wollen, aber damals hatte sich Eva nicht wohlgefühlt und war lieber zu Hause geblieben. Normalerweise aßen sie immer bei den Delgados zu Hause. Victor, Ann-Kathrins Mann, war ein begnadeter Koch. Doch Eva freute sich, ihre Freundin heute mal wieder ganz für sich zu haben. Ein Frauenabend. Wie in alten Zeiten. Das hatten sie schon ewig nicht mehr gemacht.

Außerdem war sie neugierig darauf, das Restaurant in der Innenstadt kennenzulernen. Sie hatte schon die Karte gegoogelt, die sehr vielversprechend aussah. Und sie liebte die asiatische Küche.

Im Grunde war ihr schon lange bewusst, wie sehr sie sich einigelte. Das war der Nachteil daran, dass sie gerne allein war, immer Pläne und etwas zu tun hatte. Allzu schnell geriet sie dabei in einen gleichmäßigen Trott aus Arbeit und Haushalt, gewöhnte sich an den Rhythmus der Tage – und irgendwann schien ein anderer Mensch oder eine neue Begegnung nur ein Hindernis und keine Bereicherung mehr zu sein.

Mit ihren 37 Jahren war sie aber definitiv viel zu jung, um sich jeden Abend daheim zu verkriechen. Etwas mehr Abwechslung und vor allem Leichtigkeit würden ihr guttun. Und sie käme dabei sicher auf andere Gedanken.

Es würde genauso eine positive Wirkung auf sie haben wie die Aufmerksamkeit eines kultivierten, klugen und verdammt gut aussehenden Mannes wie Santana. Auch das war gerade Balsam für ihre Seele.

Eva trocknete sich ab und ließ prüfend den Blick über ihren schlanken Körper wandern. An beiden Handgelenken zeichneten sich noch immer hellrosa die Spuren der Fesseln ab. Mahnmale, die sie an ihre erste Woche in Wiesheim erinnerten. Genau wie die Narbe an der Schläfe. Aber nein. Sie würde nicht wieder in Trübsinn verfallen. Diese Sache war vorbei. Vergangenheit. Sie hatte keinen Grund mehr, sich zu fürchten.

Schnell wandte sie sich von ihrem Spiegelbild ab, föhnte ihre kurzen Haare trocken und ging zu ihrem Kleiderschrank.

Sie wählte ein maritimes, gestreiftes T-Shirt, das sie zu einem dunkelblauen Hosenanzug tragen wollte, und hoffte, damit nicht zu schick für das Lokal zu sein, das ihre Freundin ausgewählt hatte. Aber heute war ihr danach, das Leben zu feiern.

Während sie mit grünem Kajal ihre Augen betonte, beschloss Eva, Ann-Kathrin später auch auf den Staatsanwalt anzusprechen. Vielleicht hatte sie bei ihren journalistischen Recherchen schon mit Santana zu tun gehabt und konnte ihr mehr über ihn verraten. Er trug nur einen goldenen Siegel-, keinen Ehering, so viel wusste sie.

Sie legte noch etwas blassrosa Lippenstift auf und bemerkte einen Moment zu spät den widerlichen Geschmack. Angewidert entfernte sie ihn. Hatte sie wirklich schon so lange nicht mehr zu ihrem Schminkzeug gegriffen, dass es abgelaufen und ranzig geworden war? Unfassbar. Da sie auf die Schnelle daran nichts mehr ändern konnte, musste es heute eben ohne gehen. Sie zog ihre Augenbrauen nach und zupfte sich zuletzt die Haare mit Wachs zurecht. Fertig.

Plötzlich durchbrach die Türklingel schrill die Stille im Haus. Sie sah auf die Uhr. Es war nach halb acht, und sie würde sich bereits jetzt verspäten. Eva fragte sich, wer das sein mochte. Viel Besuch hatte sie bisher nicht gehabt, sie kannte ja auch kaum jemanden in der Stadt.

Sie zog schnell ihren Blazer über, riskierte noch einen letzten prüfenden Blick in den Wandspiegel und eilte dann die Treppe hinunter. Durch den Spion erkannte sie ihre Nachbarin, Frau George. Die ältere Dame war im letzten Jahr auf die wunderbare Idee gekommen, ihre Doppelhaushälfte umzubauen und einfach der Länge nach zu teilen, um daraus zwei winzige, aber eigenständige Wohneinheiten zu machen, sogenannte »Quattrohäuser«. Da der alten Dame der Garten zu viel Arbeit bereitet hatte, genoss Eva das Glück, in einem für sie perfekten Heim zu wohnen – ganz für sich und in völliger Ruhe, denn ihre Hälfte ging nach hintenraus und nicht zur Straße.

»Frau George. Was für eine Überraschung!«

»Guten Abend, Frau Hanssen, ich will Sie gar nicht lange stören. Sie gehen sicher noch aus, so schick wie Sie sind.« Die Frau hielt ihr einen Umschlag hin. »Ich hatte Licht gesehen und wollte Ihnen nur schnell das hier geben.«

Eva schaute erstaunt die braune Versandtasche an, auf der in dicken schwarzen Druckbuchstaben ihr Name stand. Eine Marke klebte jedoch nicht darauf. Es hätte sie auch gewundert, denn sie hatte nichts bestellt, und außer zum Geburtstag und an Weihnachten schrieb ihr eigentlich niemand. Offiziell sah das Schreiben allerdings nicht aus. Von wem mochte es stammen?

»Der Fahrer hatte Sie nicht angetroffen, er sollte es Ihnen aber unbedingt heute aushändigen. Da hat er bei mir geklingelt.«

Eva nickte. Eine Verwechslung schien ausgeschlossen, immerhin stand ihr Name darauf, trotzdem kam ihr das Ganze seltsam vor. »Wissen Sie zufällig, welcher Zusteller es abgeliefert hat?« Rasch fügte sie hinzu: »Nur falls ich es zurücksenden muss. Leider fehlt der Absender. Sehen Sie?« Sie drehte den Umschlag sicherheitshalber noch herum, aber auch dort stand nichts.

»Oh«, murmelte Frau George und schlug sich die Hand vor den Mund. »Hätte ich das etwa nicht annehmen sollen? Ich habe mir nichts dabei gedacht, und auf das Auto habe ich gar nicht geschaut. Es war ein netter junger Mann, groß, schlank, in Jeans, mit so einer blauen Kappe. Es gibt ja immer mehr von diesen Versanddiensten. Mehr kann ich Ihnen nicht sagen ... Macht Ihnen das jetzt Umstände? Ich wollte nur helfen.«

»Schon gut.« Eva legte ihrer Nachbarin die Hand auf die Schulter und lächelte sie an. »Sie haben sich nichts vorzuwerfen. Ganz im Gegenteil: Das war sehr nett von Ihnen. Ich müsste sonst ja immer extra zur Post fahren, um die Sachen abzuholen. Damit ersparen Sie mir viel Rennerei.«

Ein Strahlen zog über das faltige Gesicht der älteren Frau. »Dann halte ich Sie jetzt nicht länger auf und wünsche Ihnen einen schönen Abend, Frau Hanssen. Aber eins muss ich Ihnen noch sagen: Sie sehen heute ganz fantastisch aus.«

Eva lächelte, bedankte sich noch einmal und wünschte ihrer Nachbarin ebenfalls einen schönen Abend. Sie strich sich über den Kragen des Blazers. Das Kompliment tat ihr gut, denn seit sie am Morgen der schicken Judith Herzog begegnet war, hatte sie beschlossen, wieder mehr Wert auf ihr Äußeres zu legen.

Mit einem Blick auf die Uhr überlegte sie, das Schreiben erst später zu öffnen, um sich nicht noch mehr zu verspäten. Aber im Grunde würden die paar Minuten auch nichts mehr ausmachen. Sie war einfach zu neugierig.

Während Eva ins Wohnzimmer hinüberging, riss sie den Verschlussstreifen auf und lugte in den Umschlag hinein. Als sie nichts entdecken konnte, trat sie an den Esstisch und entleerte den Inhalt auf die Platte. Sekundenlang starrte sie auf das, was zum Vorschein kam: ein Stück schwarzer Trauerflor.

Sie schlug die Hand vor den Mund, konnte den Blick nicht von dem Stoffstück abwenden. Sie schüttelte den Kopf. Schon einmal hatte sie dieses Todessymbol gefunden: Als sie in der JVA ihren Dienst angetreten hatte, hing es am Rückspiegel ihres direkt vor der Haftanstalt parkenden Autos. Nachdem der Fall Arendt abgeschlossen war, hatte sie den Vorfall abgehakt. Aber weit gefehlt: Ganz offensichtlich hatte die Schleife nichts mit der alten Geschichte zu tun.

Sie taumelte zurück, musste sich an der Wand abstützen.

Noch etwas wurde ihr schlagartig bewusst: Der Überbringer wusste nicht nur, wo sie arbeitete und welches Auto sie fuhr – sondern auch wo sie wohnte.

Ein Stalker?

Eva stockte der Atem, und sie bekam kaum Luft. Ungeduldig zerrte sie am Kragen ihres Shirts, versuchte sich zu beruhigen. Schnell legte sie ihre Hände über den Mund, atmete hinein und zählte langsam bis zehn herunter. Dann schloss sie die Augen. Nach einer Weile fühlte sie mit Zeige- und Mittelfinger den Puls, der sich langsam beruhigte. Zitternd stützte sie sich an einer Stuhllehne ab, konzentrierte sich nur auf ihren Herzschlag und ihre Atmung.

Als ihr Kreislauf sich beruhigt hatte, richtete sie ihren Blick auf den schwarzen Stoff.

Sie zögerte einen kurzen Moment, schob das Ding dann resolut in den Umschlag zurück, warf beides mit Wucht in den Mülleimer in der Küche und ließ den Deckel scheppernd zufallen.

Wer auch immer ihr das geschickt hatte, wollte, dass sie sich fürchtete. Aber sie würde nicht zulassen, dass es ihm gelang.

Nicht nach allem, was sie durchgestanden hatte.

Dann griff sie sich ihren Autoschlüssel und machte sich eilig auf den Weg zu ihrer Verabredung mit Ann-Kathrin. Sie wollte nicht weiter darüber nachdenken, sondern einen schönen Abend verbringen.

Niemand würde sie mehr ängstigen.

Nie mehr.

14.

Im Gastraum des ganz in Schwarz gehaltenen asiatischen Lokals waren fast alle Tische besetzt. Eva entdeckte Ann-Kathrins braunen Lockenkopf schließlich an einem der Zweiertische, die in einer langen Reihe am anderen Ende des Raumes standen. Sie hatte sich fast eine halbe Stunde verspätet, denn in der ganzen Gegend gab es nirgends einen Parkplatz und sie hatte ewig suchen müssen. Sie schwor sich, beim nächsten Mal die öffentlichen Verkehrsmittel zu benutzen, um von Obermenzing in die Innenstadt zu fahren. Ann-Kathrin war über ihr Handy gebeugt und bemerkte Eva erst, als sie sie ansprach.

»Hallo, entschuldige meine Verspätung. Ich hoffe, du bist noch nicht verhungert.« Während Eva ihre Jacke auszog, eilte ein asiatisch aussehender, in gedeckten Farben gekleideter Kellner heran, nahm ihr die Garderobe ab, schenkte ihr etwas heißen Tee ein und reichte ihr die Karte. »Gibt es etwas zu feiern? Das Lokal ist ja total schick.«

Ann-Kathrin war zwar kurz aufgestanden und hatte Eva zur Begrüßung umarmt, doch erst jetzt, als sie ihr gegenüber Platz genommen hatte, erkannte Eva, dass sie völlig ungeschminkt und kreidebleich war. Sofort bereute sie ihre Bemerkung.

»Ist etwas nicht in Ordnung?«, platzte Eva heraus und streckte die Hand über den Tisch. Das Aussehen ihrer Freundin machte ihr Sorgen. »Du siehst gar nicht gut aus,

Ann. Wir können auch wieder gehen, wenn du dich nicht danach fühlst. Warum hast du denn nicht angerufen? Bist du krank?«

Sofort schossen Ann-Kathrin Tränen in die Augen und sie wich Evas Berührung aus. Sie schüttelte zwar den Kopf, senkte aber sofort wieder den Blick auf die Karte. »Es passt schon«, murmelte sie kaum hörbar. »Lass uns erst bestellen, bevor wir anfangen zu reden, bitte.« Eine Träne löste sich aus Ann-Kathrins Augenwinkel, doch sie wischte sie resolut mit der Faust weg.

Bevor Eva etwas erwidern konnte, kam erneut der Kellner und reichte ihnen heiße, feuchte Tücher, um die Hände zu reinigen, und nahm die Getränkebestellung auf. Während Ann-Kathrin ein Glas Wein orderte, betrachtete Eva sie besorgt. Sie hatte ihrer Freundin von ihrem Tag und der seltsamen Post erzählen wollen, beschloss jetzt aber, ihr heute nicht noch mehr Sorgen zu bereiten, als sie offensichtlich schon hatte.

Nachdem der Kellner weg war, starrte Ann-Kathrin weiter konzentriert in die Karte, aber da war kein Lächeln wie sonst, wenn sie sich auf ein leckeres Essen freute. In einer solchen Stimmung hatte Eva ihre Freundin zuletzt erlebt, als sie noch zur Schule gingen und Ann-Kathrin zum allerersten Mal unglücklich verliebt war. Es war mehr als offensichtlich, dass etwas Ernstes passiert sein musste.

Als der freundlich lächelnde Kellner den Wein und für Eva selbst ein alkoholfreies Bier gebracht sowie ihre Essensbestellung notiert hatte, hielt ihre Freundin den Blick weiter gesenkt.

»Erzähl du zuerst«, begann Ann-Kathrin schließlich.

»Wie war dein Tag?« Sie bemühte sich um einen munteren Ton, versuchte sich sogar an einem Lächeln, aber es war allzu deutlich, wie schwer ihr das fiel.

»Das ist nicht dein Ernst, oder? Wir vergessen jetzt mal alle Höflichkeiten und Umwege. Sag mir bitte sofort, was los ist. Ehrlich, Ann, du machst mir gerade schreckliche Angst. Also?« Eva merkte, wie sich ihre Kehle zuzog. Wieder dachte sie an das morgendliche Gewitter. Doch ein schlechtes Omen?

Ann-Kathrin nickte, nippte aber erst an ihrem Wein, bevor sie zögerlich zu erzählen begann. »Ich bin nicht krank. Keine Sorge. Wir … wir hatten einen furchtbaren Streit. Victor und ich. Ich weiß gar nicht … Ich glaube, ich kann ihn heute nicht … Ach, Scheiße.« Wieder lief ihr eine Träne die Wange hinunter, und sie nahm erneut einen Schluck aus ihrem Glas. Dieses Mal einen verdammt großen.

Eva, die die Luft angehalten hatte, während Ann-Kathrin gesprochen hatte, war jedoch erleichtert. Ein Streit, egal wie schlimm er sich gerade für ihre Freundin anfühlen mochte, ließ sich schlichten. Sie hatte schon befürchtet, Ann-Kathrin würde ihr von einer schwerwiegenden Krankheitsdiagnose berichten.

»Wenn du heute nicht nach Hause willst, kannst du gerne bei mir bleiben, das weißt du, oder?« Noch während sie es sagte, fiel Eva wieder der Trauerflor ein und mit ihm die Ereignisse aus der jüngsten Vergangenheit. Instinktiv fasste sie an die Narbe an ihrer Schläfe, schob dann aber die bedrohlichen Gedanken zur Seite und wiederholte mit fester Stimme: »Egal wie lange.«

Ann-Kathrin beugte sich zu ihr herüber, versuchte sich

an einem Lächeln, das erneut misslang, legte dann jedoch ihre Hand auf die von Eva. »Danke. Das weiß ich.«

Schon zog sie ihre Hand wieder zurück, sank gegen die Lehne und förmlich in sich zusammen. »Wir … wir haben dieses Thema lange vor uns hergeschoben, weißt du. Wie es weitergeht in unserem Leben. Mit uns. Aber so langsam … Ich werde ja nicht jünger. Und deshalb …« Wieder lief eine Träne ihre Wange hinab, die sie energisch wegwischte. Dann richtete sie sich auf und holte tief Luft: »Ich war bei meiner Ärztin. Sie sagte, es sei alles in Ordnung, ich solle die Pille absetzen und es einfach versuchen.«

Langsam hob Ann-Kathrin den Kopf, sah Eva aber nicht an, sondern an ihr vorbei in Richtung des Fensters. »Das habe ich ihm heute gesagt. Ich bin von der Praxis aus direkt nach Hause gefahren. Ich wollte unbedingt sein Gesicht sehen, wenn ich ihm sage, dass ich mich dafür bereit fühle.« Sie blinzelte und schüttelte den Kopf. »Weißt du, was er geantwortet hat? Es täte ihm leid. Er sei mittlerweile zu alt für Kinder. Er wolle keine mehr.«

Eva ärgerte sich, dass sie nicht darauf bestanden hatte, das Lokal zu verlassen, denn am liebsten hätte sie ihre Freundin jetzt fest in den Arm genommen, um sie zu halten und zu trösten. Sie konnte genau nachempfinden, was diese Aussage für Ann-Kathrin bedeutete. Immer schon hatte sie Kinder gewollt, eine Familie. Bereits als Teenager hatte sie die Namen festgelegt. Zwei sollten es werden: Den Jungen wollte sie Paul nennen und das Mädchen Marie.

»Aber darüber habt ihr doch sicher vorher schon einmal gesprochen, oder? Meinst du nicht, dass du irgendetwas falsch verstanden hast? Vielleicht wollte er dich nur aufziehen, das macht er doch dauernd. Oder es war zu plötzlich. Wenn er gerade ein wichtiges Projekt in der Arbeit zu stemmen hat ...«

Ann-Kathrin schüttelte den Kopf. »Das dachte ich erst auch, glaube mir. Aber es ist nicht so.« Wieder senkte sie den Blick. »Du weißt, dass ich nie einen Hehl aus meinem Kinderwunsch gemacht habe. Ich wollte das immer schon: eine echte Partnerschaft, am besten fürs ganze Leben, und eine große Familie. Sooft es geht ein volles Haus, viele Gäste. Essen an langen Tafeln. Und Victor am Herd, während alle fröhlich sind und feiern und ...« Sie lachte laut auf, leerte mit einem kräftigen Schluck ihr Glas und orderte gleich das nächste.

»Ach, Ann, vielleicht ist das nur so eine Laune. Victor ist Südländer und hat ziemlich viel Temperament. Vielleicht hast du ihn mit diesem Thema auf dem falschen Fuß erwischt. Oder er wollte derjenige sein, der das Thema anstößt. Ein kleiner Macho steckt ja schon in ihm. Sicher sitzt er jetzt unglücklich zu Hause, kocht vor lauter Verzweiflung jedes deiner Lieblingsessen, um dir eine Freude zu bereiten, und bereut längst alles, ist aber bloß zu stolz, es zuzugeben. Du kennst ihn doch.«

Mit fest zusammengepressten Lippen schaute Ann-Kathrin sie an. Es lag etwas Fremdes in ihrem Blick, das Eva erschreckte. Eine Leere, die sie nie zuvor gesehen hatte. Für Eva waren Ann-Kathrin und Victor immer das perfekte Paar gewesen, ihre zweite Familie. Sie hätte nie damit gerechnet, dass etwas passieren könnte, das den Bestand dieser Ehe gefährdete. Bis vor wenigen Minuten.

»Das will ich hoffen!«, schnaubte ihre Freundin. »Es

würde ihm nur recht geschehen, wenn ich ihm die ganze Beziehung vor die Füße kippe! Du musst dir das mal vorstellen: Er hat mich immer einfach reden lassen, und statt mir zu sagen, dass er das alles nicht will, statt mir nur eine winzige Chance zu geben, das Ganze mitzubestimmen, hat er einfach die Entscheidung für sich alleine getroffen!«

»Ich verstehe nicht, was du meinst. Welche Entscheidung?«

»Schnippschnapp.« Sie machte eine schneidende Geste in der Luft. »Monsieur hat sich sterilisieren lassen. Zu seinem fünfzigsten Geburtstag.«

»Diesen Sommer? Das ist nicht dein Ernst.«

»Er hatte beschlossen, es sei für ihn jetzt zu spät für Kinder. Midlife-Crisis – keine Ahnung. Mir hat er davon allerdings kein Wort gesagt. Er ist davon ausgegangen, dass ich glücklich bin, so, wie es jetzt ist. Dass mich mein Job und unsere Beziehung komplett ausfüllen.« Ann-Kathrin legte den Kopf in den Nacken und verzog ihr Gesicht zu einem traurigen Lächeln. »Und ich war so unfassbar dumm und habe es als stilles Einverständnis gewertet, dass er immer nur gelacht und mir durch die Locken gewuselt hat, wenn ich mal erwähnte, dass ich die Pille vergessen hatte. Ich dachte, es würde bedeuten, die möglichen Folgen wären ihm egal. Alles schien nur eine Frage der Zeit. Wie konnte ich nur so verdammt naiv sein, Eva? Und jetzt …« Sie schüttelte den Kopf. »Und er hat mich nicht nur vor vollendete Tatsachen gestellt, er hat mich auch monatelang einfach weiter die Pille schlucken lassen. Wollte wahrscheinlich keine schlafenden Hunde wecken, weil er im Grunde genau wusste, dass er dann Gegenwind bekommen würde. Zur Krönung meinte er noch, dass er furchtbar stolz auf mich sei, weil ich mir als moderne Frau selbst genug bin.« Sie fächelte sich Luft zu. »Dieser Mistkerl! Gerade er, der immer so sensibel und verständnisvoll tut. Dabei war das alles nur Show.«

»Aber eine Vasektomie lässt sich doch rückgängig machen. Und nach der Refertilisierung sind die Schwangerschaftsraten immer noch hoch.«

»Schon. Das ist mir auch klar. Dafür muss der andere das aber wollen, Eva. Und davon ist ziemlich sicher nicht auszugehen. Er war in diesem Punkt mehr als deutlich.«

Eva konnte nicht fassen, was sie gerade gehört hatte, aber sie erkannte ihren Irrtum. Es gab durchaus Streitpunkte, bei denen eine Lösung in weiter Ferne lag.

»Ich weiß gar nicht, was ich dazu sagen soll«, murmelte sie schließlich. Und das war die Wahrheit.

»Glaub mir: Ich auch nicht«, schnaubte Ann-Kathrin. »Ich habe so eine verdammte Scheißwut auf ihn. Er hat immer gesagt, dass er mich liebt. Aber wie kann er mich dann so hintergehen, Eva? Kannst du mir das erklären? Und was soll ich denn jetzt bitte tun? Ich wollte diese Familie mit *ihm*! Weil ich ihn liebe und ihn schätze und bis zum Ende unseres Lebens bei ihm bleiben wollte. Was wird jetzt aus uns? Sein Nein ist ein Nein zu einer Familie. Zu meinem Lebenstraum. Ich kann das immer noch nicht fassen. Und ich bin so wahnsinnig enttäuscht.«

Darauf wusste auch Eva nichts zu sagen. Sie mochte Victor sehr, hielt die beiden für ein absolutes Traumpaar, in diesem Punkt musste sie Ann-Kathrin jedoch recht geben: Er war mit seinem heimlichen Eingriff eindeutig zu weit gegangen.

Kurz entschlossen drehte Eva sich um und rief dem Kellner zu: »Bringen Sie uns eine ganze Flasche von dem da und für mich bitte nun doch ein Glas.« An Ann-Kathrin gewandt fuhr sie fort: »Ich lasse mein Auto einfach stehen. Heute Abend wird über die Kerle geflucht. Vor allem über die Machos unter ihnen.« Eva dachte an Santana, der genau wie Victor südländische Wurzeln hatte. »Und es wird getrunken. Ordentlich. In diesem Sinne: Prost.«

Alkohol war keine Lösung. Das stand außer Frage.

Aber manchmal war es besser, die Probleme einen Abend lang in Nebel zu hüllen, in der Hoffnung, am nächsten Tag klarer zu sehen.

15.

Es war ein trockener, aber eiskalter Mittwochmorgen, als Brüggemann und Jovic vor dem Haus von Winklers Witwe parkten. Bäume und Dächer waren mit Raureif überzogen.

Die Winklers wohnten in einer typischen Neubaustraße in Oberhaching, einer Münchener Vorstadt: Identisch aussehende Doppelhäuser, die alle ungefähr zur selben Zeit erbaut worden waren, reihten sich dicht aneinander, nur die Gestaltung der Vorgärten und der Fensterschmuck machten sie unterscheidbar. Genauso hatte Brüggemann selbst gewohnt, bis seine Frau ihm vor etwas mehr als zwei Jahren eröffnete, dass sie sich ihr Leben anders vorgestellt hatte und in einen anderen Mann verliebt war. Er zog daraufhin sofort aus. Es war vielleicht das einzig Positive an der Trennung, dieser Wohnsituation entflohen zu sein, der er nie etwas hatte abgewinnen können. Die Ähnlichkeit der Häuser spiegelte im Grunde auch die Lebenssituation und Einstellung ihrer Bewohner: Fast alle gingen in die Vorstädte, sobald sie zu etwas Vermögen gekommen waren, und planten, Kinder zu haben. Sie würden gemeinsam alt werden, dann eine Zeit lang alleine in viel zu großen Häusern wohnen, die langsam unmodern wurden, bis die nächste Generation Zug um Zug die Straße übernahm.

In seiner jetzigen Zweizimmerwohnung in der Münchener Innenstadt lebte er zwischen Rentnern und Studenten in einem bunten Gemisch von Generationen und

Nationalitäten, was ihm viel lebensechter erschien. Im Treppenhaus stand der Rollator direkt neben Fahrrad und Kinderwagen. Und genau deshalb liebte er seine Nachbarschaft, auch wenn er aufgrund seiner Arbeitszeiten immer nur flüchtigen Kontakt zu seinen Mitbewohnern hatte.

Eine Umgebung wie diese hier hatte für ihn etwas Steriles, Künstliches. Doch er wusste gut genug, dass der Anstrich von Ordnung und Sicherheit nur äußerlich war. Ihr heutiger Besuch bei Winklers Frau war das beste Beispiel dafür. So sauber die Fassaden wirken mochten, dahinter verbargen sich trotzdem tragische Geschichten und Abgründe.

Jovic drückte den Klingelknopf, der neben dem Briefkasten an dem Gartentor angebracht war. Ein gerader Weg führte über ein kurzes Rasenstück direkt zur Haustür. Lavendelsträucher und Rosenbüsche waren abwechselnd an beiden Seiten entlang der Hauswand gepflanzt und schon akkurat heruntergeschnitten. Die Kälte an diesem Morgen kündigte den Winter bereits an.

Der Tormechanismus summte, während sich gleichzeitig die Haustüre zögerlich öffnete. Sofort erkannte Brüggemann die Frau von dem Foto. Sie schien kaum gealtert, war aber wesentlich dünner geworden, hatte eingefallene Wangen und eine fast graue Gesichtsfarbe.

Sie stellten sich kurz vor und folgten Winklers Witwe durch einen schmalen Flur in das Wohnzimmer, das den Blick auf den Garten freigab. Hinter der Terrasse war Ziergras in dicken Büschen gepflanzt, und ganz am Ende stand ein riesiger alter Walnussbaum, der schon lange vor dem Bau der Siedlung hier gewachsen und dessen Laub bereits vollständig abgefallen war. Ein kleines blaues Tor stand daneben, und ein abgewetzter Fußball lag mitten darin.

»Danke, dass Sie mit Ihrem Besuch gewartet haben, bis Anton heute aus dem Haus war. Ich habe dem Jungen bisher nichts von Haralds Tod erzählt. Er kennt ihn ja im Grunde gar nicht. Das Ganze … Ich verstehe es selbst ja noch nicht … Und nächste Woche muss ich wieder arbeiten … bis dahin …« Ihre Stimme versagte und sie wandte sich von ihnen ab, um sich mit einem zerknüllten Taschentuch die Nase zu putzen. »Darf ich Ihnen etwas anbieten?«, fragte sie und straffte ihre Schultern, als sie sich wieder gefangen hatte. »Einen Kaffee vielleicht? Ich habe ihn vorhin schon aufgesetzt.«

Brüggemann und Jovic nahmen das Angebot dankend an. Es würde der Frau die Möglichkeit geben, sich wieder zu sammeln und etwas herzurichten. Die Trauer schien wie dicke Luft in dem Raum zu kleben. Lars hätte am liebsten ein Fenster geöffnet, so stark war sein Bedürfnis nach Sauerstoff.

Sie blieben in der Mitte des Raumes stehen, der Brüggemann ebenfalls unweigerlich an seine jüngste Vergangenheit erinnerte. Das ganze Konzept stimmte mit seiner ehemaligen Behausung überein: die Couchecke, die auf eine Regalwand hin ausgerichtet war, deren Zentrum ein riesiger Fernsehbildschirm bildete, genauso wie der Esstisch mit sechs Stühlen auf der anderen Seite des Zimmers. Nur zwei Sets lagen dort. Der Anblick bedrückte ihn so sehr, dass er den Blick schnell abwenden musste.

Jovic musterte erst die Bücher, die sich ordentlich in den Regalen reihten, und betrachtete dann die Fotos, die überall verstreut standen. Eines zeigte das Ehepaar mit dem kleinen Mädchen, dessen Gesicht er bereits aus Winklers Zelle kannte.

Brüggemann trat neben seine Kollegin und fand nur mit Mühe in den Zügen den Mann wieder, den sie gestern tot in der JVA gesehen hatten. Auf diesem Bild war Harald Winklers Haut sonnengebräunt, er hatte einen leichten Bauchansatz und strahlte fröhlich in die Kamera, seine Frau und seine Tochter eng an sich gedrückt. Selbst die Haare der Eheleute schienen nach dem schweren Schicksalsschlag eine tristere Nuance angenommen zu haben. Wieder musste Brüggemann schlucken. Kein Wunder. Für ihn war es schon schwer genug, seinen Sohn Jan nur jedes zweite Wochenende zu sehen. Ihn für immer zu verlieren, überstieg sein Vorstellungsvermögen, und Lars war sicher, dass er sich von so einem Schicksalsschlag niemals erholen würde. Frau Winkler hingegen war nun doppelt getroffen: Nachdem sie erst ihre Tochter hatte begraben müssen, folgte jetzt ihr Mann. Beide viel zu früh. Nur gut, dass sie ihren Sohn hatte, der ihr hoffentlich Zuversicht und Halt geben würde. Der etwas Freude in ihr Leben brachte.

Das Geschirr klapperte laut, als Frau Winkler zurückkehrte. Jovic eilte ihr entgegen und übernahm das Tablett, was die Frau mit einem dankbaren Blick quittierte. Dann setzten sie sich in der Couchecke Frau Winkler gegenüber, die ihre Hände im Schoß gefaltet hielt und regungslos darauf wartete, dass das Gespräch begann.

»Zunächst möchte ich Ihnen unser Beileid aussprechen«, sagte Jovic, während sie den Kaffee einschenkte. »Und Ihnen danken, dass Sie sich schon heute bereit erklärt haben, mit uns zu reden. Wir wissen, wie schwer das alles für Sie sein muss.«

»Ich verstehe offen gestanden nicht, was Sie zu mir führt. Die Direktorin sagte gestern, mein Mann … er habe sich das Leben genommen. Wieso …« Sie brach ab und schüttelte den Kopf. Frau Winklers Augen schwammen in Tränen, aber sie blinzelte sie weg, bemüht, ihre Fassung zurückzuerlangen.

»Schon gut. Ich verstehe, was Sie fragen wollten. Es ist so, dass wir bei Todesfällen in einer Haftanstalt absolut sicher sein wollen, nichts zu übersehen. Deshalb wird rein routinemäßig ein Ermittlungsverfahren durchgeführt. Es wird auch nicht lange dauern. Wenn Sie uns nur kurz schildern würden, wie Sie Ihren Mann in der letzten Zeit erlebt haben. Nur zum Abgleich mit den Aussagen aus der JVA«, erklärte Jovic behutsam.

»Haben … haben Sie ihn gesehen? Nachdem …«, fragte Frau Winkler statt einer Antwort. »Er hat sich einen Strick gebunden? Das wurde mir gestern gesagt. Woher hatte er nur diese Idee … Ich kann das alles noch immer nicht begreifen … Warum hat er nur …« Eine Träne löste sich und lief über ihre Wange. Dieses Mal hielt sie sie nicht zurück.

Brüggemann nickte. Er hatte schon häufiger Menschen über den Tod eines Angehörigen unterrichtet und erkannte bei der Witwe das Bedürfnis, sich zu versichern, dass ihr Mann wirklich tot war. Vorher könnte sie diese Tatsache vermutlich nie so recht glauben und lernen, ihren Verlust zu akzeptieren. Sie musste es fühlen, ihn sehen und anfassen, endgültig Abschied nehmen, um dann langsam mit der schweren Trauerarbeit zu beginnen. Was aber derzeit nicht möglich war.

»Ja. So ist es leider passiert. Wir sind gestern früh nach Wiesheim gerufen worden, nachdem man ihn gefunden hat.« Er fügte hinzu: »Wenn Sie wünschen, kann ich nachher beantragen, dass Sie Ihren Mann sehen dürfen, sobald die rechtsmedizinische Untersuchung abgeschlossen ist.«

Brüggemann bemerkte Jovics irritierten Seitenblick, aber Frau Winkler nickte, bedankte sich und lehnte sich dann erschöpft auf dem Sofa zurück. Erleichtert stellte er fest, dass es sie keineswegs irritierte, dass ihr Mann in der Rechtsmedizin war.

»Wann waren Sie denn zuletzt bei ihm?«, fragte er nach einer Weile. Er wollte einen Schluck Kaffee nehmen, doch weil er viel zu heiß war, stellte er die Tasse behutsam zurück.

»Vor gut zwei Wochen. Ich durfte ihn ja nur selten besuchen. Aber das wissen Sie sicher«, antwortete sie.

»Und wie war er da? Könnten Sie uns bitte den Ablauf des Besuches beschreiben?«

»Alles war wie immer. Ich habe ihm von den Dingen erzählt, die sich hier zu Hause ereignet haben. Natürlich hat er nach Anton gefragt. Immer. Das war für Harald das Wichtigste. Ich habe ihm dann jedes Mal neue Bilder gezeigt. Er ist ja jetzt schon so ein großer Junge, manche halten ihn schon für ein Schulkind. Dabei wird er nur sehr langsam selbstständig. Davon habe ich Harald erzählt. Dass es sicher meine Schuld ist. Ich weiß, ich müsste ihn mehr loslassen. Jungs wollen toben und klettern und raufen. Ich behüte ihn viel zu sehr, gebe ihm zu wenig Freiraum. Aber ich habe einfach dauernd Angst, ihm könne etwas geschehen. Nach Ninas Tod …« Sie seufzte tief, dann wanderten ihre Augen zum Bild ihrer Tochter, so als würde sie Blickkontakt zu ihr suchen.

»Hat er irgendetwas aus seinem Alltag in der Haft berichtet? War vielleicht etwas vorgefallen? Oder war er anders als sonst?«, wollte Jovic wissen.

»Weder noch. Aber das war nicht ungewöhnlich. Er hat in der ganzen Zeit nie etwas aus dem Gefängnis erzählt. Er wollte nicht …« Sie hielt inne. »Gleich nachdem er die Haft angetreten hat, eröffnete er mir, dass er alles, was immer auch hinter diesen Mauern passierte, für sich behalten möchte. Er wollte vermeiden, dass dieser … dieser Schmutz mich belastete. Uns. Ich war ja schwanger mit unserem Jungen, als er weggesperrt wurde … Es sei besser für mich, je weniger ich darüber wüsste. Er meinte, ich hätte schon genug zu bewältigen.«

Brüggemann nickte. Er konnte den Mann verstehen, der den Schutz seiner Familie offenbar wichtiger nahm als das Bedürfnis, sich selbst zu erleichtern.

»Und das hat er durchgehalten? In den ganzen Jahren? Er hat nie davon erzählt?«, hakte Jovic nach.

Frau Winkler nickte. »Nie. So ist Harald eben, wenn er sich etwas vorgenommen hat. Völlig stur.« Sie pausierte kurz, war sich offenbar der falschen Zeitform bewusst, korrigierte es aber nicht. »Anfangs habe ich noch nachgefragt, ich habe ja gesehen, dass er immer schmaler wurde. Und er war so furchtbar blass. Irgendwann habe ich mich damit abgefunden und gelernt, seine Entscheidung zu akzeptieren. Ich konnte ihn ja auch verstehen: Er bekam so gar nichts mehr von unserem Leben mit, von dem, was sich hier, in unserer Straße und in der Gemeinde tat. Er wollte in der kurzen Zeit, die wir zur Verfügung hatten, so viel wie möglich von zu Hause erfahren. Vor allem von seinem Jungen. Um ihn besser kennen zu lernen.«

Brüggemann nickte. Auch dieses Bedürfnis konnte er sehr gut nachvollziehen. »Können Sie trotzdem bitte noch einmal genau überlegen, welchen Eindruck er auf Sie machte? Hatte sich sein Gesundheitszustand verändert? Verhielt er sich vielleicht anders, zeigte er eine andere Gestik oder Mimik? Oder hatte er irgendeine Verletzung?«

Sie schloss kurz die Augen, ihre Finger umklammerten ein Taschentuch, das sie aus der Hosentasche gezogen hatte. »Nein, nichts von alldem. Er hatte sich nur einmal an einem Bügeleisen verletzt, da war seine Hand dick verbunden. Das ist in der Wäscherei passiert, das war aber schon beim vorletzten Mal. Vor gut zwei Monaten, würde ich sagen. Letztes Mal ... Da war nichts anders. Harald war wie sonst auch. Er ist dünner geworden mit den Jahren, das sagte ich bereits. Wobei ich nicht glaube, dass das an der Haft lag. Seit Ninas Tod, da gibt es immer wieder Tage, die nur schwer zu ertragen sind. Immer dann, wenn das Geschehene an die Oberfläche drängt, durch eine Bemerkung, einen Jahrestag oder sonst etwas. Es nimmt einem die Luft zum Atmen, weil man sich andauernd nach dem Grund fragt, wieso sie diesen Unfall haben musste. Ausgerechnet unsere Nina. Sie war so ein fröhliches Mädchen ... Wenn sie lachte ...« Ihre Schultern sackten herab. »Verzeihung. Es ist nur ... es ist so schwer. Immer noch. Darüber haben wir manchmal gesprochen, wissen Sie. Dass es nie mehr so wird wie früher.«

Sie schaute wieder zu dem Regal hinüber, und ein trauriges Lächeln umspielte ihre Lippen. »Aber abgesehen davon ging es ihm gut. Den Umständen entsprechend wäre wohl treffender. Jetzt ist ja der Anton da, er ist ein gesundes Kind und macht viel Freude. Außerdem hatten wir ja uns, konnten uns gegenseitig stützen. Harald wusste, dass ich ihn niemals verlassen würde. Das hat ihm, glaube ich, sehr geholfen, die Haft zu überstehen.« Sie seufzte schwer. »Ich … entschuldigen Sie … das nimmt mich alles so furchtbar mit.«

»Sie müssen sich nicht entschuldigen, Frau Winkler. Wir sind auch fast durch mit unseren Fragen. In der JVA war Ihrem Mann vor einigen Wochen bescheinigt worden, dass er suizidgefährdet war. Wussten Sie denn davon?«, hakte Brüggemann vorsichtig nach, nachdem Frau Winkler sich geschnäuzt und einen Schluck Kaffee getrunken hatte.

Mit gerunzelter Stirn sah sie ihn an. Wieder war da diese seltsame Leere in ihrem Blick, so als hätte sie in diesem Leben nichts mehr zu erwarten.

»Mein Mann? Harald? Sind Sie sicher?«, fragte sie irritiert nach.

Brüggemann nickte.

»Das höre ich heute zum ersten Mal. Das … Ich hatte ja keine Ahnung.« Sie schüttelte den Kopf. »Aber das passt überhaupt nicht zu ihm. Ich kann Ihnen nur noch einmal versichern, dass es ihm sonst gut ging. Natürlich hat ihn die Haft mitgenommen. Die Menschen dort … Harald gehörte da einfach nicht hin. Zu diesen … Verbrechern. Aber es war ja fast vorbei, er hatte seine Strafe verbüßt. Natürlich fragte er sich, wie es danach werden würde, er war schließlich nicht naiv. Die Leute … sie reden. Natürlich tun sie das. Da darf man sich nichts vormachen. Ihre mitleidigen Blicke sind oft nur schwer zu ertragen. Oder sie sehen weg und gehen mir aus dem Weg, weil sie nicht wissen, was sie sagen sollen … Na ja, und unseren Anton kennt er kaum. Er wollte ja nicht, dass ich ihn mitbrachte …«

Sie schlang die Arme um ihren Oberkörper, so als suche sie bei sich selbst Halt. »Aber trotz aller Sorge: Er wollte wieder bei uns sein, in seiner Familie, und war froh, wieder nach Hause zu kommen, nach all der Zeit.« Sie sah auf ihre Hände und setzte nach: »Nein, falsch: *Wir* waren froh, so muss es heißen. Die Jahre sind wirklich langsam dahingekrochen, aber es lagen ja noch so viele weitere vor uns. Mit Anton. Als Familie. Das habe ich ihm immer wieder gesagt.«

Während sie sprach, schien ihr Gesicht noch blasser zu werden. Frau Winkler drehte den Kopf weg, sah in den Garten, so als suche sie da draußen nach einem neuen Ziel, das sie sich nun stecken konnte, um irgendwie weiterzumachen.

Brüggemann hoffte, dass sie mit der Zeit auch über diesen Verlust hinwegkommen würde. Er fragte sich, woher die zarte Frau die Kraft nahm, denn ganz sicher waren schon die letzten Jahre schwer für sie gewesen. Das alles alleine zu tragen. In ihrem eigenen Gefängnis aus Erwartungen und Anforderungen ihrer Umgebung. Ob sie jetzt alleine überhaupt das Haus halten konnte? Hoffentlich war sie abgesichert und würde nicht auch noch ihr vertrautes Heim verlieren.

Jovic und er nahmen beide einen letzten Schluck von

dem Kaffee, der viel zu dünn war und nur nach Wasser schmeckte, so als habe Frau Winkler die Bohnen vergessen.

Plötzlich lachte die Witwe unvermittelt auf, und ihre Unterlippe begann zu zittern. Ohne den Blick vom Garten abzuwenden, sagte sie mit brechender Stimme: »Es ist einfach lächerlich. Da lege ich Ihnen hier groß und breit dar, dass mein Mann Freude an seiner Familie, an seinem Leben hatte, so mies das Schicksal uns auch mitgespielt hat. Dass er nicht vorhatte sich umzubringen. Dass er mir so etwas nie antun würde.«

Langsam drehte sie den Kopf zu ihnen, ihre Augen waren ganz dunkel, schienen tiefer in die Höhlen getreten zu sein. »Dabei *hat* er es getan. Er *ist* tot und er wird nicht wieder zu uns kommen, egal, wie sehr ich es beteuere. Es ist nur so, dass ich es einfach nicht begreifen kann.« Tränen liefen ihre Wangen herab, doch sie ließ es einfach zu. »Ich fühle mich hundsmiserabel, weil ich nichts, rein gar nichts von alldem bemerkt habe, davon, wie schlecht es ihm anscheinend wirklich ging. Warum habe ich nur nicht mehr nachgefragt? Vermutlich habe ich es mir zu einfach gemacht. Ich wollte ja nichts wissen.« Sie seufzte. »Suizidgefährdet, haben Sie gesagt? Das hätte Harald mir wirklich sagen müssen. Er war so ein verdammter Dickkopf.«

Brüggemann nickte. Ihn wunderte nicht, dass nach dem Tod seiner Tochter die Dunkelheit permanent in Winklers Leben getreten war. Er selbst hatte nur eine Scheidung durchlitten, aber auch dabei schon oft genug mit dem Schicksal gehadert – und er tat es immer wieder. Doch er wusste ebenso, dass Winklers Frau sich ohne Grund grämte. Sie traf ganz sicher keine Schuld an dem, was geschehen war. Sie hätte seine Dämonen nicht vertreiben können. Vermutlich wäre nichts anders verlaufen, wenn er über seine Krankheit gesprochen hätte.

Sicher wollte er auch damit seine Frau schonen, ihr nicht noch mehr Sorgen bereiten und ihr Kraft rauben, die sie für die Erziehung ihres Sohnes benötigte. Und um ihr eigenes tägliches Leben zu bewältigen. Er war mittlerweile davon überzeugt, dass es Menschen gab, die immer auf der Schattenseite des Lebens blieben, egal wie sehr sie sich bemühten, ins Licht zu treten.

Obwohl sie wieder keine neuen Erkenntnisse gewonnen hatten, war er froh, das Gespräch mit Frau Winkler geführt zu haben. Mit ihrer Erzählung hatte sie für Brüggemann das Bild eines Mannes gezeichnet, der tapfer war und darum kämpfte, seine Familie zu beschützen. Daraus sprachen sowohl Kraft als auch ein starker Wille. Wieder dachte er an Eva Hanssen, an das, was sie in dem Duschraum empfunden hatte. Tatsächlich ließ das alles nicht auf einen Menschen schließen, der sich aus seiner Verantwortung stahl und sich das Leben nahm. Auch wirkte Winkler in den Schilderungen seiner Frau nicht so, als ob er keine Perspektive mehr gesehen hätte.

Harald Winkler hatte alles, was er in der Haft erdulden musste, mit sich selbst ausgemacht. Über Jahre hinweg. Die Einsamkeit genau wie die Zweifel, die seine Frau ihnen soeben beschrieben hatte. Obendrein hatte Winkler vermutlich durch seine Andersartigkeit jede Menge Bösartigkeiten, vielleicht auch Gewalt ertragen müssen.

Denn Frau Winkler hatte recht: Ihr Mann passte nicht in den Knast. Vermutlich wurde er schon allein deshalb gemobbt. Es konnte sein, dass er angepöbelt, bespuckt oder in anderer Weise attackiert wurde. Es gab unzählige Möglichkeiten, einen Menschen unauffällig zu quälen, und hinter den verschlossenen Türen der Zellen würde niemand etwas davon mitbekommen, wenn alle Betroffenen schwiegen. Sowohl Schnepper wie auch Zednik traute er durchaus so etwas zu. Nur musste er es ihnen auch beweisen – und davon war er derzeit weit entfernt.

Andererseits hatte Winkler so lange durchgehalten. Wieso sollte er ausgerechnet jetzt dem Ganzen ein Ende setzen? Wo die Freiheit zum Greifen nahe war.

»Darf ich Ihnen noch eine Frage stellen? Hat er wirklich keinen Brief hinterlassen? Er schrieb mir nämlich regelmäßig, wissen Sie. Oder irgendeine Notiz? Etwas, das erklären würde …«, fragte Frau Winkler leise.

Brüggemann sah die Frau an, überlegte kurz, ob er ihr von dem Brieffragment erzählen sollte, antwortete dann aber: »Bisher haben wir nichts dergleichen gefunden. Tut mir leid.«

Sie nickte, nahm ihre Tasse Kaffee, sah nach draußen in den Garten, ließ ihren Oberkörper gegen die Lehne sinken, ohne zu bemerken, dass etwas Flüssigkeit auf ihre Hose schwappte. Die Stille im Raum war beinahe unerträglich, und Brüggemann sah wieder zu den Fotos hinüber.

Oder war es am Ende doch einfach zu viel für Harald Winkler gewesen? Der Tod seiner Tochter, die Haft, das schwierige Leben danach? Er wünschte, er hätte endlich eine Antwort auf diese Frage.

16.

Eva legte ihren Kopf auf die Schreibtischplatte. Nur die Einnahme von Aspirin zum morgendlichen Kaffee hatte ihre pulsierenden Kopfschmerzen so weit eingedämmt, dass sie sich ein Taxi rufen konnte, um sich auf den Weg in die JVA zu machen. Dabei hätte sie sich am liebsten den ganzen Tag unter der Bettdecke verkrochen. Aber wer sich am Abend nicht im Griff hatte, musste eben am Morgen leiden.

Sie schloss die Augen und hoffte, der Kopfschmerz würde aufhören, und dass sie den Alkohol des gestrigen Abends nicht zu sehr ausdünstete. Das wäre ihr peinlich, vor allem weil heute sicher die Ermittlungen im Fall Winkler weitergingen.

Vorsichtshalber nahm sie einen Schluck aus der 1,5 Liter großen Wasserflasche, die sie am Morgen extra in ihre Tasche gepackt hatte. Gegessen hatte sie bislang nichts, und im Moment schien es ihr, als könne sie noch eine ganze Weile nichts in den Magen bringen.

Zum Glück hatte das Lokal bereits vor 23 Uhr die letzte Runde ausgerufen. Doch bis dahin hatten Eva und Ann-Kathrin in allzu kurzer Zeit allzu viele Flaschen geleert. Sie hatten geschimpft, geweint, irgendwann wieder gelacht und Eva erinnerte sich, dass sie auf dem Weg zum Taxistand wie in ihrer Jugend noch lauthals »Everybody Hurts« von R.E.M. gesungen hatten.

An diesem Morgen war sie entsprechend verkatert erwacht. In der Nacht war sie immer wieder von Albträumen hochgeschreckt: Ein Gesichtsloser hatte sie mit einem schwarzen, seidigen Lasso verfolgt, sie schließlich gefangen und ihr die Schlinge um den Hals gelegt. Zwar war Eva sicher, dass sich bloß die Ereignisse des vorangegangenen Tages in ihrem Unterbewusstsein widergespiegelt hatten. Dennoch ließen sich einige Tatsachen nicht leugnen und machten sie unsicher: Es war ein Mensch in der JVA mysteriös zu Tode gekommen, ein Fremder versuchte ihr Angst einzujagen, und ihre beste Freundin steckte mitten in einer ernst zu nehmenden Ehekrise.

Sie wischte sich mit den Händen das Gesicht, um etwas wacher zu werden, und checkte dann noch kurz, ob Ann-Kathrin sich gemeldet hatte. Es war nur eine Nachricht eingegangen, die stammte aber nicht von ihrer Freundin. Sie ließ sich gegen die Rückenlehne fallen und starrte entnervt an die Decke. Eigentlich hätte sie sich freuen müssen, als sie las, dass ihr kleiner Bruder einen spontanen Besuch mit Frau und Kind ankündigte. Eva liebte ihre Nichte Lilli genauso wie Patricks Frau Sandra sehr, aber im Moment schien ihr alles über den Kopf zu wachsen, und sie sehnte sich nur danach, in drei Tagen endlich Wochenende zu haben, um Abstand zu gewinnen. Und dafür brauchte sie Ruhe.

Außerdem hatte sie Ann-Kathrin angeboten, für eine Weile bei ihr einzuziehen. Die hatte zwar zunächst abgelehnt, war trotz ihrer Wut und Enttäuschung nach Hause gefahren, um sich dort im Gästezimmer zu verbarrikadieren, aber vielleicht brauchte sie doch Evas Hilfe. Auch insofern kam der Besuch ihres Bruders ungelegen.

Das Ganze wog noch schwerer, weil sie Patrick bisher bewusst verschwiegen hatte, wo genau sie seit Oktober als Ärztin praktizierte – und sie hatte im Moment absolut keine Lust auf die besorgten Vorträge und Vorhaltungen, die unweigerlich kommen würden.

Sie beschloss, am Abend mit ihm zu telefonieren und zu versuchen, den Besuch auf die Vorweihnachtszeit zu verschieben. Dafür würde sie Ann-Kathrins Situation als Ausrede verwenden. Sie war auch für Patrick wie eine Schwester, und sicher hätte er Verständnis dafür. Und Eva gewann damit etwas Zeit, um ihm zuvor von der JVA zu erzählen.

Ein letztes Mal schaute Eva auf ihr Handy, aber noch immer hatte ihre Freundin sich nicht gemeldet. Vermutlich schlief sie ihren Rausch aus, denn sicher ging es ihr noch wesentlich schlechter als Eva. Ann-Kathrin hatte am Vorabend kaum etwas gegessen und grob überschlagen zwei Flaschen Wein intus gehabt. Zum Glück konnte sie sich als selbstständige Journalistin ihre Zeit frei einteilen und von zu Hause aus arbeiten.

Eva hätte alles dafür gegeben, heute eine Stunde später anzufangen, aber die Schließzeiten hatten ihr keine andere Wahl gelassen, als sich pünktlich auf den Weg zur Arbeit zu machen. Immer noch fühlte sie sich völlig benebelt. Kurz entschlossen nahm sie ein zweites Aspirin.

Eva war danach, die Stirn erneut einfach so lange auf die kühle Schreibtischplatte zu legen, bis der Kopfschmerz und die Übelkeit endlich verschwanden. Doch der erste Patient würde bald klingeln.

Stattdessen stand sie auf, ging zum Fenster und öffnete beide Flügel ganz weit. Die kalte Luft traf ihr überhitztes

Gesicht wie kleine Pfeile. Hinter der dicken Anstaltsmauer sah sie den Waldrand, der diese Seite des Gefängnisses begrenzte, und hörte in der Ferne die Autos auf der A 99 vorbeirauschen.

Nachdem sie eine Weile mit geschlossenen Augen in dem frischen Luftzug gestanden hatte, nahm das Pochen in ihrem Schädel merklich ab. Sie würde das Fenster geöffnet lassen, bis der erste Patient dran war. Vorsichtshalber zog Eva ihre dunkelblaue Fleecejacke über, um sich nicht zu erkälten, und kehrte dann an ihren Schreibtisch zurück.

Lisbeth hatte am Morgen schon den Computer hochgefahren und ihr die Patientenakten bereitgelegt. Erst jetzt fiel ihr Blick auf ein Fax, das direkt neben dem Stapel lag.

Es kam aus dem Krankenhaus, in das sie gestern den Mann eingewiesen hatte, der über Bauchkrämpfe geklagt hatte. Sie faltete die Seiten auf, hatte aber Mühe zu lesen, was dort geschrieben stand. Sie hielt das Blatt weiter weg, doch wieder verschwammen die Buchstaben. Sie schloss kurz die Augen und stöhnte. Das versprach ein schwieriger Tag zu werden, wenn ihr schon jetzt die Konzentration fehlte. Sie hoffte inständig, dass die Tablette bald wirken würde. Heute hatte sie den ganzen Tag Patiententermine, und obendrein würden in Bezug auf Winklers Tod sicher noch einige zusätzliche Aufgaben auf sie warten.

In dem Moment öffnete sich die Tür und Lisbeth kam herein, in der Hand einen riesengroßen Strauß rosafarbener Rosen, auf dem Gesicht ein vielsagendes Lächeln.

»Guten Morgen! Der heutige Tag beginnt in jedem Falle besser als der gestrige. Schauen Sie mal, was gerade für Sie abgegeben worden ist«, meinte sie und tauschte das verblühte Gebinde auf Evas Gesprächstisch gegen die frischen Blumen aus. Dann reichte sie Eva den Umschlag, der mit dem Strauß gekommen war, und schloss das Fenster hinter ihr.

»Sie wissen ja, was rosafarbene Rosen bedeuten?«, fragte Lisbeth noch, bevor sie sich wieder zur Tür wandte.

Evas schüttelte den Kopf, starrte nur auf die prachtvollen Blumen und hielt weiter die ungeöffnete Karte in der Hand.

»Da ist jemand in Sie verliebt!« Lisbeth zwinkerte.

»Ich dachte, das sagt man über rote Rosen.«

»Aber nein, Frau Hanssen, das wäre doch viel zu aufdringlich. Die schenkt man vielleicht zum zehnten Hochzeitstag – und auch nur dann, wenn man ihn fast vergessen hätte. Den Mann, der diese Blumen geschickt hat, würde ich mir warmhalten. Der hat Stil und einen ziemlich guten Geschmack. Ohne Schleierkraut oder sonstigen Schnickschnack. Einfach nur perfekte Rosen.« Sie seufzte. »Ich beneide Sie wirklich um diesen Verehrer.«

»Woher wollen Sie wissen, dass ein Mann die geschickt hat?«, fragte Eva, die darauf tippte, dass die Blumen ein Dankeschön von Ann-Kathrin für den gestrigen Abend waren.

Lisbeth antwortete nicht, und plötzlich erkannte Eva, wie sich ihre Bemerkung für ihre Mitarbeiterin angehört haben musste. Sie wusste schließlich nicht, wie sie sexuell ausgerichtet war. »Bleiben Sie noch einen Moment und lassen Sie uns einfach nachschauen, dann wissen wir mehr«, sagte Eva deshalb schnell und riss den Umschlag auf.

Für einen winzigen Moment zitterte ihre Hand, als sie

an den Inhalt des gestrigen Umschlages dachte. Aber dann gab sie sich einen Ruck und zog die Karte heraus. Sie war weiß, mit einer seidigen Beschichtung. Genauso elegant wie die Rosen selbst. Es stand nur ein Wort darauf: *Heute?*, gezeichnet *M. Santana*. Verblüfft schaute Eva die Blumen an.

»Wusste ich es doch!«, rief Lisbeth und klatschte in die Hände, obwohl Eva nichts gesagt hatte. Lachend verließ sie das Büro.

Eva rief ihr noch nach, doch die Tür war schon ins Schloss gefallen. Wieder wanderte ihr Blick zu den Rosen. Geduld und Zurückhaltung waren offenbar doch nicht seine Stärke. Was Santana wohl jetzt von ihr erwartete? Erneut musterte sie das stilvolle Bouquet, das perfekt zu dem Staatsanwalt passte. Allerdings nicht zu ihr. Sie mochte Wildblumen viel lieber. Aber das konnte er nicht wissen. Außerdem war es verdammt lange her, dass ihr zuletzt ein Mann Blumen geschenkt hatte. Viel zu lange.

Nach einer Weile legte sie die Karte weg. Zum einen war sie heute definitiv nicht in der Verfassung für eine Verabredung und brauchte dringend Schlaf. Außerdem erschien es Eva mehr als unpassend, sich gerade jetzt, während der laufenden Ermittlung mit ihm zu treffen. Und zuletzt wollte sie für Ann-Kathrin da sein, falls sie sie brauchte.

Sie würde im Laufe des Tages eine kurze Nachricht an sein Büro schicken. Aber nicht sofort. Sie wollte nicht den Eindruck erwecken, dass sie unmittelbar reagierte, bloß weil ein Mann ihr teure Blumen schickte. Und seinem Ego würde es guttun, wenn sie ihn ein wenig zappeln ließ.

Sie schob die Karte in die oberste Schublade und nahm

sich dann wieder das Fax. Immerhin war sie durch diese unerwartete Episode etwas wacher als zuvor.

Als sie die ersten Zeilen überflogen hatte, setzte sie sich auf. Sie hatte sich bei ihrer Diagnose geirrt: Es war kein entzündeter Blinddarm gewesen, der bei dem Patienten die Krämpfe ausgelöst hatte. Bei der Untersuchung im Krankenhaus waren zusätzlich Kribbeln und Schmerzen an den Füßen aufgetreten. Die Laboruntersuchung hatte schließlich ergeben, dass der Mann eine Thalliumvergiftung hatte, und es war ein großes Glück, dass er so früh eingeliefert worden war. Die Ärzte hofften, dass sie durch Gabe des sogenannten »Berliner Blau« das Schwermetall binden könnten und es endgültig ausgeschieden würde, bevor bleibende physische und psychische Schäden entstanden. Die Genesung würde allerdings einige Wochen in Anspruch nehmen, weshalb er in eines der wenigen Haftkrankenhäuser überstellt werden sollte, sobald er in der Lage war, die Intensivstation zu verlassen.

Evas Hände sanken langsam auf den Schreibtisch. Unfassbar.

Sie googelte Thallium. Es kam in der Zement- und Stahlindustrie vor. Beides gab es in der JVA sicher nicht. Aber weiter unten stand, dass es früher auch als Rattengift verwendet wurde. Das Mittel war zwar schon seit Jahren nicht mehr zugelassen, aber Eva konnte sich durchaus vorstellen, dass in den alten Gebäudeteilen der JVA noch Restbestände gelagert wurden, vielleicht in einem der Keller.

Wie das Gift allerdings in den Magen des Patienten gelangt war, blieb ihr ein Rätsel. Hatte er es freiwillig genommen? Die Risiken des Mittels waren zahlreich: Lähmungserscheinungen, Haarausfall, Sehstörungen. In zu hoher Dosis konnte es sogar tödlich sein. Noch ein Suizid? Oder jemand hatte es dem Mann heimlich verabreicht. Oder war er etwa gezwungen worden, das Zeug zu schlucken?

Nein. Damit ging sie sicher zu weit.

Sie seufzte. Dennoch: Eine schwerwiegende Vergiftung *und* ein Todesfall in einer einzigen Nacht – in demselben Zellentrakt? Das konnte sie wohl kaum als Zufall abtun. Es stärkte definitiv ihren Anfangsverdacht, dass in Haus III irgendetwas vor sich ging.

Nur was? Und warum?

Eva wählte die Neun. Sofort hatte sie Lisbeth am Apparat.

»Soll ich Ihnen zufällig irgendeine Nummer heraussuchen?«, flötete ihre Mitarbeiterin mit einem seltsamen Singsang.

»Was?«, fragte Eva irritiert. Erst nach einem kurzen Moment begriff sie, dass Lisbeth offenbar von dem Überbringer der Blumen sprach. »Nein. Es geht nicht um die Blumen, sondern um das Fax. Haben Sie es gelesen?«

»Nein«, antwortete Lisbeth. »Sophie hat es vorhin aus dem Gerät geholt und Ihnen gleich auf den Tisch gelegt. Stimmt damit etwas nicht?«

»Nein, nein. Alles in Ordnung.« Eva zögerte und sagte dann kurz entschlossen: »Aber ich frage mich … Gibt es in der JVA eigentlich Ratten?«

»Leider ja. Die Jungs hier kommen immer wieder auf die blöde Idee, ihre Essensreste aus dem Fenster zu kippen. Das lockt die Viecher natürlich an.«

»Verstehe. Aber mit Zement wird nicht gearbeitet? Etwa in den Werkstätten?«

»Nein. Außer bei Baumaßnahmen natürlich. Derzeit gibt es allerdings keine auf dem Gelände. Und es ist meines Wissens auch nichts dergleichen geplant.«

Bevor Lisbeth nachhaken konnte, bedankte Eva sich und beendete das Gespräch. Sicher warf ihr Verhalten bei Lisbeth Fragen auf, aber dieses Mal wollte Eva nichts riskieren und ihre Vermutungen zunächst für sich behalten. Zumindest für den Moment. Sie musste zuerst herausfinden, woher das Zeug überhaupt gekommen war, bevor sie mit ihrem Verdacht hausieren ging.

Nur mit einem wollte sie vorab sprechen. Mit dem Menschen, zu dem sie uneingeschränktes Vertrauen hatte: Kommissar Brüggemann. Sofort schrieb sie ihm eine Nachricht und bat ihn darum, sich kurzfristig bei ihr zu melden.

Sie verstaute das Fax sorgfältig unter ihrer Schreibtischauflage. Dann nahm sie einen großen Schluck Wasser, zog die oberste Akte vom Stapel und rief den ersten Patienten herein. Sie musste ihre Termine zügig abwickeln. Wie sie bereits vermutet hatte, würde der Tag heute lang werden.

17.

»Sie wollten mich sprechen?« Brüggemann schob seinen Kopf zur Tür herein. »Würde es Ihnen jetzt passen? Ich habe noch ein paar Minuten Zeit, bevor unsere Vernehmungen starten, und als Ihre Mitarbeiterin sagte, es sei gerade niemand bei Ihnen, dachte ich mir, ich komme einfach direkt vorbei.«

Eva, die eigentlich gerade mit der Sprechstunde beginnen wollte, schaute auf ihren Bildschirm. Momentan saß nur ein einziger Patient im Wartezimmer. Sie nickte und bedeutete dem Kommissar mit einem Lächeln, Platz zu nehmen. Sie freute sich, dass er so schnell reagiert hatte und brannte darauf, ihm das Fax zu zeigen. Rasch rief sie noch Lisbeth zu, dass sich die Sprechstunde einen Moment verzögern würde, damit sie den Gefangenen und seine Abteilung informieren konnte.

Dann stand Eva auf, nahm das Fax und schloss vorsichtshalber auch die Durchgangstür zum Behandlungszimmer. Als sie Brüggemann den Rücken zukehrte, hauchte sie einmal kurz in ihre Hand. Sie hoffte, dass sie nicht nach Alkohol roch. Was sie zu sagen hatte, war wichtig, und sie durfte nicht riskieren, dass der Kommissar an ihrer Glaubwürdigkeit zweifelte. Schon gestern in der Kantine war er distanziert gewesen. Aber sie brauchte ihn auf ihrer Seite und musste ihn unbedingt überzeugen.

Bewusst straffte sie ihre Schultern und nahm ihm gegenüber Platz. Brüggemann betrachtete gerade die üppigen Rosen, die im ganzen Raum einen süßlichen Duft verströmten.

»Sie sind heute alleine hier?«, fragte Eva.

»Ich?« Brüggemann rieb sich den Nacken. »Nein, nein. Frau Jovic musste gerade mal um die Ecke. Sie kommt gleich nach.« Wieder glitt sein Blick zu den Blumen auf dem Tisch. »Ich hoffe, die Frage ist nicht zu persönlich, aber haben Sie heute Geburtstag?«

Eva schüttelte den Kopf und spürte, wie Hitze in ihr aufstieg. Dass sie sich diese Blumen selbst gekauft hatte, würde er ihr nie abnehmen. Doch von wem sie stammten, wollte sie ihm nicht verraten. Ihr war Brüggemanns verhaltene Reaktion gestern in der Kantine nicht entgangen, als sie Santana erwähnt hatte. Er schien ihn nicht sonderlich zu mögen.

»Nein. Das ist noch eine Weile hin«, antwortete sie schließlich ausweichend und war froh, als sich erneut die Tür öffnete.

Aleksandra Jovic begrüßte sie mit einem Nicken, setzte sich ebenfalls an den Tisch und zückte schon das Smartphone, das offenbar ein unverzichtbarer Begleiter der jungen Frau war.

»Gibt es schon etwas Neues?«, versuchte Eva schnell auf ein anderes Thema zu kommen. »Hat die Spurensicherung etwas herausgefunden?«

Erwartungsvoll schaute Eva von einem zum anderen. Als beide Beamte nicht reagierten, fügte sie hinzu: »Ich weiß, Sie dürfen mir nichts aus der laufenden Ermittlung sagen. Das habe ich sehr wohl verstanden. Ein Kopfnicken würde mir schon reichen.«

Brüggemann wechselte einen kurzen Blick mit seiner Kollegin, ließ sich dann gegen die Lehne fallen und verschränkte die Arme vor dem Oberkörper.

Schade, dachte Eva. Diese Geste war bereits Antwort genug. Dabei hatte sie so sehr gewünscht, der Kommissar hätte irgendeinen Hinweis gefunden, der ihre Theorie untermauerte.

Sie hoffte, dass man ihr die Enttäuschung nicht allzu deutlich im Gesicht ablesen konnte. Sicher hatte Brüggemann gute Gründe für sein Schweigen. Immerhin hatte sie sich bei ihrem letzten Zusammentreffen selbst in Gefahr gebracht, weil sie sich zu sehr in die Ermittlungen eingemischt hatte. Sofort schob sich der Umschlag mit dem Trauerflor in ihr Gedächtnis. Sollte sie den beiden davon erzählen?

Sie überlegte kurz, verwarf den Gedanken dann aber und setzte sich aufrecht hin. Dieses Detail war ihr privates Problem und hatte nichts mit diesem Fall zu tun.

Stattdessen faltete Eva das Fax auf und legte es offen auf den Tisch. »Ich dachte, Sie sollten hierüber Bescheid wissen. Es gab ein weiteres Vorkommnis in der JVA. Ich hatte das schon gestern erwähnt. Im selben Haus, nur ein Stockwerk tiefer. An ebendiesem Morgen, fast zur selben Zeit. Bei diesem Vorfall kam ich allerdings früh genug. Ansonsten hätte das Mittel, das diesem Gefangenen verabreicht wurde, ihn vermutlich in Kürze gelähmt und im schlimmsten Verlaufsfall in wenigen Tagen getötet. Ich habe soeben erfahren, dass er vergiftet worden ist.«

Die Beamten warfen sich Blicke zu, sagten jedoch nichts.

Sie holte tief Luft und fuhr dann fort: »Hören Sie, mir

liegt in allererster Linie die Gesundheit meiner Patienten am Herzen. Die sehe ich in Haus III nach diesen beiden Vorfällen durchaus gefährdet, und ich halte es für meine Pflicht, Sie darauf hinzuweisen. Ich wiederhole mich, aber irgendetwas geht in diesem Gebäude vor. Das spüre ich ganz deutlich. Ich habe allerdings keine Ahnung, was. Jedenfalls bisher nicht. Aber ich möchte nicht riskieren, dass noch mehr Menschen Schaden nehmen.« Ihr Blick wanderte zwischen Brüggemann und Jovic hin und her. »Deshalb setze ich auf Ihre Hilfe. Mal ehrlich: Zwei doch sehr ungewöhnliche *Unfälle*, die zeitlich und örtlich so nahe beieinanderliegen – das kann doch kein Zufall sein, oder sehen Sie das etwa anders?«

Eva rieb sich die Schläfe. Ihr Kopfschmerz meldete sich mit einem Mal mit Wucht zurück und sie ärgerte sich, dass Lisbeth das Fenster geschlossen hatte. Der intensive Geruch der Rosen stach ihr unangenehm in die Nase.

Endlich räusperte sich Brüggemann. Jovic sah ihn genauso erwartungsvoll an wie Eva. Er hielt den Blick gesenkt, als er sagte: »Wir sind noch mitten in den Ermittlungen, Frau Hanssen. Ich begreife sehr wohl, dass Sie sich erhoffen, dass wir Ihre Vermutung bestätigen. Ich darf Ihnen keine Details nennen, das wissen Sie, aber verschiedene Aussagen untermauern die These, dass Winkler sich selbst das Leben genommen hat. Und was den anderen Fall anbelangt: Könnte es sich bei dieser Vergiftung nicht um einen Unfall handeln? Sie sagten selbst, Sie seien rechtzeitig gekommen. Also war die Dosis nicht tödlich, oder?«

Eva schaute ihn irritiert an und spürte wieder das Pochen in ihrer Schläfe. Langsam schüttelte sie den Kopf.

»Verstehen Sie mich nicht falsch: Ihr Hinweis ist natürlich wichtig, aber offen gestanden sehe ich da keinen zwingenden Zusammenhang, außer der örtlichen und zeitlichen Nähe. Für den Moment würde ich mich deshalb gerne auf die Ermittlungen zum Tod von Herrn Winkler konzentrieren. Wir werden das jedoch im Hinterkopf behalten. Für alle Fälle.«

Eva nickte. Das war mehr als deutlich. Auch er glaubte ihr nicht. Schade. Nachdenklich fuhr sie den Falz des Papiers nach.

»Gibt es eigentlich einen Hinweis darauf, dass Herr Winkler Tabletten genommen hat?«, wollte Jovic wissen. »Wegen seiner Depressionen?«

»In die Behandlung seiner Erkrankung war unsere Abteilung nicht involviert. Dazu müssten Sie sich an meine Kollegin in der Psychologie wenden. Judith Herzog hat Herrn Winkler damals betreut. Bevor ich die Stelle antrat, musste mein Team hier ja geraume Zeit ohne behandelnden Arzt auskommen, und seine Erkrankung fiel in diesen Zeitraum. Frau Herzog kann Ihnen sicher mehr dazu sagen.«

Eva hatte nicht vor, gegen die Psychologin zu opponieren, nur weil diese es schon umgekehrt getan hatte. Und vielleicht war sie der Polizei gegenüber auskunftsfreudiger. Zu gerne hätte sie gehört, wie sie den Beamten die fehlende Kontrolle bei der Einnahme der Medikamente erklären würde.

»Mit Frau Herzog haben wir gleich im Anschluss einen Termin. Danke«, sagte Jovic und machte sich eine Notiz.

Eva fixierte das Blatt vor sich. Sie hatte noch einen Trumpf im Ärmel. »Wie Sie wissen, war ich gestern, unmittelbar nachdem die Beamten Winkler heruntergeschnitten hatten, als eine der Ersten in dem Raum, um Winklers Tod zu bescheinigen.«

Brüggemann schob sich auf seinem Sitz nach vorne. »Ja?«

»Obwohl im Grunde außer Frage stand, dass der Mann nicht mehr lebte, habe ich seinen Puls gefühlt, um ganz sicher zu sein, dass keine Vitalzeichen mehr vorhanden waren.«

Beide Beamten schauten sie erwartungsvoll an.

»Dabei sind mir einige Verletzungen aufgefallen: Er hatte die Hände zu Fäusten geballt. Es gab Abschürfungen und einige Hämatome. Aber darauf will ich nicht hinaus.« Sie hob den Blick. »Seine Fingernägel und die Innenflächen seiner Hände waren blutverkrustet, eine Wunde nässte noch. Diese große Verletzung wirkte allerdings älter und hatte nichts mit dieser Nacht zu tun.«

»Die dürfte er sich also an anderer Stelle zugezogen haben«, sagte Aleksandra Jovic.

»Richtig. Aber wenn Herr Winkler alleine in dem Duschraum war und sich selbst entkleidet hat, dann muss diese Wunde Spuren hinterlassen haben. Am Saum des Shirts zum Beispiel oder am oberen Rand der Hose. Es müsste frisches Blut oder Wundsekret daran zu finden sein. Genauso wie an dem Strick, wenn er den wirklich selbst gebunden hat. Ich habe mir den Stoff zwar nicht genau angesehen, aber verdreckt schien er mir nicht gewesen zu sein.«

Mit gerunzelter Stirn musterte der Kommissar ihr Gesicht. Ohne sich abzuwenden, hielt Eva dem Blick aus seinen blauen Augen stand und hob leicht das Kinn. So schnell gab sie sich nicht geschlagen. Bei dieser Sache war sie sich absolut sicher.

»Sie meinen also, er war nicht alleine in dem Duschraum«, resümierte Brüggemann vorsichtig.

Sie nickte. »Genau das. Es ist ja schon ein Rätsel, wie er ohne Schlüssel überhaupt aus seiner Zelle gekommen ist. Aber wie es scheint, ist ihm auch beim Entkleiden jemand behilflich gewesen. Und vielleicht nicht nur dabei. Fragt sich nur, ob Winkler das gewollt hat, oder ob er dazu gezwungen wurde.«

Und dasselbe galt auch für den Mann, der das Gift genommen hatte, fügte sie im Stillen hinzu.

18.

Die beiden Kommissare waren pünktlich im Haupttrakt bei Judith Herzog angekommen, doch die Psychologin war noch im Gespräch mit einem ihrer Patienten. Sie konnten in dem riesigen Zimmer, das normalerweise sicher für Gruppentherapien genutzt wurde, ohne Umschweife reden, denn Kameras gab es dort genauso wenig wie vorhin auf der Krankenstation. Doch noch immer fiel es Brüggemann schwer, in Worte zu fassen, was er dachte, deshalb saß er einfach auf einem der Stühle im Halbkreis und starrte auf den Boden.

»Du bist so still«, sagte Jovic, die direkt neben ihm Platz genommen hatte. »Das ist fast schon beunruhigend.«

Er nickte. Jovic gegenüber war es unfair, in dieses beharrliche Schweigen zu verfallen. Aber er konnte nichts dagegen tun und zuckte deshalb nur die Achseln.

»Wenn ich wüsste, wo dein Problem liegt, könnte ich dir vielleicht helfen.« Sie senkte den Oberkörper und versuchte von untenher in sein Gesicht zu schauen, um ihm eine Reaktion zu entlocken. »Geht es um den Fall, oder bereitet dir etwas anderes Sorge?«, fragte sie weiter.

Hartnäckig war seine junge Kollegin, das musste man ihr lassen.

Er strich sich durch die Haare, lehnte sich weit nach hinten und blickte an die Decke. Er musste wieder an den Rosenstrauß in Eva Hanssens Zimmer denken. Zu gerne hätte er gewusst, wer ihr den geschickt hatte. Doch darüber zu sprechen, kam nicht infrage. Nicht hier, nicht heute. Und schon gar nicht mit Jovic.

Es nagte an ihm, die Ärztin enttäuscht zu haben. Wieder einmal. Dabei hätte er nichts lieber getan, als stundenlang mit ihr über diesen Fall zu diskutieren. Normalerweise fiel es ihm nicht schwer, die Inhalte seines Berufes für sich zu behalten. Im Gegenteil, es war ihm in Fleisch und Blut übergegangen. Aber Eva Hanssen weckte etwas in ihm, das er immer noch nicht zuordnen konnte. Deshalb war er heute so zugeknöpft aufgetreten. Er verhielt sich überaus seltsam, das wusste er. Aber nur, weil er einfach nicht mit der Situation umgehen konnte. Seit er hier war, tobten zwei Seelen in seiner Brust – weil er viel zu starke Gefühle für sie entwickelt hatte und immerzu fürchtete, sie würde sich in Gefahr bringen.

»Wenn du jetzt nicht sofort mit mir redest, mache ich beim Chef Meldung, dass du nicht mit mir kooperieren willst und meine Ausbildung vernachlässigst«, sagte Jovic schnippisch und schlug die Beine mit Schwung übereinander.

Verblüfft schaute er sie an und musste nun auch lachen, als er ihr triumphierendes Grinsen bemerkte.

»Na endlich. Ich dachte schon, du wärst dem Locked-in-Syndrom zum Opfer gefallen und nur noch eine Hülle, die nicht mehr mit der Außenwelt in Verbindung treten kann.«

Brüggemann schüttelte den Kopf, und obwohl ihm gar nicht danach war, musste er erneut lachen. Er mochte Jovics Humor. »Nein. Keine Angst. Ich denke nur über einiges nach.«

»Sag bloß! Das wäre mir ja nie aufgefallen«, neckte sie ihn weiter. »Und? Verrätst du mir jetzt auch endlich mal, *worüber* du nachdenkst, oder muss ich es erst erraten?«

»Ach, es ist dieser Fall. Die Art, wie wir zwischen den Fronten stehen, gefällt mir nicht«, antwortete er schließlich.

»Geht es noch etwas genauer? Welche Fronten meinst du?«

»Der Hinweis der Ärztin vorhin, zum Beispiel. Wir müssen uns auf die Primärtat konzentrieren, auf Winklers Tod. Darin sind wir uns sicher einig. Denn wenn alle hier drin so mauern, dann liegt da definitiv etwas im Argen – nur *sehen* wir im Moment noch nicht, worum es sich handelt. Diese andere Sache hingegen … Ich weiß einfach nicht, ob uns das nicht auf die falsche Fährte führen würde. Immerhin lebt der Mann noch. Vielleicht war er bloß haftmüde, wollte mal ein paar Tage hier raus und hat nicht ernsthaft einen Suizid begehen wollen. Er hätte das Zeug sicher auch so hoch dosieren können, dass jede Hilfe zu spät gekommen wäre.«

»In Ordnung. Damit habe ich kein Problem. Wir halten weiter die Augen offen, und sollte es doch Parallelen geben, dann können wir uns immer noch darum kümmern. Der Mann läuft uns auf der Intensivstation jedenfalls nicht weg. Außerdem liegen uns spätestens am Nachmittag die Ergebnisse der Spurensicherung und der Gerichtsmedizin vor. Dann wird vieles klarer werden. Auch was Frau Hanssens Hinweis mit den Sekretspuren anbelangt.«

»Ja. Damit hast du natürlich recht. Ich befürchte nur, dass Eva Hanssen uns momentan mehr sagt als allen anderen hier im Haus. Dieses Fax – es war nicht in der Patientenakte abgeheftet … Ich fürchte, sie will vermeiden, dass jemand anderes auf diese Verbindung kommt.«

Was wiederum bedeutete, dass sie möglicherweise auf eigene Faust Nachforschungen anstellen würde. Wenn Winkler sich nicht selbst aufgehängt hatte, gab es einen Mörder in Wiesheim. Und den aufzuschrecken hielt er für äußerst gefährlich.

Jovic nickte. »Ich verstehe, was du meinst. Aber wundert es dich? Nachdem die Direktorin ihr mit so deutlichen Vorbehalten gegenübergetreten ist?«

»Nein. Natürlich wundert es mich nicht. Aber jetzt, wo der Staatsanwalt die Finger im Spiel hat …«

»Darum geht es dir? Nun begreife ich, warum du so komisch bist. Mateo Santana ist der Grund für deine Missstimmung. Ich hatte gestern schon vermutet, dass du nicht gut auf ihn zu sprechen bist.«

»Ach was, nein.« Brüggemann rieb die Handflächen über seine Oberschenkel. »Ich meine, schon, aber …«

»Was denn nun? Ja oder nein?«, fragte Jovic lachend.

»Es wäre nicht richtig zu behaupten, dass ich ihn nicht mag. Der Mann hat mir nie etwas getan. Ich halte mich nur lieber so weit entfernt von ihm wie möglich. Er ist nicht zu durchschauen, und das irritiert mich. Auf mich wirkt er nie wirklich aufrichtig. Und er spielt nicht mit offenen Karten, sondern benutzt uns wie Schachfiguren. Das ist jedenfalls mein Gefühl. Aber darum geht es mir nicht.«

Jovic faltete die Hände und lehnte die Unterarme auf ihre Beine. »Gut. Wenn er es nicht ist, dann machst du dir Sorgen um die Ärztin, stimmt's? Dass sie wieder in etwas hineingezogen wird.«

Mit ernstem Blick schaute er seine Kollegin an. Sie war einige Jahre jünger, und er hatte sie zu Beginn ihrer Zusammenarbeit für viel zu unerfahren für die Mordkommission gehalten. Aber er hatte sie eindeutig unterschätzt. Sie beobachtete sehr genau und verstand mehr, als er ihr zugetraut hatte. Vor allem las sie auch zwischen den Zeilen. Sie würde eine brillante Ermittlerin werden. Und war schon jetzt eine wirklich tolle Partnerin.

»Dann müssen wir eben aufpassen, dass ihr nichts passiert«, sagte sie mit Bestimmtheit in die Stille hinein.

Verdutzt schaute Brüggemann auf. »Wir? Und wie sollen wir das anstellen? Wir wissen nicht, in welches Wespennest sie da gerade sticht. Ich bin ja nicht einmal sicher, ob sie sich nicht in etwas verrennt.«

Jovic schaute ihm offen ins Gesicht. »Und wieso hast du ihr das vorhin nicht deutlicher gesagt? Als wir bei ihr waren?«

Genau das war die Frage, auf die er keine Antwort fand. Er hatte so sehr das Bedürfnis, Eva Hanssen zu schützen, dass er nicht ausschließen konnte, selbst voreingenommen zu sein. Im Grunde hätte er diesen Fall gar nicht annehmen dürfen. Schließlich wusste er schon seit ihrer ersten Begegnung, dass er etwas für Eva Hanssen empfand. Und emotionale Verstrickungen taten der Ermittlungsarbeit nie gut. Stattdessen hatte es ihm gar nicht schnell genug gehen können, sie endlich wiederzusehen …

»Darf ich dir einen gut gemeinten Rat geben, Lars? Ich denke, du wirst in der Gunst der Ärztin nicht steigen, wenn du weiter so wortkarg bleibst.«

Brüggemann schnaubte unwirsch. Am liebsten wäre er

jetzt auf der Stelle aufgestanden und gegangen, denn das war genau die Art von Gespräch, die er hatte vermeiden wollen. Aber er saß hier fest und musste Jovics Standpauke aushalten. Und sie war noch nicht fertig, das konnte er ihrem Gesicht deutlich ansehen.

»Mensch, Lars«, fuhr sie auch schon fort. »Eva Hanssen ist hübsch. Sie ist klug, hat Mut und ist wirklich patent, das hat sie uns bewiesen. Das bemerkst aber nicht nur du, sondern vermutlich auch andere. Ich rede von Männern. Davon gibt es hier in diesem Umfeld eine ganze Menge. Und draußen genauso. Deshalb solltest du dir endlich einen Ruck geben und dich mit ihr verabreden. Außerhalb der Dienstzeit. Wer nichts wagt, der kann auch nichts gewinnen.«

Brüggemann sank gegen die Stuhllehne und starrte seine Kollegin an.

»Du musst gar nichts dazu sagen. Vorhin konntest du deinen Blick keine Sekunde von den Rosen abwenden. Das hätte selbst ein Blinder gemerkt. Sicher hast du dir das Hirn zermartert, wer sie geschickt haben könnte. Denn der Strauß war ziemlich teuer und gehört bestimmt nicht zur normalen Ausstattung der ärztlichen Abteilung einer Justizvollzugsanstalt. Und jetzt sag bloß nicht, ich hätte nicht recht.«

»Touché«, antwortete Brüggemann verblüfft.

Seine Partnerin war wirklich gut. Wenn sie auch im Fall Winkler so gekonnt beobachtete und kombinierte, würden sie ihn in kürzester Zeit lösen.

Und dann könnte er überlegen, Jovics gut gemeinten Rat zu befolgen und endlich einen Schritt auf Eva Hanssen zuzumachen.

19.

Eva schreckte hoch, als das Telefon schrillte. Sie war wohl eingenickt, als sie für einen kurzen Moment den Kopf auf ihre Arme gelegt hatte, nachdem ihre Kopfschmerzen nach der ersten Patientenrunde wieder schlimmer geworden waren. In ihrem Mund war ein seltsamer Geschmack, und sie sehnte sich nach etwas Salzigem, mit vielen Kohlehydraten und noch mehr Fett. Doch die Mittagspause lag in weiter Ferne, und da sie am Morgen so dekadent mit einem Taxi gekommen war, hatte sie auch nicht an einer Bäckerei angehalten und rein gar nichts für ihre Brotzeit dabei.

Völlig in Gedanken nahm sie den Anruf entgegen.

»Hackl von der Pforte, habe die Ehre, Frau Hanssen. Ich habe hier eine Dame, die Sie gerne sprechen möchte. Es scheint ihr wichtig zu sein. Sie hat keinen Termin, hat sie gesagt, deshalb wollte ich erst nachfragen, ob Sie überhaupt Zeit haben, bevor ich sie rüberschicke.«

Ihr Kopf war dumpf und verarbeitete die Information nur langsam. Eine Frau? Ob das Ann-Kathrin war? Sie schaute auf ihr Handy. Keine Nachricht. Aber die hätte sich vorher angekündigt. Eva wischte sich einmal über das Gesicht, riss die Augen weit auf und schüttelte den Kopf, um wieder richtig klar zu werden. Warum hatte sie nur gestern so viel getrunken? Sie war große Mengen Alkohol nicht gewöhnt. Und sie hatte offenbar noch schlechter geschlafen, als sie gedacht hatte.

»Wer ist es denn, Herr Hackl?«, fragte sie.

»Die Frau Winkler. Die Frau des …«

Schon war Eva hellwach. »Ich weiß, wer sie ist«, unterbrach sie den Vollzugsbeamten. Hackl war ein herzensguter Mann, der niemandem etwas zuleide tun würde, aber manchmal war er etwas derb, was nicht zu der derzeitigen Gefühlslage der Witwe passte. Sie hatte ihm zuvorkommen müssen, bevor er ihn unbedacht als den »Selbstmörder« bezeichnete.

»Würden Sie sie zu mir bringen? Jetzt gleich. Ich erwarte sie unten am Eingang zum Krankentrakt.« Eva hatte keine Ahnung, was die Frau zu ihr führte, hoffte aber, die Witwe von Herrn Winkler würde vielleicht einen Spaziergang durch den Innenhof ihrem wenig einladenden Büro vorziehen. Das gäbe Eva die Möglichkeit, etwas Luft zu schnappen. Sie hoffte, sich danach ein wenig besser zu fühlen oder zumindest einen klaren Kopf zu bekommen.

Sie lief die Treppen hinunter, straffte die Schultern und zog ihre blaue Fleecejacke enger um sich, als sie schon die Frau sah, die neben dem bulligen Hackl völlig deplatziert wirkte. Ihr dunkler Wintermantel war sicher zwei Nummern zu groß und ließ ihre gebeugte Gestalt noch schmaler erscheinen. Eva musterte die rot geklinkerte Fassade des gegenüberliegenden Gebäudes, aber zum Glück lehnte bei der Kälte niemand an einem der vergitterten Fenster, der rufen oder pfeifen konnte. Die Anlage wirkte heute genauso verlassen wie der Innenhof, und man konnte sich kaum vorstellen, dass mehrere Hundert Menschen hier Tag und Nacht untergebracht waren. Wie in einem Bienenstock, dachte sie. Nur summte es hier nicht vor Fleiß.

Eva fröstelte, schloss rasch den Reißverschluss ihrer Jacke und schlug den Kragen hoch. Dann ging sie den beiden ein Stück des Wegs entgegen.

Sie nickte Hackl zu, der kurz grüßte und sich ohne viele Worte wieder auf den Rückweg machte.

Eva streckte die Hand aus. »Mein Beileid.«

Frau Winklers bleiche, kühle Hand schien beinahe schwerelos in ihrer eigenen zu liegen. Instinktiv umfasste Eva sie mit ihrer Linken, so als könne sie damit verhindern, dass sich die Frau völlig in Luft auflöste.

Langsam hob die Witwe ihr Gesicht, und ihre braunen, tief liegenden Augen ruhten auf Eva. »Danke, dass Sie sich Zeit für mich nehmen.« Sie hob eine Papiertüte an, die Eva zuvor nicht bemerkt hatte. »Ich … ich durfte die persönlichen Gegenstände meines Mannes abholen. Seine Uhr, unseren Ring.« Ein Zittern überlief ihren Körper. »Und ich wollte … Sie haben ihn doch gesehen, oder? Harald, meine ich. Nachdem er …«

Mit einem Mal empfand Eva es als unpassend, mit der Frau hier draußen zu stehen. Zwar war es trocken, aber empfindlich kühl und sicher nicht der beste Ort, um mit ihr über die letzten Minuten ihres Mannes zu sprechen.

Frau Winkler hob den Kopf und musterte die wenigen kahlen Bäume und Sträucher, die neben einigen Bänken der einzige Schmuck des Innenhofs waren, so als hätte sie Evas Gedanken gelesen. Dann sah sie zu der Fassade des gegenüberliegenden Hauses hoch.

»Hier war ich noch nie. Ich kenne eigentlich nur diesen riesigen Besucherraum …« Ihr Blick schien auf der Suche. »Wo war denn Haralds Zelle, können Sie mir das sagen?«

»Dort drüben.« Eva deutete auf den Trakt zu ihrer Linken. »Im zweiten Stock. Ziemlich genau in der Mitte müsste es sein.«

»Können wir, ich meine …«

»Leider nein«, sagte Eva, die genau verstand, warum die Frau heute hierhergekommen war. Sie hatte das Bedürfnis, sich zu verabschieden, folgte den letzten Spuren, die ihr Mann hinterlassen hatte. Auch sie selbst war damals zum Unfallort ihrer Eltern gefahren. Sooft es möglich war. »Leider ist Besuchern der Zutritt zu den Zellen verwehrt.«

Frau Winkler nickte langsam, drückte die Tasche an ihre Brust, hielt aber den Blick weiter auf die Fassade gerichtet. »Natürlich. Wie dumm von mir.«

»Wollen Sie vielleicht doch nach drinnen gehen? Wir können uns gerne in mein Büro setzen, es ist frischer hier draußen, als ich gedacht habe. Oder möchten Sie ein paar Schritte laufen?«

Frau Winkler blinzelte, so als wäre ihr erst jetzt bewusst geworden, dass sie sich unter freiem Himmel befand und wie kalt es war. »Ich war die ganze Zeit drinnen, seit … Wenn es Ihnen nichts ausmacht, dann würde ich gerne hierbleiben. Harald wollte nie, dass ich allzu viel mitbekomme aus der JVA. Dabei … Es waren doch so viele Jahre, die er hier …«

Tränen liefen der Frau die Wangen herab, und sie schien leicht zu wanken. Eva hoffte, sie würde nicht zusammenbrechen, hakte sie unter und führte sie in Richtung einer Bank, von der aus Frau Winkler weiter auf den Trakt schauen konnte, in dem die Zelle ihres Mannes gewesen war.

Eine Weile saßen sie still nebeneinander.

»Ist es schnell gegangen? Ich meine … können Sie mir sagen, wie lange es gedauert hat, bis er tot war? Musste er leiden?«

Eva hielt die Luft an, um nicht laut aufzustöhnen. Die Frage der Frau war mehr als berechtigt, aber sie durfte nicht durchblicken lassen, was sie glaubte: dass jemand anderer für den Tod von Harald Winkler verantwortlich war. Zumindest ging das so lange nicht, bis es Beweise dafür gab. Sie musste ihre Antwort mit Bedacht wählen.

»Natürlich könnte ich Ihnen den Prozess beschreiben. Aber das macht Ihren Mann nicht wieder lebendig, Frau Winkler. Wollen Sie ihn nicht lieber so in Erinnerung behalten, wie er war, als Sie ihm das letzte Mal begegnet sind?«

Sie nickte. »Natürlich. Vermutlich haben Sie recht. Es ist nur … Ich wollte einfach mit dem Menschen sprechen, der meinen Mann zuletzt gesehen hat. Jetzt, wo ich hier bin, weiß ich im Grunde gar nicht mehr, warum ich das wollte. Ich bin so durcheinander.« Sie schüttelte den Kopf, fuhr sich mit der Hand über das Gesicht und verstummte.

Eva blieb ganz ruhig neben ihr sitzen.

Die Frau hielt den Blick auf eines der Fenster gerichtet, so als warte sie darauf, ihren Mann dort oben zu sehen. Wieder musste Eva daran denken, wie sie Winkler vorgefunden hatte. An seinen hageren, ungeschützten Körper. Dieses Detail durfte sie seiner Witwe nicht aufbürden. Es wäre zu viel für sie – das spürte Eva deutlich.

Stattdessen schaute Eva in dieselbe Richtung, in die die Witwe sah, und begann zögerlich zu sprechen: »Ich weiß, wie es sich anfühlt, Menschen, die man liebt, zu verlieren. Meine Eltern …« Eva zögerte kurz, räusperte sich, schlang die Arme eng um ihren Körper. »Meine Eltern sind bei einem Autounfall ums Leben gekommen. Ich war noch sehr klein und blieb alleine mit meinem jüngeren Bruder zurück.«

Frau Winklers Körper sank noch ein Stück weiter zusammen, und erstmals wandte sie den Blick wieder von dem Fenster ab. Sie schaute Eva an, hörte zu.

»Ich habe mir so viele Fragen gestellt. Das tue ich bis heute. Ob ich es hätte verhindern können. Oder irgendjemand anderer. Ob bei einem anderen Verlauf des Tages dieser Unfall vielleicht nicht passiert wäre. Solche Fragen sind völlig normal. Ich fühlte mich schuldig. Lange sogar. Weil ich friedlich schlafend im Bett lag, als die beiden in diesem Wrack …« Eva schluckte. »Sie kämpften mit dem Tod, und ich habe nichts davon bemerkt.«

Sie hielt kurz inne und spürte die kühle Hand der Frau auf ihrer eigenen ruhen. Ihr Blick traf den der Witwe, die sie heute zum ersten Mal gesehen hatte. Doch augenblicklich fühlte sie sich mit ihr verbunden. Sie hatten beide etwas verloren, was sich so gut und warm und richtig angefühlt hatte. Etwas, das Geborgenheit gab. Es war nicht nur die Einsamkeit. Alleine zurückzubleiben fühlte sich falsch an. Wie ein immer wiederkehrender Misston in einer Melodie.

Eigentlich gab es im ersten Moment nur ein Bedürfnis: sich zu verkriechen. Doch sie hatten die Verantwortung für einen anderen Menschen zu tragen, mussten sich zusammenreißen. Frau Winkler für ihren Sohn, Eva damals für den jüngeren Bruder. So wurde man zu einem Roboter, der bloß noch funktionierte. Nur die Bewegung half, nicht zusammenzubrechen.

Auch sie hatte sich tausendmal gefragt, ob ihre Eltern gelitten hatten. Ob sie hatten kommen sehen, was passieren würde. Hatten sie den anderen Fahrer zuvor wahrgenommen? Den hellen Lichtschein seiner Scheinwerfer? Seinen entsetzten Blick? Was war ihr letzter Gedanke gewesen? Galt er den Kindern, die alleine zurückblieben? Hatten sie sich wenigstens an den Händen gehalten, bevor der Aufprall kam? Hatten sie große Schmerzen erlitten? Oder war alles so schnell gegangen, dass nichts je in ihr Bewusstsein drang?

»Wissen Sie, ich gebe Ihnen gerne Auskunft, soweit es mir möglich ist. Aber die Fragen, die jetzt ganz tief in Ihrem Inneren brennen, die vermutlich lange nicht still sein werden, die können nur Sie selbst beantworten. Doch das braucht Zeit. Jeder muss mit dem Verlust, der Leere und der Verzweiflung auf seine Art zurechtkommen. Ich habe lange alles weit von mir geschoben. Es verdrängt. Anders hätte ich nicht weitermachen können.«

Plötzlich erkannte Eva, dass es einen weit wichtigeren Grund gab, warum es nicht wahr sein konnte, dass Harald Winkler sich umgebracht hatte: Er wusste, wie sich Verlust anfühlte. Er kannte die innere Leere, die mit unerbittlichem Sog alle positiven Gefühle verschlang. Wenn selbst das morgendliche Erwachen mühsam und sinnlos erschien. Sie konnte sich nicht vorstellen, dass er seine Frau diesem Schmerz erneut aussetzen würde. Willentlich. Das passte einfach nicht. Er hatte gespürt, wie weh es tat, einen geliebten Menschen zu verlieren. Denn genau aus diesem Grund hatte er den Mann töten wollen, der für den Tod seiner Tochter verantwortlich war.

»Sie haben das schon einmal geschafft«, sagte sie deshalb

zu Frau Winkler und drückte fest ihre Hand. »Sie sind stark. Das Schicksal bürdet Ihnen Unmenschliches auf, das weiß ich. Aber Sie werden es auch dieses Mal schaffen. Davon bin ich ganz fest überzeugt. Auch wenn es sich gerade sicher nicht so anfühlt.«

Eva sah auf den Boden. Sie wusste, es wäre nicht richtig, ihr mehr über die Umstände von Winklers Tod mitzuteilen, und doch spürte sie, wie sie dennoch langsam weich wurde. Zu gerne hätte sie Frau Winkler Trost gespendet und ihr gesagt, dass ihr Mann sich nicht feige davongeschlichen und sie einfach im Stich gelassen hatte. Denn vermutlich ging ihr genau das durch den Kopf.

Sanft drückte Frau Winkler ihre Hand und schaute Eva lange in die Augen. »Ich bin froh, dass Sie bei ihm waren. Weil Sie eine Frau sind. Und Ärztin. Ich bin sicher, Sie waren sanft zu ihm. Das tröstet mich in gewisser Weise.« Wieder sah sie hoch, fixierte das Zellenfenster. »Er hatte hier nicht viel zu lachen, wissen Sie? Überhaupt in den letzten Jahren.« Sie atmete tief ein. »Das heißt, eigentlich hatten wir beide nicht mehr viel Freude im Leben. Man macht einfach weiter. Irgendwie. Aber …«

Eva hob wieder den Blick und erwiderte kurz Frau Winklers Händedruck, bevor sie ihre Hand sanft zurückzog und in den Taschen ihrer Jacke vergrub.

»Ich wünschte, ich hätte Ihren Mann gekannt. Leider war er nie bei mir in der Sprechstunde. Ich bin selbst erst seit einem Monat hier beschäftigt.« Eva seufzte und entschied sich dann für die Wahrheit. »Ich weiß gar nicht, was ich noch sagen soll, Frau Winkler. Außer einem: Das Leben bietet immer wieder neue Möglichkeiten. Wo Schatten sind, entdeckt man irgendwann auch wieder Licht. Das eine kann ohne das andere nicht existieren.«

Frau Winkler erhob sich, betrachtete die Tüte mit den wenigen Habseligkeiten ihres Mannes und drückte sie fest an ihre Brust. »Ich weiß. Und danke, dass Sie so ehrlich zu mir waren.«

Dann schaute die Witwe noch einmal an der Fassade hoch, und ihre Augen füllten sich mit Tränen. »Harald hätte niemals hier drin sein dürfen. Ich hätte das verhindern müssen. Ich … hätte es gekonnt … Eigentlich …« Eine Träne löste sich und lief ihre Wange hinab. Dann seufzte sie tief und schüttelte den Kopf. »Ich hätte wissen müssen, dass er dieses Leben nicht aushalten würde. Ich hatte immerhin unseren Sohn. Er gab mir Kraft, ich hatte eine Aufgabe. Anton konnte schließlich nichts dafür. Aber Harald … er war so sensibel. Und ich habe nichts für ihn getan.«

Langsam setzte sich Frau Winkler in Bewegung und schritt in die Richtung, aus der sie mit Hackl gekommen war. Eva hatte das Gefühl, dass sie einen Moment für sich sein wollte, deshalb ließ sie sie gehen, nahm ihr Funkhandy hervor und wählte Hackls Nummer, damit er Frau Winkler entgegenging, um ihr die Türen zu öffnen.

Nach ein paar Schritten hielt die Witwe noch einmal inne und drehte sich zu Eva um.

»Was Sie vorhin gesagt haben: Ist das der Grund, dass Sie ausgerechnet hier in der JVA arbeiten? In diesem Umfeld? Und nicht im normalen Leben? Draußen?«

Eva blickte sie verständnislos an.

»Weil Sie fest an Chancen und Möglichkeiten glauben? Es gibt wohl kaum einen Ort, an dem das wichtiger wäre.

Ohne die Hoffnung auf Besserung …« Sie wartete nicht auf eine Antwort und fuhr fort: »Diese Menschen können wirklich froh sein, Sie hier zu haben.«

Erstaunt sah Eva auf. Im Grunde war genau das ihr Motiv gewesen, hier anzufangen. Weil es in ihren Augen keine wirklich schlechten Menschen gab. Nur miese Umstände oder Zwänge, die jemanden in Ausnahmesituationen brachten. Das hatte sie bloß für einen Moment vergessen.

Schon eilte Hackl den Weg entlang, um Frau Winkler zurück zum Eingang zu begleiten.

»Darf ich Sie noch einmal kontaktieren, wenn ich eine Frage habe?«, fragte Frau Winkler und rang sich ein Lächeln ab.

Eva nickte. »Jederzeit!«

Vielleicht könnte sie dann der Frau endlich die ganze Wahrheit sagen. Verdient hätte sie es allemal.

20.

Schwungvoll öffnete sich die Tür und Judith Herzog betrat den Raum, ein Klemmbrett und einige Akten in der Hand.

Brüggemann wunderte sich über das Alter der Psychologin, die er allenfalls auf Ende zwanzig schätzte. An Selbstbewusstsein schien es ihr jedoch nicht zu mangeln.

»Tut mir leid, dass ich Sie warten lassen musste, aber mein Termin hat sich leider in die Länge gezogen.« Sie ging direkt auf den Kommissar zu, streckte ihm die Hand entgegen und stellte sich kurz vor. So intensiv ihr Blick auf sein Gesicht gerichtet war, so flüchtig war dagegen ihr Händedruck. Danach wandte sie sich Jovic zu, die sie ebenfalls mit ihren grauen Augen taxierte. Dann zog sich die Psychologin einen Stuhl heran, den sie so positionierte, dass sie alle in einem perfekten gleichschenkligen Dreieck zu sitzen kamen. Sie hielt sich ganz gerade, ihre Beine standen parallel zueinander, waren aber leicht abgewinkelt.

Brüggemann musterte ihre schlanke Figur, ihre manikürten Fingernägel und das dunkle Haar, das straff zu einem hohen Pferdeschwanz gebunden war. Er verspürte den Drang, sich an der Schläfe zu kratzen, denn der Anblick der gedehnten Kopfhaut bereitete ihm Unbehagen.

Judith Herzog legte ihre Schreibutensilien auf ihrem Schoß zurecht und kam sofort zur Sache. »Ich gehe davon aus, dass Sie mich wegen des Suizids von Harald Winkler sprechen wollten. Damit habe ich schon gerechnet. Meine

Mitarbeiterin hat Ihnen gleich Kopien seiner Akte gemacht. Ich habe das mit der Gefängnisleitung abgestimmt, Sie dürfen die Papiere also gerne gleich mitnehmen. Ich denke, damit erledigen sich die meisten Ihrer Fragen.«

Sie hielt ihnen die Unterlagen hin, die Jovic an sich nahm.

Brüggemann bemerkte, wie eine Augenbraue der Psychologin hochschnellte, und ärgerte sich, nicht seinerseits reagiert zu haben. Judith Herzog sollte keine falschen Schlüsse über das Verhältnis zwischen ihnen ziehen. Aleksandra Jovic war nicht bloß seine Assistentin, sondern eine Partnerin auf Augenhöhe, und es missfiel ihm, dass die Psychologin völlig selbstverständlich die Gesprächsführung übernommen hatte. Rasch wechselte er deshalb einen Blick mit Jovic, während Judith Herzog einen noblen Stift aus einem Lederetui zog, und bedeutete ihr, die erste Frage zu stellen.

»Sie haben Herrn Winkler einige Zeit persönlich betreut?«, begann Jovic dann auch prompt die Befragung.

Judith Herzog nickte, und während sie antwortete, wanderten ihre grauen Augen permanent zwischen ihm und Jovic hin und her. »Da sind Sie richtig informiert. Er litt wohl seit Längerem unter einer posttraumatischen Belastungsstörung, deren Behandlung er bei seinem Haftantritt allerdings ablehnte. Damals war ich noch nicht hier, zu den näheren Hintergründen kann ich Ihnen deshalb nichts sagen, aber auch das ist ausführlich in der Akte dokumentiert.« Sie räusperte sich. »Neuerdings kamen starke Depressionen hinzu und suizidale Tendenzen, deshalb wurde er erneut hier vorstellig.«

»Könnten Sie uns genauer beschreiben, worin sich diese

Tendenzen geäußert haben? Wir sind ja keine Psychologen.« Jovic legte den Kopf schief und lächelte, während sie weiter Stichworte in ihr Handy tippte.

»Er hat sich immer stärker von den anderen abgekapselt, seine Stimmung war gedämpft, er wirkte lustlos, sprach kaum, nahm an keiner Aktivität mehr teil, war zeitweise aber auch aggressiv.«

Aggressiv? Das hörte Brüggemann zum ersten Mal.

»Wurde er gewalttätig?«, fragte er neugierig.

»Nur gegen sich selbst.« Judith Herzog strich einmal über das Blatt und nahm dann ihren Stift auf.

»Verzeihen Sie, wenn ich so laienhaft nachfrage.« Jovic sah die Psychologin mit großen Augen an. »Gab es für sein Verhalten einen Auslöser? Ein Ereignis, weshalb er zu Ihnen in Behandlung kam? Denn ich könnte mir vorstellen, dass die von Ihnen beschriebenen Verhaltensweisen nicht ungewöhnlich sind, wenn man einige Jahre hier einsitzt. Der Tagesablauf ist immer gleich, er bietet nicht viel Abwechslung. Das muss doch total frustrierend sein. Und seine Geschichte ...«

Judith Herzog atmete beinahe unmerklich tief ein und legte ihren Stift auf das Brett, das sie nun mit beiden Händen festhielt. Brüggemann war der anfänglichen Dominanz der Psychologin nun fast dankbar, denn Jovic spielte die Rolle der naiven, einfältigen Polizistin absolut perfekt und wandte ihren Blick nicht ein einziges Mal von Judith Herzog ab. Sie hing förmlich an ihren Lippen, die sich nun zu einem künstlichen Lächeln verzogen.

»Da haben Sie natürlich recht. Viele der Gefangenen hier haben Depressionen. Noch mehr nehmen Drogen.

Die meisten leiden jedoch nur in den ersten Wochen unter den Haftbedingungen. Mit den Jahren tritt meist eine Art Gewöhnung ein. Der Mensch kommt ja im Grunde mit jeder Situation früher oder später klar. So ist es auch hier.« Judith Herzog ließ ihren Blick nun wieder zu Brüggemann wandern. »Das Besondere an dieser Haftanstalt ist, dass unsere Vollzugsbeamten speziell ausgebildet sind, um bei den Gefangenen frühzeitig suizidale Tendenzen zu erkennen. In jedem Stockwerk ist pro Schicht möglichst eine dieser geschulten Kräfte eingesetzt. Das hilft uns, die Selbstmordrate weiter nach unten zu korrigieren.«

Sie nickte Jovic kurz zu, obwohl sie deren Frage mit keiner Silbe beantwortet hatte.

»Ich verstehe. Also hat einer dieser Beamten etwas bemerkt«, insistierte Jovic mit ernstem Gesicht. »Wollen Sie vielleicht kurz nachschlagen, was es bei Herrn Winkler genau war? Bei der Vielzahl von Fällen können Sie sich sicher nicht jedes einzelne Detail merken.«

Brüggemann räusperte sich und hob die Hand vor den Mund, um sein Schmunzeln zu verbergen. Dennoch entging ihm nicht, dass sich der Lidschlag der Psychologin beschleunigt hatte. Ihre ruhige Fassade begann bereits zu bröckeln. Entweder war sie von Jovics Art genervt, oder seine Partnerin hatte mit der Frage einen neuralgischen Punkt getroffen.

»Es gab kein konkretes Einzelereignis«, fuhr Judith Herzog jetzt völlig ruhig fort und legte ihre Hände flach auf das Brett. »Wie ich schon eingangs des Gespräches sagte, es war das Zusammenspiel verschiedener Dinge, die ich eingehend in der Ihnen vorliegenden Akte beschrieben habe.

Ich habe mit Herrn Winkler über den schrecklichen Unfalltod seiner Tochter gesprochen, seine Trauer über diesen Verlust, seine Schuldgefühle gegenüber seiner Frau, die er durch seine Kurzschlusshandlung und die daraus resultierende Inhaftierung quasi im Stich gelassen hat, und seine Entfremdung von seinem Sohn, der während seiner Haftzeit geboren wurde und den er nie richtig kennengelernt hatte.«

Jovic nickte, blätterte in der Akte, überflog die Seiten. Dann notierte sie mit konzentrierter Miene etwas in ihrem Smartphone. Brüggemann hütete sich, das Schweigen zu durchbrechen, denn die Psychologin änderte ihre Sitzposition und begann mit ihrem Kugelschreiber zu klicken. Etwas machte sie nervöser, als sie zugeben wollte. Oder ihre Selbstsicherheit war nur gespielt.

»Und wie verlief die Therapie dann genau? Ich habe gerade gelesen, dass ihm Medikamente verschrieben wurden. Was wurde sonst getan, um sein Befinden zu verbessern?«

Die Schultern der Psychologin entspannten sich, und sie legte den Stift auf dem Klemmbrett ab. »Wir haben ihn in eine Mehrpersonenzelle verlegt. Das war der zentrale Punkt seiner Behandlung, damit er sich nicht noch weiter in sich zurückzog, Gesprächspartner hatte und dadurch auf andere Gedanken kam. Er sollte wieder Teil eines sozialen Gefüges werden. Und natürlich, um ihn besser im Blick zu behalten.«

Sofort musste Brüggemann an die Poster der nackten Frauen in der Zelle denken, an die beiden Männer, von denen einer kaum Deutsch sprach, und im Gegensatz dazu die sauber aufgereihten Bücher in Winklers Regal. Judith Herzogs Begründung war mehr als fadenscheinig. Er hütete sich aber, einen Kommentar dazu abzugeben, denn ihm war klar, dass es in der JVA sicher nicht viele Möglichkeiten gab, gleichgesinnte Personen zu finden und in Kontakt zu bringen. Die Zahl derer, die überhaupt etwas mit Büchern anfangen konnten, war sicher gering. Die derjenigen, die Klassiker lasen, ging vermutlich gegen null. Dennoch fragte er sich, was die Psychologin unter diesem sozialen Gefüge verstand. Ob sie jemals ihr Büro verließ und die Gefangenen in den Zellen besuchte? Mit den hohen Schuhen, die sie trug, konnte er sich das kaum vorstellen – obwohl sie damit der Fantasie der Männer sicher einiges an Futter geben würde.

»Herr Schnepper, sein Zellengenosse, war außerdem von uns als Listener ausgebildet worden. Er hätte mir sofort gemeldet, wenn es in dem Verhalten von Herrn Winkler etwas gegeben hätte, das ihn beunruhigte.«

Brüggemann horchte auf. »Listener?«

Die Psychologin nickte und legte ihre Hände wieder locker auf das Klemmbrett. »Das ist ein Projekt. Wir bilden Gefangene aus, auf bestimmte Verhaltensmuster zu reagieren und die Anzeichen für ernst zu nehmende Suizidgedanken zu erkennen. Sie sollen bei Bedarf den Betroffenen zuhören, wie der Name schon sagt. Ihnen Rückhalt geben. In Gesprächen positive Perspektiven aufzeigen. Wir arbeiten in regelmäßigen Abständen mit diesen Personen und schulen sie darin, Maßnahmen zur Krisenintervention anzuwenden, wenn es notwendig ist. Wir geben auch Gelegenheit zu einer Supervision, damit sie sich ständig weiterentwickeln. In diesem Raum finden übrigens genau diese

Schulungen statt.« Judith Herzog holte mit einer Geste weit aus.

»Verstehe«, sagte Brüggemann jetzt, obwohl das Gegenteil der Fall war. So wie er Schnepper kennengelernt hatte, konnte er sich kaum vorstellen, dass er nur einen Funken Sensibilität besaß, die für eine solche Funktion notwendig war. »Wer betreut denn diese Listener?«

Judith Herzog richtete sich zu voller Größe auf und überkreuzte ihre Beine. »Das bin ich selbst. Wir haben vor etwa neun Monaten diese Initiative gestartet. Derzeit haben zehn Männer und zwei Frauen erfolgreich die Ausbildung durchlaufen.«

»Bitte verzeihen Sie meine Nachfrage, ich habe das noch nicht richtig verstanden. Diese Listener, die sind dann quasi eine Art von Hilfspsychologen?«, wollte Jovic wissen.

Blitzschnell drehte sich die Psychologin in ihre Richtung um. Judith Herzogs Augen weiteten sich kurz, aber der Anflug von Ärger verschwand gleich wieder aus ihren Zügen. Stattdessen wandte sie sich von Jovic ab, lächelte und erklärte mit ruhigem Ton an Brüggemann gewandt: »Nein. Das wäre zu hoch gegriffen. Natürlich sind diese Gefangenen keine Psychologen. Dazu würde schon etwas mehr als nur eine vierwöchige Ausbildung gehören. Ein solches Studium dauert schließlich Jahre, und die Männer hier haben ja oft nicht einmal die mittlere Reife.«

Sie legte den Kopf schief und schaute einmal kurz zur Decke. Dann fuhr sie in ruhigem Ton fort: »Sie sind eher geduldige Gesprächspartner. Menschen, die Zuwendung geben. Wir haben die Erfahrung gemacht, dass sich manche Gefangene gegenüber Personen aus den eigenen Reihen, die dieselbe Sprache sprechen, leichter tun und sich eher öffnen, als wenn sie hierherkommen. Unsere Qualifikation, die gehobene Ausdrucksweise können bereits eine Hürde darstellen. Außerdem halten die meisten nicht viel von Psychologen. Seelenklempner, Klapsdoktor, Sie kennen vermutlich diese Begriffe.«

Sie befestigte den Kugelschreiber an dem Block, so als sei mit diesem Satz alles gesagt.

»Und wer sucht die Gefangenen aus, die diese Ausbildung erhalten?«, wollte Jovic wissen.

»Das ist unterschiedlich. Manche melden sich freiwillig, andere werden uns von den Vollzugsbeamten vorgeschlagen.«

»Sie sagten, das Programm sei erfolgreich?«, hakte jetzt Brüggemann nach.

»Oh ja. Es gibt eine Reihe von Haftanstalten in Deutschland, die mit ganz ähnlichen Projekten begonnen haben. Ich war bereits in verschiedenen anderen bayrischen Gefängnissen, um über unsere Erfahrungen zu berichten. Meine Assistentin kann Ihnen gerne eine Kopie meiner Präsentation zu dem Thema ausdrucken, wenn Sie Interesse daran haben.«

Sie wollte gerade aufstehen, doch Brüggemann winkte ab und wechselte einen Blick mit Jovic, bevor er seinen letzten Satz formulierte.

»Interessant, dass Sie das Projekt als erfolgreich beschreiben, wo gerade der von Ihnen geschulte Herr Schnepper ja offenbar die Hilferufe eines akut Gefährdeten überhört hat.«

Judith Herzog senkte ihren Kopf, musterte kurz die Umrisse des Klemmbrettes, dann sah sie Brüggemann direkt in die Augen. »Das tue ich. Ja. Weil unser Projekt erfolgreich *ist*. Wir versuchen jeden Tag das Beste, um die Gefangenen seelisch gesund durch die Zeit ihrer Inhaftierung zu führen. Aber viele sind schon völlig kaputt, bevor sie hierherkommen. Sollte ich Ihrer Meinung nach bei jedem missglückten Heilungserfolg meinen Job niederlegen? Dann müsste auch die Gefängnisärztin bei einem Patienten, der an Krebs stirbt, ihren Job an den Nagel hängen. Entschuldigen Sie, wenn ich es so direkt formuliere, aber das ist absurd.«

Brüggemann ließ ihre Ausführungen unkommentiert und wartete ab, was nun geschehen würde.

Judith Herzog hob das Kinn und fügte noch hinzu: »Wer sich partout aus diesem Leben verabschieden will, der findet immer einen Weg, seinen Wunsch in die Tat umzusetzen. Auch nach tausend Therapiestunden. Oder können Sie einen Mörder nur mit guten Worten vom nächsten Mord abhalten, Herr Kommissar?«

21.

Eva erhob sich hinter ihrem Schreibtisch und streckte dem eingetretenen Patienten die Hand entgegen. Georg Temme kam regelmäßig einmal in der Woche zu einem Kontrolltermin. Er hatte einen leicht erhöhten Blutdruck, mehr fehlte ihm nicht. Doch sie freute sich immer, ihn zu sehen, denn er war ausgesprochen gebildet, und obwohl der Mann ein verurteilter Mörder war, schätzte Eva die Unterhaltungen mit ihm sehr. Seine Tat war ein klarer Fall von Selbstjustiz gewesen. Temme hatte seine Schwester nach einer Vergewaltigung gerächt und ihren Peiniger getötet. Auch wenn Eva diese Tat nicht guthieß, konnte sie seine Beweggründe verstehen. Vielleicht lag es daran, dass sie ebenfalls lange Zeit ganz allein die Verantwortung für ihren Bruder tragen musste.

Außerdem ließ er sie an der Gerüchteküche im Knast teilhaben, wodurch sie sich gerade heute neue Details über die jüngsten Geschehnisse in Haus III erhoffte.

»Herr Temme, schön, Sie zu sehen! Wie geht es Ihnen?«

Temme beugte höflich den Kopf und hielt eine Hand hinter dem Rücken. Seine lichten Haare waren frisch gestutzt, ebenso wie sein Kinnbärtchen, und er roch angenehm, als habe er noch kurz vor dem Termin geduscht. Eva entging dennoch nicht, dass er müde aussah, wartete aber ab, bis er das Wort erhob.

»Guten Morgen, Frau Dr. Hanssen. Danke der Nachfrage, ich habe mich schon besser gefühlt.« Als er ihre besorgte Miene bemerkte, fügte er hinzu: »Es ist nicht der Rede wert. Glauben Sie mir. In meinem Alter ist es nur so, dass der Schlaf kommt und geht, wie er will, und nicht, wie es sinnvoll und nötig wäre.« Seine Stirn war in Sorgenfalten gelegt, als er ihr gegenüber Platz nahm. »Doch verzeihen Sie die Gegenfrage: Was bereitet Ihnen Sorgen? Und bitte sagen Sie jetzt nicht, es wäre alles in bester Ordnung. Ich sehe deutlich, dass dem nicht so ist.« Er deutete an seine Stirn. »Sie haben diese winzige Falte direkt an der Nasenwurzel, wenn Sie unter Druck stehen. Die lügt nicht.«

Eva konnte nur schwer den Impuls unterdrücken, an die beschriebene Stelle zu fassen. Temme war ein hervorragender Beobachter, der wirklich alles zu registrieren schien. Und da sie wusste, dass seine Sorge echt und aufrichtig war, wollte sie nicht mit fadenscheinigen Ausflüchten auf seine Frage reagieren.

»Sie sind sehr aufmerksam, Herr Temme. Aber auch das ist nicht der Rede wert. Ich habe ziemlich starkes Kopfweh. Einen Kater, um genau zu sein. Meine Schuld.« Sie legte die Hand auf ihr Smartphone, so als könne sie mit dieser Geste eine Verbindung zu Ann-Kathrin herstellen, die sich immer noch nicht gemeldet hatte. Obwohl Eva sich fest vorgenommen hatte, niemals private Dinge im Gefängnis anzusprechen, machte sie bei Georg Temme eine Ausnahme und gab vage Auskunft. »Eine sehr gute Freundin hat ein Eheproblem, das wir gestern erfolgreich im Alkohol ertränkt haben.«

Ihr Gegenüber nickte, faltete die Hände im Schoß und hielt den Blick erwartungsvoll auf ihr Gesicht gerichtet. Er wollte mehr wissen.

Eva vermied es, ihn anzusehen. Sie schaute erst zum Fenster, dann zu den Rosen. Temme verfügte über viel Lebenserfahrung, und vielleicht wusste er Rat, wie sie Ann-Kathrin helfen könnte. Dennoch zögerte sie. Konnte sie ihm diese Sache anvertrauen? Andererseits wusste sie aus der Vergangenheit, dass er verschwiegen war.

Als er immer noch geduldig schwieg, gab sie sich schließlich einen Ruck. Was sollte schon passieren? Er kannte Ann-Kathrin und Victor nicht und würde sie nie treffen. »Die beiden sind wie ein Zuhause für mich, seit meine Eltern …« Sie legte eine Hand in ihren Nacken. »Ich habe furchtbare Angst, dass dieser Streit nicht zu kitten ist. Dass sie sich darüber trennen könnten.«

»Wollen Sie mir vielleicht verraten, worum es bei dieser Meinungsverschiedenheit gegangen ist? Ich werde das natürlich vertraulich behandeln.« Er machte die Geste der drei Affen: nichts sehen, nichts hören, nichts sagen.

Ganz wohl war ihr immer noch nicht, mehr auszuplaudern. Aber ohne einen Anhaltspunkt konnte er ihr auch nichts raten.

»Sie will Kinder, er nicht«, antwortete sie deshalb knapp.

Temme nickte. »Verstehe. Das ist eine schwierige Situation. Frauen sind oft von ihrer Natur getrieben. Das klingt jetzt wie ein Klischee, aber das Kümmern, Nestbauen sowie die Aufzucht und Sorge ist ihrem Geschlecht in die Wiege gelegt. Bei uns Männern ist das anders. Wir waren nie ans Haus gebunden, blieben immer in Bewegung, auf der Jagd. Wir empfinden daher die eigenen vier Wände, das sogenannte traute Heim oft nicht als sicheren Hafen, sondern als Einengung.«

Er seufzte, und Eva hatte das Gefühl, dass er gerade ein Stück seiner eigenen Geschichte preisgegeben hatte. Tatsächlich war Temme nie verheiratet gewesen, vielleicht hatte sie gerade den Grund dafür erfahren.

Sie wollte ihm Raum geben weiterzuerzählen, aber schon änderte sich seine Sitzhaltung, und er fuhr an anderer Stelle fort: »Außerdem kann ich gut verstehen, wenn jemand sich nicht zutraut, die Verantwortung für die Erziehung eines Kindes zu übernehmen. Dafür, dass es gesund bleibt, seine Seele gedeihen kann, es zu einem verantwortungsvollen Wesen heranreift. Es lauert vieles da draußen, was man nicht planen und auch nicht beeinflussen kann. Ob es neuerdings die Umwelt, das Essen oder aber die Menschen selbst sind. Die Welt ist in den letzten Jahren nicht wirklich besser geworden. Und diese Aufgabe dadurch wiederum nicht gerade leichter.«

Eva schaute ihn nachdenklich an. »Aber was ist mit den guten Erfahrungen? Dem Halt und der Freude, den die Beziehung zu einem Kind mit sich bringt. Sollte man wegen Eventualitäten, die vielleicht nie eintreten werden, einfach alles sein lassen? Das hieße im Grunde, dass man aus Angst, überfahren zu werden, nie mehr das Haus verlassen dürfte.«

Temme zuckte die Schultern, spitzte die Lippen und strich mit dem Finger an der Tischkante entlang. Eva fühlte sich plötzlich ertappt, denn im Grunde hatte sie gerade ihr eigenes Verhalten beschrieben. Seit Jahren hielt sie Menschen von sich fern, war nur auf sich und ihre Arbeit fokussiert, um keine Enttäuschung zu erleben. Vor allem Männer.

Eva schlug die Beine übereinander, betrachtete Temme

aus dem Augenwinkel und fragte sich nicht zum ersten Mal, wie es ihm immer wieder gelang, ihr Dinge zu entlocken. Sie war sicher, dass er sie mit seinem Kommentar bewusst in diese Richtung geführt hatte. Menschen schienen für ihn wie ein offenes Buch zu sein. Plötzlich fühlte sie sich unwohl. Manipulierte er sie etwa ganz bewusst? Instinktiv verschränkte sie die Arme vor der Brust.

»Es kann allerdings auch ein anderer Grund dahinterstecken, wenn dieser Mann keine Kinder möchte«, fuhr Temme fort, ohne auf ihren Einwand einzugehen. »Bei manchen Menschen reicht die Liebe einfach nicht für zwei. Außerdem kann eine ungerade Zahl die Stabilität sozialer Beziehungen stören, weil das Gleichgewicht nicht gewahrt wird. In Ihren Ohren klingt das vielleicht banal. Aber, Frau Hanssen, wann trennen sich Paare für gewöhnlich? Wenn Nachwuchs kommt, ein Haus gebaut wird, die Kinder als Erwachsene aus dem Haus gehen, ein anderer Mensch auf der Bildfläche auftaucht, der Besseres verheißt. Es ist nur ein winziges Detail. Aber dann ist es aus. Ganz plötzlich.« Temme beugte sich vor. »Vielleicht will ihr Freund die Beziehung in Wahrheit retten und stellt deshalb seine Frau an allererste Stelle in seinem Leben. Das ist nicht die schlechteste Position, oder? Genau betrachtet ist das sogar ein sehr nobler Charakterzug. Nur extrem selten. Normalerweise sind die Menschen doch eher auf der ständigen Suche nach der einen Sache in ihrer Beziehung, die ihnen zu ihrem perfekten Glück fehlt. Und glauben, mit einem Kind diese Lücke füllen zu können. Bis sie dann eines Tages erkennen, dass es nichts gebracht hat und die Situation nur noch verschlimmert.«

Erstaunt schaute Eva Temme an. Ihr fielen zwar noch eine Reihe anderer Gründe ein, warum Paare sich trennten oder warum sie Kinder bekommen wollten. Vieles, was er über die Geschlechterrollen sagte, entsprang einem äußerst altmodischen Rollenverständnis. Aber seine letzte Bemerkung schien genau auf Victor zuzutreffen. In all den Jahren, die sie ihn mittlerweile kannte, hatte sie nicht ein einziges Mal an seiner Zuneigung zu Ann-Kathrin gezweifelt. Anders als ihre Freundin es gerade tat. Ihr fiel ein Tag ein, an dem sie zu dritt auf der Terrasse eines Cafés saßen. Ann-Kathrin war kurz zur Toilette gegangen und Victor hatte den Unterteller auf ihren Kaffee gestellt, damit er nicht zu sehr abkühlte. »Sie liebt ihn doch ganz heiß«, hatte er ihr lächelnd erklärt und schützend seine Hände um das Gefäß gelegt, bis sie wieder zurück war.

Vielleicht war es wichtig, Ann-Kathrin genau daran zu erinnern. Dass Victor immer schon dieser eine Mensch für sie gewesen war. Der, mit dem sie alt werden wollte. Eva beschloss, in der Mittagspause ihr Auto zu holen und nach Feierabend ihre Freundin spontan bei der Redaktion abzupassen und einfach mit zu sich zu nehmen, um noch einmal lange mit ihr zu reden. Ohne Alkoholeinfluss.

Temme deutete auf den Blumenstrauß. »Wie ich sehe, haben Sie einen Verehrer?«

Eva spürte, dass ihr heiß wurde, und öffnete rasch ihre Jacke. »Wundert Sie das etwa?«, fragte sie augenzwinkernd und war froh, dass er von selbst das Thema gewechselt hatte.

»Oh, keineswegs. Ich denke, dass es eine Reihe von Männern gibt, die Ihnen sehr zugetan sind. Sicher viel mehr, als Sie denken, auch wenn nicht jeder Ihnen so überaus offensichtliche Symbole seiner Bewunderung zukommen lassen würde.« Temme lächelte. »Ich habe mich allerdings gefragt, warum Ihnen dieser Mann die Blumen hierherschickt und nicht zu Ihnen nach Hause.«

Eva stutzte und sah irritiert den Blumenstrauß an.

»Offensichtlich will der Absender damit erreichen, dass andere Menschen merken, dass er Sie verehrt«, fuhr Temme fort. »So als würde er sein Revier abstecken. Oder er ist ein Mensch, der in alle Bereiche Ihres Lebens eindringen will.«

Sie runzelte die Stirn und setzte sich auf. Wieder hatte Eva das Gefühl, dass Temme mit seinen Kommentaren ein Stück zu weit ging. Vielleicht hatte sie einen Fehler gemacht, ihm persönliche Dinge zu erzählen. Sie musste eine Grenze ziehen.

»Haben Sie eigentlich von dem gestrigen Todesfall gehört?«, lenkte Eva deshalb schnell ab.

»Wer hätte das nicht. Es war das Thema des Tages.«

»Können Sie mir etwas mehr dazu sagen?«

»Kommt darauf an, was Sie wissen wollen.«

»Ich wüsste einfach gerne, was unter den Gefangenen geredet wird. Die Gerüchteküche brodelt doch sicher. Jetzt, wo hier endlich etwas los ist.« Sie bemühte sich um einen unbekümmerten Tonfall.

»Glauben Sie mir, Frau Hanssen, hier ist immer etwas los.« Temme verschränkte seine Finger. »Weit mehr, als Sie sich vorstellen können.«

Eva betrachtete Temme, der seine Hände rieb. Er wich ihrer Frage aus. »Okay. Dann gehe ich in Vorlage und sage Ihnen, was ich denke: Ich glaube nicht, dass Harald Winkler sich das Leben genommen hat. Und obwohl ich keinerlei Beweise für diese Vermutung habe, bin ich sicher, dass in dem Haus, in dem er untergebracht war, irgendetwas nicht mit rechten Dingen zugeht. Sollte ich damit richtigliegen, wäre ich für jede Information dankbar. Und Sie wissen, Herr Temme, dass alles, was wir hier besprechen, definitiv unter uns bleibt.« Sie wiederholte seine Geste und hielt sich nacheinander Ohren, Augen und Mund zu. »Arztgeheimnis.«

Temme lehnte sich in seinem Stuhl zurück und starrte seine Hände an. So verharrte er einige Sekunden. Dann schüttelte er den Kopf und erhob sich abrupt.

»Es tut mir aufrichtig leid, Frau Hanssen. Es ist nicht so, dass ich Ihnen nicht helfen will. Aber … in diesem Fall muss ich leider passen. Über Haus III wacht der ›Engel‹. Dieses Haus und alles, was darin passiert, ist deshalb für mich tabu. Bedaure, aber so ist das nun einmal. Und jetzt möchte ich gerne zurück an meine Arbeit, wenn Sie erlauben.«

Eva starrte ihn verblüfft an. »Bleiben Sie doch, Herr Temme. Ich akzeptiere völlig, dass Sie mir nicht mehr sagen können. Nur eine Nachfrage noch: Dieser ›Engel‹ – wo finde ich den? Ist er ein Gefangener oder ein Vollzugsbeamter?«

Temme hielt den Blick auf den Boden gerichtet, rieb über seine Oberarme und schüttelte den Kopf. Er fühlte sich unwohl. Mehr noch: Er schien regelrecht Angst zu haben. Zum ersten Mal, seit Eva ihn kannte.

Flehentlich setzte er hinzu: »Ich habe schon viel zu viel gesagt, Frau Hanssen. Bitte.« Er schob seinen Stuhl zurück und stand auf.

»Ich verstehe.« Eva nickte. Und sie meinte es so. Denunzianten waren in der Anstalt äußerst unbeliebt. Sofort musste sie an den Mann im Krankentrakt denken. Manchmal reichte schon weit weniger, um akut bedroht oder schwer verletzt zu werden. Und Georg Temme hatte lebenslänglich. Er musste vorsichtig sein.

Dennoch war sie enttäuscht. Sie hatte gehofft, endlich mehr zu erfahren und aus den Puzzlestückchen ein Bild zusammensetzen zu können. Ganz in Gedanken skizzierte sie zwei Flügel auf ihre Schreibtischunterlage. »Ob Engel Todessymbole hinterlassen?«, murmelte sie, während Temme sich in Richtung Tür wandte.

Sofort hielt er inne und drehte sich um. »Was wollen Sie damit sagen?« Seine Miene spiegelte echte Besorgnis. Argwöhnisch ging sein Blick zu den Rosen.

Eva lächelte und schüttelte den Kopf. Dieses Mal lag er falsch. Die Rosen waren definitiv nicht das Problem. Temme war also doch nicht unfehlbar.

»Schon gut, Herr Temme. Machen Sie sich keine Sorgen. Ich habe nur so vor mich hin geredet. Winklers Frau war vorhin bei mir, wissen Sie. Mir geht gerade einiges durch den Kopf.« Rasch machte Eva einen Strich durch die Zeichnung und stand ebenfalls auf. »Ich hoffe, ich sehe Sie bald wieder.«

Er nickte und zwang sich zu einem mühsamen Lächeln. Doch die Sorge stand ihm weiterhin ins Gesicht geschrieben. »Bitte versprechen Sie mir, hier drinnen auf der Hut zu bleiben und auf sich aufzupassen, Frau Hanssen. Denken Sie bitte daran, was ich Ihnen schon einmal gesagt habe.«

Temme hatte sie bereits bei ihrem ersten Treffen darauf hingewiesen, dass sie im Knast nicht nur Freunde hatte.

Aber da sich ihre Feinde mit seltsamen Grußbotschaften immer wieder in Erinnerung brachten, würde sie es ganz sicher nicht so schnell vergessen.

22.

Eva lehnte ihren Kopf an die kühle Scheibe des Taxis, nachdem sie dem Fahrer erklärt hatte, wohin er sie bringen sollte. Sie hatte bei der Schrannenhalle geparkt und die zulässige Parkzeit längst überschritten. Sie konnte nur hoffen, dass das Arztschild aus Berlin, das sie zur Sicherheit auf das Armaturenbrett gelegt hatte, sie vor einem saftigen Strafzettel bewahrte.

Sie seufzte und ließ sich tiefer in den Sitz rutschen. Die hellen Lederpolster des Wagens waren ergraut und durchgesessen, kleine orientalische Teppiche kleideten den Fußraum aus. Obwohl ein Dufttannenbaum am Rückspiegel hing, roch es muffig nach abgestandener Luft. Dafür fuhr der Fahrer ruhig und routiniert. Eva schloss ihre müden Augen und versuchte, einen Moment zu entspannen.

Doch sofort rollten ihre Gedanken wie eine unaufhaltsame Lawine durch ihr Gehirn und ließen sie nicht zur Ruhe kommen. Alles ging wild durcheinander: Sie dachte an die Unterhaltung mit Winklers Witwe, an Temmes ausweichendes Verhalten, an die Psychologin, den Sittich auf der Krankenstation, an den seltsamen Ausdruck auf Brüggemanns Gesicht, als er die Rosen angesehen hatte. Und natürlich an Ann-Kathrin. Die letzten vierundzwanzig Stunden hatten es wirklich in sich gehabt.

Sie hätte viel dafür gegeben, den Nachmittag freizumachen, zu einem langen Spaziergang an der Würm aufzubrechen, um den Kopf zu lüften. Doch sie musste in jedem Fall zurück, sich um ihre Patienten kümmern. Und um weiter zu forschen, was es in Haus III mit Engeln und Rattengift auf sich hatte.

Wären nur nicht ihre Kopfschmerzen, die sie weiterhin höllisch quälten. Sie hielt sich kurz die Stirn, dann öffnete sie wieder die Augen und wühlte in ihrer Handtasche. Schnell fand sie den Blister mit den Tabletten. Da sie kein Wasser bei sich hatte, schluckte sie das Aspirin trocken herunter. Die raue Oberfläche kratzte im Rachen, und sie musste ein Husten unterdrücken. Sie würgte und fasste sich an ihre Kehle. Unwillkürlich erinnerte sie sich an Winkler, an den Strick um seinen Hals.

Hatte er vielleicht auch etwas eingenommen? Eine Überdosis Psychopharmaka, um seine Gefühle zu kontrollieren? Manche Menschen litten während der Einnahme der Medikamente unter Schlaflosigkeit. Hatte ihn das zu diesem Schritt getrieben? Eva setzte sich wieder auf und rieb sich die Augen. Es machte sie wahnsinnig, ständig im Trüben zu fischen.

Hoffentlich erhielt Brüggemann heute endlich Rückmeldung aus der Rechtsmedizin. Obwohl er sie am Morgen erneut auf Distanz gehalten hatte, ging sie davon aus, dass er ihr wenigstens diese Ergebnisse zukommen ließ. Sie überlegte, ihm eine SMS zu schicken, verwarf den Gedanken jedoch wieder. Etwas an seinem Verhalten hatte sie irritiert. Er hatte Frau und Kind. Aber sein Blick heute auf die Rosen, die seltsame Art, wie er sie danach angeschaut hatte … Sie hätte schwören können, Enttäuschung in seinem Gesicht gesehen zu haben. Wirklich schade. Sie mochte ihn sehr. Doch sie war nicht verzweifelt genug, sich auf einen verheirateten Mann einzulassen. Sie wollte keine von denen sein, die eine Ehe zerstörten. Niemals. Erst recht nicht, nachdem Ann-Kathrin ihr gerade vor Augen geführt hatte, wie fragil das innere Gleichgewicht in einer Beziehung sein konnte.

Eva schaute auf die hohen Häuserblocks, ihre nüchternen, nichtssagenden grauen Fassaden, die während der Fahrt an ihr vorbeizogen. Winklers Witwe hatte so verlassen gewirkt, als sie immer wieder zu dem Fenster hochsah, hinter dem sie nach einem Schatten ihres Mannes suchte.

Was hatte sich bloß in jener Nacht abgespielt? Die Aufnahmen der Kameras hätten ihnen so sehr geholfen. Wenigstens wären sie dann sicher, wer sich wann wo mit wem aufgehalten hatte. Das Warum wäre immer noch schwer genug aufzuklären gewesen. Sie fluchte innerlich. Wozu gab es eigentlich überall diese Dinger, wenn sie am Ende doch nichts brachten? Weder lieferten sie Beweise noch verhinderten sie einen Tod. Sie waren bloß eine Farce, dienten nicht einmal der Abschreckung.

Sie seufzte. Vielleicht machte sie sich völlig umsonst diese Gedanken. Brüggemann hatte kurz erwähnt, dass doch einiges auf einen Suizid Winklers hindeutete. Wie wohl diese Hinweise aussahen? Brüggemann und Jovic hatten gestern die Zelle durchsucht und mit Winklers Mitbewohnern gesprochen. Hatte Winkler etwa jemanden um Sterbehilfe gebeten? Weil er depressiv war, keinen Ausweg mehr sah, es aber selbst nicht tun konnte? Es fiel ihr immer noch schwer, daran zu glauben.

Sie fuhr sich mit beiden Händen über ihr Gesicht. Oder

war das alles ein dummer Unfall gewesen, den jemand vertuschen wollte? Wenn es jedoch Absicht gewesen war, ging es um Mord.

Ihre Augen waren weiter auf die vorbeiziehenden Häuser gerichtet. Sie ließ den Gedanken wirken.

Dann stellte sie sich Harald Winkler vor, wie er gezwungen wurde, sich vor seinem Mörder zu entkleiden. Der Gedanke verursachte ihr eine Gänsehaut. War es vielleicht der ›Engel‹, der ihn erlöste? Sie setzte sich auf. Nur wovon? Temme hatte Angst gehabt, als er ihr gegenüber den Namen erwähnte ...

Eva stöhnte auf, wieder hämmerte der Kopfschmerz heftig hinter ihrer Stirn. Hoffentlich wirkte die Tablette bald. Und noch dringender musste sie sich etwas zu essen besorgen. Ihr war flau im Magen.

»Schlechte Nachrichten?«, fragte der Fahrer. Sein Blick war im Rückspiegel auf sie gerichtet. »Ist nicht so leicht, da jemanden zurückzulassen, oder?«

Eva blinzelte kurz, dann erst begriff sie, was der Mann meinte. »Nein, nein, ich habe niemanden in der JVA besucht. Ich arbeite dort.«

Er stieß einen Pfiff aus und ließ seinen Blick immer wieder im Rückspiegel zu ihr wandern. »Sie? Im Knast? Echt jetzt?« Er nickte anerkennend. »Wow. Das hätte ich nicht gedacht.«

Als Eva nicht antwortete und wieder nach draußen sah, fuhr er fort: »Ein Cousin von mir sitzt in Wiesheim. Schon ein paar Monate. Ein echt übler Typ. Jedem war klar, dass der mal so enden würde. Wirklich. Ich schwöre. Jeder wusste das.«

»Ja, für manche Menschen verläuft das Leben nicht so leicht.«

»Nee. Das war kein Schicksal. Er sitzt wegen Körperverletzung. Der Kerl, mit dem er Streit hatte, der ist gerade so mit dem Leben davongekommen. Wurde übel zugerichtet. Das war nicht das erste Mal. Der ist voll aggro, mein Cousin. Alle wussten, dass der mal in den Knast wandert. Echt alle.«

Da sie keine Ahnung hatte, was sie darauf erwidern sollte, im Grunde auch gar nichts von dieser Geschichte wissen wollte, nickte sie nur und hielt sich mit einer Antwort zurück. Der Fahrer schwieg nun ebenfalls, ließ sie jedoch nicht aus den Augen. Die Art, wie er sie betrachtete, löste in ihr ein unangenehmes Gefühl aus.

Sie zog die Jacke enger um sich, schob sich in die äußerste Ecke der Sitzbank, um nicht mehr direkt in seinem Blickfeld zu sitzen, und nahm ihr Handy zur Hand. Keine Nachricht von Ann-Kathrin. Das war nicht gut. Langsam begann sie sich Sorgen zu machen. Und wenn Ann heute gar nicht arbeitete? Rasch lud sie sie ein, über Nacht zu bleiben und vorher gemeinsam etwas zu essen, wenn sie gerade mehr Abstand zu Victor brauchte.

Als Eva wieder aufsah, begegnete sie erneut dem Blick des Fahrers im Rückspiegel. Der Mann machte sie nervös. Warum starrte er sie dauernd an? Glücklicherweise befanden sie sich bereits auf der Lindwurmstraße. Sie mussten nur noch um ein paar Ecken, dann würden sie ihr Auto erreicht haben. Sie ließ die Scheibe ein Stück herunter, um frische Luft zu bekommen.

Dann senkte sie den Blick wieder auf das Display, tat so, als würde sie dort Nachrichten lesen, obwohl ihr Posteingang außer ein paar Werbemails genauso leer war wie gewöhnlich.

Sie rief die Nummer des Staatsanwalts auf. Ob er ihr mehr über den Fall verraten würde als Brüggemann? Einen Versuch war es wert. Kurz entschlossen schrieb sie eine kurze Nachricht: *Vielen Dank für die Blumen. Und falls Ihr Angebot noch steht: Wie wäre es mit morgen?*

Immer wieder spürte sie die Blicke des Fahrers. Sie spielte weiter mit dem Smartphone und zuckte zusammen, als es mit einem Mal vibrierte. Santana hatte bereits zugesagt. Wow. Er schien auf ihre Rückmeldung gewartet zu haben. Lächelnd steckte sie das Gerät ein und kramte nach ihrem Geld.

Obwohl sie noch nicht am Ziel waren, bat Eva den Taxifahrer an der nächsten Ecke anzuhalten, entnahm ihrem Portemonnaie einen Zwanzigeuroschein, den sie ihm mit einem »Der Rest ist für Sie« nach vorne reichte, und beeilte sich dann, aus dem Fahrzeug zu kommen.

Sie würde kurz ins Eataly springen, um für den Abend mit Ann-Kathrin Wurst und Käse, ein Ciabatta sowie ein paar Oliven zu besorgen. Außerdem wollte sie auf diese Art vermeiden, dass der neugierige Fahrer sah, in welches Auto sie einstieg. Vielleicht benahm sie sich paranoid, aber sie empfand sein Verhalten als übergriffig.

Als sie hinter dem Taxi hervortrat, um die wie immer dicht befahrene Blumenstraße zu überqueren, sah sie im Seitenspiegel des Mercedes, dass der Mann sie weiterhin im Blick behielt und nun auch noch wild gestikulierend mit jemandem telefonierte.

Eva hastete weiter. War es vielleicht gar kein Zufall gewesen, dass gerade dieses Taxi vor der JVA wartete? Sie hatte beim Einsteigen völlig versäumt zu fragen, ob er wegen ihres Anrufs gekommen war. Er konnte im Grunde schon länger auf dem Parkplatz gestanden haben.

Mit einem Mal dachte sie an den ersten Trauerflor. Damals in ihrem Auto. Auf dem Parkplatz.

Nein. Sie sah vermutlich Gespenster.

Sie eilte die wenigen Stufen hoch, froh, endlich in der dichten Menschenmenge einzutauchen, die stets um die Mittagszeit das Kaufhaus bevölkerte.

Noch einmal drehte sie sich um.

Der Taxifahrer stand nun neben dem Fahrzeug, das Handy weiter an sein Ohr gedrückt, verriegelte den Wagen und machte sich daran, ebenfalls die Straße zu überqueren.

Ohne groß nachzudenken, verwarf sie den Gedanken an ihre Einkäufe, eilte in den Ladenraum, lief um eine lange Regalreihe herum, duckte sich und spähte nach dem dunklen Haarschopf des Fahrers. Als der Mann das Kaufhaus betrat, hielt sie sich weiter gebückt, ging hastig auf den gegenüberliegenden Ausgang zu und umrundete im Laufschritt das Gebäude, um so schnell wie möglich ungesehen von ihm weg und zu ihrem Auto zu kommen.

Womöglich reagierte sie total über. Aber sie hoffte in diesem Moment inständig, dass der Mann ihr Täuschungsmanöver nicht durchschaut hatte.

Sie versuchte, sich an seinen Namen zu erinnern. Wie hatte er noch geheißen? Ob sie diesen Cousin kannte? Doch sosehr sie sich bemühte, sie konnte sich nicht mehr erinnern, was vorne auf dem Armaturenbrett gestanden hatte. Irgendetwas Türkisches. Mehr fiel ihr nicht mehr ein.

23.

Brüggemann und Jovic hatten sich für das nächste Gespräch direkt in die Wäscherei begeben. Sie hatten aus dem gestrigen Tag gelernt, und da sie sich der Kameraaufzeichnungen sowieso nicht bedienen konnten, gab es keinen Grund, die Befragung in einem eigenen Raum und im Beisein eines Wachbeamten zu führen.

Um einigermaßen in Ruhe sprechen zu können, standen sie etwas abseits, aber so, dass Brüggemann sowohl die anderen Gefangenen der Wäscherei wie auch das Wachpersonal im Blick hatte.

Der Raum war riesig, die Luft feucht und warm, mit einem eigentümlichen Geruch nach Gebügeltem und Waschmittel. Unablässig rauschte das Wasser in den zahlreichen Maschinen, die an der hinteren Wand aufgereiht standen. Große Wagen aus Metall enthielten Berge von Wäsche, die ein Teil der Männer in der Mitte des Raumes an blitzblanken Stahltischen zusammenlegte. Die restlichen Häftlinge bedienten die Bügelautomaten auf der gegenüberliegenden Seite. Niemand sprach gegen den Krach an, alle schienen ganz auf ihr Tun konzentriert.

»Guten Morgen, Herr Jasinski«, begrüßte Aleksandra Jovic den Arbeitskollegen von Winkler.

Trotz seiner gedrungenen Statur bewegte er sich sehr geschmeidig, so als würde er viel Sport machen. Vermutlich hielt er sich mit Gymnastik in seiner Zelle fit.

»Schön, dass Sie sich einen Moment für uns Zeit nehmen.«

»Das mache ich gerne. Wissen Sie, man ist für jede Ablenkung dankbar. Auch wenn der Job hier unten im Keller eigentlich ganz gut ist. Jedenfalls vergeht der Tag schneller, als wenn man nur in der Zelle herumsitzt und Däumchen dreht.«

Jovic nickte und fragte, ob sie das Gespräch aufnehmen dürfe.

»Natürlich. Auch wenn ich nicht weiß, ob ich Ihnen überhaupt weiterhelfen kann.«

»Sie kannten Harald Winkler gut?«

Er nickte. »So gut man sich hier eben kennt. Viel Zeit für Gespräche geben die uns nicht. Aber wir arbeiteten seit zwei Jahren zusammen, da drüben, an dem vorletzten Tisch.« Er deutete ans Ende des Raumes. Seine Kollegen gingen dort in unverändertem Tempo ihrer Arbeit nach. »Der Harald ist ja schon länger hier, der stand auch oft an der Maschine, direkt dahinter. Aber wenn da nichts zu tun war, legte er neben mir Wäschestücke zusammen.«

»Sie wirken sehr gefasst, wenn Sie über ihn reden«, sagte Jovic.

»Was soll ich sagen? Natürlich tut es mir leid. Ich war auch echt geschockt, als ich es gestern hörte. Aber der Harald – das soll jetzt nicht negativ klingen –, der war schon ein besonderer Typ.«

»Inwiefern? Könnten Sie uns das näher erklären?«

Roman Jasinski rieb sich nachdenklich das Kinn. Sein kurzer Hals verschwand beinahe unter seiner kräftigen Hand. Brüggemann begutachtete dabei die Oberfläche seiner Haut, die aber völlig unversehrt schien. Jasinski hatte sich offensichtlich keine Verletzungen zugezogen.

»Sie kennen doch sicher die Geschichte mit seiner Tochter. Das hat man dem Harald eben angemerkt. Er war noch schweigsamer als die meisten anderen hier. Und er wirkte immer so … Wie beschreibe ich das nur? Ja, doch, als würde eine dunkle Wolke über ihm hängen. Ich habe ihn kaum einmal lachen sehen.«

»Das heißt, es hat Sie nicht gewundert, dass er sich das Leben genommen hat?«

Er presste die Lippen zusammen und schüttelte den Kopf. »Nein. Ehrlich gesagt nicht. Vielleicht der Zeitpunkt. Aber die Tatsache an sich eher nicht.«

»Der Zeitpunkt?«

Er rieb sich den Nacken und wechselte das Standbein.

»Ja. Schon. Irgendwie. Ich weiß nicht.«

Mit einem Mal schien Roman Jasinski nicht mehr so sicher wie zuvor. Brüggemann beobachtete aus den Augenwinkeln die anderen Gefangenen, aber diese verhielten sich ruhig und gelassen, interessierten sich nicht weiter für ihn und Jovic. Nur einer starrte unentwegt zu ihnen. Der Mann hielt sich hinter einer der Waschmaschinen verborgen. Vermutlich ging seine Fantasie beim Anblick einer Frau mit ihm durch.

»Könnten Sie uns das näher erklären?«, hakte Jovic ein. »Was hat Sie an dem Zeitpunkt erstaunt?«

»Vielleicht irre ich mich ja«, wiegelte Jasinski sofort ab. »Aber ich hatte seit einer Weile den Eindruck, es ginge dem Harald etwas besser.«

»Sprechen Sie von einem bestimmten Ereignis? Etwa

dem Beginn seiner Therapie?«, fragte Brüggemann interessiert nach.

»Wie meinen Sie das?«

Brüggemann und Jovic wechselten kurz Blicke. Dann erklärte sie: »Mein Kollege möchte wissen, ob der von Ihnen erwähnte Stimmungswechsel von Herrn Winkler mit seiner Behandlung zusammenhing.«

Irritiert sah Jasinski zwischen Brüggemann und Jovic hin und her. Schließlich fragte er: »Moment. Von welcher Therapie sprechen Sie?«

Brüggemann hob die Augenbraue. Na bravo. Wenn Jasinski davon nichts wusste, dann hatte Winkler offenbar nicht sonderlich viele Details seines Knastlebens mit seinem Arbeitskollegen geteilt.

Doch Jovic ließ nicht locker und erklärte: »Ich spreche von seinen Depressionen und seinem Hang, sich abzukapseln. Sie haben das ja auch vorhin beschrieben. Deshalb wurde er doch in eine andere Zelle verlegt.«

»Ach so, das meinten Sie.« Er nickte. »Ich war über den Begriff ›Therapie‹ gestolpert. Für solche Stunden hätte er freibekommen. Er war aber immer hier. Sorry. Ich wusste nicht, dass man einen Umzug in eine Mehrpersonenzelle jetzt schon als Behandlung ansieht.«

Jovic warf Brüggemann einen vielsagenden Blick zu. Sie teilten Jasinskis Meinung, konnten dies ihm gegenüber jedoch kaum zugeben. Schon fuhr Jovic fort: »Dann sagen Sie mir doch bitte, welches Ereignis Sie vorhin gemeint haben. Wenn Sie nicht von der Verlegung vor zwei Monaten sprechen, was war es dann?«

Seine Stirn war in Falten gelegt.

Dann trat Jasinski einen Schritt näher zu ihnen, beugte sich vor und begann eine Spur leiser: »Er …« Roman Jasinski hielt kurz inne, drehte sich um, ob jemand zu ihnen sah. »Der Harald hatte Angst.«

»Wissen Sie, wovor er sich fürchtete?«, fragte Brüggemann genauso leise und hing gebannt an Jasinskis Lippen. Doch statt ihnen verschwörerisch einen Namen zuzuraunen, zuckte der Mann nur die Schultern.

»Wenn ich das bloß wüsste. Er wollte mir nichts verraten, winkte bloß ab, wenn ich ihn fragte, und meinte, es sei besser für mich. Das war wirklich seltsam. Er trug das Herz ja nicht auf der Zunge, aber dass er so gar nichts sagte … Er hatte wirklich Panik.«

Am liebsten hätte Brüggemann laut »Scheiße« gerufen. Jeder kam infrage, wenn Winkler Angst hatte. Die Liste war endlos: seine Zellengenossen und Arbeitskollegen, ein Wachhabender, jemand, dem er vielleicht regelmäßig im Duschraum begegnete. Brüggemann fuhr sich durch die Haare. Sie suchten nach der Nadel im Heuhaufen.

Immer, wenn er dachte, es gäbe endlich eine Spur, erwies sie sich kurz darauf wieder als Fehlgriff, der sie keinen Schritt voranbrachte. Genau wie dieser Brief, dessen fehlender zweiter Teil nie aufgetaucht war und vermutlich längst auf einer Müllkippe lag. Oder wie der Tipp von Schnepper, der Jasinski als engsten Vertrauten von Winkler bezeichnet hatte. Lars Brüggemann hasste es, im Trüben zu fischen.

Er würde sich gleich im Anschluss zur Rechtsmedizin begeben, um wenigstens einmal handfeste Beweise zu bekommen. Die Befragungen hier brachten sie nicht weiter. Was sie dringend nötig hatten, war irgendetwas Greifbares. Sonst wären die Ermittlungen in diesem Fall genauso schnell beendet, wie sie begonnen hatten. Maren Schilling war dafür bekannt, dass sie ihre JVA am liebsten gut unter Verschluss hielt. Und ohne eine heiße Spur würde Santana sie sicher bald von dem Fall abziehen. Dann würde Winklers Tod als Suizid zu den Akten genommen, ohne den Grund dafür je zu klären. Wieder dachte er an Eva Hanssen. Falls sie schon mit ihrem Verdacht falschlag, wollte er ihr wenigstens eine vernünftige Erklärung dafür liefern, was Winkler zu diesem Schritt gebracht haben könnte.

»Aber vielleicht haben Sie irgendeine Vermutung, wovor oder auch vor wem er sich ängstigte?« Jovic lächelte Jasinski an. »Ich weiß, Sie wollen hier niemanden in Schwierigkeiten bringen. Aber möglicherweise fällt ihnen doch noch irgendetwas ein. War er beispielsweise mal verletzt?«

»Ja. Das war er öfter.«

Brüggemann horchte auf.

»Das passiert hier dauernd«, fuhr Jasinski fort. »Da drüben an der Maschine verbrennt man sich verdammt schnell die Hand. Wenn man beim Reinschieben die Walzen berührt. Und auch wenn die Wäsche hinten rauskommt, ist sie oft richtig heiß. Manchmal klemmt da auch was, dann muss man die Sachen rausziehen. Nicht besonders angenehm.«

Das könnte die Verletzung an der Hand erklären, von der Eva Hanssen geredet hatte, schoss es Brüggemann durch den Kopf.

»Also wurde er nach Ihrem Dafürhalten nicht von jemandem aus der JVA bedroht?«, fragte Jovic noch einmal nach.

»Das habe ich nicht gesagt.« Wieder kam Jasinski mit seinem Kopf näher. »Es muss irgendwas in seinem Gang passiert sein. Vor ein paar Wochen. Er hatte am Abend den Notknopf auf dem Flur gedrückt, hat er erzählt.«

»Und Sie wissen nicht, warum?«

Mit zusammengekniffenen Lippen schüttelte er den Kopf. »Leider nein. Er wollte nicht darüber reden. Aber er war in der Zeit davor und auch kurz danach total fahrig und nervös. Er zuckte dauernd zusammen, wenn es ein lautes Geräusch gab oder wenn jemand plötzlich hinter ihm auftauchte. In dieser Zeit hat er sich dann auch so böse an der Hand verletzt. Er war unkonzentriert, da passiert das dann eben. Er sah so aus, als würde er nicht gut schlafen. Damals, da hätte ich mich nicht gewundert, wenn er sich etwas angetan hätte.«

Brüggemann suchte nach dem Mann, der sie dauernd beobachtet hatte, doch der war nicht mehr zu sehen.

»Aber man nimmt sich doch nicht das Leben, weil man Angst hat, oder?«, hakte Jovic nach.

»Der Harald wirkte damals fast schon paranoid. So als hätten sich alle gegen ihn verschworen. Überall schien er Gefahren zu sehen, selbst hier in der Wäscherei. Obwohl alles wie immer war. Ich hätte mitbekommen, wenn ihm hier jemand gedroht hätte. Ich glaube, er bildete sich das alles nur ein. Hirngespinste, wissen Sie? Und irgendwann war er ja auch wieder ruhiger.«

»Deshalb meinten Sie, es ginge ihm besser?«

»Genau. Er war wieder wie früher. Nicht mehr ganz so nervös wie zuvor.«

»Verstehe.« Jovic nickte. »Danke, dass Sie uns davon erzählt haben. Wir wollen Sie jetzt auch nicht länger aufhalten. Nur eine letzte Frage hätte ich noch: Weswegen sind Sie eigentlich hier inhaftiert?«

Er nickte kurz. »Sie kriegen das ja sowieso raus: wegen Betrugs und Hehlerei.«

Jovic und er tauschten einen Blick, als plötzlich jemand laut »Achtung!« schrie.

Einer der riesigen Wäschewagen kam mit Tempo direkt auf sie zu. In letzter Sekunde konnte Brüggemann zur Seite hechten. Laut krachte das Gefährt gegen eine Wand, wobei ein Teil der Wäschestücke über den Rand zu Boden fiel.

Mit einem wütenden Blick zu seinen Kollegen machte Jasinski sich daran, die Sachen wieder in den Wagen zu räumen.

»Entschuldigung. Wir haben ein paar echte Witzbolde dabei, wie Sie sehen«, sagte er und schob den Wagen wieder in die Reihe der anderen zurück.

Seine Kollegen gingen schon wieder ihrer Arbeit nach, so als wäre nichts geschehen. Brüggemann versuchte an den Mienen zu erkennen, wer das Gefährt angeschoben hatte, doch er hatte keine Chance. Alle taten unschuldig.

Nur der Mann, der sie beobachtet hatte, war nirgends mehr zu sehen.

24.

Immer wieder hatte Eva im Rückspiegel nach dem Taxi Ausschau gehalten, doch niemand folgte ihrem Wagen. Offenbar war ihr Ablenkungsmanöver geglückt, und plötzlich fühlte sie einen ungewöhnlichen Stolz. Sie musste keine Angst mehr haben. Das Erlebte gab ihr Mut und neue Kraft, denn die Heldin in einem Actionfilm hätte es nicht besser machen können.

Nachdem sie ihren Wagen dicht beim Eingang der JVA geparkt hatte, bemerkte sie erleichtert, dass auch der unerträgliche Kopfschmerz endlich verschwunden war. Damit würde ihre Nachmittagssprechstunde weniger anstrengend sein. Um keinen Rückfall zu erleiden, musste sie allerdings dringend etwas essen. Deshalb wollte sie noch rasch in der Kantine vorbeigehen, um sich wenigstens eine belegte Semmel zu holen.

Beim Betreten des ersten Gebäudetraktes grüßte sie Hackl, dessen gezwirbelter Schnurrbart sich fast bis über die Ohren hob, als er sie mit einem breiten Lächeln grüßte und dabei die Hacken zusammenschlug. Sie mochte den Mann. Kurz überlegte sie, ihn nach dem Rattengift zu fragen, verwarf den Gedanken dann aber. Er saß im vorderen, neuen Gebäudetrakt, in dem die Psychiatrie und die gesamte Verwaltung untergebracht waren, und sie wusste, dass er dort schon seit Jahren seinen Dienst tat. Sicher wäre es besser, jemanden aus Haus III zu fragen, der genauer über die dortigen Lagerungsmöglichkeiten informiert war. Sofort musste sie an Herrn Brielbeck denken, der sie am Tag zuvor zu Winkler gerufen hatte und der offensichtlich dort das Sagen hatte.

Eva spürte, wie die Anspannung, die sie im Stadtzentrum empfunden hatte, mit jedem Schritt mehr von ihr abfiel. Einen Vorteil hatte Wiesheim definitiv: Kein Verfolger würde so schnell hier hereinkommen. Nüchtern betrachtet wusste sie ja auch gar nicht, ob der Mann ihr wirklich gefolgt war. Vielleicht hatte er bloß mit seiner Frau telefoniert, die ihn gebeten hatte, etwas für den Abend einzukaufen. Sie durfte sich nicht verleiten lassen, alle Beobachtungen auf sich zu beziehen. Dieses Misstrauen allem und jedem gegenüber hatte sicher mit ihrer Gemütsverfassung zu tun. Und mit ihrem leeren Magen. Ohne regelmäßige Mahlzeiten wurde sie schnell ungenießbar.

Nachdem sie in der fast leeren Kantine einen Orangensaft und zwei belegte Semmeln geholt hatte, wollte sie noch kurz dem Sittich, der in einem der sechs Patientenzimmer im Erdgeschoss des Krankentrakts untergebracht war, den längst fälligen Besuch abstatten.

Da derzeit kein anderes der Zimmer belegt war, wandte sie sich der einzigen verschlossenen Tür zu, stellte die Lebensmittel auf dem Boden ab und öffnete das Krankenzimmer mit ihrem Schlüssel. Sie zermarterte ihr Hirn, konnte sich aber beim besten Willen nicht mehr an den Namen des Mannes erinnern.

Als sie die Türe aufschob, war zu ihrer Verblüffung niemand zu sehen. Die zerwühlte Bettwäsche ließ jedoch keinen Zweifel daran, dass der Patient hier gewesen war. Ob Lisbeth schon eine neue Unterbringung gefunden hatte?

Oder war er vielleicht zu einer Nachbehandlung im oberen Stockwerk? Sie wollte gerade gehen, als sie ein leises Rascheln vernahm.

Langsam trat ein Mann hervor, der sich in der Ecke hinter der Tür verborgen hatte. Er schlurfte zu seinem Krankenbett, blieb linkisch davor stehen, die Arme vor dem Körper verschlungen. Eva fand sein Verhalten äußerst seltsam, vermutete aber, dass ihn die Erlebnisse in seiner ersten Nacht in Wiesheim gelehrt hatten, vorsichtig zu sein. Sie versuchte es mit einem Lächeln und einer ruhigen Stimmlage, um sein Vertrauen zu gewinnen.

»Ich bin Eva Hanssen, die diensthabende Ärztin, und wollte mal nach Ihnen sehen. Nehmen Sie doch ruhig Platz, Herr …«

»Nauroth. Peter Nauroth.« Der Mann setzte sich auf die äußerste Kante des Bettes. Er trug eine beige Stoffhose und ein kariertes, verknittertes Hemd, dazu braune Socken. Sein ebenfalls braunes Haar war seitlich gescheitelt. Der einzige Farbklecks war sein lila unterlaufenes Auge. Sie konnte sein Alter kaum schätzen, denn die Anstaltskleidung verlieh ihm die Erscheinung eines Rentners. Seine trägen Bewegungen verstärkten diesen Eindruck noch. Doch sein Gesicht war beinahe faltenlos und sie vermutete, dass sie beide ungefähr gleich alt waren.

»Wie fühlen Sie sich denn heute, Herr Nauroth?«

»Ich habe nicht gut geschlafen, aber ansonsten geht es mir nicht schlecht. Das alles hier ist noch etwas ungewohnt für mich.«

»Haben Sie noch Beschwerden? Meine Mitarbeiterin sagte mir, dass Sie wohl gestern etwas abbekommen haben. Sollen wir Ihnen ein Medikament gegen die Schmerzen verschreiben? Ich würde auch gerne kurz einen Blick auf Ihre Verletzung werfen«, sagte Eva und begutachtete sein Gesicht, das wie sein rechter Unterarm einige Hämatome aufwies. Vermutlich war auch sein Körper von Blutergüssen übersät und sie konnte sich vorstellen, dass es ihm schwerfiel, eine Position im Bett zu finden, in der ihm nichts wehtat.

Nauroth winkte ab. »Nein, nein. Es geht schon, danke. Die Stille macht mir mehr Probleme. Man hört nichts, hier drinnen. Absolut nichts. Daran kann ich mich einfach nicht gewöhnen, an diese Stille. Hören Sie?« Er hob den Zeigefinger neben sein Ohr. »Kein Geräusch. Das macht mich total unruhig.«

Eva nickte, obwohl sie ahnte, worin der wahre Grund für seine Schlafstörungen lag: So ganz alleine in diesem Raum, ohne jede Ablenkung, wurde der Mann mit seinem Gewissen konfrontiert. Es gab im Krankenzimmer keine Bücher und auch keinen Fernseher, die vergitterten Fensterscheiben waren aus undurchsichtigem, mattem Glas, sodass man lediglich erkennen konnte, ob draußen Tag oder Nacht war. Niemand, mit dem man sprechen konnte, nichts lenkte den Geist ab. Vermutlich ließ ihm in dieser Stille sein Unterbewusstsein keine Ruhe.

»Ich verschreibe Ihnen für die Nacht ein Schlafmittel, damit Sie sich langsam an die Umgebung gewöhnen können.«

»Das heißt, ich kann hierbleiben?« Er rutschte auf dem Bett auf die äußerste Kante, so als sei er auf dem Sprung.

Er hoffte, er könne weiter unter ihrem Schutz bleiben. Aber Eva musste an die mahnenden Worte von Judith Herzog denken. Sosehr sie die Furcht des Mannes vor einer Rückkehr in den normalen Gefängnistrakt verstehen konnte, so sehr stand sie selbst unter Druck. Sie konnte nicht riskieren, ihn allzu lange hierzubehalten, denn auch für sie galten die allgemeinen Regeln. Noch diese Nacht, allenfalls noch eine weitere, dann musste er wieder zurück. Sonst würde das sicher die Runde machen, und sie wäre der Leitung eine Erklärung schuldig.

Plötzlich kam ihr eine Idee: Winklers Zelle. Dort wurde ein Bett frei, sobald die Spurensicherung sie freigab, und die Männer dort standen derzeit unter besonderer Beobachtung, konnten es sich nicht leisten, noch einmal unangenehm aufzufallen. Damit könnte sie dem Sittich wenigstens einigermaßen Schutz bieten. Und Nauroth würde ihr berichten können, was im dortigen Zellentrakt abging, wenn sie ihn regelmäßig in ihre Sprechstunde holte. Eine Situation, die für alle Beteiligten Vorteile bot.

»Leider nein«, teilte sie ihm wahrheitsgemäß mit und sah, wie er vor Angst die Augen aufriss. »Das heißt, nicht dauerhaft. Aber wir haben eine Zelle, in der Ihnen hoffentlich nicht wieder Gewalt angetan wird. Heute werden Sie sicher nicht umziehen, aber morgen, spätestens übermorgen werden sie dann dorthin verlegt. In der ersten Zeit werden wir Sie regelmäßig zu Untersuchungen einladen, um zu checken, wie alles verheilt. Dann können Sie uns auch erzählen, wie die Eingewöhnung verläuft. Einverstanden?«

Er blinzelte, strich sich mit dem Zeigefinger die Haare aus der Stirn, fuhr dann mit dem Handrücken über seine eigene Wange und lächelte.

»Sie wissen, was ich getan habe, oder? Ich meine, wieso ich hier bin«, sagte er und ließ sie nicht aus den Augen.

Eva erwiderte seinen Blick, bemüht, eine neutrale Miene zu bewahren, und antwortete ganz ruhig: »Meine Mitarbeiterin hat es erwähnt, ja. Aber ich informiere mich auch sonst grundsätzlich über die Gründe für die Inhaftierung meiner Patienten. Da sind Sie kein Einzelfall, keine Sorge.«

Er nickte und schürzte die Lippen. Sie wusste nicht, ob es sich bei dieser Geste um einen Tick handelte oder ob er ihre Worte in Zweifel zog.

»Kann ich sonst im Moment etwas für Sie tun, Herr Nauroth?«

Wieder zuckten seine Lippen leicht, doch sein Blick blieb auf den Boden gerichtet. »Nein, danke.«

»Gut. Ich schicke Ihnen später jemanden, der Ihnen eine Schlaftablette bringt.« Eva hörte ihren Magen knurren. Sie suchte an ihrem Bund den richtigen Schlüssel und ging in Richtung Tür. Bevor sie jedoch das Zimmer verließ, bemerkte sie, dass in dem Raum nirgends ein Tablett stand. »Außerdem werde ich meine Mitarbeiterin bitten, Ihnen etwas zu essen zu bringen.«

»Eine Frage hätte ich noch, Frau Dr. Hanssen.«

Sie drehte sich um und sah, wie Nauroth seine ineinander verschränkten Hände über sein Knie rieb. Er hatte etwas auf dem Herzen, und die Frage schien ihm schwer über die Lippen zu kommen.

»Nur raus damit, Herr Nauroth«, ermutigte sie ihn.

»Sie tragen keinen Ring. Das kann natürlich mit Ihrem Beruf zu tun haben, mit der Hygiene«, murmelte er. Seine Lippe zuckte, den Blick hielt er jedoch auf seine Hände gerichtet. »Na ja, ich habe mich nur gefragt, ob Sie … Kinder haben.«

Eva hielt für einen Moment die Luft an. Sie konnte kaum fassen, was sie gerade gehört hatte. Nauroths Frage erschien ihr so ungeheuerlich, dass sie am liebsten ohne ein Wort aus dem Raum gegangen wäre. Doch sie hatte sich vor einer Weile geschworen, professionell zu bleiben und sich in keinem Fall provozieren zu lassen. Auch nicht von diesem Mann.

»Mein Privatleben ist für Sie nicht von Interesse, Herr Nauroth«, antwortete sie deshalb mit fester Stimme. »Ich bin Ihre behandelnde Ärztin, keine Vertraute. Wenn das also alles ist … Meine Patienten erwarten mich.«

»Verstehe. Nein, das war alles. Danke.« Der Mann schob sich langsam wieder auf sein Bett hoch und legte den Kopf schief. »Aber sie wären sicher wunderschön, Ihre Kinder. Wie kleine Engel.«

Obwohl Eva bei seinen Worten unwillkürlich zusammengezuckt war, ging sie betont langsam und mit durchgestrecktem Rücken zum Ausgang und nickte Nauroth zum Abschied kurz zu, bevor sie die Tür mit zitternder Hand hinter sich verschloss.

Immer noch echote seine Stimme in ihrem Ohr und ließ sie erneut erschaudern.

Rasch machte sie sich auf den Weg zu ihrer Station. Die Tüte mit den Lebensmitteln ließ sie auf dem Boden stehen. Sie würde Lisbeth bitten, ihm die Sachen auf einem Tablett zu bringen.

Ihr selbst war fürs Erste der Appetit vergangen.

25.

»Geht es nicht noch schneller, Lars?«, rief Jovic genervt.

Lars Brüggemann hielt in ungemindertem Tempo auf die nächste vergitterte Tür zu. Erst als er hinter sich nicht mehr das Quietschen von Jovics Schuhen auf dem Linoleumboden vernahm, stoppte er und drehte sich um.

Seine Kollegin stand mit in die Seiten gestemmten Armen mitten in dem ellenlangen schmucklosen Gang, der sie zur nächsten Schleuse führte.

»Kommst du jetzt, oder willst du da Wurzeln schlagen?«, fragte er. »Ich gehe auch langsamer, wenn es sein muss, okay?«

Sie sah ihn an, machte aber keine Anstalten, sich zu bewegen.

»Was denn?« Widerwillig ging er ein paar Schritte zurück.

»Es ist nicht meine Schuld, dass wir gerade nicht das zu hören bekommen haben, was du dir wünschst, Lars. Und ganz ehrlich: Es würde helfen, wenn du mich vielleicht mal unterstützt. Und nicht nur griesgrämig durch die Gegend läufst, die Leute anblaffst und vorschnell jede Befragung abbrichst.«

Brüggemann schnaufte, wusste aber, dass Jovic recht hatte. Er war momentan nicht zum Aushalten. Er selbst konnte das absolut nachempfinden, denn er hielt es schon seit geraumer Zeit nicht mehr gut mit sich alleine aus.

Sobald er seine Wohnung betrat, gab es nur eine Sache, die half: ein Drink. Je größer, desto besser.

Er wusste, dass das nichts an seiner Situation änderte und nur eine Betäubung war. Zu viele seiner Kollegen hatten mit den Jahren zur Flasche gegriffen. Oder zu Tabletten. Er wollte es ihnen nicht nachmachen. Aber sein Leben außerhalb der Arbeit bot derzeit keinen Grund zur Freude. Nur die Wochenenden mit seinem Sohn Jan bildeten eine Ausnahme.

Schon lange war klar, dass er etwas ändern musste, doch er bekam den Hintern einfach nicht hoch. Er war ein Familienmensch, der immer jemanden um sich haben wollte. Alleine hatte er keine Lust zu kochen, er konnte sich nicht einmal mehr zum Sport aufraffen – was ihn noch unausgeglichener werden ließ.

Seine Kollegen luden ihn zwar regelmäßig zu ihren Treffen in ihrer Stammkneipe ein. Doch da er dann in aller Regel noch mehr trank als daheim, ließ er sich auch dort nicht allzu oft blicken. Er wollte nicht zum Gespräch der Abteilung werden, weil er ständig besoffen war. Stattdessen blieb er daheim hocken, hörte Bluesmusik, starrte die Wände an und tat sich selber leid. Kein Wesenszug, auf den er sonderlich stolz war.

»Okay. Du hast ja recht.« Er vergrub die Hände tief in den Hosentaschen. »Sag es ruhig: Ich bin ein totaler Idiot. Aber können wir jetzt trotzdem weitergehen?«

Jovics Miene blieb ernst, und sie schüttelte den Kopf.

»Was denn noch?«

»Du musst das auch meinen.« Jovic verschränkte die Arme vor der Brust und hob herausfordernd das Kinn.

Brüggemann schaute den Gang entlang, hoffte, dass sich wie von Geisterhand die Türen öffnen würden, um ihn aus dieser Situation zu entlassen.

»Wir sind ein Team, Lars. Wir müssen im Gleichschritt bleiben. Wenn einer von uns alleine vorrennt oder den anderen immer ausschließt, dann nützt das nichts. Weder hier in diesem Gang noch bei der Lösung des Falles. Am Ende muss doch einer auf den anderen warten.« Sie schnaubte. »Außerdem bringt uns das womöglich in Gefahr. Und ich habe echt keine Lust, dich noch einmal verletzt irgendwo zu finden, wie im letzten Monat, hörst du! Mir gefällt es nämlich, mit dir zu arbeiten.«

Verdutzt hob er die Augenbrauen, öffnete den Mund, um etwas zu erwidern, aber alles, was er sagen konnte, schien ihm banal. Er hatte noch nie gesehen, dass Jovic so viel Emotion zuließ. Ihre Unterlippe zitterte sogar. Sie meinte das wirklich ernst.

Verlegen rieb er sich den Nacken.

»Ich habe doch recht damit, dass du schon längst weißt, was du als Nächstes vorhast, oder?«

Er nickte. »Ich will zur Rechtsmedizin fahren. Vielleicht kann der Kollege mir schon etwas zum Stand der Untersuchung sagen, uns einen winzigen Anhaltspunkt liefern. Wenigstens irgendetwas, das uns weiterbringt.«

»Und warum kannst du das nicht einfach sagen? Hast du etwa erwartet, ich würde dir bis dahin nachlaufen?«

»Wenn du mit dem Audi mithalten kannst?«, rutschte es ihm raus.

Jovic lachte laut auf. Ihr ganzes Gesicht erhellte sich. Lars fand, dass ihr das sehr gut stand. Viel zu oft gab sie sich cool und unnahbar. Aber er hütete sich, das anzusprechen, wollte einerseits nicht von sich ablenken und wusste andererseits, dass er erheblich in Jovics Achtung sinken würde, wenn er sie auf ihr Äußeres reduzierte.

»Was hältst du davon, wenn du alleine dorthin fährst und ich mich hier noch ein wenig umhöre?« Jovic zwinkerte ihm zu und deutete auf ihre Biker Boots. »Ich habe heute nicht die richtige Bereifung für einen Wettlauf mit einem Sechszylinder.«

Erleichtert stimmte er ihr zu. »Und was hast du vor? Die Sache mit dem nächtlichen Alarm prüfen?«

»Das zum einen. Aber ich hatte auch die Idee, mich mal mit dem Gefängnispfarrer zu unterhalten. Wir wissen ja nicht, ob Harald Winkler vielleicht gläubig war. Bei seiner Vorgeschichte … wer weiß. Und Schnepper hatte doch was von Gebeten gesagt.«

Brüggemann nickte. »Gute Idee!«

Es wäre nicht das erste Mal, dass jemand in der Haft zum Glauben gefunden hätte. Und da Winkler in seiner Zelle ganz sicher keinen adäquaten Gesprächspartner hatte, war Jovics Idee in jedem Fall einen Versuch wert.

»Ist der Pfarrer denn heute im Haus?«, fragte er interessiert.

»Keine Ahnung. Die Kirche ist jedenfalls Tag und Nacht offen. Das habe ich schon in Erfahrung gebracht. Wenn ich den Mann dort nicht finde, unterhalte ich mich einfach mit jedem Schließer, den ich unterwegs treffe. Falls etwas auf Winklers Flur vorgegangen ist, er angegriffen oder bedroht wurde, muss das schließlich jemand mitbekommen haben. Ansonsten fahre ich zu dem Pfarrer nach Hause.«

»Du glaubst Jasinski?«

Aleksandra Jovic zuckte die Achseln. »Du nicht? Ich finde, wir haben zu wenig, um das einfach als dummes Gerede abzutun. Wenn Winkler Angst hatte, musste das ja einen Grund haben.« Sie schaute auf ihr Handy, wollte vermutlich die Uhrzeit wissen. »Und jetzt hau schon ab, ich höre laut die Pferdestärken nach dir rufen.«

26.

Eva sprintete die Treppe hoch, um so schnell wie möglich wieder zu ihrem Team und unter Leute zu kommen. Sie hatte sich immer vorgenommen, neutral zu bleiben, den Menschen hinter den Taten zu sehen, denn jeder hatte eine zweite Chance verdient. Dieses Mal jedoch fiel es ihr enorm schwer, ihrem Vorsatz treu zu bleiben.

Sie empfand eine tiefe Abneigung gegen Nauroth. Und seine Eingangsuntersuchung stand erst noch bevor. Niemals könnte sie alleine mit ihm in einem Raum sein. Und auch die Vorstellung, sich ihm zu nähern, ihn berühren zu müssen, widerte sie an.

Eilig nahm sie die letzten Stufen und wäre beim Abbiegen in den Flur beinahe mit Sophie Frick zusammengestoßen, die gerade im Gespräch mit Brielbeck war. Sophie hatte oft Spät- oder Wochenenddienst, deshalb war Eva ihr noch nicht oft begegnet. Die junge Frau errötete und schob sich ein Stück näher an den Beamten, so als würde sie Schutz suchen.

»Guten Tag, Sophie. Herr Brielbeck, wollten Sie zu mir?«

Der Beamte nahm Haltung an, wechselte einen Blick mit Sophie und schüttelte dann den Kopf.

»Auch gut. Wenn Sie mit Ihrer Unterhaltung fertig sind, Sophie, könnten Sie dem …«, Eva zögerte und konnte sich gerade noch einen abfälligen Ausdruck verkneifen, »… dem Patienten unten im Krankentrakt etwas zu essen bringen?

Ich glaube, das ist bisher nicht geschehen. Bitte prüfen Sie das doch und setzen Sie ihn für morgen auf die Versorgungsliste der Kantine. Zwei belegte Semmeln und ein Getränk stehen unten direkt vor seiner Tür, aber vielleicht sollten Sie das besser aus den Tüten nehmen und auf einem Tablett anrichten.«

Sophie nickte. Erst jetzt sah Eva, dass ihre Augen gerötet waren. Hatte die Pflegerin etwa geweint? Doch vor dem Vollzugsbeamten wollte sie sie nicht mit Fragen bedrängen.

»Gibt es etwas Neues im Fall von Herrn Winkler?«, wandte sie sich deshalb rasch an Brielbeck und verschaffte Sophie damit Zeit, sich zu beruhigen.

»Die Kriminalbeamten sind meines Wissens gerade außer Haus. Mir ist nichts weiter bekannt.«

»In Ordnung. Dann will ich Sie beide auch nicht länger stören.«

Eva nickte ihnen zu und ging weiter zum Zimmer der Pflegekräfte. In dem Moment fiel ihr ein, dass sie Brielbeck noch nach dem Rattengift hatte fragen wollen, doch als sie sich wieder umdrehte, waren die beiden schon in Richtung Treppe verschwunden. Egal. Dann würde sie eben selbst danach suchen. Eva öffnete die Tür und war froh, Lisbeth im Büro ganz alleine vorzufinden, die gerade Wasser in die Kaffeemaschine füllte.

»Wollen Sie auch einen?«, fragte ihre Mitarbeiterin lächelnd und schaute unter ihrer blond gefärbten Ponysträhne hervor.

»Gerne! Vor allem, wenn er stark ist.« Erst jetzt merkte Eva, wie durstig sie war. Kein Wunder. Außer den Tabletten hatte sie kaum etwas zu sich genommen.

Eva lehnte sich an ein Sideboard und sah Lisbeth zu, wie sie routiniert alle Handgriffe verrichtete. Sie stellte zwei Tassen bereit, während die Maschine gluckernd mit dem Brühen begann. Eva fragte sich, ob es irgendetwas gab, was ihre Mitarbeiterin aus der Ruhe bringen konnte. Lisbeth hatte vermutlich auch keine Probleme mit Menschen wie Nauroth – trotz seiner abstoßenden Art. Die Frau war wirklich ein Engel. Der Gedanke brachte sie auf ein anderes Thema: »Sagen Sie, gibt es jemanden unter den Inhaftierten, der Engel heißt?«, fragte Eva.

»Engel? Nicht dass ich wüsste. Aber ich schaue gerne mal in der Liste nach.« Lisbeths Finger huschten über die Tastatur, als Sophie sich durch die Tür schob und auf ihren Platz setzte. »Nein. Da ist keiner dieses Namens dabei. Wieso fragen Sie?«

»Ach, einer von den Patienten hatte vorhin so was erwähnt. Aber vielleicht habe ich mich auch getäuscht und ihn falsch verstanden.«

»Ging es um einen Gefangenen? Er könnte ja auch einen von den Vollzugsbeamten gemeint haben. Oder einen ehrenamtlichen Mitarbeiter. Davon haben wir eine ganze Menge.«

»Gibt es denn da jemanden mit diesem Namen?«

Lisbeth zuckte die Schultern. »Ich kenne natürlich viele, bin ja schon ein paar Jahre hier, aber alle Kollegen kenne ich ganz sicher nicht. Und die Ehrenamtlichen wechseln ja dauernd.« Sie stand wieder auf und trat an die Kaffeemaschine. »Möchtest du auch einen, Sophie?«

Die schüttelte den Kopf.

»Kennst du vielleicht jemanden namens Engel?«, fragte Lisbeth ihre Kollegin. Gleichzeitig kicherte sie. »Wie das schon klingt. Ein Engel im Knast. Das hätte ich mir sicher gemerkt.«

»Nein, ich auch nicht«, antwortete die junge Frau, die auf den Computerbildschirm starrte, ohne den Blick abzuwenden. Plötzlich kam Bewegung in sie, und mit einem lauten Quietschen schob sie den Stuhl vom Schreibtisch weg.

»Was ist?«, fragte Lisbeth besorgt. »Geht es dir nicht gut?«

»Doch … ich … Es ist nur …«, sagte Sophie mit belegter Stimme. »Sie hatten doch gesagt, ich soll dem Mann auf der Station sein Essen bringen.«

Jetzt war auch Eva ganz Ohr. »Hat er Ihnen etwas getan?« Erst jetzt fiel ihr der traurige Ausdruck auf Sophies Gesicht wieder ein.

Doch Sophie schüttelte den Kopf, wich ihrem Blick aus und errötete bis zu den Ohrläppchen. »Ich habe das völlig vergessen«, stammelte sie und starrte auf ihren Schreibtisch. »Das Essen meine ich.«

»Na, worauf wartest du dann noch? Hopp, hopp, Sophie«, trieb Lisbeth sie an. »Von selbst kommt das Essen nicht in die Zelle.«

Als die junge Frau mit gesenktem Blick das Büro verlassen hatte, reichte Lisbeth Eva ihre Tasse. »Brauchen Sie Milch oder Zucker?«

»Beides«, sagte Eva und sah zu, wie sich der Kaffee langsam heller färbte, während Lisbeth ihn für sie umrührte.

»Ich muss mich für Sophie entschuldigen«, fuhr Lisbeth fort. »Sie ist seit ein paar Tagen etwas von der Rolle. Sie hat einen Heiratsantrag bekommen, wissen Sie? Na ja, wie diese jungen Dinger dann halt sind, da gibt es nur noch ein Thema.«

Eva nahm einen Schluck aus der Tasse. Das warme Getränk tat ihr gut und verbreitete ein wohliges Gefühl im Bauch.

»Wirklich? Sophie ist doch noch so jung. Ich hätte mir in dem Alter gar nicht vorstellen können, mich schon für einen Mann zu entscheiden«, meinte Eva.

»Oh, ich glaube, sie hatte schon darauf gewartet … Sie und Brielbeck sind schon seit Monaten ein Paar.«

Deshalb hatten die beiden so seltsam reagiert, als Eva um die Ecke kam. Vielleicht hatten sie sich gerade innig geküsst, bevor sie auftauchte. Obwohl es für sie eher danach ausgesehen hatte, als ob Sophie geweint hätte. Aber vielleicht hatte sie sich auch getäuscht und es war ihr nur peinlich gewesen, von ihrer Chefin erwischt zu werden.

»Ist er nicht viel älter als sie?«, fragte Eva neugierig nach.

»Schon. Aber die Sophie braucht jemanden, der weiß, wo es langgeht, der sie ein wenig ermutigt und auf Trab bringt. Ich glaube, da ist der Altersunterschied ideal. Sie ist manchmal etwas behäbig. Wie gerade mit der Sache mit dem Essen. Die Sophie kam kaum mal aus dem Dorf raus, in dem sie groß geworden ist, war immer auf dem Hof ihrer Eltern, und zu Anfang war sie hier in München mit allem überfordert«, erzählte Lisbeth. »Ich glaube, ohne den Markus Brielbeck wäre sie heute nicht mehr bei uns. Er gibt ihr Halt.«

Eva nickte. Dass das gemütliche, dörfliche München jemanden überfordern konnte, erschien ihr nach ihrem Umzug aus Berlin zwar seltsam, aber sie verstand, was Lisbeth meinte. Nur fragte sie sich gleichzeitig, wie ausgerechnet ein Mensch wie Sophie auf die Idee kam, hier im Justizvollzug zu arbeiten. Andererseits hatte auch Eva sich für diesen Weg entschieden. Sie beschloss, sich demnächst einmal länger mit Sophie zu unterhalten.

»Hat sich eigentlich jemand von der Polizei gemeldet?«, fragte Eva noch, bevor sie sich wieder an die Arbeit machte.

Lisbeth schüttelte den Kopf. »Das nicht. Aber die Witwe von Herrn Winkler hat vorhin angerufen. Herrje, das hätte ich beinahe vergessen. Das war gleich, nachdem Sie in die Pause gegangen sind. Sie lässt Ihnen mitteilen, dass etwas unter die Sachen ihres Mannes geraten ist, das ihm nicht gehört und das sie Ihnen gerne geben möchte.«

»Mir? Hat sie gesagt, was es war?«, fragte Eva verdutzt.

»Nein, ich habe aber auch nicht nachgefragt. Soll ich sie noch einmal anrufen?«

»Nein, nein. Nicht nötig.« Eva überlegte.

Vielleicht hatte die Frau nur einen Vorwand gesucht, um noch einmal in die JVA zu kommen. Eva konnte ihr das nicht verübeln. Vermutlich drehten sich ihre Gedanken fortwährend um ihrem Mann. Und da sie bisher nicht die Möglichkeit gehabt hatte, von seinem Leichnam Abschied zu nehmen, war Wiesheim der einzige Ort, um ihm nahe zu sein.

»Machen Sie ihr doch bitte für morgen einen Termin, ja? Gleich in der Frühe.« Dann bedankte sich Eva für den Kaffee, nahm die Patientenakten mit und verließ das Zimmer.

Sie war schon in ihrem Behandlungsraum, als ihr einfiel, dass sie vergessen hatte, Lisbeth von der Begegnung mit Nauroth zu erzählen. Aber das konnte sie später immer noch tun. Die Schlaftablette hatte bis zum Einschluss Zeit. Vielleicht war er bis dahin auch schon verlegt. Sie hoffte es inständig.

Jetzt würde sie zügig weiterarbeiten, damit ihr genug Zeit blieb, sich nach dem Ende ihrer Sprechstunde noch einmal ausgiebig in Haus III umzusehen.

Nach Engeln und nach Rattengift.

27.

Ihr hocherhobener Kopf, der Trotz in ihrem Gesichtsausdruck.

Ich begreife es nicht.

Das Wasser steht ihr bis zum Hals, und immer noch hält sie sich aufrecht. Woher nimmt sie dieses Selbstbewusstsein?

Andererseits fordert sie mich. Endlich ein Gegner, der die Arbeit lohnend macht. Der nicht beim ersten Windstoß einfach umkippt.

Jemand mit Haltung.

Kein leichtes Opfer.

Trotzdem kann sie es nicht mit mir aufnehmen. Egal, wie sehr sie es versucht. Weil niemand ahnt, wie ich sein kann. Wozu ich wirklich fähig bin.

Ich gehe bis zum Äußersten. Steht jemand in meinem Weg, muss er weg. So einfach ist das. Egal wie breit er sich macht, wie sehr er sich aufplustert, für wie stark er sich hält – am Ende bekomme ich meinen Platz.

Ohne Rücksicht auf das, was ich hinterlasse.

Wen oder was ich zerstöre.

Ich kenne keine Gnade.

28.

Lars Brüggemann blieb nach seiner Rückkehr dem Beamten dicht auf den Fersen, der ihn durch die Gänge der JVA Wiesheim führte. Jovic wartete in der Kantine auf ihn. Er brannte darauf, ihr die Ergebnisse der rechtsmedizinischen Untersuchung mitzuteilen. Vor allem war er gespannt auf das Gesicht von Eva Hanssen, der er gleich danach die Neuigkeiten überbringen wollte.

Endlich erblickte er auf der gegenüberliegenden Seite des Innenhofs den Eingangsbereich des ältesten Gebäudetraktes, in dem der große Speisesaal untergebracht war. Er erklärte seinem Begleiter, von hier aus alleine zurechtzukommen, eilte durch die Gartenanlage und nahm auf der Treppe nach oben zwei Stufen auf einmal. Aus der Ferne hörte er das Klappern von Geschirr, das Surren von Maschinen und ab und zu ein lautes Lachen, aber er hatte jetzt kein Auge dafür, sich näher mit seiner Umgebung zu beschäftigen.

»Du zuerst oder ich? Was hast du herausgefunden?«, rief er Aleksandra Jovic zu, die ganz alleine an einem der Tische saß und sich Notizen machte.

»Wenn du schon in der Tür anfängst zu reden, war das bloß eine rhetorische Frage, oder?«, antwortete seine Kollegin lachend. »Bei mir gibt es nicht viel. Leider. Also schieß ruhig los. Du würdest mir sowieso nicht zuhören, bevor du deine Neuigkeiten los bist.«

»Touché.« Er zog sich einen Stuhl heran und ließ sich rittlings darauf nieder. »Nein, jetzt aber mal ernsthaft. Wenn es bei dir schnell geht, dann fang du gerne an. Was ist mit dem Notknopf? Hast du in Erfahrung gebracht, warum Winkler den gedrückt hat?«

»Tja, das wird dich jetzt erstaunen: Es gab keinen abendlichen Alarm.«

»Wie meinst du das?«

»In der technischen Abteilung wird ja alles aufgezeichnet. Auch jeder Notruf. Die letzten beiden wurden in Haus III am Vorabend und an dem Morgen ausgelöst, an dem Winkler sich umgebracht hat. Zuvor war da laut den Protokollen wochenlang nichts gewesen. In anderen Häusern schon, aber nicht in dem, das uns interessiert. Ich habe es mir angesehen. Schwarz auf weiß.«

Brüggemann sah sie erstaunt an. »Nichts?«

Jovic schüttelte den Kopf. »Der letzte Vorfall vor den beiden genannten ist schon über vier Monate her. Und da war Winkler ja noch woanders untergebracht.«

»Und dann gleich zwei Vorfälle in so kurzer Zeit? Fast zeitgleich zum Tod von Winkler. Das ist schon etwas seltsam …«

Jovic nickte. »Genau das dachte ich auch. Aber vermutlich ist das wirklich bloß ein Zufall. Einmal war jemand schwer erkrankt. Das muss der Mann sein, von dem Eva Hanssen uns schon erzählt hat. Und dann gab es am vorherigen Tag einen Neuzugang. Ein Pädophiler. Der war seinen Zellengenossen nicht so willkommen, deshalb haben sie ihn sich zur Brust genommen.«

»Weißt du, was dort genau passiert ist?«

Sie nickte. »Sie haben ihn verprügelt. Ordentlich. Aber

der Wachmann ist auf den Lärm aufmerksam geworden, hat noch den Knopf gedrückt, um Verstärkung anzufordern, war aber schnell genug da, um den Mann ohne größere Verletzungen rauszuholen. Nauroth heißt der.«

Brüggemann schaute zum Fenster hinaus. Drei Vorfälle in knapp zwölf Stunden? Das konnte ein dummer Zufall sein. Oder auch nicht. Aber etwas anderes irritierte ihn mehr: »Das würde heißen, dass Winkler seinen Kollegen mit dem Alarm angelogen hat. Warum hätte er das tun sollen?«

»Oder aber Jasinski lügt uns genauso an wie die anderen zwei Kerle. Ich sag dir, die spielen mit uns.«

Er nickte. Jovic hatte recht. Leider war all das denkbar – und wieder einmal blieb alles unklar und vage. Es war wie verhext. Sie schienen immer einen Schritt vorwärtszukommen, nur um dann wieder vor völlig neuen Rätseln zu stehen.

»Und der Pfarrer? Hast du den sprechen können?«

»Robert Eller war glücklicherweise gerade im Haus. Ein netter Kerl, sehr hilfsbereit. Er wusste sofort etwas mit dem Namen anzufangen, hatte jedoch leider in letzter Zeit keinen Kontakt zu Harald Winkler. Er war wohl in den ersten Monaten ein paarmal bei ihm in der Zelle gewesen, denn er wusste ja, was der Mann zu verkraften hatte. Als Winkler wiederholt nur schwieg, hat Eller die Besuche eingestellt und ihm angeboten, jederzeit in der Gefängniskirche auf ihn zuzukommen. Dort ist Winkler aber nie aufgetaucht. Eller meinte, viele Hinterbliebene würden sich nach einem solchen tragischen Einschnitt in ihrem Leben von der Kirche abwenden. Vielleicht hätte ihm der Glaube helfen können, denn Winkler hatte nach Meinung des Pfarrers schwer an seiner Schuld zu tragen. Das ist natürlich nur eine Einschätzung, es wäre aber wieder ein Indiz für die Selbstmordtheorie.«

Brüggemann fuhr sich nachdenklich durch die Haare.

»Und jetzt du. Komm schon, was hat der Rechtsmediziner gesagt?«, drängte Aleksandra Jovic. »Du hast doch was Neues erfahren. Raus mit der Sprache!«

Er zögerte. Etwas schwirrte ihm plötzlich durch den Kopf. Allerdings konnte er es nicht greifen, hätte gerne für einen Moment wirken lassen, was Jovic gesagt hatte. Ein Detail in ihrem Bericht hatte ihn hellhörig gemacht. Doch er konnte ihre Neugier verstehen und durfte sie nicht länger hinhalten.

»Die Todesursache steht zweifelsfrei fest: Harald Winkler ist tatsächlich erstickt. Die Leiche wurde allerdings nach seinem Tod in der Nacht bewegt. Insofern starb er vermutlich nicht da, wo er gefunden wurde. Doch jetzt kommt das Beste: Er hat definitiv keinen Suizid begangen. Jemand saß auf ihm, um seine Atmung zu erschweren, und hat zusätzlich etwas über die Nase und den Mund gezogen, damit er erstickt.«

»Also doch Mord!«

Brüggemann nickte und trommelte mit den Händen auf das Holz des Stuhls. »Oder ein Unfall, zum Beispiel bei einem Kampf. Aber ich tippe genauso wie du auf Absicht, nicht auf Zufall. Denn warum sonst hätte man das tarnen sollen?«

Verblüfft ließ Jovic sich gegen die Rückenlehne fallen. »Wow. Das hätte ich echt nicht erwartet. Irgendwie hatte ich immer stärker den Eindruck, dass der Mann psychisch so angeschlagen war und keinen anderen Ausweg mehr sah. Wäre ja auch kein Wunder nach dem Tod der Tochter und der Zeit hier. Ich würde hier drinnen ganz sicher durchdrehen.« Sie schaute sich um. »Aber was du erzählst, ist der Wahnsinn. Also hatte die Ärztin tatsächlich die ganze Zeit recht! Weiß sie es schon? Du hast sie bestimmt von unterwegs angerufen, oder?«

Er schüttelte den Kopf. Und dachte wieder einmal, was für eine gute Ermittlerin Eva Hanssen geworden wäre. »Nein. Ich wollte es erst dir sagen.«

Sie nickte. »Ich möchte nicht wissen, was hier los ist, wenn sich das mit dem Mord herumspricht. Wie wird die Direktorin wohl darauf reagieren?«

»Die war vorhin auch in der Rechtsmedizin, ich habe sie aber knapp verpasst und konnte nicht mehr mit ihr sprechen. Ihr wurden die Ergebnisse kurz vor mir mitgeteilt, und sie müsste schon wieder hier sein.«

»Dann sollten wir Frau Schilling gleich aufsuchen und die nächsten Schritte mit ihr abklären. Gut, dass wir die Zelle noch nicht freigegeben haben. Die müssen wir natürlich noch einmal von der Spurensicherung überprüfen lassen. Nach dem, was wir jetzt wissen, sollte im Grunde das ganze Stockwerk untersucht werden, auch wenn es mehr als unwahrscheinlich ist, da jetzt noch etwas zu finden, nachdem alles längst gereinigt ist. Doch vor allem sollten wir schnellstmöglich die beiden Zellengenossen erneut befragen. Darauf freue ich mich ganz besonders. Dieses Mal verarschen die uns nicht wieder.«

Aleksandra Jovic steckte ihr Smartphone ein, nahm ihren

Block und den Kugelschreiber und stand schon im Raum. Brüggemann schaute ihr dabei zu, blieb aber sitzen.

»Na los, worauf wartest du denn? Vorhin konnte es dir doch nicht schnell genug gehen.«

Er räusperte sich. »Du hast natürlich recht, das wäre im Grunde die richtige Handlungsweise.«

»Aber?« Jovic legte ihre Sachen auf den Tisch und stützte sich mit beiden Armen auf die Tischplatte.

»Wenn wir die Direktorin aufsuchen, müssen wir jeden Schritt in der Ermittlung minutiös mit ihr abstimmen. Glaub mir, die wird uns genau vorgeben, was wir zu tun und zu lassen haben, denn jetzt steht der Ruf ihrer Anstalt auf dem Spiel. Dann werden wir wieder ständig von Vollzugsbeamten begleitet. Und du weißt, wie es das letzte Mal gelaufen ist, als die dabei gewesen sind.«

Jovic sah ihm prüfend ins Gesicht. Schließlich setzte sie sich wieder und beugte sich zu ihm, obwohl sie ganz alleine in dem Raum waren. »Was schlägst du also vor?«, raunte sie.

Erleichtert tat er es ihr gleich und lehnte sich ebenfalls über den Tisch. Er wollte Jovic nicht in Schwierigkeiten bringen. Aber sein Instinkt sagte ihm, dass es besser war, Stillschweigen zu bewahren. Und den Täter noch eine Weile in Sicherheit zu wiegen. Denn der war irgendwo hier drin, ganz in ihrer Nähe.

»Na ja, sie weiß ja schon alles aus erster Hand. Damit haben wir ihr gegenüber im Grunde keine Informationspflicht mehr. Und sie wird ganz sicher ihren Draht zum Staatsanwalt nutzen …«

»Du meinst also, wir verhalten uns so still wie möglich, solange uns niemand auf die Finger schaut.«

Brüggemann nickte verschwörerisch. »Eins ist klar: Die Männer aus Winklers Zelle sind damit definitiv verdächtig. Winkler könnte allerdings auch überall sonst umgebracht worden sein. Wo genau, können wir erst sagen, wenn die Techniker vor Ort alle Spuren gesichert und ausgewertet haben. Vorher können wir nur eins als erwiesen betrachten.«

Er sah sich um, ob auch wirklich niemand in der Nähe war, der zuhörte. »Wo auch immer Winkler gestorben ist: Ohne jemanden, der die Zellentür aufgeschlossen hat, konnte der Mann nicht in die Dusche gebracht werden. Ein Toter wiegt eine Menge, also muss das jemand mitbekommen haben. Damit ist mindestens einer der Vollzugsbeamten involviert. Ob er geduldet hat, dass jemand den Schlüssel nahm, oder ob er aktiv beteiligt war, das müssen wir jetzt herausfinden.«

Jovic musterte sein Gesicht und schien zu überlegen.

»Bist du dabei? Machen wir es so?«

Schließlich nickte sie.

Erleichtert fuhr er fort: »Schauen wir uns noch einmal die Zelle an. Vielleicht fällt uns jetzt doch irgendetwas dort ins Auge. Aber die wichtigste Frage bleibt: Was könnte das Motiv für diesen Mord sein? Der Mann wird als absolut friedlich beschrieben, war nur mit sich beschäftigt, ist nirgends aufgefallen. Allenfalls mit seinem Hang, sich zu isolieren. Warum zum Teufel will jemand ausgerechnet so einen Menschen aus dem Weg haben?«

29.

Eva nutzte die willkommene Pause, die sich in ihrer Sprechstunde ergeben hatte: Ein Patient hatte seinen Termin verschoben, weil er ein dringendes Gespräch mit seinem Anwalt führen musste. Nachdem sie erneut an Ann-Kathrin geschrieben hatte, von der es immer noch kein Lebenszeichen gab, war sie neugierig zu dem Notfallplan der JVA getreten, um nachzusehen, wo sie am besten nach einem Lager für Rattengift Ausschau halten sollte.

Plötzlich klopfte es an der Tür.

Eva strich sich durch die Haare, bevor sie öffnete.

»Ihre Mitarbeiterin sagte mir, Sie hätten gerade keinen Patienten. Das trifft sich gut, denn ich muss mit Ihnen reden«, sagte Maren Schilling und trat energisch in ihr Büro. Obwohl Eva ihr mit einer Handbewegung einen Platz anbot, blieb die Direktorin mitten im Raum stehen. Eva lehnte sich ihr gegenüber an das Sideboard und stützte die Arme darauf.

»Worum geht es denn?«, fragte sie betont ruhig. Die Direktorin hatte sie einmal auf dem falschen Fuß erwischt. Das würde Eva kein zweites Mal passieren. Instinktiv wappnete sie sich gegen eine Standpauke, denn sicher kam jetzt die Unterredung, die Frau Schilling gestern vor den Polizisten nicht hatte führen können.

Die Direktorin legte den Kopf schief, sah Eva jedoch nicht direkt an, sondern ganz knapp an ihrem Kopf vorbei.

»Mir liegt das Gutachten des Rechtsmediziners vor. Deshalb bin ich gleich zu Ihnen gekommen.« Sie verschränkte die Arme vor der Brust und fuhr fort: »Ich muss mich bei Ihnen entschuldigen. Offenbar hatten Sie mit Ihrer Vermutung recht. Harald Winkler hat sich nicht selbst das Leben genommen.«

Eva blinzelte. Obwohl sie es immer vermutet hatte, überraschte sie die Mitteilung nun doch.

»Ihr Kollege aus dem rechtsmedizinischen Institut ist sich außerdem sicher, dass Winkler nicht dort im Duschraum ums Leben kam«, fügte Maren Schilling an.

Für einen Moment schloss Eva die Augen und atmete einmal tief ein. Also hatte sie absolut richtiggelegen. Manchmal brauchte es einen Wechsel der Perspektive, dann war alles ganz klar – denn nun konnte sie endlich greifen, was sie die ganze Zeit irritiert hatte und ihr bereits im Taxi durch den Kopf geschwirrt war: Das Fenster in der Dusche hatte weit offen gestanden. Es war aber nirgends nass gewesen. Der heftige Platzregen an diesem Morgen hätte jedoch zumindest den Knoten am Gitter treffen müssen. Vermutlich wäre die Nässe auch noch weiter in den Strick eingesogen. Was nicht der Fall gewesen war. Obwohl ihr Gefühl sie also keine Sekunde getrogen hatte, verspürte Eva keine Genugtuung. Im Gegenteil: Die Tatsache, dass ein Mensch, der schon so viel Leid erfahren hatte, hier ermordet worden war, machte sie tief betroffen.

Die Direktorin stützte sich auf einen der Stühle. »Was genau hinter der Sache steckt, muss noch geklärt werden, aber es ist ganz sicher, dass er durch fremde Gewalteinwirkung gestorben ist. Jemand hat auf seinem Brustkorb gesessen und ihm zusätzlich wohl etwas über den Kopf gezogen. ›Burking‹ heißt der Fachausdruck, sagte der Mediziner. Sie wissen sicher besser, was es damit auf sich hat. Das war die eigentliche Todesursache. Nicht das Erhängen.«

Eva kannte den Begriff. Hohes Gewicht auf dem Brustkorb führte zu einer massiven Blutstauung im Kopf, die sogenannte Perthes'sche Druckstauung. Die Punktblutungen auf den Lidern und hinter den Ohren hatte sie zwar gesehen, diese traten aber beim atypischen Erhängen im Sitzen ebenfalls auf, deshalb war ihr diese Todesart nicht gleich in den Sinn gekommen. Vermutlich hatte sie sich doch durch das traurige Bild des Toten zu sehr ablenken lassen. Nun erklärten sich auch die Hämatome an den Armen und auf der Brust. Und die aufgekratzte Wunde in der Hand. Sicher hatte sich Winkler heftig gegen denjenigen gewehrt, der ihn ermorden wollte, hatte aber keine Chance gegen seinen Angreifer gehabt. Kein Wunder bei dem Zeitpunkt des Todes: Er war vermutlich im Schlaf überrascht worden.

Eva sah zu Boden. Noch etwas wurde ihr schlagartig klar: Derjenige, der Winkler auf dem Gewissen hatte, wusste offenbar genau, was er tun musste, um sie in die Irre zu führen. Hätte sie bei der Leichenschau nicht von Beginn an ein Störgefühl gehabt, hätte der Zustand des Toten durchaus als Suizid durchgehen können, denn diese Tötungsmethode hinterließ kaum sichtbare Spuren – und der Täter wäre ungeschoren davongekommen.

»Wie grauenhaft«, murmelte sie. Damit meinte sie die Art zu sterben genauso wie die Tatsache, dass ein skrupelloser Mensch in Wiesheim war, der selbst auf so engem

Raum nicht vor einem Mord zurückschreckte. Eva schlang die Arme um ihren Oberkörper.

Maren Schilling nickte. »Frau Hanssen, ich bin Ihnen natürlich sehr dankbar für Ihre gewissenhafte Arbeit.« Sie drehte sich etwas von Eva weg und schloss einen Knopf an ihrem Blazer. »Aber wir müssen in diesem Fall nun erst recht darauf achten, die Anstalt nicht in Verruf zu bringen. Wenn herauskommt, dass sich unsere Gefangenen hier gegenseitig umbringen … Die Presse wird sich förmlich darauf stürzen. ›Der Henker von Wiesheim‹ – ich sehe die Schlagzeile schon vor mir.« Die Direktorin schnaubte verärgert.

»Warum erzählen Sie mir das?«, fragte Eva. »Wollen Sie das Ganze etwa unter den Tisch kehren?«

»Natürlich nicht. Und da wir ohnehin die Kriminalpolizei im Haus haben, ist das sowieso nicht mehr möglich. Aber ich möchte, dass diese Geschichte nicht nach außen dringt. Wenn Sie verstehen, was ich meine. Wir werden den Verantwortlichen finden, das versichere ich Ihnen. Aber so geräuschlos wie möglich.«

Eva spürte, dass ihre Hand zitterte. Denselben Satz hatte sie schon einmal gehört. Im Krankenhaus. Vor wenigen Monaten. Damals war ihr ans Herz gelegt worden, ihre Stelle ohne viel Aufsehen zu verlassen. Auch da ging es um den guten Ruf. Am Ende hatte sie keinen Job mehr und musste um ihre Reputation bangen.

Instinktiv hob Eva ihr Kinn und spürte, wie sich Widerstand in ihr regte. Nein. Nicht noch einmal. Sie hatte nichts falsch gemacht, hatte sich absolut nichts vorzuwerfen. Dieses Mal war sie dessen ganz sicher.

»Ich weiß schon unter normalen Umständen oft nicht«, fuhr die Direktorin fort, »wie wir bei den akuten Personalengpässen und der konstanten Überbelegung den Betrieb aufrechterhalten sollen. Überall fehlt es an fähigen Mitarbeitern. Selbst hier. Sie könnten auch noch weitere Pflegekräfte gebrauchen.« Sie machte eine ausladende Geste. »Alles, was die Arbeit zusätzlich erschwert …«

»Was wollen Sie mir eigentlich genau sagen, Frau Schilling?«, fragte Eva und hielt dem Blick der Direktorin stand. Sie würde sich jetzt nicht durch eine Diskussion über Kapazitäten vom eigentlichen Thema ablenken lassen.

»Ich möchte nur betonen, dass die JVA eine ganz eigene Welt ist, in der wir Mitarbeiter eng zusammenstehen müssen. Wir sind hier ohnehin ständig einem gewissen Druck ausgesetzt, werden besonders kritisch beäugt. Gefängnisse haben nun einmal keinen guten Ruf. Deshalb sollten wir uns alle bemühen, dass nichts nach außen dringt, was unser Image noch verschlechtern könnte. Das habe ich mir zur Aufgabe gemacht, seit ich vor sieben Jahren hier meinen Dienst angetreten habe.« Sie straffte die Schultern und sah Eva streng an. »Die Kripo wird ihre Arbeit schnell, gründlich und ohne großes Aufheben erledigen. Ich möchte nur, dass wir anderen es genauso halten.«

Eva nickte. Sie hatte verstanden. Sie sollte sich raushalten. Damit sprach Maren Schilling sie vermutlich indirekt auf ihren engen Draht zum Kommissar an. Vielleicht wusste Maren Schilling auch von ihrer Freundschaft mit der Journalistin Ann-Kathrin Delgado.

Aber Eva war kein Hund. Sie würde sich keinen Maulkorb anlegen lassen und selbst entscheiden, was sie zu wem sagen würde. Sie musste vor allem mit sich im Reinen sein. Eva dachte an den Termin mit der Witwe am nächsten Vormittag. Wenn die ihr Fragen stellen würde, konnte sie nicht lügen. Deshalb zog sie es vor, die letzte Bemerkung der Direktorin nicht zu kommentieren.

»Sie entschuldigen, doch mein nächster Patient müsste jeden Augenblick kommen. Aber ich danke Ihnen, dass Sie mich persönlich informiert haben.«

Die Direktorin nickte und wandte sich langsam zur Tür. »Schöne Blumen«, sagte sie noch im Hinausgehen.

»Ein Gruß des Staatsanwalts«, entgegnete Eva mit einem unbeteiligten Gesichtsausdruck und nahm die oberste Patientenakte vom Stapel.

30.

Jovic stand mitten in der Zelle und stemmte die Arme in die Seiten. Brüggemann war ein Stück hinter seiner Kollegin und konnte genauso wenig glauben, was er sah: Winklers Sachen fehlten. Alles weg. Die Bücher, die Bilder. Und das Bettzeug war sauber abgezogen.

»Was zum Teufel …« Er brach ab, schüttelte den Kopf.

»Der Spurensicherung kannst du den Weg wohl ersparen«, sagte Jovic resigniert. Sie zog den Ärmel über die Fingerspitzen, öffnete die Tür von Winklers Schrank, der wie nicht anders zu erwarten ebenfalls komplett leer war.

»Hatte ich nicht ausdrücklich gesagt, dass hier keiner reingeht?«

Jovic nickte. »Hast du.«

Augenblicklich trat Brüggemann nach draußen und herrschte den Beamten an, der ihnen die Zelle aufgeschlossen hatte, was zum Teufel mit Winklers Sachen passiert sei. Der teilte ihm ganz sachlich mit, dass die Anweisung am Morgen von der Direktorin gekommen sei.

Brüggemann ballte die Fäuste und konnte sich nur mit Mühe beherrschen, als er Jovics Hand auf seiner Schulter spürte. »Es ist nicht seine Schuld, Lars. Lass gut sein.«

»Nein. Ich lasse nichts gut sein«, zischte er wütend. »Wir ermitteln jetzt in einem *Mordfall*. Die liebe Frau Schilling wird sich genau anhören, was ich davon halte! Und die Spurensicherung kommt trotzdem. Egal, was denen noch einfällt, um uns die Arbeit schwer zu machen. Wir müssen bloß hoffen, dass sie irgendetwas übersehen haben, verdammt!«

Aus ihm sprach die pure Verzweiflung. Endlich hatte es eine Spur gegeben. Wie ein schmaler Pfad, dem sie folgen konnten, um sich durch das Dunkel zu tasten und irgendwann zu einer Lösung zu kommen. Und jetzt das! Wieder einmal fragte sich Brüggemann, wie sie diesen Fall überhaupt lösen sollten. Ohne Aufnahmen der Kameras, mit mauernden, lügenden oder sich widersprechenden Häftlingen, ohne jeden Hinweis, ohne eine Idee für ein Motiv. Im Grunde konnte jeder Häftling des zweiten Stocks in diesem Gebäude derjenige sein, den sie suchten. Das nachzuweisen, war ohnehin schon schwer genug. Aber jetzt … Er musste seinem Ärger Luft machen. Dringend.

»Wieso haben Sie die Zelle räumen lassen? Alle Sachen von Winkler fehlen. Wir hatten ausdrücklich gesagt, dass sie nicht freigegeben ist!«, schimpfte Brüggemann ohne Umschweife los, während er in das Büro der Direktorin stürmte.

Maren Schilling stand hinter ihrem Schreibtisch auf und lehnte sich mit durchgedrückten Armen auf die Platte.

»Guten Tag erst einmal, Herr Brüggemann«, sagte sie mit ernster, aber gefasster Miene.

Natürlich. Brüggemann verstand sofort: Während er und Jovic auf dem Weg ins Verwaltungsgebäude waren, dem Wärter durch die zahlreichen Tore folgten, hatten ihre Männer sie längst in Kenntnis gesetzt. Sie war auf sein Kommen vorbereitet gewesen.

Jovic erwiderte die Begrüßung und versuchte die Situation mit Blicken zu entschärfen, aber Lars konnte Maren Schilling nur wütend anstarren und war gespannt auf ihre Antwort, die vermutlich schwammig und fadenscheinig ausfallen würde.

»Ich verstehe Ihren Ärger, aber ich konnte wegen eines simplen Suizids nicht alle Vorgänge hier drin einfach anhalten, Herr Brüggemann. Und gestern sah es für mich ganz eindeutig danach aus. Natürlich wissen wir es heute besser, aber was hätte ich denn der Witwe Ihrer Meinung nach sagen sollen? Dass wir ihr die Sachen ihres Mannes nicht herausgeben können, weil wir nicht sicher sind, was passiert ist? Ich bitte Sie, wie stellen Sie sich das vor? Außerdem brauchen wir jedes Bett hier.«

Brüggemann schüttelte den Kopf und schnaubte ungehalten.

»Okay. Aus heutiger Sicht war das ein Fehler. Aber ich habe das nicht vorhergesehen«, lenkte die Direktorin ein. »Im Übrigen hatte ich dieses Vorgehen mit Mateo Santana abgestimmt, Herr Brüggemann. Wenn es da Schwierigkeiten in der internen Kommunikation gibt, dann sollten Sie das zwischen Ihren beiden Institutionen klären. Das ist nicht mein Problem.«

Brüggemann ballte die Fäuste. Bislang hatte er sich noch zurückhalten können, aber bei der Erwähnung des Staatsanwalts brach ein Damm: »Das sehe ich völlig anders, Frau Schilling. Immerhin ist das Ihre Organisation, für die Sie die Verantwortung tragen. Wie sollen wir denn bitte unsere Ermittlungen hier durchführen, wenn alle Spuren längst verwischt sind? Sogar Winklers Bett wurde abgezogen. Sind Sie wirklich an einer gründlichen Aufklärung des

Falles interessiert? Denn langsam könnte man meinen, Sie wollen uns bloß so schnell wie möglich wieder loswerden.«

Jovic trat einen Schritt näher an ihn heran. Er konnte deutlich ihre Nähe spüren, hoffte, sie würde nicht zu einer Gegenrede anheben, wollte aber den Blick keinesfalls von der Direktorin abwenden.

»Wie bitte?«, fragte die Direktorin und schnellte nach vorne. Ihr ganzer Körper stand unter Spannung und sie wirkte, als sei sie kurz davor, einen Satz über den Schreibtisch zu machen.

»Was mein Kollege sagen will«, kam ihm jetzt Aleksandra Jovic zu Hilfe, »ist, dass wir bislang keinen anderen Eindruck gewinnen konnten. Sie haben bereits gestern an der Theorie der Ärztin gezweifelt, bevor überhaupt feststand, was geschehen ist. So als wollten Sie die Möglichkeit einer Fremdeinwirkung einfach nicht wahrhaben. Ihr jetziges Handeln unterstreicht diesen Eindruck. Und verzeihen Sie die Offenheit: Jede Befragung der Gefangenen bedarf in der Vorbereitung eine halbe Ewigkeit. Außerdem scheinen Ihre Beamten nicht entsprechend instruiert zu sein und machen uns die Arbeit nicht gerade leicht. Wenn es in diesem Tempo weitergeht … Wir haben ohnehin schon fast einen ganzen Tag verloren.«

Schilling verschränkte die Arme, sagte aber nichts.

Jovic hob die Hände zu einer ratlosen Geste. »Es ist eine unausweichliche Tatsache, dass wir diesen Mordfall bearbeiten müssen. Das gefällt uns genauso wenig wie Ihnen. Aber es ist unsere Pflicht, die Untersuchungen gründlich durchzuführen. Deshalb wäre es hilfreich, wenn wir permanent einen Beamten an unserer Seite hätten, der die Gespräche zügig organisiert, uns alles Erforderliche zur Verfügung stellt, der uns die Türen öffnet, wenn wir in ein anderes Gebäude müssen. Je eher wir diese Unterstützung haben, umso schneller ist der Fall gelöst und wir sind wieder weg. Und ich schätze, daran ist Ihnen genauso gelegen wie uns.«

Brüggemann verkniff sich einen Blick zur Seite, obwohl er Jovic am liebsten applaudiert hätte. Sie waren wirklich das perfekte Team.

Maren Schilling ließ ihren Blick langsam von einem zum anderen wandern. »Was meinen Sie damit, dass die Beamten Ihnen keine Unterstützung geben? Wir haben doch Gespräche mit allen Inhaftierten ermöglicht, die auf Ihrer Liste stehen, oder nicht?«

Jovic berührte kurz mit dem Finger seine Hand, dann erwiderte sie: »Das schon. Aber wir hatten das deutliche Gefühl, dass die Gefangenen uns mehr gesagt hätten, wenn sie mit uns allein gewesen wären. Die Anweisung, dass die Wachleute bei den Vernehmungen dabei sein sollten, kam doch von Ihnen, richtig? Sie können uns glauben, dass wir zu zweit schon mit diesen Kalibern fertigwerden.«

Maren Schilling spitzte die Lippen. Es war ihr anzusehen, dass ihr der Kommentar von Aleksandra Jovic nicht passte. Damit verlor sie ihren direkten Informationsdraht und wusste nicht mehr, welche Richtung die Ermittlungen nahmen. Aber sie konnte in diesem Moment auch schlecht dagegenhalten.

»In Ordnung. Ich werde Ihnen ab morgen einen Beamten zur Seite stellen. Ich weiß zwar nicht, woher ich den nehmen soll, aber mir ist daran gelegen, Ihre Vorhaltungen zu entkräften. Natürlich erhoffe ich mir eine rasche Aufklärung. Vermutlich mehr als jeder andere hier.« Sie sah von einem zum anderen. »Die Gespräche führen Sie künftig alleine, wenn Sie das wünschen. Sollte dabei allerdings irgendetwas passieren, wird jemand von Ihnen verletzt, lehne ich dafür jegliche Verantwortung ab.«

»Wir müssen aufgrund der neuen Spurenlage mit sämtlichen Gefangenen sprechen, die auf der zweiten Etage untergebracht sind«, sagte Brüggemann und setzte die neutralste Miene auf, die seine Gesichtsmuskulatur zu bieten hatte. Dieser Termin entpuppte sich als das Beste, was in dieser Woche geschehen war. »Am besten wäre es, Sie würden sie von der Arbeit befreien, damit wir eine Zelle nach der anderen abklappern können. Und die Akten benötigen wir dann auch.«

»Was …«, begann die Direktorin, sprach aber nicht weiter, sondern ließ sich in ihren Sitz fallen. »Na schön. Meinetwegen. Sonst noch etwas?«

Brüggemann schaute Jovic an.

»Bevor dieser Systemrelease erfolgt ist«, sagte sie, »gab es sicher regelmäßig Kameraaufzeichnungen. Stellen Sie uns doch bitte die gesamten greifbaren Mitschnitte zur Verfügung. Denn wir müssen davon ausgehen, dass es vielleicht schon vor dem Mord irgendwelche Auffälligkeiten gegeben hat.«

»Ab welchem Zeitpunkt?«, fragte die Direktorin knapp und notierte sich etwas auf einem Papier.

»Die letzten drei Monate würden genügen«, sagte Jovic nach einem Blick auf ihr Smartphone.

»Gerne, sofern wir die noch archiviert haben. Bislang wurden die in bestimmten Rhythmen gelöscht. Genau das soll der Release ändern und eine längere Speicherung gewährleisten. Ich brauche aber den heutigen Nachmittag, um das alles zu organisieren. Morgen um acht Uhr steht alles bereit. Passt das?«

Brüggemann stimmte zu. Es wäre ihm zwar lieber gewesen, gleich anzufangen, andererseits sollten sie noch einmal sämtliche Unterlagen, die sie bisher hatten, erneut unter dem Vorzeichen *Mord* durchsehen. Vielleicht ergab sich schon dadurch eine neue Fährte.

Maren Schilling notierte sich etwas. Dann stand sie auf und ging zu ihrer Bürotür.

»Eine Bitte habe ich allerdings auch an Sie.«

Brüggemann legte den Kopf schief und nickte.

»Diskretion. Eiserne. Von unserer Seite wird nichts über den Fall diese Mauern verlassen. Ich zähle darauf, dass Sie es genauso halten.«

Brüggemann wechselte einen Blick mit Jovic. Dann hielt er Maren Schilling die Hand hin. »Sie haben mein Wort.«

»Danke.« Nach einem kurzen, aber kräftigen Händedruck öffnete sie die Tür und lächelte.

»Und Sie können sicher sein«, fügte er hinzu, »dass auch sämtliche Kollegen von der Kriminaltechnik sich strikt an diese Maßgabe halten werden. Die müssten jeden Moment hier eintreffen.«

Die Direktorin sollte nicht glauben, dass er nur wegen einer vorschnell gereinigten Zelle davon absah, alles peinlich genau untersuchen zu lassen. Egal, wie lange das dauerte und wie sehr es den Betrieb behindern mochte. So leicht wurde die Direktorin ihn nicht los.

Er hoffte immer noch, dass die Kollegen irgendein winziges Detail finden würden. Fasern, Fingerabdrücke, Sekretspuren – einfach irgendetwas, das ihnen neue Indizien in die Hände spielte. Schließlich hatte er einen klaren Verdacht, wer Winklers Mörder war. Nur musste er das beweisen – und wie ihm das gelingen sollte, blieb ihm nach wie vor ein Rätsel.

31.

Nachdem der letzte Patient das Behandlungszimmer verlassen hatte und Eva einen Pfleger wegen des Abendessens und seiner Schlaftabletten zu Nauroth geschickt hatte, erzählte sie Lisbeth unter vier Augen von den Ergebnissen aus der Rechtsmedizin und bat sie, für den nächsten Morgen zur Frühstückspause sämtliche Mitarbeiter der Krankenstation zu einer dringenden Besprechung zusammenzurufen. Vielleicht fiel doch jemandem etwas ein, was der Polizei bei der Suche nach dem Täter helfen könnte.

Außerdem wollte Eva noch etwas anderes von Lisbeth wissen: »Sie sagten mir einmal, dass Sie Taekwondo machen. Sind Sie da in einem Verein?«

Ihre Mitarbeiterin legte den Kopf schief und lächelte. »Nein, in einer Schule für Kampfsport. Wollen Sie etwa mal mitkommen? Wir trainieren zweimal die Woche, am Dienstag und am Freitag, jeweils am Abend. Das powert einen richtig aus, aber es tut total gut, glauben Sie mir!«

»Ich überlege es mir, in Ordnung?«, sagte Eva schnell. »Irgendetwas muss ich schließlich machen, um fit zu bleiben.«

In Wahrheit wollte sie unbedingt etwas unternehmen, um sich effektiv verteidigen zu können, wenn es darauf ankam. Die Wendung im Fall Winkler hatte ihr wieder vor Augen geführt, mit welchem Menschenschlag sie es in Wiesheim zu tun hatte. Und sie wollte nicht naiv darauf warten, bis ihr etwas passierte.

Nun beeilte sie sich, aus der Anstalt zu kommen. Für heute reichte es. Sie brauchte dringend frische Luft. Vor allem für ihre Gedanken, die sich wieder und wieder im Kreis drehten. Eigentlich hatte sie jetzt nach dem Rattengift suchen wollen, aber sie fühlte sich wie erschlagen, hatte Mordshunger, und langsam meldeten sich ihre Kopfschmerzen zurück. Morgen war auch noch ein Tag – und weglaufen konnte Winklers Mörder ja definitiv nicht.

Ein schneidender Wind fegte über den Parkplatz, und es wurde schon dunkel. Rasch schlug Eva den Kragen hoch und eilte zu ihrem Volvo. Die Scheinwerfer leuchteten beim Entriegeln hell auf. Sie wollte ihre Handtasche und Winklers Akten, die sie für den Abend mitgenommen hatte, auf den Beifahrersitz legen, als sie irritiert innehielt. Es war nur ein klitzekleines Detail, aber etwas war verändert: Der Seitenspiegel war eingeklappt. Seltsam. Sie musterte den Nachbarwagen, der weit genug entfernt stand und eigentlich keine Platznot gehabt haben konnte.

Rasch packte sie ihre Tasche und die Unterlagen auf den Beifahrersitz und ging dann auf die andere Seite. Auch dort war der Spiegel eingeklappt. Sie schlug ihren Kragen hoch, der Wind war eisig.

Dann blickte sie sich um, aber niemand war zu sehen. Sie war alleine auf dem Parkplatz. Keine große Sache, wenn sie sich nicht absolut sicher gewesen wäre, dass sie das nicht selbst getan hatte.

Ihr Herz pochte schneller, als sie vorsichtig in den Wagen lugte. Ihr Blick suchte den Rückspiegel, an dem zu ihrer Erleichterung kein Trauerflor hing. Sie atmete laut aus, beruhigt war sie dennoch nicht.

Langsam musterte sie den Wagen, trat gegen die Reifen, leuchtete mit der Taschenlampe ihres Smartphones hinein. Alles schien in bester Ordnung zu sein. Aber die Spiegel – das war keine Einbildung. Sie drehte sich um, hatte plötzlich das deutliche Gefühl, beobachtet zu werden.

Die obersten Stockwerke der Haftanstalt ragten hinter den Außenmauern hoch, die meisten Fenster waren hell erleuchtet.

Wie tausend Augen, die sie anstarrten.

Hinter jedem der vergitterten Fenster ein Mensch, der gegen das Gesetz verstoßen hatte. Mindestens ein Mal. Straffällige wie der Sittich. Wie Temme. Menschen, die entweder in miese Gesellschaft geraten waren, sich mit schlechten Erfahrungen in der Kindheit plagten, in einer Sackgasse steckten oder die einfach nur einen üblen Charakter hatten. Obwohl sie nun schon seit einiger Zeit in der Haftanstalt arbeitete, überlief sie plötzlich ein Schauer.

Das alles war für den Moment zu viel. Sie musste sofort weg von hier! An einen Ort, an dem sie sich sicher fühlte. Zu diesem Stichwort fiel ihr nur ein einziger Platz ein.

»Victor!« Eva wusste nicht, wie sie reagieren sollte. Natürlich freute sie sich, ihn zu sehen. Das tat sie immer. Gleichzeitig hatte sie das Gefühl, Ann-Kathrin in den Rücken zu fallen, wenn sie mit ihm sprach. Auch er sah blasser aus als gewöhnlich, und sein graues, kurz geschnittenes Haar, das sonst ebenso gepflegt war wie sein Bart, wirkte heute zerzaust. Sein Anblick weckte ihr Mitleid genauso wie der ihrer Freundin am Abend zuvor. »Ich wollte eigentlich zu Ann-Kathrin.« Sie hatte sich immer noch nicht gemeldet, was ihr langsam Sorge bereitete. Deshalb musste Eva sie einfach sehen.

»Komm ruhig rein. Du musst auch kein schlechtes Gewissen haben. Sie kann dich nicht hören. Sie ist nicht da.«

»Wo ist sie denn? In der Redaktion war ich gerade. Dort sagten sie mir, sie sei schon vor Stunden nach Hause gegangen.«

»Schön wäre es. Ich meine *nicht da* im Sinne von abgehauen. Wo sie steckt, weiß ich nicht. Sie hat ein paar Klamotten gepackt. Ihr Kleiderschrank stand offen, und einiges fehlte. Alles andere ist hier. Ausweis, Handy …«

»Sie hat ihr Handy hiergelassen?« Verständnislos sah sie Victor an. Wenigstens erklärte das, warum sie nicht geantwortet hatte.

»Sí. Ganz sicher. Auch wenn ihr das gar nicht ähnlich sieht. Ich hatte mich auf Diskussionen eingestellt. Auf Tage und Wochen vielleicht, in denen wir streiten. Mit harten Worten. Oder in denen sie mich mit Schweigen straft. Aber nicht damit, dass sie einfach geht. Ohne ein Wort. Ohne mir eine Chance zu geben, zu erklären … Perdón, aber ich muss mich hinsetzen …«

Er wandte sich von ihr ab, ging ohne ein weiteres Wort in Richtung Wohnzimmer und ließ Eva einfach an der geöffneten Tür stehen. Sie verharrte einen Moment, blickte sich noch einmal auf der Straße um, aber tatsächlich war Ann-Kathrins Auto nirgends zu sehen.

Obwohl es sich für Eva seltsam anfühlte, hinter Ann-Kathrins Rücken mit Victor zu sprechen, trat sie zögerlich ein. Aber vielleicht würde es helfen, seine Version zu hören, um das Ganze besser zu verstehen. Denn Eva hoffte noch immer, dass sich die Ehe der beiden wieder einrenken würde.

Kurz entschlossen schloss sie die Tür und folgte ihrem alten Freund. Denn das war Victor für sie. Wenn auch auf eine andere Art und nicht so lange wie Ann-Kathrin. Doch sie waren neben ihrem Bruder die beiden einzigen Menschen, denen sie vorbehaltlos vertraute.

»Und du bist wirklich sicher, dass ihr nichts passiert ist?«, fragte Eva, nachdem sie ihm in das Wohnzimmer gefolgt war.

Er nickte. »Hätte sie sich etwas antun wollen, hätte sie sicher keinen Koffer mitgenommen, ihre Kosmetik und das Auto. Nein. Ich bin mir ganz sicher, dass sie freiwillig gegangen ist. Und ihren Laptop hat sie auch dabei. Sie muss ja arbeiten. Aber dass sie dich auch nicht über diesen Schritt informiert hat ...«

Er wischte sich mit beiden Händen über sein Gesicht, dann ließ er seine Arme kraftlos niedersinken und starrte auf Ann-Kathrins Stammplatz. Einen Sessel, der direkt neben der Terrassentür mit Blick in den Garten stand.

»Du hast sie mit deiner OP hart getroffen, Victor. Ganz ehrlich: Wie konntest du ihr das nur antun?« Sie stand mit verschränkten Armen an der Tür zur Terrasse, auf der sie schon unzählige wunderbare Abende verlebt hatten. Der Garten lag voller nassem Herbstlaub, und die Bäume reckten ihre nackten Zweige in den grauen Himmel. Alles wirkte genauso traurig und verlassen wie die zwei Menschen, die hier wohnten.

»Ich dachte, gerade du würdest das verstehen.«

»Ich? Wie kommst du denn darauf?«, fragte Eva und drehte sich abrupt um.

»Na ja, du ziehst dein Ding durch. Immer. Und hältst dich nicht an die üblichen Konventionen. Wie mit deiner Stelle. Du hast einfach gekündigt und hast was geändert. Mut bewiesen.«

Eva musste schlucken. Wenn Victor wüsste … Sie war längst nicht so ohne Furcht und Tadel, wie er sie gerade darstellte.

»Wir sind glücklich«, fuhr er fort. »Jedenfalls waren wir das bis gestern. Ich wollte nicht riskieren, dass sich das ändert.«

»Da ist dir aber das glatte Gegenteil gelungen. Du wusstest doch, wie sehr Ann-Kathrin Kinder liebt! Gerade du! Sie hat schon immer davon geredet. Seit Jahren.«

Er nickte. »Ich weiß das. Claro. Und Kinder sind ja auch toll. Aber sie sind auch anstrengend. Was hätte das mit uns gemacht? Vergiss bitte nicht: Ich bin älter als ihr. Dreizehn Jahre. Wenn mein Kind volljährig würde, wäre ich fast siebzig. Ein Opa.«

»Aber deine Frau nicht. Für sie wäre es jetzt gerade richtig, Victor. In ein paar Jahren kann sie vielleicht schon gar nicht mehr schwanger werden.« Sie seufzte. »Du hattest kein Recht, ihr diese Chance einfach zu nehmen. Ihr nichts davon zu sagen.«

»Wirklich? Weißt du eigentlich, wie viele Frauen stillschweigend die Pille absetzen oder sie mal ganz zufällig vergessen und damit die Männer vor vollendete Tatsachen stellen? Würdest du die genauso anklagen wie jetzt gerade mich? Dios mío!«

Eva stutzte kurz, ließ sich aber nicht auf diese Diskussion ein.

»Man kann nicht alles planen, Victor. Manchmal muss man sich auf etwas einlassen und schauen, was passiert. Ich glaube, ihr beiden hättet die perfekten Eltern abgegeben, Alter hin oder her. Weil hier so viel Wärme ist. Schau, auch ich komme ständig her und sauge dieses Klima auf. Ganz ehrlich: Ohne euch wüsste ich nicht, wie ich so manche Krise überstanden hätte.«

»Das ist nett von dir, aber genau das meine ich: Hier *ist* Liebe und Geborgenheit. Jetzt. Unter den gegebenen Umständen. Ich weiß nicht, ob wir uns nicht total aufgerieben hätten mit einem Kind. Wir wollen beide weiterarbeiten. Wie wäre das gegangen? Dann ist man nur noch getrieben, hat keine Zeit für Gespräche, verliert vor lauter Druck jede Lust aneinander. Ich habe das oft genug gesehen, entiendes? Warum sollte ich das aufs Spiel setzen, was wir jetzt haben, Eva? Nur weil die Biologie es so will? Das Risiko erschien mir zu hoch. Ich liebe Ann-Kathrin über alles, das weißt du. Und ich will sie nicht verlieren. Ich hatte einfach Angst, dass unsere Beziehung an dieser Herausforderung kaputt geht. Weil ich das nicht schaffe. Nicht mehr. Kannst du ihr das bitte noch einmal sagen?«

Ein tiefer Seufzer entfuhr Eva. »Wie soll ich das? Wenn sie nicht einmal ihr Handy mitgenommen hat. Hast du denn eine Ahnung, wo sie sein könnte?«

»No.« Victors Gesicht verzog sich, sein Kinn war in Falten gelegt, ganz offenbar kämpfte er mit den Tränen. »Offensichtlich will sie nachdenken, ohne dabei gestört zu werden. Wenn sie etwas will, dann ist sie rigoros.«

Er wusste, was auf dem Spiel stand. Nach dieser Auszeit würde Ann-Kathrin sich entscheiden. Eva hoffte, dass er sie nicht schon längst verloren hatte. Schließlich war er genauso unerbittlich vorgegangen wie Ann-Kathrin jetzt ihm gegenüber. Ohne jedes Wort.

32.

Nachdem Eva die Wohnung der Delgados verlassen hatte, verharrte sie einen Moment in der kühlen Luft und atmete tief durch. Sie konnte jetzt nicht allein nach Hause gehen. Sie war viel zu aufgewühlt. Wo mochte Ann-Kathrin nur stecken? Sie und Victor waren sich als Paar immer genug gewesen, hatten zwar einen großen Bekanntenkreis, aber Eva kam niemand in den Sinn, bei dem ihre Freundin untergekrochen sein könnte – außer ihr selbst. Wenn Ann-Kathrin sich gegen ihr Gästezimmer entschieden hatte, dann wollte sie wirklich alleine sein, um für sich einen klaren Kopf zu bekommen. Das musste Eva respektieren. Dennoch gab es ihr einen Stich. Unschlüssig stand sie auf der menschenleeren Straße. Wie spät war es eigentlich?

Sie schaute auf die Uhr. Erst kurz nach sieben. Sie starb mittlerweile fast vor Hunger. Plötzlich hatte sie eine Idee und beeilte sich, zu ihrem Auto zu kommen. Sie konnte natürlich eine Pizza bestellen und die Akten zum Fall Winkler lesen. Oder aber sie besorgte sich die Informationen an anderer Stelle. Ein Lächeln huschte über ihr Gesicht.

Wenige Minuten später parkte sie ihr Auto unzulässig in einer Einfahrt, direkt gegenüber von dem mehrstöckigen Bürogebäude, in dem die Münchner Staatsanwaltschaft untergebracht war. Von dort hatte sie die hell erleuchtete Eingangshalle genau im Blick, konnte sich aber im Verborgenen halten.

Sie hatte keine Ahnung, ob Mateo Santana noch im Haus war. Das Schicksal würde entscheiden, ob sie ihn doch heute treffen würde.

Sie schob sich tiefer in den Sitz und stellte sich gerade auf eine längere Wartezeit ein, als sie die hoch aufgeschossene Silhouette Santanas entdeckte. Er war nicht allein. Eine junge Frau in einem Kostüm lief neben ihm und zog einen Aktentrolley hinter sich her. Vermutlich eine Kollegin.

Eva zögerte einen Moment, dann öffnete sie beherzt die Tür, stieg aus, blieb aber am Wagen stehen. Wenn er noch etwas mit der anderen Frau vorhatte, würde er sie sicher bitten zu warten. Schließlich waren sie erst für morgen verabredet. Deshalb sagte sie laut: »Verzeihen Sie den spontanen Überfall. Haben Sie einen kurzen Moment für mich, Herr Santana?«

Er kniff die Augen zusammen. Als er sie im Dunkeln erkannte, breitete sich ein strahlendes Lächeln auf seinem Gesicht aus.

»Wir sehen uns morgen«, wandte er sich an seine Kollegin, wünschte ihr einen schönen Abend, überquerte mit vier großen Sätzen die Straße und kam dann langsamer und sehr lässig auf sie zu.

»Frau Hanssen, das ist aber wirklich eine Überraschung. Wie komme ich zu der Ehre?« Er legte den Kopf schief, seine braunen Augen musterten ihr Gesicht.

»Es hat sich spontan ergeben, dass ich doch Zeit habe. Wenn Ihr Angebot also noch steht … Ich habe riesigen Appetit, deshalb bin ich direkt von der Arbeit aus hergefahren.«

Sein Lächeln entblößte eine Reihe makelloser Zähne,

und er nickte. »Spontane Planänderungen sind meine Spezialität. Wollen wir Ihren Wagen nehmen? Ich bin mit dem Fahrrad hier. Wenn Sie allerdings meine Lenkstange bevorzugen …«

Evas Augen weiteten sich. Sie hätte Santana viel eher in einem schnittigen BMW vermutet, der genauso blau war wie sein Anzug. Vielleicht konnte er sie doch noch überraschen, und sie hatte den Staatsanwalt zu schnell in eine Schublade gesteckt.

»Worauf warten Sie noch? Steigen Sie ein!« Vielleicht war er nicht ganz so zurückhaltend mit Informationen wie Brüggemann, von dem sie den ganzen Tag nichts gehört hatte, der sie nicht einmal über die Ergebnisse aus der Rechtsmedizin informiert hatte.

Sie waren in ein kleines italienisches Lokal eingekehrt, das sie unterwegs entdeckt hatten. Es gab nur Tische für maximal vier Personen, und die Tageskarte stand auf einer Tafel. Ohne Preise, wie Eva zu spät auffiel. Nachdem sie sich rasch ihre Speisen ausgesucht hatten – Eva nahm eine Tomatensuppe und Pasta, Santana einen Salat und Fisch –, saßen sie sich für eine Weile still gegenüber, betrachteten die anderen Gäste und ließen langsam die Eindrücke eines anstrengenden Arbeitstages hinter sich. Eva fühlte sich wohler, als sie es erwartet hätte und schätzte sehr, dass der Staatsanwalt offenbar nicht dazu neigte, Stille stets mit Worten füllen zu müssen. Ein weiterer Zug, den sie nicht an ihm vermutet hatte.

Eva ließ die Atmosphäre des geschmackvoll eingerichteten Gastraums auf sich wirken. Die kleinen Holztische harmonierten Ton in Ton mit den dunklen Regalen an der Wand, in denen teure Weinflaschen, Essig und Öl drapiert waren. Großformatige Landschaftsbilder in Aquarellmalerei hingen an den Wänden. Die wenigen anderen Gäste unterhielten sich in gedämpfter Lautstärke. Eva mochte das Lokal. Vor allem die schweren Stoffservietten, die ein geschmackvolles Strukturmuster hatten.

»Ich wollte eigentlich auch Medizin studieren«, brach Mateo Santana schließlich das Schweigen und hielt ihr sein Martiniglas entgegen. »Und Sie? War es immer Ihr Traum, Ärztin zu werden?«

Eva prostete ihm mit ihrem Weißwein zu. »Schon. Wobei ich als kleines Mädchen noch Tiermedizinerin werden wollte. Nun bin ich aber neugierig: Wieso haben Sie eine andere Studienrichtung gewählt?«

»Versprechen Sie erst, dass Sie es nicht weitersagen. Sonst bin ich bis ans Ende aller Tage in meinem Beruf erledigt.«

»So schlimm?«

Er lachte und warf dabei seine braunen Locken nach hinten. »Schlimmer. Ich kann kein Blut sehen.«

Eva riss die Augen auf. »Das ist nicht Ihr Ernst. Sie wollen mich verschaukeln, oder? Sie gehen doch direkt an Tatorte und sehen ständig Bilder von Morden, Vergewaltigungen, von derben Schlägereien.« Gespannt musterte sie sein Gesicht.

Er grinste schief. »Sie können mir ruhig glauben. Es ist leider die Wahrheit. Auf Bildern ist es kein Problem. Aber echtes Blut … Fragen Sie meine Mutter.« Schon zückte er sein Handy, aber Eva winkte dankend ab. »Wenn meine Geschwister nur den kleinsten Kratzer hatten und ihre Verletzung zeigten, hat es mich aus den Schuhen gehauen. Aber ich warne Sie, wenn Sie das erzählen, dann weiß ich genau, von wem es kommt. Ich habe Ihnen gerade mein bestgehütetes Geheimnis verraten.«

Sie legte den Kopf schief. Wie vielen Frauen vor ihr hatte er wohl dieses Geheimnis schon anvertraut?

»Und wie kam es dann, dass Sie sich ausgerechnet Strafrecht ausgesucht haben und jetzt den Bösewichten gegenüberstehen? Als Jurist hätten Sie doch jedes andere Thema wählen können: Familienrecht, Steuern, Wirtschaft …«

Er lachte und schaute theatralisch an die Decke. »Langweilig. Offen gestanden dachte ich, wenn ich mich diesem Bereich widme, kommt keiner auf die Idee, dass ich in Wirklichkeit ein absolutes Weichei bin. Eine bessere Tarnung konnte ich mir nicht vorstellen.«

Auch wieder wahr, dachte Eva und musste schmunzeln.

»Außerdem hätte ich Sie sonst nicht getroffen. Auch das war es durchaus wert.« Er sah ihr forschend ins Gesicht, seine Züge blieben ernst, was seinen Worten noch mehr Nachdruck verlieh.

Ohne es zu wollen, stieg Eva die Röte ins Gesicht. Sie schlug die Augen nieder und wich seinem Blick aus. Der Themenwechsel kam so plötzlich, dass Eva beim besten Willen keine schlagfertige Erwiderung einfiel.

»Oh. Verzeihung. Das war zu direkt, oder? Tut mir leid. Das ist der Brasilianer in mir. Eigentlich habe ich den gut im Griff, aber manchmal geht mein südländisches Temperament einfach mit mir durch.«

»Schon in Ordnung«, beschwichtigte Eva und lächelte. »Solange Sie mich jetzt nicht zu einer Samba auffordern.«

»Das würden Sie nicht wollen. Jedenfalls nicht, wenn Ihre Füße den Abend überleben sollen.« Er lachte und machte eine Geste, die wohl zwei linke Füße darstellen sollte. »Tanzen Sie gerne?«

Eva schüttelte den Kopf. »Da geht es mir wie Ihnen. Dieses Gen ist bei mir nicht veranlagt. Im Gegenteil: Ich hasse Tanzen. Ich habe zwar Rhythmusgefühl und Musik mag ich sehr. Aber zwischen meinem Kopf, meinem Herzen und meinen Füßen scheint die Verbindung gestört zu sein.«

Wieder hielt ihr Santana sein Glas hin. »Auf eine wunderbare Gemeinsamkeit!«

Sie ließ ihr Glas klirrend an seines stoßen.

Ob es davon doch noch mehr gab?

33.

Ihre Schritte hallten durch den langen, menschenleeren Gang. Schon in einer halben Stunde würde in allen Gebäudekomplexen reger Betrieb herrschen. Um 7.30 Uhr rückten alle Inhaftierten zu ihren Dienststellen aus.

Eva beeilte sich, denn sie wollte noch einmal verschiedene Stellen von Haus III besuchen, bevor sie in einer halben Stunde das Treffen mit Winklers Witwe hatte.

Sie war früh aufgewacht, hatte sich fit und aufgekratzt gefühlt. Zum Glück hatte sie am Vorabend Santanas Wunsch, noch in eine Bar zu gehen, entschieden abgelehnt. Das gemeinsame Essen war zwar sehr unterhaltsam gewesen, aber sie hatte unbedingt ausgeschlafen in der JVA erscheinen wollen.

Santana hatte zu ihrer Überraschung nicht versucht, sie zum Bleiben zu überreden, war sogar zu Fuß zur Staatsanwaltschaft zurückgekehrt, damit sie ohne Umweg nach Hause fahren konnte. So viel Einfühlungsvermögen hätte sie ihm nicht zugetraut, denn er hatte im Job wie jemand gewirkt, der sich nahm, was er wollte. Seit gestern musste sie diesen Eindruck allerdings geraderücken. Wie einige Dinge, die sie über ihn gedacht hatte, denn sie hatte die Gespräche und das Essen sehr genossen. Die erhofften Informationen über den Stand der Ermittlungen hatte sie zwar nicht bekommen, aber nur, weil sie irgendwann den Fall und alles Schwere für ein paar Stunden hinter sich lassen wollte.

Deshalb machte sie sich jetzt frisch und entspannt selbst auf die Suche. Mit dem Rattengift würde sie beginnen. Immerhin hatte sie bereits eine vage Ahnung, wo das zu finden sein könnte.

Sie öffnete die Tür zu dem alten Gebäude ganz am Ende des Innenhofes, ohne dass jemand aus dem Wachraum trat.

»Hallo«, rief sie, erhielt aber keine Antwort.

Vorsichtig lugte sie in den Raum. Tatsächlich, es war niemand da. Vielleicht war der Beamte gerade zu einem Zwischenfall gerufen worden. Ein Wink des Schicksals.

Ohne lange zu überlegen, schob sie sich hinein. Ihre Augen flogen von einem Monitor zum anderen, aber dort schien nichts Ungewöhnliches vor sich zu gehen. Dann scannte sie mit einem Blick die Papiere auf dem Schreibtisch, zog die Schubladen auf. Aber sie fand nichts, was für sie von Bedeutung war, außer einer Liste mit einer Reihe von Datumsangaben und Uhrzeiten. Vermutlich die Termine für die Rundgänge der Wachleute. Kein Verzeichnis von Lagergegenständen. Sie öffnete gerade die Schranktür auf der anderen Seite des Raumes auf, als sie draußen einen lauten Knall hörte.

Eilig schloss sie den Schrank und wollte rasch zurück in den Flur treten, aber es war zu spät: Ein hochgewachsener Mann stand schon in der Tür und versperrte ihr den Weg.

Ihr Herz schlug ihr bis zum Hals, was sie mit einem breiten Lächeln überspielte.

Der Beamte betrachtete sie mit grimmiger Miene.

»Was machen Sie hier?«, herrschte er sie an.

Sie begann zu schwitzen, wollte sich ihre Verunsicherung aber auf keinen Fall anmerken lassen. »Guten Morgen! Ich weiß, ich bin früh dran, aber ich müsste mal runter in den Keller. Wären Sie so nett, mir aufzuschließen? Für den Bereich fehlt mir der Schlüssel, glaube ich.«

Er musterte sie mit unfreundlicher Miene. »Und Sie sind?«

»Entschuldigung.« Eva überlegte kurz, ihm die Hand zu reichen, zog es dann aber doch vor, professionelle Distanz zu wahren. »Dr. Eva Hanssen, die neue Anstaltsärztin.«

»Und da haben Sie gedacht, Sie suchen einfach hier herum, bis Sie den Schlüssel finden, oder was hatten Sie vor?«

Verdammt. Ihre Gedanken liefen auch Hochtouren. Sie entschied sich für die Halbwahrheit.

»Ich weiß, wie das jetzt für Sie aussehen muss. Es tut mir auch leid, wirklich. Aber mein Anliegen ist ganz harmlos, wenn auch ein wenig peinlich. Da unten sollen noch alte Medikamentenbestände sein, ist mir gesagt worden. Es gab einen ungeklärten Fall einer Vergiftung, wissen Sie? Vorgestern. Vielleicht haben Sie davon gehört?«

Der Mann verzog keine Miene.

»Ich muss natürlich jede Möglichkeit ausschließen, dass dieser Fehler bei uns liegen könnte. Deshalb dachte ich, ich komme einfach schnell vorbei und schaue nach. Hier wären die ja völlig ungeschützt, das kann ich mir kaum vorstellen. Aber wenn jemand die nimmt – nicht auszudenken, welche gesundheitlichen Auswirkungen das hätte.«

Der Beamte blickte sie so desinteressiert an, als bestünde sie aus nichts als Luft. Sie las den Namen auf seinem Schild: Huber.

»Ich versichere Ihnen, da unten gibt es keine Medikamente.«

»Umso besser. Davon müsste ich mich nur ganz kurz persönlich überzeugen. Ich beeile mich auch, Herr Huber. Wie gesagt, es geht nur um diesen Krankheitsfall, der etwas dubios ist, und ich bin dafür verantwortlich … Ein Blick, dann bin ich wieder weg.«

»Nein. Auch nicht ganz kurz. Ich bin nicht befugt, hier jemandem aufzuschließen. Die Anweisung gilt auch, wenn es sich um Gefängnispersonal handelt. Und jetzt verlassen Sie sofort mein Büro.«

Eva öffnete den Mund und wollte schon losschimpfen, besann sich dann aber eines Besseren. »Nur eine Frage noch: Führen Sie eigentlich Buch darüber, wer hier hineingeht?«

Er verschränkte genervt die Arme vor der Brust. »Nein. Wieso?«

»Ich meine nur … War vielleicht zufällig letzte Woche mal jemand hier, der etwas von unten geholt hat?«

Seine Lippen wurden zu einer schmalen Linie. »Ich wüsste nicht, wieso ich Ihnen darüber Auskunft geben sollte.«

Eva wollte gerade noch einmal versuchen, ihn zu überreden, als er sie wütend anknurrte: »Wenn Sie jetzt nicht sofort gehen, melde ich den Vorfall bei der Direktorin, Frau Doktor.«

Sein Ton war abfällig und er verzog angewidert seine Oberlippe. Eva juckte es förmlich, ihm Paroli zu bieten, aber Ärger mit der Direktorin musste sie um jeden Preis vermeiden. Sie hatte ihr mehr als deutlich mitgeteilt, dass sie keine Einmischung von ihrer Seite wünschte. Und Eva durfte nicht vergessen, dass sie noch in der Probezeit war. Deshalb gab sie klein bei und schob sich aus dem Zimmer.

»Schon gut. Ich habe verstanden und störe Sie jetzt nicht weiter. Auf Wiedersehen.«

Eva hoffte, dass es ein solches nicht geben würde. Wenn sie bei Huber nicht durchkam, würde sie es einfach nach Feierabend erneut versuchen. Da hätte ein anderer Beamter Dienst, und sie konnte sich in der Zwischenzeit einen wirklich guten Grund ausdenken, was sie in dem Keller wollte.

Ihre Neugier war nun erst recht geweckt. Denn was war so Besonderes an einem leeren alten Kellerraum, dass er eigens gesichert war? Und wenn es dort absolut nichts gab, warum verhielt Huber sich dann, als ob da unten die Kronjuwelen gelagert wären?

34.

Brüggemann betrat das Zimmer im Verwaltungstrakt, in dem sie zuvor bereits die Gespräche mit Schnepper und Zednik geführt hatten und das Jovic und ihm nun als Büro diente. Die Direktorin hatte Wort gehalten: Ein Beamter stand permanent vor der Tür und wartete auf ihre Anweisungen, auch die Akten der Häftlinge lagen bereits auf Rollwagen bereit. Sogar ein Flipchart und eine Pinnwand waren in das Zimmer gebracht worden.

Während Jovic bereits in das Studium der Akten eingetaucht war, hatte er selbst seinen Draht zu den Kollegen von der Spurensicherung genutzt.

»Hat die KTU etwas gefunden?« Gespannt sah Jovic ihn an.

»Negativ. Bisher haben sie nicht die geringste Spur. Ein paar Fingerabdrücke, mehr nicht. Auf Winklers Matratze war oberflächlich nichts zu entdecken. Die haben sie mit ins Labor genommen, genauso wie das Bettzeug, und machen jetzt noch einige Tests. Ich ärgere mich immer noch, dass der Bezug entfernt wurde. Aber vielleicht ergibt sich doch noch etwas. Sie waren nicht ganz fertig, als ich gegangen bin. Im Moment sieht jedoch alles danach aus, als hätte jemand gründlich sauber gemacht. Und derjenige wusste ganz genau, was er tat.«

»Und der Duschraum?«

Er schüttelte den Kopf. »Hautschuppen und Fingerabdrücke gab es da natürlich zuhauf. Spuren von Urin, wobei nicht klar ist, ob er von Winkler stammt. Aber nichts, was irgendwie darauf hindeuten würde, dass dort der Mord passiert ist.«

»Haben sie gar keine Ahnung, wo er ermordet wurde?«

Brüggemann kniff die Lippen zusammen und musste zu seinem Bedauern erneut verneinen.

»Was ist mit den Sachen, die Winkler getragen hat?«

»Eva Hanssen hatte recht mit ihrer Vermutung: Daran gab es weder Blut- noch Sekretspuren. Aber auch sonst nichts. Leider. Wir können allerdings auch nicht mit Sicherheit davon ausgehen, dass es sich bei den Kleidern in der Dusche um die handelt, die er vor seinem Ableben getragen hat.«

Jovic nickte. »Du meinst, jemand könnte damit versucht haben, uns auf eine falsche Spur zu bringen.«

»Genau. Die Art, wie sie dalagen, machte den Eindruck, als hätte Winkler es sehr eilig gehabt. Vielleicht in dem Sinne, als würde er den Tod herbeisehnen. Angesichts seiner Gemütslage hätte das objektiv durchaus Sinn ergeben. Bei der Inszenierung war jemand ausgesprochen clever. Denk nur mal an diesen Brieffetzen in Winklers Schreibtisch. Ich könnte wetten, dass da nichts von Belang drinstand und jeder Brief an seine Frau so anfing. Das alles war mit Sinn und Verstand gemacht. Hätte Eva Hanssen nicht den siebten Sinn gehabt ...« Er verkniff sich einen weiteren Kommentar.

»Das heißt, wir fangen bei null an«, zog Jovic ihr Resümee.

»Nicht ganz. Wir wissen immerhin, wie Winkler ermordet wurde. Das lässt auf mehrere Beteiligte schließen. Mindestens zwei, vielleicht auch drei oder mehr. Denn einen Mann im Todeskampf alleine festzuhalten und gleichzeitig auf seiner Brust zu sitzen, ist eher unwahrscheinlich.«

»Winkler war nicht gerade kräftig. Wenn ich dagegen an Schnepper und Zednik denke …«, wandte Jovic ein. »Der eine ist groß und korpulent, der andere war ziemlich durchtrainiert.«

»Schon. Aber Menschen setzen immense Kräfte frei, wenn das Leben auf dem Spiel steht. In jedem Fall gibt es irgendwelche Mitwisser. Und seine Leiche wurde definitiv bewegt. Je länger ich darüber nachdenke, desto sicherer werde ich, dass Winkler nur deshalb in die Dusche gebracht wurde, weil dort jeder als Täter infrage kommt, der auf dem Flur untergebracht ist. Um von den wahren Mördern abzulenken.«

»Diejenigen müssen außerdem gewusst haben, dass die Kameras nicht funktionierten und ihnen in dieser Nacht nichts nachgewiesen werden konnte. Wie du schon vermutet hast, ist dann sicher auch ein Wachmann involviert. Mindestens einer.«

»Touché«, bestätigte Brüggemann. Er setzte sich gegenüber von Jovic auf einen Stuhl. »Trotzdem sollten wir uns nicht zu früh auf die beiden aus seiner Zelle einschießen. Denk an Jasinski. Der hat uns vielleicht mit diesem Alarm belogen. Mir schien er zwar als Einziger ehrlich, aber meine Hand würde ich auch für den nicht ins Feuer legen. Und du? Bist du vorangekommen?«

»Ich habe die Akten erst einmal geordnet. Wir haben ganze achtundvierzig Inhaftierte auf dem betroffenen Flur.

Einen habe ich ausgeklammert: den Pädophilen. Nach dem Angriff in seiner Zelle ist er in einem anderen Haus untergebracht worden, damit war er zum Tatzeitpunkt schon weg. Die anderen Gefangenen habe ich nach der Art ihrer Haftgründe vorsortiert. Alle Verurteilungen, die mit Körperverletzungen zu tun haben, liegen auf diesem Stapel. Als Nächstes habe ich Rauschgiftdelikte herausgefiltert, die restlichen Fälle wie Raub und Betrug liegen daneben.«

»Wieso war mir klar, dass der erste Stapel der dickste ist?«

Sie nickte. »Wenn wir die Gefangenen danach kategorisieren wollen, müssten wir heute zweiunddreißig Gespräche führen. Wobei ich überlege, ob wir nicht auch die acht Drogenkriminellen mit einbeziehen sollen.«

»Warum? Denkst du, da hätte im Rausch was passieren können?«

»Hier? Ich bitte dich. Im Methadonrausch oder wie?«

Brüggemann lachte. »Klar hier. Glaubst du, die kriegen hier drin keinen Stoff? Man versucht zwar, den Drogenschmuggel zu unterbinden, aber es wäre der erste Knast, in dem es keinen florierenden Handel mit Rauschmitteln gäbe. Die werden zum Teil einfach über den Zaun geworfen. In Bällen getarnt. Und es gibt auch immer wieder Fahrer, die Sachen in den Knast liefern, die bestechlich sind. Nicht zu vergessen die Freigänger. Justizbeamte genauso. Damit kann man gut sein Gehalt aufbessern.«

»Wie zahlen die hier überhaupt?«

»Wenn möglich mit Geld. Oder mit Tabak und Kaffee. Und wer keine Schulden machen will, der bietet seine sexuellen Dienste als Gegenleistung.«

Jovic schaute ihn einen Moment lang an, dann nahm sie

den mittleren Aktenstapel und wollte ihn auf den großen Stapel legen.

»Warte«, bremste Brüggemann sie. »Lass uns die besser in die zweite Kategorie nehmen und uns zunächst auf die Gewalttäter konzentrieren.«

»Sicher? Ich dachte nur, weil Zednik in unserer Vernehmung so heftig auf das Thema Drogen reagiert hat. Ich habe ja ohnehin eine andere Theorie.« Sie zögerte. »Ich dachte an Hypoxyphilie, Lust durch Sauerstoffmangel.«

»Du denkst, das war ein Sexunfall? Weil er nackt war?«

»Warum nicht? Immerhin saß jemand auf Winkler, und es wurde ihm etwas über den Kopf gezogen. Vielleicht ist es weit hergeholt, aber der Mangel an Sex ist hier im Knast doch definitiv ein Problem. Du hast das ja gerade auch angedeutet, insofern könnte das durchaus sein. Ich dachte aber offen gestanden nicht an einen autoerotischen Todesfall. Vielleicht eher an eine Vergewaltigung. Die Abwehrspuren ...«

»Interessanter Gedanke. Der Rechtsmediziner hat allerdings keine Spuren an der Leiche gefunden, die in diese Richtung deuten. Auch kein Sperma. Jedenfalls hat er nichts erwähnt. Checkst du noch einmal den Bericht, sobald der hier ist?«

»Mach ich. Winkler wurde überall als ruhig und depressiv beschrieben. Er war definitiv ein Außenseiter und damit als Opfer prädestiniert. Man hört doch öfter davon, dass Vergewaltigungen durchgeführt werden, um andere gefügig zu machen. Prison rape ist zumindest in Amerika ein großes Thema. Aber bei uns gibt es das auch. Im letzten Jahr war da dieser Fall in Ulm, da wurde ein Neunzehnjähriger mit einer Gabel vergewaltigt. Ich fand das so grauenhaft, vielleicht ist es mir deshalb in den Sinn gekommen.«

»Schon. Aber du vergisst die Spurenlage. Für mich passt es nicht ganz.«

»Vielleicht ist er schneller erstickt, als sie erwartet haben. Also bevor sie … wie soll ich sagen, zum Vollzug kamen. Die Abwehrspuren würden doch passen. Und wenn ich so was vertuschen wollte, wäre dafür ein Duschraum perfekt. Falls es unappetitliche Spuren gibt. Es ist ja auch noch nicht ausgeschlossen, dass er quietschlebendig war, als sie ihn in die Dusche gebracht haben. Hast du denn eine bessere Erklärung?«

Brüggemann lächelte. Nein, die hatte er tatsächlich nicht. Noch immer nicht. Was ihn maßlos ärgerte. Einen Verdacht schon, aber keine Idee, was das Motiv sein könnte. Aber es gefiel ihm, dass Aleksandra Jovic so hartnäckig an ihrer Theorie festhielt. Dennoch glaubte er nicht daran. Für ihn wäre die Nacktheit in diesem Fall ein viel zu deutlicher Hinweis. Das passte nicht. Irgendjemand führte sie an der Nase herum, wollte sie bewusst in diese Richtung lenken. Er hätte wetten können, dass etwas völlig anderes hinter dem Mord steckte. Nur was?

»Also, was machen wir jetzt mit den Drogendelikten?«, fragte Jovic. »Nehmen wir sie dazu? Wenn es so ist, wie du sagst, und sie hier an alles drankommen, sollten wir nicht vergessen, dass die Abhängigen im Rausch ein gesteigertes Aggressionspotenzial haben, vor allem, falls die hier drin auch Crystal konsumieren. Oder Ecstasy.«

»In Ordnung. Lass uns trotzdem erst mit der anderen Kategorie anfangen.« Er stand auf. »Ich will dich nicht ausbremsen, aber vielleicht ist Winkler auch einfach nur jemandem auf die Füße getreten. Manch einer versteht hier keinen Spaß. Wir sollten nicht in zu engen Bahnen denken, solange wir das Motiv nicht kennen.« Er sah sich auf dem Tisch um. »Die Liste der Vollzugsbeamten, die im infrage kommenden Zeitraum im zweiten Stock von Haus III arbeiteten, haben wir immer noch nicht, oder?«

Jovic schüttelte den Kopf.

»Und wenn ich es richtig sehe, fehlen weiterhin auch die Aufzeichnungen aus dem Flur. Die vor dem Systemrelease.«

»Du hast recht! Ich habe mich tatsächlich von dem neuen Komfort hier blenden lassen.«

Er nickte. »So ging es mir auch. Es gibt also zwei Möglichkeiten: Entweder soll diese tolle Organisation darüber hinwegtäuschen, dass Frau Schilling uns bestimmte Dinge vorenthält. Oder sie weiß nichts davon und ihre Leute bringen uns die Sachen nicht ganz so schnell, wie sie es angewiesen hat. Womit die für mich plötzlich noch viel interessanter werden.«

Jovic nickte. »Dann wird es Zeit, dass wir uns selbst die Liste der Diensthabenden besorgen. Soll ich meinen weiblichen Charme spielen lassen?«

Brüggemann nickte. »Gute Idee. Aber unauffällig, ja? Wir wollen die- oder denjenigen ja nicht aufscheuchen. Wenn die Beamten meinen, wir würden Vorwürfe wegen Vernachlässigung ihrer Aufsichtspflicht erheben, dann mauern die genauso wie die Gefangenen. Während du weg bist, schnappe ich mir gleich mal den Burschen vor unserer Tür für ein kleines Gespräch unter vier Augen. Mal schauen, was der zu erzählen hat.«

35.

Dieses Mal traf sich Eva mit Frau Winkler im Haupttrakt in einem Besucherzimmer. Mit ihrer gebeugten Haltung wirkte sie so verloren in dem großen Raum, dass Eva am liebsten schützend eine Decke über ihre Schultern gebreitet hätte.

Als sie sich dem Tisch näherte, stand die Witwe auf. Eva reichte ihr zur Begrüßung die Hand, die die Frau herzlich mit ihren beiden Händen umfasste. Ihre Haut fühlte sich warm und sehr weich an. Kurz erwiderte Eva den sanften Druck, dann nahmen sie einander gegenüber Platz.

»Vielen Dank, dass Sie sich erneut Zeit für mich nehmen, Frau Dr. Hanssen. Sie hatten gesagt, ich dürfte mich wieder an Sie wenden … und da dachte ich …«

Eva nickte. Sie musterte das Gesicht der Frau. Auch wenn ihre Augen noch immer von dunklen Rändern umrahmt waren, wirkte sie schon gefestigter als bei ihrem letzten Treffen. Wieder einmal stellte Eva fest, wie widerstandsfähig Menschen waren und wie schnell sie sich selbst an unfassbares Leid gewöhnen konnten. Zwar strahlte sie keine Zuversicht oder gar Freude aus, aber Eva konnte deutlich die Zähigkeit spüren, die diese Frau in den letzten Jahre hatte entwickeln müssen.

Die Witwe ließ ihren Blick langsam durch den Raum gleiten, dann strich sie mit ihren Fingern zärtlich über die Tischplatte.

»Genau hier habe ich zuletzt mit Harald gesessen. Ich hoffe, es war in Ordnung für Sie, dass ich diesen Tisch gewählt habe.«

Eva nickte. Natürlich hatte sie Verständnis dafür. Es war vielleicht der beste Ort, um Abschied zu nehmen. »Wir können so lange bleiben, wie Sie wollen. Um diese Zeit sind keine Besucher hier. Und ich habe meine Sprechstunde etwas verschoben.«

»Danke.«

Frau Winkler legte beide Hände auf den Tisch und schloss kurz die Augen.

Eva tat es ihr gleich. In der Stille strömten ihre Gedanken ungeordnet durch ihren Kopf. Sie dachte an ihre Eltern, daran, wie verloren sie sich nach ihrem Tod gefühlt hatte und dass sie auch heute noch in bestimmten Momenten so empfand. Wie würde es Winklers Sohn ergehen? Er hatte seinen Vater nie kennengelernt, aber er würde im Schatten zweier Menschen leben müssen, die trotz ihrer Abwesenheit Raum einnahmen. Vielleicht sogar mehr, als sie es lebend getan hätten. Eva seufzte und öffnete wieder die Augen.

»Ich wollte Ihnen das hier bringen«, sagte die Witwe und zog etwas aus ihrer Handtasche. »Ein Buch. Es stammt vermutlich aus der Gefängnisbibliothek. Es muss versehentlich mit eingepackt worden sein, lag zwischen Haralds Schreibsachen. Ich hätte es beinahe übersehen.«

Dann schob sie ein abgegriffenes Exemplar der *Deutschstunde* von Siegfried Lenz über den Tisch. Das weiße Cover war in die Jahre gekommen, schmuddelig und das Rot des Titels schon ausgeblichen. Der Buchdeckel war wohl einmal feucht geworden und leicht gewölbt. Als Eva das Buch an sich nahm, entdeckte sie auf dem Rücken das Bibliothekskürzel.

»Dass Harald hier begonnen hat zu lesen, habe ich gar nicht gewusst. Ich war bei uns daheim immer die Leseratte. Er hat sich oft darüber lustig gemacht. Ich wäre nicht mehr ansprechbar und würde von den Büchern absorbiert, hat er oft gewitzelt. Und jetzt hat er offenbar doch noch einen Zugang dazu gefunden. Ausgerechnet hier.«

Wie traurig, dass das Paar diese neue Gemeinsamkeit nicht mehr würde teilen können. Eva blutete das Herz, als sie sah, wie sehr die Frau ihrem Mann zugetan war. Wieder einmal dachte sie, dass Menschen, die wahrhaftig liebten, so viel verletzlicher waren. Einem Impuls folgend, traf sie genau in diesem Moment eine Entscheidung.

»Hat die Direktorin noch einmal mit Ihnen gesprochen?«, fragte Eva behutsam.

»Nachdem sie mich über Haralds Tod informiert hat? Nein. Nur dieses eine Mal. Ich habe ihr nicht gesagt, dass ich noch einmal herkomme. Hätte ich das tun sollen?« Bevor Eva antworten konnte, fuhr Frau Winkler fort: »Sie war wirklich nett, genauso wie die beiden Kriminalbeamten, die bei mir waren. Aber wissen Sie, bei Ihnen ... Ich hatte das Gefühl, dass Sie mich verstehen.«

Eva nickte. Es fiel ihr schwer, die richtigen Worte zu finden, doch diese Frau musste die Wahrheit kennen. Sie durfte nicht länger denken, ihr Mann hätte sie willentlich zurückgelassen. Das war nicht fair.

»Vielleicht steht es mir nicht zu, Ihnen das zu sagen, Frau Winkler. Aber früher oder später würden Sie es doch erfahren.«

Die dunklen Augen der Frau waren neugierig auf Eva gerichtet, und wieder strichen ihre Finger langsam über die Tischplatte.

»Ihr Mann hat sich nicht selbst das Leben genommen.«

Die Lider der Frau flatterten und ihre Stirn legte sich in Falten. »Wie meinen Sie das?«

Ein Kloß hing Eva im Hals. Sie schluckte hart und fuhr dann fort: »Die Untersuchungen sind noch nicht abgeschlossen, deshalb kann ich Ihnen nicht allzu viel sagen. Ob es ein Unfall war oder was sonst hinter seinem Tod steckt, wissen wir noch nicht. Die Polizei tut ihr Bestes, um die Hintergründe zu klären und kommt sicher bald mit näheren Details auf Sie zu …«

»Deshalb waren die Beamten gestern bei mir«, stieß Frau Winkler hervor. »Ich hatte mir nichts dabei gedacht, aber jetzt macht das alles plötzlich Sinn … Die Rechtsmedizin. Alles.« Sie schlug die Hände vor den Mund und verstummte.

»Wissen Sie, ich wollte nicht, dass Sie glauben, er habe Sie beide einfach alleine zurückgelassen, Sie und Ihren Sohn. Ganz sicher hat er Sie genauso geliebt wie Sie ihn, deshalb hätte er Ihnen das nie angetan …«

Eva endete abrupt, denn nun liefen die Tränen in Strömen die Wangen der Frau herab. Sie starrte unverwandt auf die Tischplatte vor sich, strich immer wieder unmerklich darüber, blieb sonst aber völlig unbeweglich.

Eva harrte schweigend aus, ließ der Frau Zeit, das Gehörte zu verarbeiten. Sie musste an Ann-Kathrin denken und fragte sich, wo sie jetzt sein mochte. Sie fühlte sich nicht wohl, dass sie ihr in dieser Phase nicht beistehen konnte. So wie sie es jetzt bei dieser völlig fremden Frau tat. Aber sie wusste ja nicht einmal, wo ihre Freundin steckte.

»Es ist meine Schuld«, stammelte die Witwe plötzlich und riss Eva damit aus ihren Gedanken.

»Nein. Frau Winkler, das dürfen Sie nicht denken. Sie können ganz bestimmt nichts dafür. Glauben Sie mir. Die Polizei wird alles aufklären. Ich kenne die Beamten persönlich, und ich kann Ihnen versichern ...«

Die Witwe schüttelte den Kopf. »Nein. Sie verstehen nicht. Es *ist* meine Schuld. Ich hätte das nie zulassen dürfen.«

Frau Winkler legte den Kopf in den Nacken, dann öffnete sich ihr Mund, so als würde sie gleich schreien. Aber es kam kein Ton. Sie blieb völlig stumm, starrte bloß zur Decke, als würde sie einen Gott anrufen, der nur sie hören konnte.

Dann stieß sie heftig Luft aus.

»Frau Winkler?«

Langsam senkte die Witwe den Kopf wieder und schien wie von weither in die Realität zurückzukehren. Ihre Lippen waren zusammengepresst, und ein schmerzhafter Ausdruck lag in ihren Augen.

»Ich saß am Steuer«, sagte sie schließlich mit fester Stimme. »Damals an diesem Abend. Ich hatte nur einen Gedanken: Ich wollte den Kerl umbringen, der meine Tochter auf dem Gewissen hatte, als ich ihn da an der Fußgängerampel stehen sah. Ihm hatte man nur seinen Führerschein weggenommen, aber mir das Liebste auf der Welt.«

Für einen Moment war es so still im Raum, dass Eva ihren eigenen Herzschlag hören konnte. Ihr Blick traf den von Frau Winkler, die nun fortfuhr: »Es ging alles so schnell.

Ich habe laut geschrien, als ich Gas gegeben habe. Harald versuchte noch, in das Steuer zu greifen. Den Mann so unverhofft zu sehen, hat mich in eine Art Schockzustand versetzt. Ich war gar nicht mehr richtig bei Sinnen. Nur deshalb …« Sie leckte sich ihre trockenen Lippen. »Nur deshalb habe ich später nicht reagiert, als Harald der Polizei sagte, dass er einen Blackout gehabt hätte. Und dass er gefahren wäre.«

Evas Augen weiteten sich. Rasch ergriff sie die Hand von Frau Winkler.

»Danach ging alles ganz schnell. Ich stand nur da, konnte meinen Blick nicht von dem Mann abwenden, als man ihn in den Krankenwagen verfrachtete. Da hat er ja noch gelebt, er ist erst im Krankenhaus gestorben. Harald haben sie mitgenommen, um alles zu protokollieren. Und ich stand immer noch da und habe nicht protestiert. Es nicht richtiggestellt. Als ich Harald endlich wiedersehen durfte, sagte er mir, er wolle verhindern, dass unser Sohn in einem Gefängnis geboren wird. Und der Kleine würde mich mehr brauchen als ihn. Ihm war sofort klar gewesen, wie die Strafe für mein Handeln aussehen würde. Er hat das für mich getan. Und jetzt ist mein Harald tot.«

Eva spürte, wie sich ihre Augen mit Tränen füllten. Erdrückend hing die Geschichte der Winklers in der Luft. Sie hielt weiter die Hand der Frau. Mehr konnte sie in diesem Moment nicht für sie tun.

Aber eines schwor sie sich: Sie würde alles daransetzen, um denjenigen zu finden, der für den Tod von Harald Winkler verantwortlich war.

36.

Ungeduldig klopfte Lars Brüggemann mit seinen Fingern auf die Tischplatte. Jovic war noch immer nicht zurück. Solange sie weg war, konnte er nicht mit den Vernehmungen beginnen.

Das Gespräch mit dem Mann, der vor ihrer Tür postiert war, hatte den Kommissar keinen Schritt weitergebracht. Er arbeitete normalerweise im Eingangsbereich der JVA und konnte ihm zu den Vorgängen in Haus III nichts sagen. Außerdem hatte er erst in diesem Herbst seinen Dienst angetreten und war insofern noch zu neu, um viel Klatsch und Tratsch weitergeben zu können.

Lars Brüggemann hatte ihm deshalb den Auftrag gegeben, die gespeicherten Kameraaufzeichnungen der letzten drei Monate zu besorgen. Zunächst hatte der Kommissar daraufhin überlegt, die Akten der Gefangenen zu durchforsten. Doch kurz bevor er damit beginnen wollte, kam ihm die Idee, erst einmal zu notieren, was sie wussten. Vielleicht würde sich so herauskristallisieren, wonach er suchen musste. Noch einmal ließ Brüggemann Revue passieren, was sie über Winkler gehört hatten.

Jovics Vermutung einer sexuell motivierten Tat schien ihm zwar abwegig, möglich war dieses Szenario aber schon. Was konnte sonst das Motiv für diesen Mord sein?

Das Gespräch in der Wäscherei kam ihm wieder in den Sinn. Auch wenn es für den Alarm, den Winkler angeblich ausgelöst hatte, keinen Beleg gab, schien vor zwei Monaten trotzdem etwas passiert zu sein. Was hatte den Mann in dieser Nacht so geängstigt? War er vielleicht genauso ein Opfer wie der Pädophile? Und nicht stark genug, sich gegen seine Peiniger zu wehren? Es war immerhin denkbar, dass Jasinski bei dem Krach in der Wäscherei etwas falsch verstanden hatte. Dass Winkler den Alarm hatte drücken wollen, sich dann aber doch nicht traute. Brüggemann dachte an die Verletzung der Hand, die Eva Hanssen erwähnt hatte. Andersartigkeit war oft genug der Anlass für Ausgrenzung und Diffamierung. Wurde er misshandelt? Plötzlich kam ihm ein anderer Gedanke: Konnte es sein, dass Winkler seine Ängste und depressiven Tendenzen vielleicht nur vorgetäuscht hatte, um in der Gemeinschaftszelle Schutz zu finden? War der Feind ganz woanders? Vielleicht hatten sie den Zeithorizont zu eng gewählt und er war bereits bedroht worden, bevor er in die große Zelle kam. Das würde auch die Unruhe erklären, die Jasinski erwähnt hatte und die sich mit der Zeit angeblich gelegt hatte. Weil er dachte, er hätte nichts mehr zu befürchten.

Brüggemann setzte sich auf. Natürlich: Immer wieder war gesagt worden, dass Winkler jahrelang kein Interesse an einem Therapiegespräch hatte, sich weder der Psychologin, dem Pfarrer noch seinen Arbeitskollegen geöffnet und anvertraut hatte, er jede Hilfe für seine Probleme kategorisch ablehnte. Erst jetzt, kurz vor seiner Entlassung, hatte sich das geändert. Aufgeregt griff er nach der psychologischen Akte, und da stand das Wort, das er suchte: Selbstverletzung. Was, wenn Winkler das aber gar nicht selbst gewesen war? Wenn er Angst vor jemandem hatte, konnte er vielleicht nicht darüber sprechen, ohne sich in Gefahr zu bringen. Und hatte gehofft, auf diese Weise seinem Peiniger zu entgehen. Indem er simulierte.

In diesem Moment klopfte es, und der Beamte kehrte aus der Sicherheitszentrale zurück. Er trug einen Laptop sowie eine portable Festplatte bei sich.

»Wir haben Ihnen die Daten hier auf diesen Speicher gespielt«, sagte er und räusperte sich. »Allerdings war leider nur der letzte Montag bis Mitternacht und die Woche vor dem Release komplett greifbar. Tut mir leid. Ich weiß, Sie hätten gerne den Dienstag gesehen, richtig? Brauchen Sie sonst noch etwas?«

»Immerhin. Das wäre im Moment alles. Danke!«, entgegnete Brüggemann und beobachtete, wie der Mann das Gerät in einem Einlass im Boden an den Strom anschloss. Dann nickte er mit dem Kopf wie beim Militär und ging wieder nach draußen.

Eilig setzte sich Brüggemann an den Computer. Es wunderte ihn schon nicht mehr, dass die JVA keine Aufzeichnungen der letzten drei Monate bereitstellen konnte. Wäre doch bloß dieser Systemrelease früher gemacht worden, dann könnte er seine neue Theorie sofort überprüfen.

Er fuhr den Laptop hoch und schloss die Festplatte an. Die einzelnen Dateien waren nach dem Datum des jeweiligen Tages benannt. Eigentlich konnte er mit diesem Zeitraum nichts anfangen. Viel Hoffnung machte er sich nicht, darauf etwas zu finden. Aber da es nichts anderes gab, was er tun konnte, war er bereit, nach jedem Strohhalm zu greifen.

In dem Moment klingelte sein Handy. Santana, ausgerechnet.

»Ich wollte mich erkundigen, ob Sie schon Fortschritte gemacht haben. Irgendwelche Spuren?«

Brüggemann war froh, dass es nicht um seinen Auftritt bei der Direktorin ging. In knappen Worten berichtete er, dass sich bisher nichts ergeben habe und sie heute noch mit den Gesprächen beginnen würden. Vorbeugend lobte er explizit die kooperative Haltung der Gefängnisleitung. Mit diesem Kommentar würde er sie sicher noch eine Weile in Ruhe ermitteln lassen.

»Der Fall hat absolute Priorität«, bekräftigte Santana. »Frau Schilling ist sehr besorgt, dass Details an die Presse gelangen. Deshalb bitte Diskretion, was das Thema anbelangt.«

Brüggemann verzog den Mund. Als ob sie jemals vorschnell etwas an die Öffentlichkeit gegeben hätten. Bislang hatten immer andere dafür gesorgt, dass Details zu früh durchgesickert waren. Einen Kommentar in dieser Richtung verkniff er sich allerdings.

»Und bitte halten Sie mich auf dem Laufenden, sobald Sie eine vielversprechende Spur haben.«

»Natürlich«, antwortete Brüggemann und wollte schon auflegen, als Santana noch einmal ausholte: »Falls Sie die Ärztin treffen, Sie wissen schon, Eva Hanssen, richten Sie ihr doch bitte meine besten Grüße aus.«

Brüggemann blinzelte kurz, bejahte aber auch das. Nachdem das Gespräch beendet war, betrachtete er nachdenklich das Display. Wie kam Santana ausgerechnet auf Eva Hanssen? Grüße an Maren Schilling hätten ihn weniger irritiert. Allerdings hatte die Ärztin erzählt, dass sie unlängst in sein Büro geladen worden war. Zu einer Befragung. Trotzdem schmeckte ihm der Ton nicht. Oder gerade deswegen. Santanas Stimme hatte einen weichen Klang gehabt. Eindeutig nicht dienstlich.

In dem Moment fiel ihm ein, dass er in seinem gestrigen Ärger völlig vergessen hatte, Eva Hanssen zu informieren, dass es sich bei Winklers Tod um Mord handelte! Er schlug sich vor die Stirn. Wie konnte ihm das nur passieren? Er griff zu seinem Handy, legte es aber wieder weg. Jovic musste jeden Moment zurück sein. Und die Ärztin wusste es sicher längst und steckte jetzt mitten in ihrer Sprechstunde. Besser, er ging nachher noch zu ihr. Dann konnte er auch sehen, wie sie auf Santanas Grüße reagierte. Nachdenklich starrte er an die Wand, klopfte unruhig mit den Fingern auf die Tischplatte.

Er musste sich dringend ablenken und begann, die Aufnahmen zu prüfen. Er rief das letzte Datum auf, das noch greifbar war. Montag, also der Tag, bevor Winkler gefunden wurde und an dem der Alarm wegen des Pädophilen ausgelöst worden war. Die Aufnahmen begannen am frühen Morgen, er brauchte jedoch den späten Nachmittag oder Abend. Die genaue Uhrzeit hatte er sich nicht gemerkt. Rasch spulte er die Aufnahme vor. Mit einem Mal brach das Bild ab. Er stoppte den Vorgang, ließ die Aufnahme laufen. Aber da war nichts. Kein Bild. Nur grauer Schnee. Der Beamte hatte doch gesagt, die Aufnahmen seien bis Mitternacht darauf.

War die Festplatte etwa kaputt? Er spulte zurück. Nach einer Weile sah er wieder den leeren Flur vor sich. Seltsam. Genau um 18 Uhr brach der Film ab.

Schnell klickte er auf einen anderen Tag. Wieder sah er den Flur vor sich. Nach dem Aufschluss liefen Menschen schnell durch den Gang, dann blieb alles lange leer, während die Gefangenen an ihren Arbeitsplätzen waren. Nur von Zeit zu Zeit ging ein Uniformierter durchs Bild. Dann die Putzkolonne und irgendwann wuselten wieder Menschen durcheinander, als die Gefangenen von der Arbeit kamen. Als er gerade abschalten wollte, gab es erneut nur Schnee zu sehen. Wieder exakt zur selben Zeit: um 18 Uhr. Verdammt!

Er prüfte auch die anderen Tage. Egal, welches Datum er durchlaufen ließ – zwischen 18 Uhr und Mitternacht gab es nichts zu sehen. Jedes Mal. Er lehnte sich in seinem Stuhl zurück und starrte auf den Bildschirm.

Ein Zufall war das sicher nicht. Er klappte den Laptop zu. Dann ging er vor die Tür und bat den Vollzugsbeamten, seinen Kollegen Markus Brielbeck zu rufen. Der hatte zwar tagsüber Dienst gehabt, aber vielleicht hatte er dennoch eine Ahnung, was hinter dieser Störung stehen könnte. Außerdem wurde so der Beamte, der die Nachtschicht hatte, nicht vorgewarnt. Denn eines war sicher: Wenn auf den Aufzeichnungen nichts zu sehen war, konnte dieser Wachmann auf den Bildschirmen während seines Dienstes ebenfalls nichts gesehen haben.

Er betrachtete den Aktenstapel vor sich. Eva Hanssen hatte auch mit dieser Vermutung vom ersten Tag an richtiggelegen: Etwas ging in Haus III nicht mit rechten Dingen zu. Und in irgendeiner Weise war Winkler darin involviert. War er Zeuge einer Straftat geworden? Aber solange alle dort dichtmachten und sie bei ihren Vernehmungen auflaufen ließen, würden sie nie herausfinden, was passiert war. Er schlug mit der Faust auf den Tisch.

Mit einem Mal schoss ihm ein Gedanke durch den Kopf: Wie würden die Täter wohl reagieren, wenn sie nun aufgescheucht würden? Und wem würden sie die Schuld dafür geben, dass ihr perfider Plan aufgeflogen war? Ganz sicher Eva Hanssen, die ihr geschicktes Täuschungsmanöver durchschaut hatte.

Er musste sie unbedingt warnen!

Kurz entschlossen schrieb er ihr nun doch eine Nachricht, ob sie sich auf einen Kaffee in der Kantine treffen könnten. Dann nahm er seine Jacke und machte sich sofort auf den Weg.

37.

Eva lief durch den begrünten Innenhof der Anstalt. Der tiefblaue Himmel war wolkenlos, doch die Sonne hatte längst ihre Kraft verloren. Dennoch blieb sie stehen, sog die eiskalte Luft ganz tief in ihre Lungen, bis es fast wehtat, und hielt das Buch, das ihr die Witwe gegeben hatte, fest an ihre Brust gedrückt. Es gelang ihr noch immer nicht, die Geschichte abzuschütteln, die sie gerade gehört hatte.

Einmal mehr wünschte sie sich, Harald Winkler gekannt zu haben. Diesen tapferen Mann, der ohne Zögern für seine Frau ins Gefängnis gegangen war. Der all seine täglichen Sorgen aus der JVA für sich behielt, damit sie sich nicht noch schuldiger fühlte und unter dieser schweren Bürde zerbrach. Mit Sicherheit hatte er befürchtet, sie würde die Wahrheit nicht mehr zurückhalten können, wenn sie eine Ahnung von seinen Problemen gehabt hätte.

Dieses Mal war sie es, deren Blick die Fassade von Haus III hinaufwanderte, um dann im zweiten Stock zu verweilen. Sie fragte sich einmal mehr, warum ausgerechnet ein Mensch wie Winkler von jemandem so sehr gehasst wurde, dass er ihn noch im Tod demütigen musste, ihn völlig nackt zur Schau stellte.

Sie zuckte zusammen, als das Handy in ihrer Tasche vibrierte. Es waren zwei Nachrichten eingegangen. Enttäuscht stellte sie fest, dass beide nicht von Ann-Kathrin waren. Eine stammte von Lars Brüggemann, der sie gerne kurzfristig treffen wollte. Endlich. Eva schaute auf die Uhr: In einer Stunde würde das Meeting mit ihrem Team beginnen. Davor hatte sie jedoch Zeit. Da sie sich ohnehin gerade nicht gut konzentrieren konnte und unbedingt seine Neuigkeiten hören wollte, sagte sie sofort zu.

Die zweite Nachricht kam von Mateo Santana. *Wiederholung?*, lautete der schlichte Text. Zwar entlockte es ihr ein Lächeln, doch sie zog es vor, noch nicht zu antworten. Der Staatsanwalt sollte sich ihrer nicht zu sicher werden, denn obwohl der letzte Abend wirklich nett gewesen war, hatte sie keine Ahnung, ob sie das Treffen wiederholen wollte. Natürlich fühlte sie sich durch seine Aufmerksamkeit geschmeichelt, und sie hatte die Blicke genossen, die ihr die anderen Gäste im Lokal zugeworfen hatten. Aber mehr? Sie seufzte. Im Grunde wusste sie nicht, was sie wollte. Vielleicht dachte sie auch zu viel nach. Vielleicht war es besser, sich einfach auf eine Affäre einzulassen, ohne groß über die Konsequenzen nachzudenken. Sie würde schon sehen, wohin das alles führte. Was hatte sie schon zu verlieren?

Eva steckte das Handy weg und musterte noch einmal die Fassade. Im zweiten Stock sah sie ein Fenster, das weit geöffnet war. Ob noch mehr Menschen in Wiesheim eine Strafe verbüßten, obwohl sie unschuldig waren? Wieder einmal stellte sie fest, wie naiv sie im Grunde gewesen war, als sie den Job angetreten hatte. Immer aufs Neue verblüfften sie die Menschen, die ihr hier begegneten. Von der zierlichen Frau Winkler hätte sie nie gedacht, dass sie fähig wäre, sich kaltblütig zu rächen. Aber genauso wenig hätte sie Temme einen Mord zugetraut. Konnte man einen Menschen wirklich einschätzen? Oder sah man nicht am Ende immer nur das, was man wahrhaben wollte?

Eva seufzte und betrachtete das Buch in ihrer Hand. Eigentlich hatte sie es in die Bücherei zurückbringen wollen, aber sie hatte zuvor noch etwas Dringenderes zu erledigen: So schwer es ihr fiel, aber sie wollte sich bei der Psychologin für ihr Verhalten entschuldigen. Sie hatte Judith Herzog in dem letzten Gespräch vorgeworfen, sich nicht ausreichend um Winkler gekümmert zu haben. Damit hatte sie ihr im Grunde eine Mitschuld an seinem Tod gegeben. Egal, wie sie zu der Psychologin stand: Sie hatte vorschnell geurteilt und war ihrer Kollegin gegenüber nicht fair gewesen. Auch wenn Judith Herzog bisher ziemlich unfreundlich gewesen war, wollte Eva nicht in das gleiche Fahrwasser geraten. Sie wusste, dass sie einen Fehler gemacht hatte, und würde dazu stehen.

Sie begriff jetzt auch, warum Winkler zuvor jedes Hilfsangebot abgeblockt hatte. Zu groß wäre die Gefahr gewesen, ein kleines Detail preiszugeben, das seine Lüge zum Schluss doch noch enttarnt hätte.

Ein letztes Mal suchte sie das Fenster, hinter dem sie Winklers Zelle vermutete. Dann machte sie sich auf den Weg zur psychologischen Abteilung. Und danach würde sie Brüggemann so lange ausfragen, bis das Meeting mit ihrem Team anstand. Vielleicht wollte er ja auch mitkommen und seinerseits Fragen stellen. Eva hoffte, dass eines der Teammitglieder Winkler doch persönlich kannte, ihn näher beschreiben konnte. Oder es einen Hinweis darauf gab, was in Haus III vor sich ging. Vielleicht sogar auf Winklers Mörder …

Ob Eva ihn schon kannte? Ohne es zu wissen? Mit einem Mal wurde ihr die Luft knapp. Hinterrücks überfiel sie die Erinnerung an den Keller. An ihre Machtlosigkeit. Ihre Todesangst. Eva blinzelte, versuchte ruhig zu atmen. Als sich ihr Herzschlag wieder beruhigt hatte, schüttelte sie sich, schlang die Arme um ihren Körper und lief eilig zurück in Richtung Hauptgebäude.

Vermutlich lachte der Täter sich gerade ins Fäustchen, weil er so viele falsche Spuren gelegt hatte, damit ihm niemand auf die Schliche kam.

38.

Der Kommissar, der offenbar schon eine Weile auf sie gewartet hatte, erhob sich von seinem Platz, als Eva die Kantine betrat.

»Guten Tag, Frau Hanssen!«, rief er ihr schon von Weitem entgegen und winkte ihr zu.

Sie hatte Judith Herzog nicht angetroffen und gehofft, vor dem Kommissar in der Kantine zu sein. Die Psychologin war bei einer Supervision außer Haus und wurde erst gegen Mittag wieder zurückerwartet, hatte ihre Sekretärin erzählt. Eva hatte die Chance ergriffen und ihre Entschuldigung einfach schriftlich hinterlegt. Das hatte mehr Zeit in Anspruch genommen, als Eva erwartet hatte, denn es fiel ihr schwer, ihr Anliegen in Worte zu fassen. Aber auf diese Weise musste sie wenigstens nicht wieder die kühle Miene der Eisprinzessin ertragen.

»Schön, Sie zu sehen«, fügte der Kommissar an, bot ihr den Platz gegenüber an und musterte intensiv ihr Gesicht. Bevor sie eine ausgeglichene Miene aufsetzen konnte, fragte er schon: »Alles in Ordnung? Sie sehen blass aus.«

Das Geständnis der Witwe tat für den Fall nichts zur Sache. Um Frau Winkler nicht in Schwierigkeiten zu bringen, zog sie es vor, es zu verschweigen. Die Frau hatte schon genug erlitten und ihre Strafe in Evas Augen bereits mehr als doppelt verbüßt. Deshalb lächelte sie bloß und schüttelte den Kopf. »Alles in Ordnung. Ich hatte ein Gespräch mit

Winklers Witwe, das hat mich etwas mitgenommen. Natürlich hat kein Mensch verdient, ermordet zu werden, aber gerade Harald Winkler …«

Behutsam legte sie das Buch auf den Tisch und strich nachdenklich mit der Hand darüber.

»Ich verstehe, was Sie meinen«, sagte Brüggemann. »Aber Sie sollten versuchen, es sich nicht so zu Herzen zu nehmen. Immerhin waren Sie es, die bei der Leichenschau aufmerksam geblieben ist. Ohne Sie …«

Eva sah den Kommissar dankbar an. Für einen Moment blieben ihre Blicke ineinander verhaftet, und keiner sagte ein Wort. Sein Gesicht war ihr auf eine seltsame Weise vertraut und sie dachte daran, wie er sie in ihrer schwächsten Stunde gehalten hatte. Sofort erinnerte sie sich wieder an seinen Geruch, an seine kräftigen Hände. Rasch senkte sie den Blick, wollte nicht, dass er ihre Gedanken las. Ihm nahe zu sein, gab ihr sofort ein Gefühl von Sicherheit. Aber so durfte sie nicht denken. Schließlich war Brüggemann verheiratet, hatte einen Sohn und war damit tabu. Verbotenes Territorium.

»Genau das ist auch der Grund, warum ich Sie sprechen wollte«, sagte Brüggemann. »Mir ist bewusst, dass Sie durchaus gewöhnt sind, mit jeder Art von Kriminellen umzugehen. Dennoch möchte ich Sie unbedingt bitten, derzeit besonders vorsichtig zu sein.«

Das würde sie. Sie hatte bereits am eigenen Leib erfahren, was passieren konnte. Vergessen würde sie das ganz sicher nicht.

Eindringlich fuhr er fort: »Bitte nehmen Sie ernst, was ich sage, Frau Hanssen. Sie sind mutig und stehen mit beiden Beinen fest auf der Erde. Sie kann so schnell nichts umwerfen. Das weiß ich, seit …« Er brach ab. »Aber ich habe meine Gründe, Sie zu warnen und Sie noch einmal zu bitten, nicht selbst in dieser Sache tätig zu werden.«

»Keine Sorge«, sagte Eva und zog ihr JVA-Telefon hervor, das sie fast immer bei sich trug. »Ich kann mit dem Notfallclip überall Alarm schlagen, wenn mich jemand bedroht oder mir zu nahe kommt. Die Vorkehrungen für unsere Sicherheit sind hier in Wiesheim definitiv besser als draußen.«

Brüggemann beugte sich über den Tisch, streckte seine Hand in ihre Richtung aus, berührte sie aber nicht, sondern suchte nur ihren Blick. »Die haben Winkler leider auch nicht geholfen.«

Eva wollte etwas entgegnen, öffnete schon den Mund, besann sich dann aber und schwieg. Seine Sorge rührte sie. Gerne hätte sie ihre Hand auf seine gelegt, aber hier war nicht der richtige Ort für derlei Gesten. Und er definitiv nicht der richtige Mann dafür.

Sie unterdrückte einen Seufzer und wechselte rasch das Thema: »Haben Sie denn schon irgendwelche neuen Hinweise?«

Er nickte. »Aber Sie wissen ja, dass ich Ihnen nichts Konkretes aus unseren Ermittlungen mitteilen darf. Schon zu Ihrem Schutz.«

Sofort drehte sie ihren Oberkörper von ihm weg, wollte den Abstand vergrößern. Natürlich. Wieso hatte sie überhaupt etwas anderes erwartet? Nur weil der Kommissar ohne Aleksandra Jovic vor ihr saß, würde er seine Prinzipien nicht ändern. Enttäuschung machte sich in ihr breit.

Wieder einmal. Die plötzliche Nähe und seine Sorge hatten sie dennoch etwas anderes hoffen lassen. Sie musste aufhören, seine Signale falsch zu deuten. Eva hob den Kopf und verschränkte die Arme vor der Brust.

»Was ich Ihnen aber sagen kann: Wir haben starken Grund zu der Annahme, dass mindestens einer der Justizvollzugsbeamten in den Fall involviert ist.«

Genau das hatte sie schon am ersten Tag vermutet, gleich nachdem sie Winkler in der Dusche gesehen hatte. Denn wie sonst hätte er aus seiner Zelle kommen sollen? »Haben Sie doch Aufzeichnungen gefunden, die jemanden zeigen? Am Abend davor mussten die ja noch laufen …«

Brüggemann schüttelte den Kopf.

Eva dachte kurz an Sophie, die Brielbeck immerhin privat kannte. Sicher wusste sie mehr über den inneren Kreis der Vollzugsbeamten als jeder andere in ihrem Team. Vielleicht konnte sie sie mal zur Seite nehmen. Einen Versuch war es jedenfalls wert.

»Die Kameraaufnahmen haben leider nichts ergeben«, sagte Brüggemann. »Auch nicht aus den Nächten davor. Ich habe mit dem Wachhabenden dort gesprochen. Offenbar werden in Haus III seit einigen Tagen allabendlich Störsender aktiviert, um die Handykontakte der Gefangenen zu unterbinden.«

Verwirrt schaute Eva ihn an. »Das verstehe ich nicht.«

»Bei den Zellenkontrollen wurden in letzter Zeit häufiger Handys sichergestellt. Weit mehr als gewöhnlich. Es gab ein Leck, durch das der Handyhandel in Wiesheim wohl blendend florierte. Um zu verhindern, dass die Gefangenen unbeaufsichtigt telefonierten oder Aufnahmen aus der

Anstalt nach draußen sendeten, wurden in der vergangenen Woche Handyblocker eingesetzt. Leider haben die auch die Aufzeichnung der Kameras gestört, sodass wir nun auch keine Ahnung haben, was sich vor dem Mord abends auf den Gängen getan hat.«

»Moment.« Evas Augen weiteten sich. »Wenn die Kameras gestört waren, konnte die Überwachung im Kontrollraum doch genauso wenig funktionieren.«

Brüggemann lächelte anerkennend. »Sie wären eine gute Kriminalistin geworden, Frau Hanssen. Aus diesem Grund haben die Vollzugsbeamten zusätzliche Rundgänge gemacht. Alles ist sauber dokumentiert. Die ganze Truppe hat Doppelschichten geleistet.«

»Und sie haben dennoch nichts von Winkler bemerkt? Ist das nicht erst recht seltsam?«

»Ich fürchte nein. Seit Montag um Mitternacht waren die Blocker wieder abgeschaltet. Wegen des Systemrelease, Sie erinnern sich? Die Direktorin hatte das erwähnt. Und damit kehrten sie wieder zum normalen Plan zurück. Sie waren die ganze Nacht in ihrem Kontrollraum. Nichts hat sich ereignet. Oder keiner hat etwas gesehen. Vielleicht haben die Doppelschichten sie müde gemacht …«

Oder sie halten alle dicht, sind wie Pech und Schwefel, fügte Eva in Gedanken an. Immer wieder war ihr gesagt worden, dass der Zusammenhalt unter den zweihundertfünfzig Bediensteten in Wiesheim besonders groß sein musste. Da machten die Wachteln sicher keine Ausnahme. »Verstehe«, erwiderte sie knapp.

Plötzlich fiel ihr noch etwas ein. Obwohl sie keine Ahnung hatte, warum Temme es erwähnt hatte und ob es überhaupt von Bedeutung war, gab sie sich einen Ruck und fragte: »Haben Sie mal mit jemandem gesprochen, der Engel heißt?«

»Engel? Nein. Nicht dass ich wüsste. Wieso? Hat er etwas mit Herrn Winkler zu tun gehabt?«

Eva zuckte die Schultern und setzte eine unbedarfte Miene auf. »Nur so eine Frage. Der Name fiel in einem Patientengespräch neulich. Das ist vermutlich ohne Belang. Sicher wollte sich nur jemand aufspielen. Vergessen Sie es.«

Wieder ärgerte sich Eva darüber, dass Georg Temme ihr nichts Konkretes gesagt hatte. Sie musste ihn noch einmal zu sich rufen. Vielleicht konnte er ihr wenigstens etwas über das Rattengift verraten oder was es mit diesem seltsamen Keller auf sich hatte. Oder über Menschen, die sich an Autos zu schaffen machten, schoss es ihr durch den Kopf.

Nachdenklich fuhr Eva mit ihrer Hand die Schrift auf dem Buchcover nach. Sollte sie Brüggemann doch von den seltsamen Vorkommnissen der letzten Tage erzählen? Von dem Taxifahrer, dem Spiegel? Sie beobachtete ihn aus den Augenwinkeln. Nein. Für schutzbedürftig hielt er sie ohnehin schon. Er sollte nicht auch noch annehmen, sie sei paranoid.

Unwillkürlich dachte sie an ihren Vorgänger. Daran, wie schnell es gehen konnte, dass einem die Eignung für eine Stelle entzogen wurde. Kam nicht infrage. Sie würde das für sich behalten. Immerhin war ihr nichts geschehen. Schon im Oktober hatte sie einen Trauerflor in ihrem Auto gefunden, und was war passiert? Nichts. Sie durfte dieser Sache nicht zu viel Bedeutung beimessen. Am besten, sie dachte gar nicht mehr darüber nach. Es gab Wichtigeres.

Als sie hochsah, war die Miene des Kommissars verkniffen. Sie wusste nicht warum, aber das verhieß nichts Gutes.

»Sie führen also mit Ihren Patienten Gespräche über den Mord, habe ich das richtig verstanden?«, brach es plötzlich aus ihm heraus. »Obwohl ich Sie mehrfach gebeten habe, uns die Ermittlungen zu überlassen?«

Eva zuckte die Schultern. Sie zog es vor, nicht auf diese Frage einzugehen.

»Frau Hanssen, ich glaube, Ihnen ist nicht bewusst, wie ernst die Situation ist: Sie haben diese ganze Geschichte aufgedeckt. Damit sind Sie in potenzieller Gefahr! Bitte begreifen Sie das doch endlich! Der Täter hat schon einen Menschen hier ermordet. Hat Ihnen die Sache mit Arendt nicht gereicht? Müssen Sie unbedingt wieder Ihr Leben riskieren?«

Er fixierte sie, doch sie wich seinem Blick aus. Heftig stieß er die Luft aus. Eva wusste nicht, was sie sagen sollte. Übertrieb er maßlos, oder musste sie wirklich alarmiert sein?

Die Luft schien zu vibrieren. Es lag eine seltsame Spannung im Raum. Nur gedämpft hörte man Geräusche aus der Großküche, wo die Inhaftierten gerade begannen, das Essen vorzubereiten.

»Kennen Sie den Staatsanwalt eigentlich näher?«, fragte Brüggemann leise und holte sie damit aus ihren Gedanken.

Evas Kopf fuhr hoch und sie spürte, dass sie errötete. »Ich habe Ihnen doch gesagt, dass ich bei ihm war. Aber wie kommen Sie denn jetzt darauf?«, fragte sie verwirrt. Sie verschränkte die Arme vor der Brust und wartete gespannt auf seine Antwort.

»Er bat mich vorhin am Telefon ausdrücklich, Sie zu

grüßen. Ich war nur neugierig …« Obwohl sein Tonfall harmlos klang, wich er ihrem Blick aus. Und wieder einmal hatte er seine Hand schnell mit der Linken bedeckt, um den Ehering zu verbergen, an dem er normalerweise immer drehte, wenn er nachdachte.

»Juristen sind oft seltsame Typen, oder? Undurchsichtig«, fügte er noch hinzu und wischte etwas Imaginäres von der Tischplatte.

Eva hielt ihn irritiert im Blick. Falls das ein Witz sein sollte, hätte er lächeln müssen. Aber seine Miene blieb undurchdringlich und sein Blick gesenkt.

Eva legte ihre Hände auf die Knie und verlagerte das Gewicht auf ihre Füße. Am liebsten wäre sie jetzt sofort aufgestanden, denn die Situation war ihr zunehmend unangenehm. Ihr Treffen mit Santana war ihre Privatangelegenheit und ging den Kommissar rein gar nichts an. Egal, wie lange er noch bohrte. Wenn sie es nicht besser wüsste, würde sie tippen, er wäre eifersüchtig. Doch ganz gleich, was seine Beweggründe waren, das hier überschritt eine Grenze. Eindeutig.

»Wenn sonst nichts mehr ist …«, brachte sie schließlich hervor und nahm das Buch an sich. Dann sah Eva auf die Uhr und stellte fest, dass sie ohnehin losmusste.

»Sie haben recht. Das geht mich natürlich gar nichts an. Entschuldigen Sie, ich …«, murmelte der Kommissar, ohne den Blick zu heben. Er verhielt sich wirklich seltsam.

»Fein«, sagte Eva und stand auf. »Mein Team erwartet mich in ein paar Minuten.«

Energisch schob sie den Stuhl wieder an seinen Platz und durchschritt eilig den Speisesaal. Als sie an der Tür war, drehte sie sich noch einmal kurz um. Brüggemann stierte weiterhin bloß auf die Tischplatte und schüttelte den Kopf. So hatte sie ihn noch nie erlebt.

Nachdem er weiterhin nicht reagierte, zog sie die Tür auf und beeilte sich, in ihre Praxisräume zu kommen. Ihre Schritte hallten durch das Treppenhaus. Als die Tür oben wieder ins Schloss fiel, hörte sie noch das laute Echo.

39.

»Ich danke Ihnen allen, dass Sie meiner Bitte, hier so kurzfristig zu erscheinen, gefolgt sind.« Sie musterte die vielen Gesichter, die sie erwartungsvoll anschauten. Lisbeth, Jasmin und Hamid kannte sie nun schon sehr gut, weil sie fast täglich mit ihnen arbeitete. Andere Mitarbeiter wie Sophie, die nicht oft in der Tagesschicht tätig waren, hatte sie nur kurz gesehen. Wenn überhaupt. Zwei Hilfskräfte, die Laborarbeiten machten, erschienen nur auf Abruf. Der Rest verteilte sich auf drei Schichten und das Wochenende. Hinzu kamen diejenigen, die nur zeitweise beim ärztlichen Dienst arbeiteten, wie der Zahnarzt, Optiker und Krankengymnasten, die an festen Tagen in der Anstalt waren. Sogar ein Podologe war einmal im Monat im Haus. Außer ihren Namen wusste Eva allerdings nicht viel über sie.

Noch verunsichert durch die Situation mit Brüggemann zuvor, fragte Eva sich, für wie seltsam sie alle dieses Meeting halten mussten, und ärgerte sich, nicht wenigstens etwas zum Frühstück besorgt zu haben, um daraus gleich einen verspäteten Einstand zu machen.

»Sie haben sicher alle davon gehört, was vorgestern hier in Wiesheim geschehen ist. Zu gerne hätte ich dieses Treffen unter besseren Vorzeichen veranstaltet. Aber das holen wir in der Adventszeit nach, das verspreche ich Ihnen hiermit.«

Die Mitarbeiter nickten, und auf einigen Gesichtern

zeichnete sich ein Lächeln ab. »Vermutlich fragen Sie sich dennoch, warum ich Sie wegen eines Vorkommnisses, das im Grunde nicht in unseren Bereich fällt, hier zusammengerufen habe.« Sie hielt einen Moment inne und musterte die aufmerksamen Gesichter.

»Anders als zunächst vermutet, hat sich der Gefangene nicht selbst das Leben genommen. Er wurde ermordet. Hier in der JVA. Mir ist es wichtig, dass wir eng mit der Polizei zusammenarbeiten, um dieses Verbrechen rasch aufzuklären. Deshalb die Frage: Erinnert sich irgendjemand an Herrn Winkler? Hatten Sie mit ihm zu tun? Oder können Sie einen anderen Hinweis geben, der der Polizei irgendwie weiterhelfen könnte?«

Als es weiter still im Raum blieb, fügte sie noch hinzu: »Die beiden Kommissare, die im Haus sind, kenne ich persönlich. Sie alle wissen, was mir letzten Monat passiert ist …«

Ihr Blick ging von einem Gesicht zum anderen. Die meisten schauten auf den Boden, genau wie in der Schule, wenn der Lehrer eine Frage stellte. Einige zuckten die Schultern oder setzten eine nachdenkliche Miene auf. Eva betrachtete ihre Mitarbeiter, wartete ab, versuchte, irgendetwas von ihren Gesichtsausdrücken abzulesen. In Berlin hatte sie damals jeden auf der Station ziemlich gut gekannt, aber diese Dinge brauchten einfach Zeit.

»Na, kommt schon, Leute. Auf geht's. Wer weiß was?«, kam ihr Lisbeth zu Hilfe.

Jasmin Burgmeister fuhr sich immer wieder durch die Haare, hielt aber den Kopf gesenkt. Ihr Pony war ihr ins Gesicht gefallen, und sie kritzelte unablässig auf dem Deckblatt ihrer Schreibtischauflage herum. Eva behielt sie im Auge, doch sie machte keine Anstalten zu sprechen. Seltsam. Dabei hätte sie schwören können, dass ihr etwas auf der Zunge lag.

»In Ordnung«, sagte Eva. Sie versuchte ihre Frustration zu verbergen, schließlich war es nur ein Versuch gewesen, und man konnte nichts erzwingen. »Harald Winkler war der Name des Inhaftierten. Aus Haus III. Vielleicht fällt Ihnen ja später noch etwas ein, dann melden Sie sich bei mir oder bei der Polizei, ja?«

Lisbeth hob die Hand und deutete auf Jasmin.

»Er war bei der Medikamentenausgabe«, sagte diese zögernd. »Damals. Er war mit einem Vollzugsbeamten dort. Als der gerade im Gespräch war, da hat er mir was zugeraunt. Er hatte Angst.«

»Hat er auch gesagt wovor? Oder wenigstens eine Andeutung gemacht?«, wollte Eva wissen.

Die Pflegerin zuckte die Achseln. Für einen Moment hätte man eine Stecknadel fallen hören können.

»Erinnern Sie sich noch an den Namen des Beamten, der dabei war?«, fragte Eva hoffnungsvoll. Vielleicht konnte sie ihn später noch zu diesem Vorgang befragen.

Doch Jasmin schüttelte den Kopf. »Ich weiß nicht, wovor er Angst hatte. Und auf den Beamten habe ich nicht geachtet. Tut mir leid. Ich habe die Tabletten rausgesucht, die Frau Herzog verschrieben hat, und sie ihm ausgehändigt. Dann ist er wieder gegangen.«

»Bist du denn sicher, dass es Winkler war?«, fragte Lisbeth nach.

Jasmin nickte. »Es war mein erster Tag, wissen Sie noch?

Ich war zur Probe hier. Und ich war aufgeregt, weil ich das …« Sie zögerte einen Moment, gab sich dann aber doch einen Ruck. »Eigentlich durfte ich das ja noch gar nicht alleine machen. Aber Sophie hat mir sehr geholfen. Sie ließ mich alles ausprobieren.«

Das andere Mädchen errötete und begann sofort, sich zu verteidigen: »Na ja, sie kann ja nichts lernen, wenn sie nur zusieht. Und nachdem mir gesagt worden war, ich soll ihr alles zeigen …« Schuldbewusst schaute sie zu Lisbeth, zog ihre Schultern zusammen und schien auf eine Standpauke zu warten.

Eva seufzte. Sie musste definitiv nicht mehr nachfragen, wer der Beamte war. Es kam nur einer infrage, der Sophie so sehr von ihrer Arbeit ablenken konnte, dass sie ihre Aufsichtspflicht vernachlässigte.

»Schon gut. Das passt schon alles, Sophie«, beschwichtigte Lisbeth die junge Pflegerin. »Kannst du das denn bestätigen? Hast du auch gehört, dass er sich gefürchtet hat?«

Sophie knibbelte an ihren Fingernägeln herum und verzog ihren Mund. Doch sie zuckte bloß die Schultern.

»Denk bitte nach, Sophie«, drängte Lisbeth sie weiter. »Das ist jetzt wichtig. Kannst du bestätigen, was Jasmin gehört hat?«

»Nicht wirklich.« Sie hielt den Blick gesenkt. »Ich stand etwas von den beiden entfernt. Ich wollte Jasmin nicht so auf die Finger schauen. Das hätte sie nur nervös gemacht.«

Eva konnte sich genau vorstellen, was sie stattdessen getan hatte. Ganz sicher hatte sie die Gelegenheit genutzt, um mit ihrem Verlobten zu flirten.

Gleichzeitig verstand Eva aber, warum ihr das hier vor

allen anderen peinlich war. Sie hatte aus egoistischen Motiven einer Anfängerin die Ausgabe überlassen. Gerade in der JVA ging man mit Medikamenten ausgesprochen verantwortungsvoll um. Bei Lisbeth würde sie mit dieser Aktion keine Punkte sammeln. Doch das war jetzt nicht wichtig.

Um ihr den Druck zu nehmen, wandte sie sich noch einmal an Jasmin: »Warum sind Sie so sicher, dass er es war? Können Sie ihn beschreiben?«

»Beschreiben ist schwierig. Aber ich bin mir ganz sicher, dass er Winkler hieß. Er war immerhin der erste Straftäter, dem ich gegenüberstand. Das merkt man sich doch.« Sie strich die Haare aus ihrem Gesicht und schaute Eva mit ihren großen braunen Augen an. »Das klingt jetzt vielleicht seltsam, aber er sah so normal aus. Gar nicht so, wie ich mir die Gefangenen vorgestellt hatte. Und ich konnte verstehen, dass er sich fürchtete. Das war bei mir am Anfang genauso.«

»Ach, das sagen sie doch alle«, fuhr Sophie dazwischen und schüttelte den Kopf. »Der hat gemerkt, dass ich abgelenkt war und sie ein Neuling. Der wollte bestimmt nur probieren, ob er noch irgendwas anderes von ihr bekommen kann.«

»Zum Beispiel?«, hakte Eva nach.

»Na ja. Schlaftabletten, Beruhigungsmittel, so was eben.« Sophie zuckte die Schultern und konzentrierte sich wieder auf ihre Fingernägel.

»Es stimmt leider, was Sophie sagt«, pflichtete ihr nun Hamid bei. »Die Kerle versuchen immer wieder, sich von uns Medikamente zu erschleichen. Das haben Sie doch sicher auch schon gemerkt, oder, Frau Hanssen? Und bei den Mädchen hoffen sie eben, dass die unerfahren sind und eher nachgeben.«

Sie nickte. Leider kannte sie das auch. Und nicht nur sie, denn nun begann die gesamte Runde ihrer Mitarbeiter zu tuscheln. Jeder hatte schon solche Geschichten erlebt. Schmerzmittel standen im Knast hoch im Kurs und führten nicht selten dazu, dass Beschwerden simuliert wurden. Auch andere Verbesserungen der Haftbedingungen wurden auf diese Art angestrebt: ein bequemeres Paar Schuhe, eine bessere Matratze, ein verlängerter Hofgang. Immer wieder versuchten die Inhaftierten, sich mit imaginären Krankheiten etwas Luxus zu erschleichen. Oder etwas zu bekommen, mit dem man Geschäfte machen konnte.

»Gut. Lassen wir das Thema. Wenn sonst niemand mehr etwas weiß«, sie schaute in die Runde, »dann würde ich vorschlagen, dass wir unser Treffen beenden.«

Alle nickten und begannen, aufzustehen und die Stühle zurechtzurücken.

»Bevor jetzt der Großteil von Ihnen wieder in die verdiente Freizeit geht, habe ich noch eine Frage.« Sie lächelte. »Es tut vermutlich nichts zur Sache, aber kennt jemand von Ihnen einen Mann namens Engel?«

Wieder zuckten rundum die Schultern. Nur Jasmins Augen waren noch immer fest auf Eva gerichtet. Sophies dichte dunkle Haare hingen ihr im Gesicht und sie schien etwas im Schreibtisch zu suchen. Lisbeth schüttelte den Kopf, und auch Hamid wusste mit dem Namen nichts anzufangen.

»Gut. Dann kommen Sie gut nach Hause. Und vielen Dank für Ihre spontane Bereitschaft zur Hilfe. Es ist wichtig, dass wir hier zusammenhalten. Falls ich Sie mal unterstützen kann oder Sie etwas auf dem Herzen haben, meine Tür steht Ihnen immer offen.«

Sophie schaute noch einmal hoch und sah ihr kurz in die Augen, doch bevor Eva sie um ein Gespräch über Brielbeck bitten konnte, hatte sie ihre Brotdose genommen und im Pulk mit den anderen den Raum verlassen.

»Ich werde das natürlich den beiden Ermittlern weitergeben, Jasmin«, fügte sie hinzu, als die meisten anderen Pfleger bereits draußen waren. »Aber Sie haben deswegen nichts zu befürchten, keine Sorge.«

»Danke«, murmelte sie.

Lisbeth nickte und reichte Eva schon die Akten für die Sprechstunde.

40.

Brüggemann hielt seinen Blick gesenkt und stützte seinen Kopf auf die Arme. Die ersten Gespräche mit den Inhaftierten auf ihrer Liste hatten sie keinen Schritt weitergebracht. Im Gegenteil: Entweder war ihnen unverhohlener Hass entgegengeschlagen, denn viele von den Männern hatten schlechte Erfahrungen mit der Polizei gemacht. Oder sie wurden schweigend ignoriert.

Die letzten beiden Kandidaten, die in einer Gemeinschaftszelle untergebracht waren, hatten sogar erheblichen Spaß daran gehabt, ihnen irgendwelche Geschichten über nächtliche Aktionen aufzutischen, schütteten sich dann aber am Ende des Gespräches vor Lachen aus, als sie merkten, dass er und Jovic ihnen auf den Leim gegangen waren.

Mit den Wachhabenden, die sie mittlerweile auch bei jeder sich bietenden Gelegenheit befragten, war es nicht besser: Vor lauter Angst, man könne sie einer Aufsichtspflichtverletzung beschuldigen, mauerten sie und behaupteten wie ein Mantra, es habe keine Auffälligkeiten gegeben. Und es war unmöglich, ihnen das Gegenteil zu beweisen.

Es war einfach zum Kotzen. Zwei Tage waren sie hier und kamen keinen Schritt weiter.

»Manchmal kann ich verstehen, dass einem ganz spontan die Faust ausrutscht, wenn man diesen Schätzchen gegenübersitzt«, murmelte Jovic.

Erstaunt sah Brüggemann auf. »Du? Du bist doch die

Ruhe und Geduld in Person. Was soll ich denn erst sagen?«

»Ist dir das etwa schon mal passiert?« Sie drehte sich zu ihm um und hielt interessiert ihren Blick auf sein Gesicht gerichtet.

»Was meinst du?«

»Na, ob dir schon mal bei einer Vernehmung oder bei einer Festnahme die Hand ausgerutscht ist?«

Er hielt ihrem Blick stand. »Nein. Nie. Aber ich war viele Male kurz davor, glaub mir. Da fehlte nicht viel. Einmal stand ich einem Kerl gegenüber, ein Verdächtiger in einem Entführungsfall. Das Mädchen war erst vierzehn Jahre alt …« Brüggemann fuhr sich mit einer Hand über sein Gesicht. »Aber wenn ich mich nicht mehr im Griff hätte, läge am nächsten Tag meine Kündigung auf dem Tisch. Egal, was sie getan haben oder wie sie mich provozieren, ich muss das an mir abprallen lassen. Den Respekt bewahren. Sonst wäre ich keinen Deut besser als die Typen, die auf der anderen Seite des Gesetzes stehen.«

Beide schwiegen sie einen Moment. Dann nahm Jovic sich die nächste Akte vor.

»Wo wir gerade dabei sind: Warum bist du eigentlich zur Polizei gegangen?«, fragte Brüggemann interessiert.

»Wegen des Krieges. Im Kosovo. Ich war damals noch ein Kind … Wer so etwas erlebt hat, der will entweder verhindern, dass etwas Derartiges wieder passiert, oder möglichst viel Distanz dazu schaffen. Ich wollte immer etwas tun, damit es gerechter zugeht in der Welt. Nachdem meine Noten nicht für ein Jurastudium ausreichten, war der gehobene Polizeidienst meine erste Wahl.«

Brüggemann kaute auf seiner Unterlippe und sah seine Kollegin ernst an. »Aber kommen wir nicht im Grunde immer zu spät? Wenn wir anfangen, sind die Verbrechen bereits geschehen …«

Jovic zog ein Kreuz unter ihrem Pullover hervor. »Du glaubst nicht an Gott, oder?«

Er schüttelte den Kopf.

»Vielleicht hast du recht, wir kommen im Grund immer erst, wenn schon etwas passiert ist. Aber für die Hinterbliebenen ist es wichtig, den Schuldigen zu kennen. Jemanden, auf den sie ihre Wut und ihr Unverständnis projizieren können.« Sie steckte den Anhänger zurück. »Nur mit einer guten Strafverfolgung können wir die Menschen davon abhalten, sich wie Tiere zu benehmen. Denn im Grunde sind wir das. Alle. Das habe ich damals mit eigenen Augen gesehen.«

Er sah Jovic an und verstand plötzlich, warum sie oft so abgeklärt und ernst war. »Ich bin wirklich froh, dich zur Partnerin zu haben. Habe ich dir das schon einmal gesagt?«

Lachend antwortete sie: »Nein, das hast du nicht. Aber ohne mich wärst du ohnehin hoffnungslos verloren.«

»Was?« Er tat so, als würde er sich aufregen. »Ich ohne dich? Das könnte man auch umgekehrt sehen«, sagte er grinsend.

»Gar nicht.« Sie zwinkerte ihm zu und hielt ihm ihr Smartphone hin. »Jedenfalls hat mein weiblicher Charme ausgereicht, um uns die Liste der Beamten zu besorgen, die diese und letzte Woche Dienst in Winklers Stockwerk hatten. Was hast du vorzuweisen?«

Er schürzte die Lippen. »Wie kannst du mir mein Versagen so eiskalt unter die Nase reiben, Aleksandra? Dabei bin ich heute ohnehin schon in genug Fettnäpfchen getreten.«

»Nein, nicht schon wieder!« Sie ließ ihr Smartphone auf den Tisch sinken. »Raus mit der Sprache: Was hast du dieses Mal angestellt? Hast du dich wieder mit der Direktorin angelegt?«

»Schlimmer.«

Sie trommelte ungeduldig mit den Fingern.

Zögernd antwortete er: »Ich habe Eva Hanssen vor den Kopf gestoßen.« Wahrheitsgemäß erzählte er von den Grüßen des Staatsanwalts und von der missglückten Unterhaltung, als er sie warnen wollte.

»Oh Mann, Lars. Das war wirklich nicht deine beste Idee. Wie hat sie darauf reagiert?«

»Eiskalt. Sie hat sich jede Einmischung in ihre privaten Angelegenheiten verbeten und ist ohne ein weiteres Wort gegangen.«

»Und du bist natürlich hinter ihr hergelaufen und hast dich in aller Form entschuldigt. Oder wenigstens eine SMS geschrieben.«

Er schüttelte den Kopf. »Entschuldigt habe ich mich schon. Irgendwie. Denke ich. Na ja, nicht so richtig.«

»Verdammt.«

Brüggemann sah sie mit schief gelegtem Kopf an. »Das habe ich gründlich versaut, oder?«

Jovic nickte. »Wenigstens merkst du noch, dass das völlig daneben war. Aber glaube mir bitte eins: Frauen stehen nicht auf eifersüchtige Gockel, die ihnen sagen, was sie zu tun und zu lassen haben. Schon gar nicht Frauen wie Eva Hanssen. Um eine Entschuldigung kommst du also nicht herum. Lade sie zum Essen ein, privat. Und dann sag ihr doch endlich, was Sache ist.«

Brüggemann nickte. Jovic hatte recht. Wieder einmal.

In dem Moment klopfte es an der Tür, und ihr nächster Kandidat wurde von dem Beamten hereingeführt. Brüggemann war nicht traurig über die Unterbrechung.

»Gut. Du weißt, was du zu tun hast«, raunte Jovic ihm zu. »Noch besser wäre es, wenn wir jetzt den Täter finden würden. Dann hättest du den perfekten Aufhänger für das Gespräch mit ihr … Also los: Der Mann hier ist wegen besonders schwerer Körperverletzung in mehreren Fällen inhaftiert. Er ist Rumäne, spricht kein Deutsch, aber ich habe gleich einen Übersetzer mit angefordert.«

41.

Am Abend, nach dem Ende der Sprechstunde, durchquerte Eva nachdenklich ihr Behandlungszimmer und löschte das Licht. In ihrem Dienstzimmer, wo es gemütlicher war, machte sie die Schreibtischlampe an.

Obwohl sie nun schon mehrere Wochen in Wiesheim war, hatte sie immer noch nichts Persönliches besorgt: kein Bild, keine Tasse, nicht das Geringste, was dem Raum eine eigene Note gegeben hätte. Nichts deutete darauf hin, dass sie bereits hier eingezogen war. Selbst der Karton mit ihren Fachbüchern und den Dingen aus dem Krankenhaus stand noch immer daheim in ihrer Dachkammer.

Um nicht weiter darüber nachzudenken, was das zu bedeuten hatte, widmete sie sich den gewünschten Akten mit den Todesfällen, die Lisbeth ihr bereitgelegt hatte. In den meisten Fällen handelte es sich um natürliche Tode: Herzversagen, Krebsleiden. Wie im echten Leben. Sie seufzte, denn es machte sie tieftraurig, dass es tatsächlich Menschen gab, die lebenslänglich in Haft blieben. Bis zum allerletzten Atemzug.

Nur zwei Akten hatte sie auf einen gesonderten Stapel gelegt. Selbstmorde. Eva überlegte. Zwei Fälle in zwei Jahren, in diesem und dem Vorjahr. Die Zahl erschien ihr recht hoch, andererseits hatte sie keinen Schimmer, wie häufig Suizide in Gefängnissen vorkamen. Rasch googelte sie die Zahlen: Im Jahr 2017 war in Bayern mit vierzehn Todesfällen die bislang höchste jährliche Suizidrate erreicht worden.

Sie lehnte sich zurück. Wahnsinn. Wäre Winklers Tod auch als Selbstmord eingestuft worden, hätte Maren Schilling zwei Suizide in nur einem Jahr zu verzeichnen gehabt. Ein gefundenes Fressen für die Presse, und damit wäre sicher eine umfassende Untersuchung im Haus angelaufen. Sie fasste sich an die Stirn. Wie ahnungslos sie gewesen war, als sie alles auf sich bezogen hatte. Nun konnte Eva nachvollziehen, warum der Direktorin Stillschweigen so wichtig war: Sie hatte Angst um ihren Job. Und nach diesen Zahlen nicht zu Unrecht. Eva schüttelte bedächtig den Kopf und speicherte die Webseite.

Dann nahm sie die erste Akte zur Hand: ein Freitod, der sich im Frühjahr zugetragen hatte. Ein junger Mann hatte Tabletten genommen und war tot in seiner Zelle in Haus I aufgefunden worden. Er war erst seit vier Tagen in Untersuchungshaft, eine Zugangsuntersuchung war noch nicht durchgeführt worden.

Eva blätterte zurück. Der Mann war bereits am zweiten Tag dem psychologischen Dienst vorgeführt worden. Judith Herzog hatte ihn als suizidgefährdet eingestuft und eine sofortige Verlegung in eine Gemeinschaftszelle empfohlen. Genau wie bei Winkler. Definitiv die richtige Maßnahme. Bei ihren Erstuntersuchungen erlebte Eva viele Häftlinge mit Angstzuständen oder die das Gefühl, abhängig und weggeschlossen zu sein, nicht ertragen konnten. Immer wieder ersuchten die Gefangenen sie um Schlaf- oder Beruhigungsmittel oder sogar um eine Verlegung in eine Gemeinschaftszelle.

Sie las weiter. Eine Verlegung war in diesem Fall aber nicht durchgeführt worden, trotz der Dringlichkeit. Vermutlich, weil es wie bei dem Sittich keinen Platz gab. Der Mann wurde jedoch ab diesem Zeitpunkt weit häufiger kontrolliert. Sogar während der Nacht zu jeder vollen Stunde. Das alles hatte aber offensichtlich nichts genutzt.

Den anderen Fall schob Eva zur Seite. Er war aus dem Frühjahr des Vorjahres, aus einer Zeit also, in der ihr Vorgänger sich noch bester Gesundheit erfreut hatte. Zwischen dem ersten und diesem Fall lag eine Zeitspanne von über einem Jahr. Den konnte sie beruhigt vernachlässigen.

Sie seufzte. Es hatte zwar kein Versäumnis vonseiten ihrer Abteilung gegeben. Aber irgendetwas störte sie. Sie übersah etwas.

Vielleicht würde es helfen, alle ihre Gedanken noch einmal zu strukturieren. Sie öffnete ein neues Dokument und notierte ohne jede Struktur, was ihr durch den Kopf ging: Was sie über Winkler wusste, alles über seine Frau, die Vergiftung, die Suizide, die Krankheit ihres Vorgängers. Sie betrachtete ihre Notizen, strich dann einen Teil wieder. Eine große Frage drängte sich ihr jedoch immer von Neuem auf: Was geschah in der Nacht in der Anstalt? Sie war noch nie außerhalb ihrer Dienstzeiten hier gewesen.

Sie schaute auf die Uhr und stellte mit Erstaunen fest, dass bereits fast eine Stunde vergangen war. Vielleicht sollte sie jetzt einfach Schluss machen, einen Happen essen und dann noch einmal zurückkehren.

Sie schnappte sich ihre Winterjacke und Handtasche, wickelte den Schal um den Hals und nahm ihren Schlüsselbund, um die vielen Türen auf- und wieder zuzuschließen, die sie auf ihrem Weg nach draußen überwinden müsste. Dann löschte sie das Licht auf dem Schreibtisch und schritt geradeaus auf ihre Türe zu. Das Dämmerlicht reichte ihr, um sich zurechtzufinden.

Als sie gerade die Tür öffnete, verlöschte das Flurlicht mit einem lauten Klacken. Verdammt! Sie hasste diese Zeitschaltuhr. Ab einer gewissen Uhrzeit sorgte ein Bewegungsmelder für das Licht. Der ging zwar zuverlässig aus, aber nicht bei jeder Bewegung wieder an.

Es war stockdunkel. Sie tastete an der Wand entlang und war froh, als sie sofort den Schalter erwischte.

Erleichtert hängte sie die Tasche über die Schulter, griff nach dem Schlüsselbund, um die Tür zu verriegeln, und hielt mitten in der Bewegung inne. Ihr Herzschlag beschleunigte sich, und abrupt drehte sie sich um, gefasst darauf, dass irgendjemand hinter ihr lauerte. Auf ihrer Stirn stand der Schweiß, und sie hielt die Hände zu Fäusten geballt.

»Hallo? Ist noch jemand hier? Lisbeth?«, rief sie und hörte selbst, wie dünn und unsicher ihre Stimme klang. Sie lauschte. Keine Antwort. Vermutlich machten die Mitarbeiter gerade Pause und holten sich in der Kantine etwas aus dem Automaten.

Ungläubig musterte sie das Ding, das an ihrer Tür hing. Es war ungefähr acht Zentimeter lang und wirkte eher wie ein Spielzeug für einen Zwerg. Es war ein dünner Strick, an dessen Ende ein Henkersknoten gebunden war. Die Botschaft war jedoch klar: das nächste Todessymbol.

Eva taumelte und musste sich an der Wand abstützen. War jemand an ihrer Tür gewesen, während sie drinnen über ihren Aufzeichnungen saß? Wie ein Tier, das Witterung aufgenommen hatte, sich aber im Verborgenen hielt. Jede ihrer Bewegungen beobachtete und bloß auf den entscheidenden Moment wartete. Um dann zuzuschlagen, wenn sie arglos war, mit nichts rechnete.

Ihr Atem ging stoßweise, und ihr Herz hämmerte. Jemand hatte es auf sie abgesehen. Und er war überall: bei ihr zu Hause, auf dem Parkplatz und jetzt sogar hier.

Sie räusperte sich, dann rief sie noch einmal. Alles blieb still. Entweder hörte sie niemand oder sie war alleine auf dem Flur. Mit dem Ding – und mit dem Sittich einen Stock tiefer. Sie wusste nicht, was sie mehr schreckte.

Eva schloss kurz die Augen. Ihre Kehle und ihr Mund waren staubtrocken. Konfus liefen ihre Gedanken durcheinander. Sie musste sich konzentrieren! Eine gute Stunde war es her, dass sie kurz mit Lisbeth gesprochen hatte, die ihr die Akten gebracht hatte und dann Feierabend machen wollte. Länger nicht. Hatte da bereits etwas an der Tür gehangen? Sie konnte es nicht sagen, denn sie war durch das Behandlungszimmer gekommen, weil das der kürzeste Weg war. Auf die andere Tür hatte sie seit dem Morgen nicht mehr geachtet.

Nachdenklich rieb sie ihr Kinn. Wer konnte das Ding dort angebracht haben? Im Prinzip kam so gut wie jeder infrage: alle ihre Patienten und die Vollzugsbeamten, die sie hierher begleitet hatten. Temme und die wenigen Insassen, die sich frei in der JVA bewegen durften. Aber auch ihr gesamtes Team. Ausnehmen konnte sie im Grunde nur einen: den Sittich. Denn dessen Tür war fest verschlossen. Und wegen des Schlafmittels schlief er vermutlich längst. Jedenfalls hoffte sie das.

Sie zückte ihr Smartphone. Vielleicht war Brüggemann noch im Haus. Ihre Hand zitterte. Er hatte sie gewarnt. Ihr Daumen schwebte über dem grünen Anrufbutton …

Sie fuhr sich mit ihren Händen durchs Gesicht. Und wenn sie völlig falsche Schlüsse zog? Gut, Brüggemann hatte sicher seine Gründe, sie zu warnen, aber sie hatte Winkler ja nicht einmal gekannt. Das hier war nur eine lächerliche Kordel, mehr nicht. Und sie hatte zuvor schon solche Symbole bekommen und nichts war geschehen. Der Taxifahrer und die Seitenspiegel kamen ihr in den Sinn. Doch das konnten Zufälle sein. Vielleicht hatte sie einen Patienten verärgert, weil sie einer Forderung nicht nachgab. Oder jemand wollte sie einfach in Angst versetzen. Ein Witzbold, der Spaß daran hatte.

Eva starrte auf den Henkersknoten, musterte die schmale, raue Kordel, die ein wenig schmuddelig wirkte, so als hätte sie jemand mit dreckigen Händen in den Fingern gedreht, bevor er sie zu dem band, was sie jetzt war.

Gerade wollte sie die Tür wieder öffnen, um einen der Wachmänner anzurufen, hielt jedoch erneut inne. Brüggemann hatte gesagt, dass ein Vollzugsbeamter involviert sein könnte. Was, wenn einer von denen das Ding hier platziert hatte?

Sie legte die Hand auf ihre Brust. Das Atmen fiel ihr schwer. Gab es überhaupt noch jemanden, dem sie trauen konnte? Sie hatte sich immer eingebildet, sie habe Menschenkenntnis. Jetzt war sie nicht mehr sicher, ob das stimmte.

Nur eines stand fest. Das Ding hier war echt. Genauso wie der Trauerflor. Und beides waren Botschaften, an sie gerichtet.

Noch einmal starrte sie auf das Display. Nein. Sie ließ ihr Telefon zurück in ihre Tasche gleiten. Sie musste ihre Angst selbst besiegen. Brüggemann wäre vielleicht für kurze Zeit eine Stütze, aber irgendwann wäre sie wieder mit ihren Dämonen alleine.

Wütend packte sie den Miniaturstrick, riss ihn weg und stopfte ihn in ihre Jackentasche. Dann ballte sie die Fäuste und sah sich noch einmal um. Alles blieb ruhig. Kein Springteufel kam hinter ihr hergesprungen.

Das war bloß ein Spielzeug. Nichts weiter. Wer etwas von ihr wollte, sollte ruhig kommen. Nur ein Feigling weidete sich daran, anderen Furcht einzujagen. Es war leicht, Spiegel zu verstellen, kleine schwarze Stofffetzen zu verschicken. Jeder konnte das. Aber wenn jemand sie wirklich hätte kriegen wollen, wäre jetzt, genau hier der richtige Moment gewesen. Schließlich war sie ganz alleine auf dem Flur. Bis zum Morgen hätte niemand mehr ihr Büro betreten.

»Komm doch, hörst du! Ich habe keine Angst!«, schrie sie.

Wieder blieb alles still. Es war niemand da, vor dem sie sich fürchten musste.

Wenigstens hoffte sie das.

42.

Ich habe es gewusst. Vom ersten Moment an, in dem wir uns begegnet sind. Sie war nicht so perfekt, wie sie alle glauben machen wollte.

Aber es gibt kein Geheimnis, das man vor mir verbergen kann. Mir spielt man nichts vor. Ich durchschaue jeden.

Mit diesem Wissen wird es mir gelingen, ihren Widerstand zu brechen. Bis sie ganz gefügig ist und endlich die Schnauze hält, ihre schlauen Sprüche für sich behält und sich um ihren eigenen Kram kümmert.

Ich werde freudig dabei zusehen, wie sie sich quält. Wie sie sich umdreht, nie weiß, wer hinter ihr steht. Was als Nächstes passiert. Irgendwann wird sie nicht mehr wissen, ob sie ihrem Verstand vertrauen kann oder nicht.

Dann wird sie mit unsicheren Schritten durch die Gänge laufen, jeden Schatten angstvoll anstarren.

Ich bin wie ein Geist. Verschmelze völlig mit der Umgebung. Das ist die beste Tarnung, denn so kann sie mich nicht erkennen. Noch nicht.

Irgendwann wird sie es wissen – wenn ich es will. Dann werde ich ihren Gesichtsausdruck genießen, wenn sie endlich begreift, wer ihr das alles antut.

Sie wird mich mit großen Augen ansehen. Wird flehen.

Aber dann ist es längst zu spät.

43.

Eine halbe Stunde später parkte Eva ihren Wagen direkt vor dem Quattrohaus. Sie war daheim. In Sicherheit. Eigentlich.

Während die Scheinwerfer noch ihre Haustür in gleißendes Licht tauchten, überfiel sie plötzlich ohne jede Vorwarnung eine heftige Panik. Und mit ihr die Erinnerung an jene Nacht, in der sie gefangen genommen worden war. Hier. Direkt in ihrem Haus.

Wie die Hauptdarstellerin in einem Thriller durchlebte sie die schrecklichen Minuten noch einmal. Sie fasste sich an ihre Stirn, wischte die Schweißperlen weg, die sich dort gebildet hatten. Die Ohnmacht und die Angst, das Leben zu verlieren, raubten ihr den Atem. Keuchend krallte sie sich an das Lenkrad, ihre Arme zitterten. Doch es gelang ihr nicht, die Bilder abzuschütteln. Das Gefühl war so intensiv, dass sie sogar die Kälte der Fliesen an ihrer Wange zu spüren glaubte, das Blut in ihrem Gesicht. Ihre Brust krampfte sich zusammen. Schnell fuhr sie das Fenster herunter, hechelte in der kalten Nachtluft, um wieder zu sich zu kommen.

Sie griff zu ihrem Smartphone. Aber wen sollte sie anrufen? Sie seufzte. Ihre beste Freundin war einfach weg, war irgendwohin verschwunden, ohne ihr nur ein einziges Wort davon zu sagen. Ausgerechnet jetzt. Warum hatte sie sie alleine gelassen? Dabei hätte sie sie so sehr gebraucht. Wenigstens ihre Stimme hätte sie hören wollen. Schnell zog sie ihre Jacke enger um sich.

Dann starrte Eva wieder auf das Display. Ihr Daumen schwebte über der Taste mit Brüggemanns Nummer, aber schon erinnerte sie sich an das letzte Gespräch und wie seltsam er sich verhalten hatte. Wütend warf sie das Smartphone auf den Beifahrersitz und schlug mit den Fäusten auf das Lenkrad.

Mit einem Mal wurde ihr bewusst, wie alleine sie wirklich war. Sie kannte kaum jemanden in München. Von den Delgados abgesehen hatte sie keine Freunde. Patrick wohnte mit seiner Familie viele Autostunden entfernt. Und seit Ann-Kathrin abgetaucht war …

Eva hielt ihren Blick in die Dunkelheit gerichtet, betrachtete die Nachbarhäuser. Alles ringsum war ruhig und friedlich, einige Fenster waren hell beleuchtet. Sie biss sich auf die Lippe, schmeckte das Blut.

Selbstmitleid brachte sie jetzt auch nicht weiter. Sie musste vernünftig denken. Logisch. Das war immer ihre Stärke gewesen. Kombinieren, sich an Fakten halten. Es gab keinen Grund, sich zu ängstigen. Langsam normalisierte sich ihr Atem wieder. Doch das Gefühl von Einsamkeit blieb.

Sie schüttelte den Kopf und fuhr resolut das Fenster wieder hoch. Es war schon so kalt im Wagen, dass sie ihren Atem sehen konnte. Rasch googelte sie eine Telefonnummer: die eines Schlüsseldienstes. Es gab auch andere Wege, sich wieder sicher zu fühlen. Sie hätte nach dieser Nacht längst ein neues Schloss installieren lassen sollen, genau wie ein stabiles Tor zum Garten, das schon seit ihrem Einzug defekt war.

Ohne zu zögern, orderte sie den Schnelldienst, behauptete einfach, sie habe den Schlüssel verloren. In vierzig Minuten versprach der Mann da zu sein. Sie würde ihn dann gleich bitten, noch einen zusätzlichen Riegel anzubringen und alle weiteren Sicherungen zu bestellen, die es gab. Die Kosten waren ihr egal.

Wieder glitt ihr Blick über die Wohnhäuser und Gärten. Rauch stieg aus den Kaminen und sie dachte daran, wie gemütlich es drinnen gewesen wäre, mit einem Tee und einer Decke. Aber sie war einfach zu aufgewühlt. Sie konnte den Gedanken an eine drohende Gefahr nicht bannen. Etwas lag in der Luft, ließ sie nicht zur Ruhe kommen. Sie wünschte, jemand würde sie ablenken. Ihr Bruder kam nicht infrage, ihm wollte sie keine unnötigen Sorgen bereiten. Ann-Kathrin – sie fehlte ihr gerade schrecklich. Wo mochte sie nur stecken? Warum hatte sie ihr keine Nachricht hinterlassen? Und wieso hatte sie ihre Hilfe nicht angenommen? Der Gedanke gab ihr einen Stich.

Vielleicht war sie nicht die Richtige für Gespräche über Ehe. Mit den Problemen, die ihre Freundin gerade umtrieben, kannte sie sich tatsächlich nicht aus. Aber sie konnte zuhören. Und sie wusste, was es hieß, etwas zu verlieren. Den Traum einer unbeschwerten Zukunft.

Die letzten Tage hatten ihr einmal mehr vor Augen geführt, dass das Leben nie so lief, wie man es sich wünschte. Unwillkürlich musste sie an Winklers Witwe denken. Sie hatte Mann und Kind verloren. Ein Unfall und ein Mord. Auch wenn Eva den Schmerz und die Leere genau kannte, die entstanden, wenn ein Mensch von einer Sekunde auf die andere einfach weg war – das eigene Kind beerdigen zu müssen, wog noch schwerer. Es war gegen die Natur. Dennoch machte die Frau weiter. Ihr kleiner Sohn war jetzt vermutlich ihr wichtigster Halt. Vielleicht ihr einziger und gleichzeitig der Grund, sich nicht von der Trauer überwältigen zu lassen, sondern die bittere Pille zu schlucken und einfach weiterzumachen.

Eva seufzte tief. Als sie sah, dass erst fünf Minuten vergangen waren, schrieb sie rasch eine Nachricht an Victor.

Hat sie sich gemeldet? Gibt es irgendwelche Neuigkeiten?

Im Messenger wurde angezeigt, dass er bereits seine Antwort verfasste. Natürlich: Er sorgte sich genauso wie sie, ließ das Telefon sicher keine Sekunde aus den Augen.

Nein. Nichts.

Nur zwei Worte. Aber sie versetzten Eva in eine tiefe Trauer, die sie zum Weinen brachte. So durfte es für die beiden einfach nicht enden. Sie musste etwas tun.

Also gab sie sich einen Ruck und schrieb Ann-Kathrin eine E-Mail.

Liebste Ann!
Ich verstehe dein Problem. Ich verstehe deine Enttäuschung. Aber vielleicht kann man einfach im Leben nicht immer hundert Prozent verlangen. Dein Leben mit Victor erscheint dir gerade völlig verkehrt. Aber glaub mir, es ist verdammt nah dran an der vollen Punktzahl.

Schau mich an: Ich bekomme nicht mal eine Beziehung auf die Reihe. Ich habe keine richtige Familie mehr – außer dir und meinem Bruder natürlich. Und auch in meinem Job musste ich mich wohl oder übel verändern. Ich habe dir das nie erzählt, weil ich mich geschämt habe. Aber ich bin nicht freiwillig aus dem Krankenhaus weggegangen. Es wurde mir nahegelegt. Ich habe einen Fehler gemacht, der einen Patienten beinahe das Leben gekostet hätte. Aus diesem Grund bin ich hier. Nur deshalb.

Du siehst: Mein Weg in die JVA war aus der Not geboren – aber er hat mich wieder zu dir gebracht. Worüber ich sehr froh bin. Und auch wenn ich mich seit neulich oft ängstige, nicht alles zum Besten steht, gebe ich nicht auf. Ich kämpfe. Jeden Tag. Weglaufen war nie eine Alternative. Und sie ist es im Grunde auch nicht für dich, wenn du ganz ehrlich bist.

Ich weiß nicht, ob dich das tröstet. Aber vielleicht ist es die große Kunst, im Leben genau mit den Karten, die man auf der Hand hat, einen Stich zu machen. Nicht zu schielen, wer das bessere Blatt hat, nicht zu tricksen – auch nicht vorschnell aufzugeben. Es wertzuschätzen als das, was es ist: dein Leben. Auch wenn es nicht perfekt ist oder wir uns etwas anderes gewünscht hätten. Es zu akzeptieren und das Beste daraus zu machen.

Das wollte ich dir kurz sagen.

Fühle dich fest umarmt!

Eva

P.S. Du fehlst mir.

Dann drückte sie auf Senden. Sie starrte auf das leere Display und hoffte, ihre Freundin würde verstehen, was sie meinte. Und sie nicht verurteilen, weil sie einen wichtigen Teil ihres Lebens vor ihr geheim gehalten hatte.

Sie sah auf die Uhr. Noch ein paar Minuten, dann war sicher der Schlüsseldienst da. Ihr Magen knurrte und ihr fiel auf, dass sie seit dem Frühstück nur ein paar Cracker gegessen hatte.

Sie seufzte. Ins Büro zu fahren, war heute keine Option mehr. Aber alleine in irgendeinem Fast-Food-Restaurant zu essen genauso wenig.

Sie hielt einen Moment inne. Dann wählte sie kurz entschlossen die nächste Nummer.

44.

Langsam rollte Brüggemann die Straße entlang. Erst war er einfach nur ziellos durch die Stadt gefahren, bis ihn ein innerer Impuls hergeführt hatte. Wie schon häufiger in den letzten Nächten.

Kein Mensch war zu sehen. Eine ganz normale Wohngegend. Bei dem Wetter ging keiner mehr vor die Tür, der nicht musste. Im Schritttempo passierte er die Einfahrt, die zum Haus von Eva Hanssen führte, und zuckte zusammen: Ihr Auto stand mit hell erleuchteten Scheinwerfern direkt vor der Tür.

Verdammt! Was hatte er sich nur dabei gedacht? Sie würde sicher gleich zurücksetzen! Rasch trat er aufs Gaspedal, der Motor jaulte laut auf, die Reifen quietschten. Und das in der Dreißiger-Zone. Es gab keine andere Möglichkeit. Er musste zügig wegkommen, bevor sie seinen Dienstwagen erkennen konnte.

Brüggemann krallte seine Finger um das Lenkrad und stieß wütend Luft durch die Zähne.

Er war ein unverbesserlicher Idiot. Jetzt flüchtete er sogar vor Eva Hanssen, aus Angst vor ihrer Reaktion. Was hatte er sich nur dabei gedacht, hier herumzufahren? Sie hätte auch gerade den Mülleimer an die Straße bringen können oder von einem Spaziergang zurückkehren. Was hätte er ihr sagen sollen? Dass es ein Zufall war? Er führte sich wie ein Stalker auf.

Aber er konnte es einfach nicht abschütteln: Sein Instinkt sagte ihm, dass die Ärztin in Gefahr schwebte. Was auch kein Wunder wäre, wenn sie permanent in der JVA nach Winkler fragte …

Oder wünschte er sich das nur, redete ein Unheil herbei? Um ihr nahe sein zu können? Im Grunde war es egal. Eva Hanssen wollte keinen Schutz. Und sie wollte ihn auch nicht in seiner Nähe. Das hatte sie ihm deutlich zu verstehen gegeben.

Doch wenn er wieder versagte, wie damals, als sie nur um ein Haar mit dem Leben davongekommen war, das könnte er sich nicht verzeihen.

Also gab es für ihn jetzt eine einzige Möglichkeit: Er musste noch einmal die kompletten Unterlagen durchgehen. Alles minutiös prüfen. Bisher hatten sie zwar nichts entdeckt, was sie greifen konnten. Aber es musste eine Spur geben. Die gab es immer. Er hatte nur bisher nicht intensiv genug danach gesucht.

Vielleicht hatte er die ganze Zeit einen falschen Ansatz verfolgt: Weil der Kreis der Verdächtigen auf die JVA beschränkt war, hatte er sich zu stark darauf fokussiert, die Täter zu entlarven. Die Männer aus Winklers Zelle hatten definitiv etwas zu verbergen. Aber er sollte sich mehr auf das Motiv konzentrieren und sich fragen, warum Winkler umgebracht worden war. Jovics Vermutung, dass es sich um eine sexuelle Tat handelte, konnte er nicht folgen. Was konnte Winkler unabsichtlich gesehen oder gehört haben? Morgen würde er noch einmal allen auf den Zahn fühlen. Aber dafür musste er alles in eine Abfolge bringen, in ein lückenloses zeitliches Schema. Vielleicht half das.

Brüggemann bog ab und fuhr dann auf die Verdistraße. Er konnte in zwanzig Minuten in der JVA sein. Per Handy orderte er eine Pizza und drei Cola dorthin.

Diese Nacht würde lang werden.

45.

»Können wir nicht einfach mal die Arbeit vergessen und zuerst unser Essen genießen?«, fragte Mateo Santana und sah Eva lächelnd an. »Auch wenn ich Sie mittlerweile schon gut genug kenne, um zu glauben, dass Ihnen das enorm schwerfallen wird.«

»Verzeihung. Das war wirklich unbedacht von mir.« Sie deutete auf die Einrichtung des schicken asiatischen Restaurants, in das der Staatsanwalt sie eingeladen hatte. »Natürlich habe ich Freude an allem hier. Es ist nur so, dass mir dieser ganze Fall einfach nicht aus dem Kopf geht. Und wo ich Ihnen jetzt gegenübersitze, kann ich endlich meine Gedanken aussprechen. Dabei ordnet sich alles.«

Dass sie noch einen anderen Grund hatte, warum ihr das Thema so unter den Nägeln brannte, behielt sie lieber für sich. Stattdessen hob sie ihr Glas und prostete ihm zu.

Das Lokal, in das er sie dieses Mal ausgeführt hatte, war sehr weitläufig und an diesem Abend brechend voll. Und teuer. Beim Betreten waren sie an mehreren Becken mit lebenden Hummern vorbeigekommen. Die Tiere hatten ihr leidgetan, wie sie mit gefesselten Scheren in der Enge dieses Glaskäfigs saßen. Sie zu essen wäre für Eva nie infrage gekommen.

Santana kannte offenbar den Besitzer, denn obwohl sie nicht reserviert hatten, wurde ihnen sofort ein Tisch zugewiesen. Die Angestellten in traditionellen asiatischen

Gewändern waren sehr bemüht, sie schnell und zuvorkommend zu bedienen, trotz des Andrangs und der Lautstärke. Eva mochte kleine Lokale lieber und hätte heute eine einfache, gutbürgerliche Küche vorgezogen. Aber das konnte Santana nicht wissen.

»Lassen Sie uns zur Bekräftigung meines guten Willens bitte sofort anstoßen«, sagte sie. »Auf Ihr Wohl, und danke für die wunderbare Einladung.«

»Sehr gerne. Aber wollen wir nicht an unserem zweiten Abend zum Du übergehen? Ich heiße Mateo.«

Sie zögerte und hielt ihr Glas zurück. »Ist das nicht ein Problem? Ich meine wegen unserer Arbeit, und wegen des Mordes an Winkler.«

»Wieso?« Er zwinkerte ihr zu. »Hast du ihn etwa umgebracht?«

Lachend hielt sie ihm ihr Glas hin. »Eva«, sagte sie und stieß klirrend mit dem Chardonnay an, der angenehm temperiert war und wirklich hervorragend mundete. Er wusste, was gut war, das musste Eva dem Staatsanwalt lassen.

»Hast du schon eine Vorspeise ausgesucht? Oder darf ich das für dich übernehmen?«

Eva blinzelte kurz. Sie hatte Bedenken, gleich die Schalentiere auf ihrem Teller zu finden. Außerdem hatte sie schon längst ihre Auswahl getroffen.

»Danke, aber das mache ich lieber selbst.«

Sie orderten beim Ober, der wie auf ein stilles Kommando an ihrem Tisch erschien. Santana wählte tatsächlich den Hummer. Eva war froh, etwas Vegetarisches bestellen zu können, und nahm erneut einen kräftigen Schluck. Sie fächelte sich etwas Luft zu. Der Alkohol wirkte schon. Aber da Santana sie abgeholt hatte, brauchte sie nicht mehr auf die Promillegrenze zu achten. Und ein wenig Wein würde ihr definitiv helfen, später in ihrem dann bereits hermetisch abgeriegelten Heim besser zu schlafen.

»Was mich interessiert: Wann wäre eigentlich eine Untersuchung angeraten, ob die JVA ihre Sorgfaltspflicht vernachlässigt hat?«, fragte Eva nachdenklich, während sie ihr Glas kreisen ließ und den Wein darin betrachtete. »Immerhin ist die derzeit fehlende Videoüberwachung ein absolutes Manko, und ich bin ohnehin der Meinung, dass die Zahl der Bediensteten in allen Bereichen erhöht werden müsste …«

Mateo Santana räusperte sich und sah sie grinsend an.

»Entschuldige … Ich kann einfach nicht abschalten. Passiert nicht wieder. Versprochen.« Sie hob ihr Glas und stieß wieder mit ihm an.

Er lächelte zufrieden. Dabei hätte sie am liebsten den ganzen Abend darüber gesprochen. Über ihren Verdacht, warum die Direktorin so vehement verhindern wollte, dass in der JVA nähere Untersuchungen stattfanden.

»Wenn wir schon über die Arbeit reden müssen: Verrate mir doch bitte mal, wie das für dich ist, mit den Gefangenen. Sind die harten Kerle vielleicht in Wahrheit ganz empfindsam? Beichten dir ihre tiefsten Geheimnisse? Zeigen Reue oder verraten dir Sachen, die sie der Polizei nicht sagen konnten?«

Sie schaute ihn erstaunt an. Seine Augen waren von einem tiefen Braun und hatten dieselbe Farbe wie sein Haar. Er trug ein weißes Hemd, das seine cappuccinofarbene Haut noch mehr betonte. Der oberste Knopf war geöffnet, und Eva konnte dort seine üppige Behaarung erkennen. Mateo Santana war wirklich ein schöner Mann. Von ihrem letzten Treffen wusste sie bereits, dass er brasilianische Wurzeln hatte. Vielleicht war sein Verhalten deshalb so impulsiv und fordernd. Ihm fehlte eindeutig die typisch deutsche Zurückhaltung.

»Wie meinst du das?«, fragte sie nach. Wollte er auf etwas Bestimmtes hinaus? Versuchte er sie auszuhorchen? Sie spürte Misstrauen in sich aufkeimen und ahnte bereits, woher es kam. Es hatte mit Brüggemanns Bemerkung über Juristen zu tun.

Aber sie musste sich hüten, sich dessen Haltung nicht zu eigen zu machen. Santana war nur an dem interessiert, was sie tat. Basta. Eigentlich gefiel ihr, dass er so viel wissen wollte, denn die meisten Männer in wichtigen Positionen redeten ihrer Erfahrung nach am liebsten über sich selbst.

»Ich bin einfach neugierig«, ergänzte er. »Ist das Verhältnis zu den Patienten anders als draußen in einer normalen Praxis?«

»Ich war nicht sehr lange in einer Arztpraxis, sondern in einer Klinik«, erklärte sie ihm. »Aber trotzdem gibt es Unterschiede. Ich kann mir deutlich mehr Zeit für jeden Einzelnen nehmen. Viele der Männer sind erst misstrauisch. Sie haben ja keine Wahl, und dann bin ich noch dazu eine Frau. Mancher von ihnen ist noch nie zuvor bei einem Arzt gewesen und kennt die Situation gar nicht. Sie finden es merkwürdig, über ihre Wehwehchen zu sprechen. Und von einer Fremden berührt zu werden.«

Sie nahm einen weiteren Schluck Chardonnay und spürte die angenehme Wärme im Bauch. Endlich begann sie, sich wieder zu entspannen. Es gefiel ihr, über ihren Beruf zu reden. Das war ein Terrain, auf dem sie sich auskannte und wo sie sich sicher fühlte.

»Ich versuche immer, erst einmal eine gute Vertrauensbasis herzustellen, mich ein wenig zu unterhalten. Damit sie ihre Bedenken verlieren.«

»Worüber zum Beispiel?«

Sie lachte. »Indem ich einfach nachfrage, wie es ihnen geht. Abgesehen von dem eigentlichen Grund ihres Besuches, den Schmerzen oder Beschwerden. Wie ihr Tag war, ob sie sich wohlfühlen, schon Pläne für die Zeit nach ihrer Entlassung haben.«

»Und was antworten sie?«, fragte er. Er hatte sein Kinn auf seinen Armen aufgestützt und sah sie intensiv an.

Er war wirklich erstaunlich. Anscheinend blieb bei ihm keine Unterhaltung oberflächlich. Vielleicht das Ergebnis seines Berufes?

»Hey, das fällt unter das Arztgeheimnis, Staatsanwalt Santana. Das müsstest du doch am besten wissen.« Sie zwinkerte ihm zu und hielt Ausschau nach der Bedienung. Es wurde Zeit, dass sie bald etwas zu Essen bekam. Der Wein stieg ihr merklich in den Kopf. »Könnten wir noch eine Flasche Wasser bestellen? Ich habe furchtbaren Durst.«

»Natürlich.« Er hob die Hand, um dem Ober ein Zeichen zu geben. Dann sah er sie an und flüsterte. »Ich glaube, dir würde ich einfach alles beichten.«

Sein Kompliment machte sie verlegen, und ehe sie wusste, wie ihr geschah, erhob er sich von seinem Stuhl und beugte sich über den schmalen Tisch zu ihr. Eva wollte zurückweichen, doch schon spürte sie seine Lippen. Der Kuss war warm und sanft, dabei strich seine Hand einmal kurz über ihre Wange. Dann war der Moment schon wieder vorbei, und er setzte sich, als wäre nichts geschehen. Sie spürte noch das raue Gefühl, das seine leichten Bartstoppeln an ihrem Mund hinterlassen hatten.

»Wow!«, entfuhr es ihr. Erstaunt sah sie ihn an. Plötzlich schien der Pegel der Geräusche in dem Raum wieder zuzunehmen, und Eva drang unangenehm ins Bewusstsein, dass sie mitten in der Öffentlichkeit waren.

»Du scheinst so überrascht. Ich dachte, es wäre klar ...«

»Mateo, wir sind erst seit fünf Minuten beim Du ... Geht das nicht alles ein wenig schnell?«

Er zuckte die Schultern und sah ihr forschend ins Gesicht. »Für mich kann es gar nicht schnell genug gehen. Ich wusste die ganze Zeit, was ich will. Du bist etwas Besonderes.«

Sie senkte den Blick. Sie hatte nie gut mit Komplimenten umgehen können. Doch seine Direktheit war ihr fast peinlich.

»Aber wir kennen uns doch kaum. Und dann ist da noch die Arbeit. Wäre es nicht besser, einen Gang herunterzuschalten?«

»Moment. Warst du es nicht, die zwei Abende hintereinander mit mir ausgehen wollte?«, sagte er in neckendem Ton.

»Okay, das schon, aber in diese Richtung habe ich wirklich nicht gedacht.«

»Autsch. Das tut weh.« Er machte eine Geste, als würde er sich einen Dolch in die Brust stoßen.

Unweigerlich musste Eva lachen. »Nein, nein. So war das nicht gemeint. Nur ...« Sie suchte nach den richtigen Worten, um ihn nicht vor den Kopf zu stoßen.

»Schon gut. Du musst das nicht erklären. Falls ich da etwas falsch verstanden habe, tut es mir leid. Ich werde mich gerne bemühen, etwas zurückhaltender zu sein. Wobei Geduld nicht meine größte Stärke ist«, sagte er lächelnd.

Während Santana nun eine Flasche Wasser ohne Kohlensäure bestellte, betrachtete sie ihn.

Er war ein gut aussehender, kluger und durchaus interessanter Mann. Sie fühlte sich wohl in seiner Gesellschaft. Und er mochte sie, wollte alles über sie wissen. Auch wenn ihr das Timing falsch erschien: Vielleicht sollte sie aufhören alles zu zerdenken und ihn einfach das Tempo bestimmen lassen. Irgendwann, wenn der Fall gelöst war.

Sie hatte lange genug in ihrem Leben auf die Bremse getreten.

46.

Der Morgen war kalt und ungemütlich. Nebel hing über der Stadt, tief liegende graue Wolken zogen rasch über den dunklen Himmel. Als Eva den Autoschlüssel aus der Jackentasche nahm, hatte sich der Henkersknoten darin verfangen, den sie fast vergessen hatte. Mit spitzen Fingern entfernte sie ihn aus dem Bund und steckte ihn resolut wieder zurück.

Obwohl der vorangegangene Abend nett verlaufen war und der Staatsanwalt sie für ein paar Stunden ablenken konnte und sogar zum Lachen gebracht hatte, riss sie später in ihrem Quattrohaus eine wahre Flut von Gedanken mit sich. Das neue Schloss und der Riegel hatten ihr zwar ein Gefühl der Sicherheit geben können, Ruhe hatte sie aber dennoch nicht gefunden. Lange hatte sie an der Terrassentür gestanden und nach draußen gestarrt, so als müsse sie Wache halten und vor jeder Bewegung auf der Hut sein. Irgendwann war sie völlig gerädert ins Bett gegangen und in einen unruhigen Schlaf gefallen.

Während sie das Auto durch die Stadt manövrierte, fragte sie sich, warum sie sich heute nicht besser fühlte. Immerhin hatte sie ein attraktiver Mann geküsst und ihr zu verstehen gegeben, dass er sie begehrenswert fand. Egal was daraus würde, ihrem Ego müsste es eigentlich guttun. Nachdem Santana sie nach Hause gebracht hatte, war er auf Abstand geblieben – genau, wie sie es sich gewünscht hatte. Eigentlich perfekt. Sie hätte zumindest gespannt sein müssen, wohin das alles führen würde. Doch noch immer spürte sie diese seltsame Unruhe, die alles überlagerte.

Vermutlich hätte sie am Tag zuvor nicht einfach aus dem Knast weglaufen dürfen. Sie hätte jemanden von dem Galgenstrick in Kenntnis setzen sollen. Wenn schon nicht Brüggemann oder Jovic, dann wenigstens eine der Wachen.

Eilig parkte sie den Wagen, prägte sich alle Details genau ein und machte zur Sicherheit noch ein Foto, als sie sicher war, dass ihr niemand zusah. So konnte sie auch auf die Kennzeichen der beiden Fahrzeuge zurückgreifen, die links und rechts neben ihr standen. Für alle Fälle.

Nachdem sie die acht Schlösser geöffnet und wieder hinter sich geschlossen hatte, die sie jeden Tag passieren musste, bevor sie in die medizinische Abteilung kam, stellte sie erleichtert fest, dass ihre Tür an diesem Morgen keine neue Verzierung aufwies.

Endlich fiel ein Teil der Anspannung von ihr ab. Sie hatte noch mehr als eine Dreiviertelstunde Zeit, bevor ihr Team eintrudelte, und wollte an der Datei weiterarbeiten, die sie am vorigen Abend begonnen hatte.

Während der PC hochfuhr, hängte sie ihre Winterjacke auf, verstaute ihre Tasche in einem der Schubfächer und wartete. Endlich erschien die Eingangsmaske.

Doch ihre Ruhe war nur von kurzer Dauer: Sämtliche Aufzeichnungen zu dem Fall fehlten. Ungläubig wiederholte sie die Eingabe. Sie war sich sicher, dass sie die Datei schlicht »Winkler« genannt hatte. Doch sie fand keine mit diesem Namen. Auch als sie die Suche auf das Datum ausdehnte, wurde kein entsprechendes Dokument angezeigt. Alles war weg.

Sie hatte gespürt, dass etwas nicht stimmte. Das hier war kein Zufall oder technischer Defekt. Alle anderen Dinge, die sie gestern bearbeitet hatte, waren noch da. Jemand hatte ihren Computer manipuliert und ihre Aufzeichnungen gestohlen. Vermutlich derselbe, der Winkler auf dem Gewissen hatte. Dafür also war der Galgenstrick gewesen: Jemand wollte verhindern, dass sie noch einmal zurückkehrte, um ungestört in ihrem Büro und ihrem Computer herumzuschnüffeln. Denn von alleine hatte sich die Datei ganz sicher nicht gelöscht. Was und wie viel sie wusste, konnte aber nur aus einem Grund wichtig sein. Sie war offenbar auf etwas gestoßen, das den Mörder entlarven konnte. Nur was?

Sie beeilte sich, ihre Gedanken erneut aufzuschreiben, hatte alles noch gut im Gedächtnis. Dieses Mal wählte sie jedoch Papier. Als sie ihren Block herausholte, fiel ihr Blick auf die durchgestrichene Zeichnung der Engelsflügel. Das hatte sie beinahe vergessen …

Rasch skizzierte sie auf einem neuen Blatt die Ereignisse der vergangenen Tage in Form einer Mindmap und starrte dann minutenlang darauf. Im Groben war es das, worüber sie schon am Vorabend nachgedacht hatte. Aber es fiel ihr nichts in den Blick. Nichts, was sie auf eine Idee brachte.

Dieses Mal schloss sie den Block sorgsam in der obersten Schublade ein. Danach legte sie Lisbeth einen Zettel auf den Schreibtisch, auf dem sie ihr mitteilte, dass sie sie am Abend gern zum Taekwondo begleiten würde. Und sie orderte Temme als ersten Patienten in die Sprechstunde.

Eva hatte dem Täter auf die Füße getreten. Es gab nicht viele Gelegenheiten, bei denen ihr das passiert sein konnte. Der Kreis derer, die infrage kamen, war überschaubar. Und da es keinerlei Spuren eines gewaltsamen Eindringens gab, war noch etwas klar: Wer auch immer das getan hatte, besaß einen Schlüssel. Jetzt musste sie schnell sein.

Umgehend brach sie zum ersten Ort ihrer Nachforschungen auf: dem Keller. Dieses Mal würde sie nicht klein beigeben.

Unterwegs zu Haus III begegnete ihr im Hof ein Trupp Gefangener, die auf dem Weg zu ihrer Arbeitsstätte waren.

Ein lauter Pfiff durchschnitt die morgendliche Stille. Als sie leicht zusammenzuckte, schallte ihr johlendes Gelächter entgegen. Am liebsten hätte sie weggesehen, aber sie wollte keinem dieser Kerle eingestehen, dass sie eingeschüchtert war. Also hielt sie den Kopf gerade, drückte die Schultern durch und bemühte sich um einen festen Schritt. Einer der Männer grüßte sie mit hochrotem Gesicht, ein Patient, der ein paar Tage zuvor in ihrer Sprechstunde gewesen war. Er litt unter Erektionsstörungen. Sie grüßte ihn mit Namen, woraufhin er von einem Kumpel in ihre Richtung geschubst wurde.

Wieder ertönte ein dreckiges Lachen.

Eva verkniff sich einen Kommentar und schritt einfach weiter. Aber sie spürte deutlich Ekel in sich aufsteigen. Das Verhalten ging ihr unter die Haut. Mehr als sonst. Dabei hatte sie in den Jahren im Krankenhaus gelernt, nicht alles an sich heranzulassen. Distanz zu wahren. Aber ihr Kokon begann zu bröckeln. Sie fühlte sich verletzlich, dünnhäutig.

Definitiv nicht die richtige Verfassung für jemanden, der im Knast arbeitete. Unweigerlich dachte sie an Ann-Kathrin, die immer wiederholte, dass dies kein guter Ort für Eva sei. Doch so weit war sie nicht. Im Gegenteil.

Sie wischte sich über ihr Gesicht und eilte weiter. Ihr Atem flog, als sie den Keller erreichte. Schon wappnete sie sich, Argumente zu liefern, warum sie unbedingt die Kellerräume aufsuchen musste, aber zu ihrem Erstaunen war erneut kein Wachmann in dem Büro zu finden.

Noch einmal spähte sie den Gang hinunter, lauschte. Nichts. Sie war tatsächlich alleine. Fieberhaft hetzte sie zur Kellertür und merkte, wie ihre Hand zitterte, als sie die Bezeichnungen auf den Schlüsseln las. An ihrem Bund gab es für jedes der Gebäude in der JVA einen Generalschlüssel – falls sie zu einem Notfall gerufen wurde.

Ein letztes Mal drehte sie sich um, stellte erleichtert fest, dass sich niemand näherte, und steckte den Schlüssel ins Schloss. Doch er ließ sich nicht bewegen. Seltsam. Erneut überprüfte sie die Kennzeichnungen, mit der Hackl ihren Bund am ersten Tag versehen hatte und die ihr stets geholfen hatten, sich zurechtzufinden. Sie versuchte es noch einmal.

Dieses Mal schnappte das Schloss problemlos auf. Gespannt zog sie an der schwergängigen Tür. Die Scharniere gaben einen lauten metallischen Ton von sich, der durch den ganzen Flur hallte. Verdammt!

Eva hielt in der Bewegung inne, sah sich panisch um. Als jedoch alles still blieb, ging sie entschlossen hinein und zog die Tür gerade so weit zu, dass nur noch ein schmaler Lichtspalt ins Innere fiel.

Eine Treppe führte hinab in einen Gewölbekeller. Es roch modrig. Vorsichtig ging sie weiter, tastete sich in das Dunkel, das vor ihr lag. Feuchtkalte Luft schlug ihr entgegen. Schon dachte sie an einen anderen Kellerraum, an eiskalten Beton, an Ketten. Ihr Herz raste. Beherzt schluckte sie das Grauen herunter, das langsam in ihr hochzukriechen drohte und ihr die Luft zum Atmen nahm. War es hier wirklich so stickig? Sie riss den Mund auf, zerrte an dem Kragen ihres Shirts.

Nein. Sie durfte jetzt nicht schlapp machen. Sie musste weiter. Es ging hier um Leben und Tod – aber sie selbst hatte nichts zu befürchten. Das sagte sie sich wie ein Mantra auf, während sie sich weiter nach unten schob.

Das Knirschen ihrer Schritte echote von den Wänden wider, als sie in einem großen Raum ankam, der vermutlich wirklich einmal als Lager gedient hatte. Die grauen, unverputzten Mauern waren ringsum von Regalen gesäumt, deren Bretter zum Teil schief hingen, manche waren sogar gebrochen. In der Mitte stand ein riesiger Holztisch, doch tatsächlich war nichts sonst in dem Raum. Huber hatte nicht gelogen. Zwei schmale Fenster an der Seite zum Gefängnishof ließen etwas Licht hineinfallen. Feiner Staub flirrte durch die Luft.

Leer. Es war wie verhext.

Als sie sich enttäuscht zum Gehen wandte, entdeckte sie direkt neben dem Aufgang eine Tür, die sie beinahe übersehen hätte. Beherzt schritt sie darauf zu, aber sie hatte keine Chance, sie zu öffnen: Ein verrosteter Riegel war mit einem Hängeschloss gesichert. Energisch rüttelte sie an dem Griff. Ohne Erfolg.

Nachdenklich drehte sie sich um und ließ erneut ihren Blick durch den Raum gleiten. Da war nichts. Buchstäblich gar nichts.

Eva seufzte und warf einen kurzen Blick auf ihre Uhr. Gleich würde die nächste Schicht beginnen.

Sie beeilte sich die Treppe zu erklimmen, bevor der schlecht gelaunte Wachhabende von gestern seinen Dienst antrat. Er musste jeden Moment erscheinen – falls er heute überhaupt seinen Dienst antreten musste. Denn zu bewachen gab es hier nichts.

Aber eines war für sie absolut offensichtlich: Etwas stimmte hier nicht. Der Tisch war völlig sauber gewesen – nicht ein einziges Staubkorn war darauf zu sehen gewesen, anders als in den Regalen. Und auch das Hängeschloss war brandneu. Irgendjemand war ihr zuvorgekommen, hatte die Spuren beseitigt. Nur wovon?

Jetzt konnte sie nur hoffen, dass Plan B klappte. Eilig kehrte sie zum medizinischen Trakt zurück. Jetzt blieb nur noch der Engel.

47.

Georg Temme wartete bereits im Flur auf sie und trat lächelnd auf Eva zu. »Guten Morgen, Frau Dr. Hanssen. Ich hätte nicht damit gerechnet, Sie so schnell wiederzusehen.«

Eva nickte ihm kurz zu, schloss ihr Behandlungszimmer auf und öffnete ihm einladend die Tür. Er setzte sich auf den Stuhl vor ihrem Schreibtisch und sah sie erwartungsvoll an.

»Sie wissen sicher, warum ich Sie hergerufen habe?«, fragte Eva und beobachtete ihn. Er verhielt sich wie immer, wirkte sogar sehr entspannt und nicht mehr so müde wie am Tag zuvor.

Er spitzte den Mund, rieb sich mit Daumen und Zeigefinger sein Kinnbärtchen. »Offen gesagt: nein. Ich habe absolut keine Ahnung. Aber es freut mich, dass Sie sich wieder Zeit für mich nehmen. Ich hatte die Befürchtung, die kleine Missstimmung bei unserem letzten Zusammentreffen würde unser Verhältnis trüben. Das hätte ich sehr bedauert.«

Evas Augen verengten sich und sie musterte ihn intensiv. Also hatte er doch eine leise Ahnung, was ihr Anliegen war. Sonst wäre er wohl kaum auf das letzte Treffen zu sprechen gekommen. Wieder einmal fragte sich Eva, ob Temme ein Spiel mit ihr spielte. Trotz seiner Freundlichkeit gelang es ihr nie, wirklich hinter seine Fassade zu blicken. Sie durfte niemals vergessen, dass der Mann zu einem brutalen Mord fähig gewesen war, den er bewusst in die Länge gezogen hatte, um das Opfer zu quälen. Ohne Bedauern. So harmlos er jetzt gerade wirken mochte: Er hatte eben auch diese andere Seite. Eine überaus grausame.

»Ist Ihnen noch etwas zu dem Thema von neulich eingefallen? Etwas, das wichtig für mich sein könnte? Über den Engel?«

Seine Miene verfinsterte sich und jede Freundlichkeit war aus seinem Blick verschwunden. »Verzeihen Sie, aber ich kann Ihnen wirklich nicht mehr sagen. Ich dachte, ich hätte meine Gründe dafür bereits ausreichend dargelegt.«

Okay. Er ließ ihr keine andere Wahl. Dann eben die harte Tour. Sie musste wissen, was es mit diesem Engel auf sich hatte. Wenn er nichts herauslassen konnte oder wollte, warum hatte er den Namen dann überhaupt erwähnt? Temme tat nichts ohne einen Hintergedanken. Das war das Einzige, was sie ganz sicher über ihn wusste. Und er wählte seine Worte stets mit Bedacht.

»Es tut mir sehr leid, Herr Temme, aber die Eiweißwerte Ihrer Nieren gefallen mir nicht. Ich werde Sie wohl für eine Weile hierbehalten müssen.« Eva begann sofort, alle Details direkt in seine Akte am Computer einzugeben. Inklusive der Blutwerte.

»Moment. Ich verstehe nicht. Sie haben mir doch beim letzten Termin gar keine Urinprobe abgenommen …«

Temme war sichtlich irritiert. Er senkte den Blick, verschränkte die Beine und presste seine Hände fest auf die Oberschenkel. Doch Eva ließ sich nicht aus dem Konzept bringen.

»Eine Krankschreibung ist das Beste. Ich werde Ihrer

Abteilung Bescheid geben. Vom Dienst im Knastladen lasse ich Sie befreien und verordne strikte Bettruhe. Dann sinkt auch Ihr Fieber ganz schnell wieder.«

»Fieber? Welches Fieber? Mir geht es gut!« Er strich sich über seine Halbglatze. »Das ist ein Scherz, oder? Sie nehmen mich auf den Arm.«

Ohne auf seinen Einwand zu achten, fuhr Eva fort: »Sie haben hier bisher gewisse Privilegien genossen, Herr Temme. Aber ich kann auch anders. Unterschätzen Sie mich nicht. Unten ist nur ein Zimmer belegt.« Lächelnd fügte sie hinzu: »Oder wollen Sie lieber Gesellschaft? Auch das kann ich Ihnen bieten. Herr Nauroth ist ganz neu hier und würde sich sicher freuen. Sie sind definitiv nicht sein Typ, keine Sorge, es dürfte also keine Probleme geben mit Ihnen beiden. Er ist ein Sittich. Und wie er mir eigens sagte, mag er Kinder. Vor allem blonde.«

Temme schüttelte den Kopf und starrte Eva an. »Warum …? Ich verstehe nicht … Bitte … Sie wissen, wie hart ich dafür gekämpft habe, mir Ansehen zu erwerben. Freiheit. Und der Laden … Das können Sie nicht machen, Frau Hanssen!«

»Kann ich nicht? Oh doch, das kann ich! Und das werde ich. Hier in der Anstalt gibt es jemanden, der über Leichen geht. Buchstäblich. Und ich will herausfinden, wer das ist, bevor wir noch einen weiteren Toten zu beklagen haben. Ich hatte Sie um Hilfe gebeten, aber Sie haben abgelehnt. Ihre Entscheidung. Jetzt müssen Sie eben die Konsequenzen tragen. Es sei denn, Sie haben mir doch noch etwas zu sagen.«

»Frau Dr. Hanssen, Sie verstehen nicht …« Er schüttelte den Kopf, strich sich verzweifelt über seine dünnen Haare.

»Nein. Sie verstehen nicht. Wenn Sie mir nicht helfen … Sie halten Fakten zurück. Wichtige Fakten. Also?«

Er schüttelte den Kopf.

»Dann lassen Sie mir keine andere Wahl.« Sie stand auf.

»Sie meinen das ernst, oder?«

Eva starrte ihn wütend an. Sie hatte geglaubt, er würde jetzt endlich damit herausrücken, was sie wissen wollte.

Aber er tat es nicht, schüttelte nur immer wieder den Kopf.

Kurz entschlossen eilte sie hinüber in ihr Dienstzimmer und zerrte den kleinen Galgen aus ihrer Jackentasche. Dann baute sie sich direkt vor Temme auf und hielt ihm das ekelhafte Ding unter die Nase.

»Das hing gestern an meiner Tür. Über die Symbolik müssen wir in diesem Fall nicht diskutieren. Die ist wohl eindeutig. Und deshalb lasse ich mich nicht länger für dumm verkaufen! Auch nicht von Ihnen, Herr Temme.«

»Sie glauben doch nicht, dass ich Ihnen diesen Streich gespielt habe?«

»Natürlich nicht«, schnaubte sie, obwohl ihr erst jetzt bewusst wurde, dass auch er sich relativ frei in der JVA bewegen konnte, für gewisse Bereiche Schlüssel besaß. Instinktiv wich sie einen Schritt zurück: »Aber vielleicht verstehen Sie jetzt, warum ich finde, dass es langsam an der Zeit ist, mir reinen Wein einzuschenken.«

Temme starrte auf ihre Hand. Sie hatte seine Angst neulich gespürt und tat es auch jetzt, als er leise sagte: »Ich will Ihnen helfen. Das müssen Sie mir glauben. Aber ich kann nicht. Wirklich nicht. Es … Ach, verdammt!«

Eva presste ihre Lippen aufeinander und atmete stoßweise. Temme schaute unverwandt auf den Galgen, hörte nicht auf, ungläubig den Kopf zu schütteln. Sie hatte gehofft, er würde unter Druck endlich nachgeben. Aber er schwieg hartnäckig.

Was sie tat, hatte einen fiesen Beigeschmack. Immerhin wusste sie sehr genau, was sie ihm antat, wenn sie ihn mit einem Mann wie Nauroth einsperrte. Aber manchmal musste man hässliche Dinge tun, um zum Ziel zu kommen. Und sie würde es sich niemals verzeihen, wenn es einen weiteren Todesfall gäbe und sie nicht alles versucht hätte, um es zu verhindern.

Temme rieb immer wieder mit den Händen über seine Beine.

Sie würde ihn erst einmal neben dem Sittich unterbringen. Vielleicht tat ihm eine Nacht auf der Krankenstation gut, und er würde dann endlich reden. Danach konnte sie immer noch einen Gang höher schalten und ihn in das andere Zimmer verlegen.

»Falls Sie sich doch entscheiden, mir mehr über diesen Engel zu erzählen, dürfen Sie natürlich sofort wieder zurück in Ihre Zelle.«

Temme wandte den Kopf ab und hielt den Blick gesenkt.

Doch er blieb stumm.

Schließlich drückte Eva die Neun und bat Lisbeth, ihren Patienten auf die Krankenstation zu bringen.

48.

Zum zweiten Mal versuchten Lars Brüggemann und Aleksandra Jovic aus Schnepper und Zednik herauszubekommen, was in der Nacht vor Winklers Tod in der JVA vor sich gegangen war.

Jovic hatte die Vernehmung geführt, und beide hatten gehofft, endlich einen Durchbruch zu erzielen. Sie waren sich einig, dass die Männer etwas zu verbergen hatten, und wollten sie nicht eher gehen lassen, bis einer von ihnen mit der Wahrheit herausrückte.

So war der Plan gewesen. Aber seit einer Viertelstunde schon wiederholten sie in nahezu exakt gleichem Wortlaut, was sie bereits im Gespräch davor ausgesagt hatten. Fast so, als hätten sie ihre Sätze auswendig gelernt. Aber auch das konnten die beiden Kriminalbeamten nicht beweisen. Während Jovic völlig unbeirrt ein ums andere Mal ihre Fragen wiederholte, war Brüggemann kurz davor, den Mann zu packen und zu schütteln. Er hatte die Nase gestrichen voll.

»Es reicht mir, jetzt, Schnepper. Kommen Sie endlich raus mit der Sprache und lassen Sie Ihre blöden Spielchen. Beantworten Sie einfach die Frage meiner Kollegin: Was hat Winkler gemacht? Sie und Ihr lieber Freund können mir nicht ernsthaft erzählen, Sie hätten nichts mitbekommen. Oder dass Sie nicht gemerkt haben, dass er an dem Morgen fehlte. Für wie blöd halten Sie uns eigentlich?« Brüggemann lehnte sich über den Tisch und starrte Schnepper an.

Zednik sah nervös zu seinem Kumpel, sein rechtes Bein wippte, und er kaute heftig auf der Innenseite seiner Wange herum.

Endlich kam Bewegung in Schnepper, der den Blick auf die Tischplatte gerichtet hatte. Sein Kopf hob sich und er sah Brüggemann ernst an. »Was genau hätte ich denn Ihrer Meinung nach merken sollen? Wollen Sie mir etwas in den Mund legen, oder was?«

Brüggemanns Faust krachte auf den Tisch. Sofort sprang die Tür auf und der Beamte stand im Raum, eine Hand an seinem Schlagstock. Brüggemann lehnte sich zurück und gab ihm ein Zeichen, dass alles in Ordnung war, woraufhin der Wächter noch kurz die beiden Inhaftierten musterte, dann aber wieder seinen Posten draußen auf dem Flur bezog.

Jovic warf Brüggemann einen warnenden Blick zu.

Er schloss kurz die Augen, versuchte seine Wut zu zügeln und sagte dann so ruhig wie möglich: »Sie leben auf wie viel Quadratmetern? Fünfzehn oder zwanzig? Mein Lieber, da können Sie nicht *nichts* gemerkt haben. Wir lassen uns nicht verarschen, Schnepper. Also …«

Die Augen seines Gegenübers verengten sich und er beugte sich weit nach vorne. Schnepper wollte ihn eindeutig provozieren. Intensiv knetete Brüggemann seine Hände. Er durfte nicht noch einmal ausrasten, sonst wäre das Gespräch beendet und ihr Plan zunichtegemacht.

»Ich verarsche Sie nicht, Herr Kommissar. Das käme mir nie in den Sinn. Immerhin sind Sie ein Mann des Gesetzes.« Schnepper griente, doch schon einen Augenblick später war sein Blick wieder ernst. »Also gut. Sie wollen die Wahrheit:

Dann kriegen Sie die. Winkler war mir scheißegal. Verstanden? Der hat sich nicht mit uns abgegeben. Der redete nicht mit mir. Und wissen Sie was: Ich mochte ihn nicht einmal. Der war doch total neurotisch, der Typ. Heulte ständig rum, dann quatschte er so ein wirres Zeug. Ich wusste ja von der Psychotante, dass er ein Problem hat. Aber ich bin kein Sozialamt und auch kein Pfarrer.«

Dann ließ Schnepper sich gegen die Lehne seines Stuhles fallen. »Ja, ich hab dem angeboten zu reden. Mehrfach. Ist ja meine Aufgabe hier als Listener. Aber soll ich darum betteln? Nee, Mann, das können Sie vergessen. Der wollte nicht – auch gut. Uns war es scheißegal, was der machte. Wenn der uns ignorieren wollte, dann ignorierten wir ihn eben auch. Stimmt doch, Jakub, oder?«

Schnepper stieß seinem Kumpel den Ellenbogen in die Seite. Der nickte hektisch, sein Blick lief unruhig von Schnepper auf den Tisch, dann wieder zu Jovic und zu Brüggemann. Der Kommissar verzog keine Miene, hielt die Augen starr auf Zednik gerichtet, der sein Gesicht aber sofort abwandte und auf seiner Unterlippe herumkaute.

Das ist Blödsinn, dachte Brüggemann. Doch Zednik schwieg hartnäckig, und auch von Schnepper kam nichts mehr.

Der Kommissar verschränkte die Arme vor der Brust. Das konnte er auch. Stunden würden sie hier sitzen, wenn es sein musste. Ihm war das völlig egal. Er hatte Zeit. Gelassen zupfte er am Ärmel seines Pullovers eine Fluse weg und tat unbeteiligt. Jovic schaute auf ihr Smartphone. Stille löste in diesen Momenten oft mehr Druck aus als viele Worte. Zumindest hoffte er das.

Schnepper sah an Brüggemann vorbei in eine Ecke, fixierte irgendeinen Punkt. Doch bei Zednik zeigte seine Taktik Wirkung. Auch sein Oberkörper wurde nun von seiner Unruhe erfasst. Die Knöchel seiner Hände, die er fest umklammert auf dem Tisch hielt, wurden schon ganz weiß, seine Oberarmmuskeln waren gespannt.

Doch nichts passierte. Minutenlang.

»Winkler hat mit Drogen gehandelt. Wussten Sie davon?«, fragte plötzlich Jovic ganz leise.

Sekundenlang regten sich die beiden Gefangenen nicht, starrten nur seine Kollegin an. Zedniks Augen weiteten sich, dann ging sein Blick erneut zu Schnepper. Der blieb völlig ungerührt und verzog keine Miene. Doch plötzlich fing er lauthals an zu lachen.

»Wer hat Ihnen denn den Bären aufgebunden? Der Winkler? Drogen? Der hätte sich eher vor allen anderen öffentlich in die Hose geschissen, als gegen das Gesetz zu verstoßen!« Schnepper schüttelte den Kopf, so als hätte Jovic den Witz des Jahrhunderts gerissen. »Ich lach mich schlapp. Der war echt gut, das muss man Ihnen lassen.«

»Wir haben Beweise«, sagte Jovic ruhig und tippte seelenruhig etwas in ihr Smartphone.

»Und ich bin der Weihnachtsmann«, brummte Schnepper und stieß seinen Kumpel wieder in die Seite. »Was sagst du, Jakub? Der Winkler ein Dealer? Oh, Mann! Der ist gut.«

Zednik verzog seine Lippen zu einem schiefen Lächeln, das gleich wieder erstarb, starrte dabei aber weiter unablässig auf die Tischplatte. Sein Gesicht war mittlerweile krebsrot, und das Wippen seines Beines erreichte eine neue Geschwindigkeitsstufe.

»Also«, sagte Schnepper. »Meinem Kumpel geht es gerade nicht so gut.« Er legte Zednik eine Hand auf den Rücken. »Das sehen Sie sicher. Der hat Hunger. Und ich auch. Sein IQ reicht nicht für so viel Deutsch, wenn Sie wissen, was ich meine«, raunte er ihnen zu und machte eine abfällige Geste. »Deshalb jetzt mal hier fürs Protokoll. Damit wir endlich wieder in unsere Zelle können. Und für Sie schön langsam zum Mitschreiben, Frau Kriminaloberkommissarin Jovic.«

Aleksandra Jovics Finger hielten nicht eine Sekunde an, so als habe sie die Provokation ihres Gegenübers nicht mitbekommen.

»Ich bin Listener. Aber erst ganz kurz, und ich mach das bloß wegen der Haftverkürzung. Das kommt gut, so was. Engagement. Zugegeben, vielleicht war das nicht meine beste Aktion mit dem Winkler. Aber daran kann ich jetzt, wo der Kerl tot ist, auch nichts mehr ändern. Ich habe ihn einfach nicht mehr beachtet. Aber daraus können Sie mir keinen Strick drehen. Der Kerl hat nur noch da auf der Pritsche gelegen. Hat nichts gesagt, sich nicht bewegt. Das weiß jeder auf unserem Flur. Fragen Sie ruhig. Egal wen. Jeder kann das bestätigen. Hätte der Winkler nicht mal von Zeit zu Zeit gejammert, hätte ich nicht gewusst, ob er es war, der da lag, oder nur sein Bettzeug. Sie wollen was hören – fein. Aber ich kann Ihnen nun einmal nicht sagen, ob er in der Zelle war oder nicht. Ob alles normal war oder nicht. Ob er gepisst hat oder nicht. Ich weiß es einfach nicht, verdammt. Und jetzt möchte ich zurück an die Arbeit. Mein Vorarbeiter schätzt es nämlich gar nicht, wenn wir in der Werkstatt weniger Engel hinbekommen, als sein Plan vorsieht. Immerhin steht Weihnachten bald vor der Tür.«

»Engel?«, fragte Brüggemann irritiert nach.

»Christbaumschmuck. Wollen Sie einen? Das Stück kostet drei Euro. Im Zehnerpack zwanzig.«

Ohne Brüggemanns Antwort abzuwarten, stand er auf.

»Setzen Sie …« Jovic wollte gerade gegen seinen Alleingang aufbegehren, aber Brüggemann legte ihr beschwichtigend eine Hand auf den Arm.

Es hatte keinen Sinn. Schnepper würde ihnen nie irgendetwas sagen. Nicht freiwillig. Womit sollten sie ihm drohen – er saß ja sowieso schon in Haft. Brüggemann hatte sich erkundigt: Der Status als Listener brachte Schnepper keine Privilegien, die er hätte verlieren können. Zumindest nicht unmittelbar. Einzelhaft war wegen der Zellenüberbelegung nicht möglich. Außerdem war er sicher, dass er einen Typen wie Schnepper auch damit nicht würde knacken können.

Wenn sie nichts fanden, was ihn belastete oder ernsthaft unter Druck setzte, würden sie aus dem Kerl nichts herauskriegen.

Jedenfalls nicht in diesem Leben.

»Wir kommen keinen Meter weiter«, brummte Brüggemann, nachdem Schnepper und Zednik gegangen waren. Er stützte die Arme auf den Tisch und legte seinen Kopf in die Hände. Bleierne Müdigkeit steckte ihm von der Nacht noch in den Knochen.

»Ich glaube dem kein Wort«, meinte Jovic, stand auf und schaute aus dem Fenster.

Ihm ging es genauso. Auch er war sich sicher, dass die beiden Männer nicht die Wahrheit sagten. Ob sie Winklers Mörder waren, wusste er nicht. Aber sie hatten etwas mit seinem Tod zu tun, dafür hätte er seine Hand ins Feuer gelegt. Gerade weil sie sich so sehr bemühten, ihn davon zu überzeugen, dass ihnen Winkler egal war. Doch das alles brachte nichts, solange es nur ein Gefühl war. Nachdenklich strich er sich über seine Bartstoppeln. Nicht einmal rasiert hatte er sich heute.

»Engel aus dem Knast«, sagte Jovic. »Wer denkt sich eigentlich diesen Mist aus? So was kaufen die Leute wirklich?«

»Engel von den Bengeln. Wäre doch gar kein schlechtes Verkaufsmotto, oder?« Er raufte sich die Haare. »Wie bist du eigentlich auf die Sache mit den Drogen gekommen? Ich dachte, du siehst Winkler als Sexsklaven.«

»Ich wollte sie damit zu irgendeiner Reaktion bringen. War nur so ins Blaue gefragt. Du hast doch gesagt, hier wäre ein Markt dafür. Und ich dachte, vielleicht hat der seine Tabletten vertickt. Von denen war nämlich keine Rede bei der Untersuchung des Mageninhalts. Genommen hat er die also länger nicht. Die andere Sache kann ich allerdings vergessen. Ich habe den kompletten Obduktionsbericht durchgesehen. Du hattest recht, es gibt keine Verletzungen, die auf eine Vergewaltigung hindeuten.«

Sie machte wirklich immer ihre Hausaufgaben. »Aber wenn er die anderen beliefert hätte, würden die ihn nicht umbringen. Als Dealer genießt du hier Hochachtung.«

»War ja auch nur so eine Idee.«

Sie schwiegen eine Weile. Jovic ging ein paar Schritte zu der Pinnwand und starrte auf die Namen der Befragten und die Kurzzusammenfassungen, die Brüggemann in der letzten Nacht erstellt und nach Zellennummern geordnet hatte.

»Wie lange warst du eigentlich gestern hier?«

»Lange. Gebracht hat es trotzdem nichts.« Er atmete tief durch. »Komm, wir schauen rüber in die Wäscherei. Ich muss mir die Füße vertreten. Wir befragen noch einmal Winklers Kumpel. Auch wenn wir für den Alarm keinen Beweis haben – er ist der Einzige hier, bei dem ich das Gefühl habe, dass er wirklich kooperiert.«

»Willst du das nicht alleine machen?«, fragte Jovic. »Ich würde gerne noch eine andere Sache prüfen.«

»Was denn?«

Sie legte den Finger auf den Mund und lächelte. »Erzähle ich dir später, einverstanden? Aber ich glaube, es ist besser, ich erledige das ohne dich.«

Er zuckte die Schultern. Da er ohnehin keine große Hoffnung hatte, dass bei dem Gespräch mehr herauskam als beim letzten Mal, konnte er genauso gut alleine gehen.

Gemeinsam schritten sie die Treppe hinunter, gefolgt von dem Beamten, der ihnen stets die Türen auf- und wieder zuschließen musste. Jovic erklärte, sie brauche keine Begleitung.

»Rufen Sie doch einfach dem Kollegen unten an der Pforte per Funk zu, dass ich komme«, sagte sie dem Beamten, und an Brüggemann gewandt: »Ich bin in einer Stunde zurück.« Sie blieb stehen und wählte eine Nummer.

Brüggemann winkte ihr zu, überquerte den Hof und betrat das gegenüberliegende Gebäude, in dem die Wäscherei war. Wenn dieses Gespräch wieder keinen Hinweis lieferte, musste er die Strategie ändern und offiziell auch gegen die Vollzugsbeamten ermitteln, die in der Nacht und am Morgen des Mordes Dienst gehabt hatten. Was definitiv eine Menge Ärger bedeutete.

Gegen Leute aus den eigenen Reihen zu ermitteln, war nie ein Spaß. Im LKA gab es dafür eine eigene Stelle, und er überlegte, einen der Kollegen von dort mit einzubeziehen, falls sie Kapazitäten bereitstellen konnten. Um ganz auf der sicheren Seite zu sein.

Falls nicht, musste er es selber übernehmen. Aber das gehörte zum Job – und sie brauchten endlich Ergebnisse. Koste es, was es wolle.

Und eine von den Wachteln hatte definitiv ihre Finger mit im Spiel.

49.

»Sie hatten uns gesagt, Ihr Kollege hätte vor ein paar Wochen in der Nacht den Notknopf gedrückt. Können Sie sich erklären, warum das nicht in den Akten verzeichnet ist?«

»Ist es nicht? Das müsste es aber. Ich bin mir absolut sicher«, beteuerte Jasinski.

»Und dass Sie etwas falsch verstanden haben, kann nicht sein?«

Er schüttelte vehement den Kopf. »Nein. Ich kann Ihnen zwar kein Datum nennen, aber ich weiß hundertprozentig, dass er das erzählt hat. Warum hätte er mich anlügen sollen? Dass er Angst hatte, das war eindeutig zu sehen. Und heute wissen wir ja auch, dass er allen Grund dazu hatte. Der Harald, der hat das echt nicht verdient. Wirklich. Ein feiner Kerl war das.«

Brüggemann nickte. Aber egal, wie fein er als Mensch war, etwas hatte ihn in Gefahr gebracht. Oder gerade das.

»Tun wir mal einen Moment so, als wäre der Notruf wirklich erfolgt. War er vielleicht verletzt zu diesem Zeitpunkt? Ist er gehumpelt, hielt sich öfter die Hand? Es können auch kleine Sachen sein, wissen Sie, was ich meine?«

»Ich verstehe schon. Aber mir ist nichts aufgefallen. Außer, dass er immer wieder zusammengezuckt ist. Sich manchmal umschaute. Aber das sagte ich Ihnen schon.«

Also wurde er vermutlich bedroht. Nachdenklich starrte Brüggemann auf die Arbeiter in der Wäscherei.

»Dürfen Sie … ich meine …« Jasinski druckste herum. »Wie ist das alles denn passiert?«

»Genaueres kann ich Ihnen nicht sagen, tut mir leid. Nicht, solange wir den Mörder nicht haben.«

Jasinski rieb sich den Nacken und trat einen Schritt zurück. »Das heißt, Sie haben auch mich im Visier?«

Brüggemann zuckte die Schultern. »Sie wissen, wie das läuft. Solange wir den Täter nicht überführt haben …«

»… kommt jeder in Betracht. Ich weiß.«

Der Mann war in Ordnung. Absurd, dass gerade er wegen Betrugs und Hehlerei einsaß.

»Hatte Winkler denn irgendwelche Feinde? Hielt er sich von jemandem fern?« Brüggemann sah sich um und suchte das Gesicht desjenigen Mannes, der sie das letzte Mal beobachtet hatte, konnte ihn aber nicht entdecken.

»Das kann ich mir nicht vorstellen. Er hielt sich aus allem heraus. Wirklich. Er sprach ohnehin nicht viel. Er wollte einfach nur seine Strafe absitzen und keinen Ärger. Mit ihm konnte man gar nicht anecken. Hier kam er jedenfalls mit allen zurecht. Wir lassen uns in Ruhe, jeder macht einfach seine Arbeit. Bei dem Krach kann man sowieso kaum reden.«

Wie zur Untermalung setzten die Waschmaschinen zum Schleudern an. Jasinskis Einschätzung konnte Brüggemann nachvollziehen. Wenn er an die Einrichtung der Zelle dachte, schien es tatsächlich, als sei Winkler ein Fremdkörper in dieser Knastwelt gewesen. Andererseits waren auch Opfer nicht immer Heilige. Vielleicht hatte er etwas gesagt oder getan, wodurch jemand große Wut auf ihn bekommen hatte.

»Ist er vielleicht in eine Gruppierung geraten, die nicht der beste Umgang war?«

Der Mann schüttelte den Kopf. »Der war doch immer für sich. Wenn wir Hofgang hatten, dann blieb er ab und zu bei mir. Aber meistens saß er alleine auf einer Bank. Also: nein.«

»Könnte er etwas mit Drogen zu tun gehabt haben?«

Jasinski blickte erstaunt auf. »Niemals! Der hätte nie so was angerührt und wollte ganz sicher nicht riskieren, wegen so eines Blödsinns eine Haftverlängerung zu bekommen. Unsere Zellen werden regelmäßig durchsucht. Niemals hätte er etwas Illegales gemacht. Glauben Sie mir. Nicht der Harald.«

Auch in diesem Punkt gab Brüggemann Jasinski sofort recht. Blieb nur, dass Winkler mit seiner Normalität angeeckt war. Dann könnte Jovic mit ihrem Opfergedanken doch richtig liegen. Vielleicht war ihm schlicht seine Andersartigkeit zum Verhängnis geworden. Es gab genug Leute im Knast, für die ein Menschenleben nicht viel zählte. Er hoffte, dass er dies nicht zu früh abgetan hatte.

»Und die Bediensteten? Wie kam er denn mit den Vollzugsbeamten klar? Hatte ihn da vielleicht jemand auf dem Kieker?«, forschte Brüggemann weiter nach.

»Mit den Wachteln will hier keiner was zu tun haben. Aber Angst hatte er nicht vor denen.« Jasinski ließ den Blick zu seinen Kollegen wandern. »Ich müsste langsam wieder rüber, Herr Kommissar. Wir kriegen sonst die Ladung nicht weg. Und vorher dürfen wir nicht in die Pause. Ich bin Raucher, wissen Sie?«

Er grinste und fuhr sich über den Nacken. Erst jetzt fielen Brüggemann die leicht gelb gefärbten Fingerkuppen auf, die auf extrem hohen Tabakkonsum schließen ließen. Sicher drehte er selbst.

Dann gab Brüggemann sich einen Ruck und stellte Jasinski noch eine letzte Frage: »Glauben Sie, die Wachteln könnten hier mit Gefangenen irgendein krummes Ding gedreht haben?«

Jasinskis Blick verengte sich und er musterte prüfend Brüggemanns Gesicht, so als wollte er sich vergewissern, ob das eine Fangfrage war.

»Nein«, sagte er nach einer Weile. »Ehrlich gesagt, glaube ich das nicht. Klar versucht mancher Idiot, mit denen einen Deal zu machen. Aber da beißt man in der Regel auf Granit. Die sind doch auch auf ihre Jobs angewiesen, haben Familie. Wer würde denn sonst freiwillig hier arbeiten.« Er zögerte, blickte wieder zu den Kollegen. »Jedenfalls gilt das vermutlich für alle, die hier fest angestellt sind.«

Brüggemann sah erstaunt auf. »Sind nicht alle fest hier?«

»Nein. Ein paar sind von einem privaten Sicherheitsdienst.«

»Davon wusste ich gar nichts.«

»Das ist auch noch total neu. Ein Pilotprojekt. Weil es schwierig war, alle Stellen im Vollzug zu besetzen, arbeitet die JVA mit einem externen Anbieter. Die schieben ihren Dienst vor allem in der Nacht, wenn wir alle hinter Schloss und Riegel sind.«

Brüggemann nickte. Das war interessant. Warum hatte sie darauf noch niemand aufmerksam gemacht? Er hörte zum ersten Mal davon, und auch auf der Liste der Wachhabenden waren keine externen Personen angegeben.

»Wissen Sie zufällig, wie die Firma heißt?«

»Die Guardian Angels, glaube ich.«

Brüggemann nickte. Der Name löste etwas bei ihm aus. Aber er konnte den Gedanken nicht fassen.

Schließlich bedankte er sich bei Jasinski, doch seine Worte wurden von dem plötzlichen Lärm verschluckt, der von den über den Kachelboden dröhnenden Rollen der Wäschewagen rührte, mit denen die trockenen Sachen von den riesigen Trommeln zu den großen Tischen gefahren wurden. Brüggemann wartete nur darauf, erneut in Deckung gehen zu müssen. Aus sicherem Abstand hielt er die Wagen im Blick.

In dem Moment hatte er eine Idee. Verdammt, warum war er nicht gleich darauf gekommen? Die Wagen ... Sie eigneten sich perfekt zum Transport einer Leiche.

Die Wäscherei war zwar weit von Haus III entfernt, aber die Wäschestücke mussten ohnehin von hier über den Hof zu den einzelnen Gebäuden geschafft werden. Unauffälliger ging es nicht. Ob Winkler darin zum Duschraum gebracht worden war?

Er versuchte, seine Aufregung zu verbergen. Bislang hatten sie sich ausschließlich auf Winklers Stockwerk konzentriert, denn den toten Körper eines Erwachsenen konnte man nicht ohne Weiteres transportieren.

Mit diesen Wäschewagen allerdings schon ...

50.

Seit Temme gegangen war, stand Eva mit verschränkten Armen am Fenster und starrte nach draußen. Sie bemühte sich, die Fenstergitter und die riesigen Stacheldrahtrollen auf der Mauer zu übersehen und den Blick nur auf den Saum des Waldes zu konzentrieren, der sich zwischen der Haftanstalt und der nahe gelegenen Autobahn durchzog. Sie hatte das dringende Bedürfnis nach Luft, brauchte einen Spaziergang. Egal, wie kalt und nass das Herbstwetter auch sein würde. Ein Gang mit strammem Schritt – das würde ihr helfen, ihre Gedanken zu ordnen.

Lisbeth hatte Temme in die Krankenstation gebracht, ohne eine Frage zu stellen, ohne einen seltsamen Blick. Dennoch blieb das miese Gefühl an ihr haften, einen Fehler gemacht, eine Grenze überschritten zu haben.

Eva seufzte. War das jetzt ihr neues Ich? Gut fühlte es sich nicht an, ganz gleich, wie oft sie noch versuchte, ihr Handeln vor sich selbst zu rechtfertigen. War sie jetzt ebenso eiskalt wie die Psychologin? Sie fror und schlang ihre Arme um sich. Ihr Verhalten stand im Widerspruch zu allem, was sie bisher gelebt hatte. Sie hatte geschworen, die Gesundheit ihrer Patienten zu schützen. Und was tat sie jetzt? Sie übte Druck aus, Zwang. Drohte sogar mit etwas, von dem sie genau wusste, dass es einen anderen quälen würde. Ausgerechnet bei einem Menschen, der ihr vormals schon geholfen hatte.

Sie starrte an die Decke, die mit den Jahren ergraut war. Dann schloss sie die Augen, spürte noch immer deutlich den Druck auf ihrer Brust, der ihr das Atmen erschwerte.

Temme war ihr Freund, oder besser: Sie waren auf dem Weg gewesen, welche zu werden. Und sie mochte ihn. Jedenfalls hatte sie das noch zu Beginn der Woche so gesehen. Nun hatte sie alles zerstört. Er würde ihr nie wieder trauen.

Es klopfte an der Tür. Sicher war das Lisbeth, die nun doch Fragen wegen Temme stellen würde. Sie straffte die Schultern und bemühte sich um ein freundliches Gesicht.

Doch niemand kam herein. Seltsam.

Langsam ging Eva zur Tür, hielt so viel Abstand wie möglich, als sie sie öffnete, und erkannte erleichtert Aleksandra Jovic. Vielleicht brachte sie Neuigkeiten und Eva könnte Temme gleich wieder erlösen.

»Störe ich?«, fragte die Kommissarin. »Ich kann auch später …«

Eva konnte sich immer noch kein Lächeln abringen. »Kommen Sie, bitte. Heute ist mein Ablauf sowieso schon durcheinander. Und ich bin viel zu neugierig zu erfahren, was Sie zu mir führt. Haben Sie den Täter gefunden?« Doch schon in dem Moment, in dem sie ihre Frage stellte, wurde ihr bewusst, dass Aleksandra Jovic dann sicher nicht alleine gekommen wäre.

»Um ehrlich zu sein, bin ich nicht wegen des Falles hier. Ich wollte Sie vielmehr um einen Gefallen bitten.«

Eva ließ sich ihre Verwunderung nicht anmerken, sondern bot Aleksandra Jovic einen Platz an, die aber mitten im Raum stehen blieb. Eva tat es ihr gleich und lehnte sich an ihr Sideboard.

Jovic lachte und wischte sich über den Nacken. »Sie fahren doch abends in Richtung Innenstadt, richtig?«

Eva nickte, wunderte sich allerdings über die nervöse Unruhe der Kommissarin, die sonst immer ausgesprochen cool war.

»Könnten Sie mich wohl ausnahmsweise mitnehmen?«

Bevor Eva antworten konnte, fügte Jovic etwas lauter als zuvor hinzu: »Sonst fahre ich ja immer mit Lars, aber der muss heute noch seinen Sohn abholen, und das wäre ein riesiger Umweg für ihn. Er ist geschieden, wissen Sie … und seine Ex-Frau … wenn er nicht rechtzeitig kommt …« Sie verdrehte vielsagend die Augen, schob sich eine Strähne ihres braunen, halblangen Haars hinter das Ohr und schaute Eva erwartungsvoll an.

Eva blinzelte und wandte sich ab, damit Jovic ihr Gesicht nicht sehen konnte, das sicher kreidebleich geworden war. Sie nahm eine Karaffe und füllte zwei Gläser. Ihr Mund war plötzlich staubtrocken. Die Botschaft war klar und deutlich. Doch Eva brauchte einen Moment, um sie wirklich zu begreifen. Sie konnte kaum glauben, was sie gerade gehört hatte.

Als sie der Polizistin ein Glas reichte, musterte diese Eva unverwandt. Hatte Jovic eine Ahnung, was diese Information für sie bedeutete?

»Das ist überhaupt kein Problem«, antwortete Eva deshalb schnell und bemerkte selbst den rauen Unterton in ihrer Stimme. Rasch nahm sie einen Schluck Wasser und lächelte Jovic an. »Ich kann Sie auch gerne nach Hause bringen. Ich habe heute nichts Dringendes vor.«

»Nein, nein, das ist nicht nötig«, winkte die Kommissarin

ab. »Ich möchte Ihnen keine Umstände machen. Wenn Sie mich einfach in Obermenzing beim KFC absetzen könnten? Das reicht völlig. Den kennen Sie sicher?«

Eva nickte, obwohl sie sich fragte, wie Jovic von dort weiterkommen wollte. Aber da sie das im Grunde nichts anging, antwortete sie bloß: »Natürlich. Gar kein Problem.«

Gierig trank Aleksandra Jovic fast die Hälfte des Glases aus. Sie war unruhig, schaute immer wieder zu dem Blumenstrauß. Sie wirkte, als läge ihr noch etwas auf der Zunge, als der Klingelton ihres Smartphones die Stille durchbrach.

Jovic zog es aus der Tasche und schien leicht zu erröten. Sie hielt Eva das Display hin – Brüggemann rief an.

Eva betrachtete die junge Kommissarin, die mit gerunzelter Stirn zuhörte, während sie ans Fensters trat, einige Fragen stellte und dann zusagte, sofort zu kommen. Offenbar war etwas passiert, das ihre Anwesenheit in Haus III erforderlich machte.

»Ich muss weg«, riss Jovic Eva aus ihren Gedanken. »Frau Hanssen, ich schätze, damit hat sich meine Frage schon wieder erledigt. Es wird dauern, bis wir heute hier fertig werden …« Sie zuckte vielsagend die Schultern. »Trotzdem danke. Vielleicht komme ich ein anderes Mal darauf zurück, ja?«

Eva deutete auf das Smartphone und fragte: »Soll ich Sie begleiten? Vielleicht kann ich helfen.«

Jovic schüttelte den Kopf, steckte das Handy wieder ein und rieb die Hände aneinander. »Nein. Ganz sicher nicht. Die zwei Zellengenossen von Winkler sollen verlegt werden.«

»Wieso das denn?«

»Sie fühlen sich bedroht. Offenbar hat jemand ein Kreuz auf den Boden ihrer Zelle gemalt. Sie fürchten, die nächsten Opfer auf der Liste des Täters zu sein.« Jovic war schon an der Tür, drehte sich noch einmal verlegen um. »Tut mir leid, ich muss los.«

Eva wollte der Kommissarin noch zurufen, dass sie bei Gelegenheit den Gewölbekeller, insbesondere das Hängeschloss auf Spuren untersuchen lassen sollten, aber Aleksandra Jovic war bereits zur Tür hinaus, und Eva hörte das peitschende Geräusch der Absätze ihrer Boots auf dem Flur. Auch gut. Vielleicht war es sogar besser so, denn wenn sie mit ihrer Idee, dass in dem verschlossenen Kellerraum Rattengift gelagert wurde, auf dem Holzweg war und der Vergiftete nichts mit Winklers Tod zu tun hatte, würde sie den Kommissaren nur Zeit rauben.

Nachdenklich ließ sie sich auf den Stuhl fallen. Ein Symbol auf dem Boden der Zelle? Vielleicht hatte Winkler ebenfalls eine derartige Warnung bekommen und nicht ernst genommen. Sie schluckte. Brachte der Galgen an ihrer Tür sie nun doch auf eine ominöse Todesliste? Zum Glück war es mitten am Tag. Die JVA war voller Menschen, und es würde sicher niemand wagen, ihr hier einen Strick um den Hals zu legen.

Dann wanderte Evas Blick zu dem Rosenstrauß. Ein tiefer Seufzer rang sich aus ihrer Brust. Brüggemann war geschieden. Sie konnte es noch immer nicht fassen. Warum hatte sie das nicht früher erfahren? Also hatte sie sich nicht darin getäuscht, dass der Kommissar etwas für sie empfand. Obwohl sie ihn kaum kannte, hatte sie von der ersten Begegnung an eine innere Verbundenheit gespürt. Aber immer hatte sie sich eingeredet, seine Sorge, dass sie sich in Gefahr begeben könnte, wäre rein beruflich bedingt. Wieder musterte sie die rosafarbenen Blüten, deren intensiver Duft nachgelassen hatte. Andererseits hatte Brüggemann nie versucht, sie privat zu treffen. Und sich auch nicht wieder gemeldet. Einen ganzen Monat lang. Eva schüttelte den Kopf. War das vielleicht alles Wunschdenken?

Dennoch ärgerte sie sich jetzt, dass sie sich von Santana hatte küssen lassen. Im Grunde hatte sie es schon gestern gewusst: Das Timing stimmte nicht. Und bei ihm war sie sich nie sicher, ob sie nicht doch nur eine Trophäe war, die er erjagen wollte. Außerdem stand ihr eigentlich überhaupt nicht der Sinn nach einer Affäre. Sie wollte einen Neuanfang. Einen echten.

Ohne zu zögern, erhob sie sich, feuerte den Blumenstrauß in den Papierkorb und schob ihn resolut unter ihren Schreibtisch.

Dann stand sie unentschlossen in ihrem Büro. Ihr Blick fiel auf das Buch von Harald Winkler.

Sie wählte die Neun und bat Lisbeth, ausnahmsweise ihre Sprechstunde zu übernehmen. Sie musste sich die Füße vertreten und etwas Ordnung in ihren Kopf bringen. Frische Luft wäre jetzt das Richtige. Bei dieser Gelegenheit konnte sie gleich das Buch in der gefängniseigenen Bibliothek abgeben.

Sie trank ihr Glas in einem Zug leer, nahm die Vase und Jovics Glas und leerte beide in das Waschbecken. Dann zog sie ihre Jacke an und wickelte ihren Schal um den Hals.

Zuletzt griff sie zu dem Buch. Es schien Ewigkeiten her, dass sie es im Deutschunterricht gelesen hatte. Ihr hatte das

Buch wirklich gefallen, dennoch hatte sie nur eine mittelmäßige Note bekommen. Die Seiten dieser Ausgabe waren schon vergilbt, aber Eva mochte den Geruch von Büchern. Auch ihr Vater hatte gerne gelesen. Behutsam öffnete sie den Buchdeckel und betrachtete die erste Seite, auf der der Stempel der JVA prangte. Warum war das Buch eigentlich bei den privaten Sachen von Winkler gelandet? Sicher ein Versehen. Aber nett, dass seine Frau sich die Mühe gemacht hatte, es extra vorbeizubringen.

Ob hier viele Inhaftierte zum Lesen fanden, so wie Harald Winkler? Die meisten, die sie bisher kennengelernt hatte, würden sicher kaum je ein Buch in die Hand nehmen. Langsam strich sie über das Papier. Stutzte. Erst war sie nicht sicher, aber als sie die Bewegung wiederholte, fühlte sie es wieder. Sie trat an das Fenster, um besser sehen zu können. Eine leichte Wölbung war auf dem Vorsatzpapier zu erkennen. So als sei etwas darunter.

Der verbogene Buchdeckel hatte es in geschlossenem Zustand perfekt verborgen. Sofort entledigte sie sich ihrer Jacke und des Schals, setzte sich neugierig an ihren Schreibtisch, schloss die oberste Schublade auf und holte einen Brieföffner heraus.

Sie zögerte. Ein Buch zu zerschneiden widerstrebte ihr. Aber dann schob sie doch die scharfe Klinge unter das Papier und ritzte es vorsichtig ein. Als sie das Buch umdrehte, fiel ein kleines, hauchdünnes Kuvert heraus.

Sie traute ihren Augen kaum. War das ein Brief von Winkler? Ein Abschiedsbrief an seine Frau? Das würde jedoch nur Sinn machen, wenn er sich umgebracht hätte – was eindeutig nicht der Fall war. War es ein Hinweis auf seinen Mörder? War es etwa deshalb in seinen persönlichen Sachen gelandet?

Sie legte das Buch zur Seite und nahm ganz vorsichtig den Umschlag in ihre Hand. Er war nicht beschriftet und federleicht. Mit einem kurzen Ruck schlitzte sie ihn auf.

Es war nicht das darin, was sie erwartet hatte. Kein Brief. Ein weißes Pulver. Eva brauchte keinen Drogenspürhund, um zu wissen, worum es sich dabei handelte. Sofort musste sie an den auffällig sauberen Tisch in dem alten Keller denken und an die verschlossene Tür, die Sicherheitsvorkehrungen.

Eine leise Ahnung befiel sie.

51.

Brüggemann bedeutete Jovic, sie solle sich beeilen. Gemeinsam mit der Direktorin und Brielbeck wartete er vor Winklers ehemaliger Zelle.

Außer Atem nickte sie ihm kurz zu und beschleunigte sofort ihr Tempo. Er brannte darauf, seiner Kollegin zu erzählen, was er herausgefunden hatte, aber damit musste er warten, bis er diese Farce hier hinter sich gebracht hatte. Denn er war sicher, dass es sich um nichts von Bedeutung handelte.

»Wer hat die Zeichnung eigentlich gefunden?«, fragte Jovic hastig und reckte sich, um besser in die Zelle sehen zu können.

»Die beiden Männer kamen gerade von der zweiten Vernehmung«, klärte Maren Schilling sie auf. »Als sie die Zelle betraten, fanden sie diese Zeichnung auf dem Boden.«

»Aber die Zellen stehen doch nicht offen, während die Männer an ihren Arbeitsstellen sind, oder?«, fragte Jovic nach.

Der Wachmann schaltete sich ein. »Um diese Zeit schon. Wenn die Putzkolonne hier durchgeht, werden sie aufgeschlossen.«

»Dann könnte also jeder diese Zeichnung gemacht haben«, dachte Jovic laut nach.

»Wenn sie nicht schon da war, als die beiden zu uns gerufen wurden«, fuhr Brüggemann dazwischen. »Hat das jemand überprüft? Oder kann bezeugen, dass sie sie nicht selbst dahin geschmiert haben?«

Schilling und Brielbeck starrten ihn an. Jovic verzog den Mund.

Okay. Wieder war er zu weit gegangen. Aber es gelang ihm kaum, sich zurückzuhalten. Die ganze Untersuchung stank zum Himmel, und er war es einfach satt, so zu tun, als würde er das nicht bemerken.

Trotzdem: Solange er keinen Verdächtigen präsentieren konnte, war er weiter auf die Kooperation der Direktorin und des Wachpersonals angewiesen. Deshalb zählte er langsam bis zehn herunter, bevor er ruhig anfügte: »Ich meine, wir sollten auch für diese Möglichkeit offen sein. Immerhin sind die beiden Männer unsere Hauptverdächtigen.«

»Haben Sie denn Beweise gefunden, die sie belasten?«, hakte die Direktorin nach.

Brüggemann wich ihrem Blick aus. Touché. Maren Schilling war nicht zu unterschätzen und hatte seine Vorlage gleich zu einem Tor verwandelt.

»Nein, bisher nicht«, antwortete er wahrheitsgemäß. »Aber wie Sie wissen, hatten wir auch keine Möglichkeit, Indizien zu finden, die ihre Schuld eindeutig beweisen würden.« Er deutete mit vorwurfsvollem Blick auf die Zelle. Was sie konnte, beherrschte er auch.

»Ich habe nur noch einmal gefragt, weil ich darüber nachdenke, dem Gesuch der Häftlinge stattzugeben«, sagte Maren Schilling.

Verständnislos sah Jovic Brüggemann an. Aber auch er hatte keine Ahnung und zuckte die Schultern. »Und das wäre?«, fragte er schließlich nach.

»Sie bitten um Verlegung in eine andere Anstalt. Oder in eine Psychiatrie. Sie kommen mit dem Tod ihres Kameraden nicht klar. Sie machen sich große Vorwürfe, dass sie nichts gemerkt haben. Vor allem Schnepper. Immerhin war er als Listener für Winkler verantwortlich. Das belastet ihn.«

»Das ist ein Scherz, oder?« Brüggemann stieß heftig Luft aus und wechselte dann einen Blick mit Aleksandra Jovic, die genauso fassungslos reagierte wie er selbst.

»Ich fürchte nicht. Die Männer sind jetzt gerade bei Frau Herzog in der psychiatrischen Abteilung, die sofort ein Gutachten erstellen wird. Schnepper hatte einen Zusammenbruch, als er die Zeichnung fand.«

Nun konnte sich auch Jovic nicht mehr zurückhalten. »Wir können Ihnen gerne unsere Mitschnitte vorspielen. Schnepper und Zednik sind so klar im Kopf wie Sie und ich. Und von Betroffenheit war da nichts zu spüren. Im Gegenteil.«

»Nun«, sagte die Direktorin kühl, »das zu beurteilen überlassen wir dann doch lieber der Fachabteilung, die sich damit auskennt. Und Sie hegen ja wohl keinen Zweifel an der Urteilsfähigkeit unserer Psychologin. Ihr Ruf und ihre Reputation sind tadellos und sprechen für sich.«

»Frau Schilling, Sie kennen doch Ihre Leute«, versuchte Brüggemann es auf eine andere Tour. »Sie wissen, dass die alles tun würden, um Hafterleichterung zu bekommen. Das hier ist geradezu eine Einladung.«

»Und wenn nicht?«, fragte Maren Schilling. »Was ist, wenn einer der Männer wirklich Schaden erleidet? Wer trägt dann die Verantwortung?« Maren Schilling deutete mit dem Kopf auf die Tür, die Brielbeck daraufhin verschloss. »Und damit Sie mir nicht später wieder vorhalten, es sei zu früh geputzt worden: Wann genau können Ihre Kollegen von der Kriminaltechnik hier sein?«

Brüggemann zuckte die Schultern. »Ich rufe gleich an und melde mich, sobald ich Bescheid weiß.« Er machte eine kurze Pause und ließ seine Befürchtung unerwähnt, dass die Forensiker bei einem Kreidekreuz vermutlich nicht viel herausfinden würden. »Nur eine Bitte: Solange unsere Ermittlungen nicht endgültig abgeschlossen sind, sollten die Männer unbedingt in Wiesheim bleiben. Wir haben gerade eine vielversprechende neue Spur …«

»Ich will Ihnen nicht zu nahetreten, Herr Brüggemann, aber Sie und Ihre Kollegin sind jetzt seit drei Tagen hier bei uns. Bisher sind konkrete Erfolge ausgeblieben, das haben Sie selbst gerade erwähnt. Ich sehe keinen Grund, die Männer vor diesem Hintergrund einer potenziellen Gefahr für Leib und Leben auszusetzen. Bis zum Ablauf des heutigen Tages kann ich sie noch hier halten, aber viel länger möchte ich das nicht hinziehen.« Sie sah auf die Uhr. »Außerdem will Schneppers Anwalt die Presse einschalten, wenn den Forderungen seines Mandanten nicht umgehend Folge geleistet wird. Sie sehen, Herr Kommissar, ich habe im Grunde gar keine andere Wahl.«

Brüggemann wollte etwas erwidern, aber Jovic berührte kurz seinen Arm und sagte: »Die Männer werden uns auch anderswo zu Gesprächen zur Verfügung stehen. Sie sind ja weiterhin unter strenger Überwachung.«

Das blieb zu hoffen. Denn gerade daran hatte Brüggemann immer mehr Zweifel. Aber das konnte Jovic noch nicht wissen, und er würde sich hüten, sie vor Zeugen einzuweihen.

52.

Noch immer saß Eva Hanssen an ihrem Schreibtisch und starrte auf das Buch. Den Umschlag hatte sie vorsichtig in eine neutrale Versandtasche geschoben, damit keine weiteren Fingerabdrücke mehr darauf kamen, und ihn direkt vor sich gelegt.

Beides musste sie so schnell wie möglich an Brüggemann übergeben. Eilig griff sie nach ihrem Handy. Doch dann zögerte sie. Es fiel ihr mit einem Mal schwer, ihn anzurufen. Ihr Herz schlug heftig. Es gelang ihr nicht sofort, sich einigermaßen zu beruhigen, deshalb legte sie ihr Handy erst einmal wieder weg. Der Kommissar war ohnehin noch in Winklers Zelle beschäftigt und ging diesen neuen Hinweisen nach, die Jovic erwähnt hatte. Sie würde es in ein paar Minuten versuchen.

Sie bemerkte, dass ihre Hand vor Aufregung zitterte. Gedankenverloren rieb sie darüber. Dieses Mal wollte sie alles richtig machen. Aber Eva war noch immer unklar, welche Rolle Winkler in dieser Sache zukam. War er Drahtzieher oder Opfer?

Vielleicht half es, alle Informationen, die ihr vorlagen, noch einmal neu zu ordnen. Rasch zog sie wieder ihren Block aus der Schublade hervor.

Winkler war ermordet worden. Drogen waren in seinem Buch. Konnte er seinen Dealer nicht mehr bezahlen? Aber ein toter Kunde brachte überhaupt kein Geld ein.

Fakt war, dass Winkler vor einigen Monaten ein psychisches Problem gehabt hatte. Depressive Tendenzen konnten durchaus auch aus dem Konsum von Rauschgift resultieren. Aber Winkler und Drogen? Die Obduktion hätte sicher eindeutige Hinweise darauf geliefert, aber niemand hatte etwas in dieser Richtung erwähnt.

Eva stand auf und ging nachdenklich in ihrem Büro auf und ab. Vielleicht suchte sie die Lösung an der völlig falschen Stelle.

Abrupt blieb sie stehen und fuhr sich mit den Händen durch die Haare, dann begann sie wieder unruhig auf und ab zu laufen. Und wenn Winkler gar nicht wusste, was in dem Umschlag war? Könnte er ein Buch entliehen haben, das eigentlich für einen anderen bestimmt war?

Dann suchte dieser Mensch vielleicht danach. Die Bibliothek! Durch die Ausleihliste würde sie erfahren, für wen das Buch als Nächstes vorgemerkt war. Ob es so was in Wiesheim gab?

Sie musste wissen, wie das System hier funktionierte. Sie suchte die Nummer der Bibliothek heraus und rief direkt dort an. Doch niemand nahm ab. Aber Lisbeth würde sicher wissen, wie alles funktionierte. Sie drückte die Neun und hörte auf das Tuten.

»Sophie Frick«, meldete sich ihre Mitarbeiterin.

Natürlich. Sie selbst hatte Lisbeth gebeten, die Sprechstunde durchzuführen, deshalb arbeitete sie vermutlich in den Laborräumen im unteren Stockwerk und war nicht rangegangen. Aber vielleicht kannte Sophie sich ebenfalls aus.

»Haben Sie einen Moment Zeit, Sophie? Wären Sie so

lieb, kurz in mein Dienstzimmer zu kommen? Es geht um eine Ausleihe aus der Bibliothek. Ich bräuchte da mal Ihre Hilfe.«

Sie hatte ohnehin vorgehabt, mit ihr zu sprechen. Immerhin hatte Sophie Winkler damals bei der Medikamentenausgabe gesehen. Vielleicht konnte sie noch ein wenig mehr dazu sagen, wie er gewirkt hatte. Eva durfte nicht zu schnell ausschließen, dass Winkler doch etwas nahm.

Schon schob sich ihre Mitarbeiterin wortlos in ihr Büro. Sie blieb mit dem Rücken zur Tür stehen, so, als wolle sie sofort wieder das Weite suchen.

»Ach, da sind Sie ja schon. Kennen Sie sich mit den Ausleihen hier in Wiesheim aus?« Eva hielt das Buch hoch und blätterte darin. »Gibt es bestimmte Leihfristen? Oder eine Warteliste für bestimmte Titel? Kann ich das irgendwo ersehen? Und wer kümmert sich überhaupt um die Gefängnisbibliothek? Sind das auch Inhaftierte, oder ist dafür jemand angestellt?«

Sophie stand noch immer an der Tür, starrte auf das Buch in ihrer Hand, sagte keinen Ton.

Eva legte es wieder hin und trat hinter dem Schreibtisch hervor. Wie schüchtern das Mädchen war!

»Wenn Sie das nicht wissen, ist es auch kein Problem. Ich finde es schon heraus. Aber noch einmal zu Ihrer Begegnung mit Herrn Winkler bei der Medikamentenausgabe damals. Wie wirkte er da auf Sie? Versuchen Sie bitte, sich zu erinnern. War sein Verhalten irgendwie seltsam? War er fahrig, oder besonders nervös?«

Sophie war immer schon zurückhaltend und wortkarg gewesen. Heute wirkte sie allerdings beinahe ängstlich und schien bei jeder Frage noch mehr zurückzuweichen. Vielleicht befürchtete sie, Eva wäre sauer wegen der Geschichte mit Jasmin. Sie musste sie beruhigen, sonst würde sie vermutlich nie etwas sagen.

»Sophie, ich will gar nicht wissen, wie es damals mit Jasmin genau war. Sie kriegen keinen Ärger. Es …«

Harsch fiel ihr Sophie ins Wort: »Sie? Sie wollen alles wissen. Schon seit Ihrem ersten Tag.«

Eva blinzelte und schaute irritiert zu ihrer Mitarbeiterin. Der Ton war anmaßend. Jetzt stand das Mädchen stocksteif da, sein Blick wechselte immer wieder schnell von dem Buch zu Eva. Ihr Mund war nur noch eine schmale Linie.

Eva hatte bisher kaum Zeit mit Sophie und Jasmin verbracht, den Jüngsten in ihrem Team. Lisbeth kümmerte sich sehr gut um die beiden, deshalb hatte Eva sich nie weiter eingemischt, zumal sie selbst nicht für den weißen Vollzug ausgebildet war, die Anforderungen also nicht kannte. Denn genau wie alle anderen Vollzugsbeamten mussten auch die Mitarbeiter im Pflegebereich eine umfassende Schulung absolvieren – inklusive Schießtraining.

Eines aber wusste sie: Sophie stand unter starkem Stress. Sie schwitzte und blinzelte immer wieder. Es ging ihr nicht gut. Eva trat noch einen Schritt näher, wollte ihr anbieten, sich zu setzen.

»Bleiben Sie sofort stehen!« Sophies Stimme klang schrill, und sie atmete heftig. »Ich habe gewusst, dass das schiefgeht.«

Eva hob die Hand, wollte sie beruhigen. Ihre Mitarbeiterin schien gerade eine Panikattacke zu erleben. Trotz Sophies Bitte kam sie vorsichtig noch einen Schritt näher.

»Wollen Sie sich nicht hinsetzen? Ich sehe doch, dass es Ihnen nicht gut geht«, sagte sie mit ruhiger Stimme. »Lassen Sie mich nur kurz Ihren Blutdruck …«

»Nichts werden Sie tun! Sie bleiben genau da, wo Sie jetzt sind, hören Sie?«, schrie sie. »Das ist alles Ihre Schuld! Warum müssen Sie auch in alles Ihre Nase stecken?«

Mit diesen Worten drehte sich die Pflegerin um, schloss die Tür hinter sich ab und ließ den Schlüssel stecken.

Eva wollte gerade auf sie zugehen und protestieren, da stellte Sophie sich breitbeinig hin, zog ihre Dienstwaffe und richtete sie direkt auf Eva.

53.

»Ich bleibe hier stehen. Ganz sicher. Bitte nicht schießen!« Langsam hob Eva die Hände und nickte Sophie beruhigend zu.

Ihr Herz schlug heftig und ihre Knie schienen ihr Gewicht kaum tragen zu können. Noch nie war sie direkt mit einer Waffe bedroht worden. Sie konnte den Blick kaum von der Mündung der Pistole abwenden, obwohl alles in ihr nach Flucht schrie. Dass es Sophie war, die die Waffe in der Hand hielt, eine junge Frau, die sie vielleicht überwältigen konnte und die nicht wie ein Killer wirkte, beruhigte sie keineswegs.

Ihr fiel ihr Computer ein. Natürlich. Das Wahrscheinlichste hatte sie verdrängt, als alle ihre Aufzeichnungen verschwunden waren. Es wäre ihr nie in den Sinn gekommen, jemand aus ihrem Team zu verdächtigen. Die vielen Anfeindungen in der JVA hatten sie verletzlich gemacht, und sie hatte sich vehement an den Gedanken geklammert, auf ihrer eigenen Station Verbündete zu haben. In Sicherheit zu sein.

Ein fataler Fehler.

Dabei war es im Grunde klar gewesen. Wer sonst hätte eine bessere Gelegenheit gehabt, ihr unbemerkt den Galgen an die Tür zu hängen? Hatte Zugriff auf das System? Aber auf die scheue, wortkarge Sophie wäre sie nie gekommen. Dabei hatte Eva sogar einmal daran gedacht, mit ihr über Brielbeck zu sprechen, den Gedanken dann aber nicht weiterverfolgt. Jetzt fügten sich die Puzzleteile langsam zu einem verstörenden Bild.

Die Pflegerin stand ganz still da, hielt die Waffe fest mit beiden Händen, die Arme weit ausgestreckt. Vor Anspannung schien sie leicht zu vibrieren, machte aber keine Anstalten, etwas zu tun oder zu sagen. Sie starrte Eva nur wütend an.

Die Situation erschien absurd, wie aus einem Film, war aber real. Eva spürte deutlich, wie die Angst immer höher kroch, die vier Wochen lang irgendwo tief verborgen in ihrem Inneren geschlummert hatte und sie nun förmlich erstarren ließ. Eva schluckte hart, presste die Kiefer fest aufeinander, bis es wehtat. Sie durfte jetzt keine Angstattacke bekommen, sonst hatte sie verloren.

Wie zwei Kämpferinnen musterten sie sich, jede auf ein Blinzeln, eine Geste, ein Rucken der anderen gefasst. Sophies Atem ging schnell, ihre Stirn war gerunzelt. Es machte nicht den Eindruck, als hätte sie einen konkreten Plan gehabt, als sie die Waffe zog.

Fieberhaft suchte Eva nach einem Ausweg. Sie brauchte Hilfe. War noch jemand außer ihnen beiden in der Krankenstation? Nein. Und es dauerte noch Stunden bis zur Mittagspause. Vorher würde Lisbeth nicht mit der Sprechstunde fertig sein, die sie auf Evas Wunsch hin einen Stock tiefer in einem Laborzimmer durchführte. Und Hamid war noch eine ganze Weile mit der Methadonausgabe beschäftigt, die sich oft in die Länge zog. Schreien würde also nichts nützen. Es war keiner in der Nähe, der sie hören konnte. Und der Weg zum Notfallknopf war zu weit. Der befand sich im Nachbarzimmer.

Körperlich war Eva der Pflegerin überlegen. Aber in dieser Verfassung konnte Sophie rasch die Nerven verlieren und im Affekt tatsächlich abdrücken, bevor Eva überhaupt nahe genug an sie herankam. Und auf diese Entfernung würde ein Schuss verheerende Verletzungen anrichten – wenn sie nicht sofort tot war.

Sie hatte keine Ahnung von Selbstverteidigung, konnte nur auf eine Gelegenheit hoffen, bei der es ihr gelang, Sophie die Waffe abzunehmen. Allerdings setzte sie mehr darauf, dass jemand zu Hilfe kam. Irgendwann. Bis dahin blieb nur eins: Sophie zur Aufgabe zu überreden.

Plötzlich kam Bewegung in die junge Frau. Der angestrengte Ausdruck in ihrem Gesicht wich und sie hob ihr Kinn. Schon gab sie ein Kommando: »Setzen Sie sich. Nehmen Sie sich den Stuhl, der am nächsten bei Ihnen steht, und ziehen Sie ihn vom Tisch weg, direkt hier vor mich. Die Hände sichtbar auf die Knie.«

Eva nickte. Diesen Ton hätte sie dem Mädchen nicht zugetraut; Sophie wirkte gerade alles andere als unsicher. Eva hatte Mühe, sich zu bewegen, ihre Glieder schienen ihr nicht recht folgen zu wollen.

»Los!«, trieb Sophie sie schon an.

Langsam ging Eva seitlich zu dem Stuhl, während Sophie jede ihrer Bewegungen genau verfolgte, die Waffe ständig bereit und sich parallel zu ihr bewegend. Mit diesem Schachzug hatte sie Eva weit weg von allem manövriert, was ihr hätte helfen können: Das Zimmer mit dem Notknopf befand sich nun in ihrem Rücken, das Telefon mit dem Notclip lag hinter dem Schreibtisch auf einem Sideboard. Und ihr Schlüsselbund war wie immer in der obersten Schublade. Verdammt. Sie war ausgesprochen clever.

»Warum tun Sie das, Sophie?«, fragte Eva.

Ohne auf ihre Frage zu antworten, änderte die Pflegerin ihre Haltung, verlagerte die Waffe in ihre rechte Hand, während sie mit der Linken ihr Handy aus der Hosentasche zog und geschickt mit einer Hand bediente. Nicht eine Sekunde ließ sie Eva aus den Augen.

»Markus, du musst kommen, sofort!«

Evas Augen weiteten sich. Natürlich! Brielbeck steckte in der Sache mit drin. Deshalb hatte er es damals auch so eilig gehabt, den Strick im Duschraum zu entfernen …

»Ich bin im Dienstzimmer der Ärztin«, fuhr Sophie fort. »Was? – Nein. Aber niemand darf was merken, hörst du?!«

Die Stimme der Pflegerin war ungewöhnlich schrill, und sie fuchtelte erregt mit der Waffe herum. Eva duckte sich, hatte Angst, dass sich ein Schuss löste. Auch die männliche Stimme aus dem Hörer klang erregt, doch verstehen konnte Eva kein Wort. Aber wenn Brielbeck jetzt wütend reagierte, hatten sie das alles nicht geplant. Vielleicht würde das von Vorteil für sie sein.

»Sie weiß alles. Ich hatte keine andere Wahl«, hielt Sophie ihm lautstark entgegen. »Natürlich bin ich mir sicher! Sie hat die Sachen hier liegen, was soll überhaupt die Frage? Und bring Handschellen mit, hörst du?«

Eva blinzelte. Sie verstand überhaupt nichts. Und das war nicht gut. *Was* genau sollte sie wissen? Sie hatte immer noch keine Ahnung – was ihre Situation nicht gerade verbesserte. Aber sie musste sich cool verhalten. Vielleicht könnte sie mit Fragen ergründen, wie alles zusammenhing.

Das Mädchen hatte vorhin das Buch fixiert. Also musste Sophie mit den Drogen zu tun haben. Und da das Buch bei Winkler in der Zelle gewesen war, auch mit dem Mord an ihm. War sie wirklich so ausgebufft und machte im Knast Geschäfte? Oder wollte sie ihren Verlobten schützen? Eva starrte sie forschend an und horchte gespannt darauf, was sie weiter sagen würde.

»Sie kann nicht weg. Ich halte sie mit der Pistole in Schach. Bitte beeil dich! Wir sind alleine auf dem Stockwerk.«

Das hieß, Eva blieben nur noch wenige Minuten, um die Pflegerin dazu zu bewegen, sie gehen zu lassen. Kam erst ihre männliche Verstärkung, wäre Eva eindeutig im Nachteil. Oder sie musste den Mut aufbringen, sie anzugreifen. Ohne Rücksicht auf das Risiko.

Eva schloss die Augen, spannte ihre Muskeln an, konzentrierte sich. Doch es ging nicht. Ihr wurde eiskalt, und ihr Körper begann zu beben. Wieder starrte sie auf die Waffe, dann in Sophies Augen, die zu Schlitzen verengt waren. Nein. Ihr fehlte der Mut zu einem Angriff.

Sie konnte nur eines tun: reden. Auf einen Fehler hoffen. Oder ein Einsehen. »Haben Sie jemals auf einen Menschen geschossen, Sophie?«

Sophie hob den Kopf und lächelte. »In der JVA bin ich die Beste in meiner Gruppe. Meine Trefferquote liegt bei über neunzig Prozent. Mit der neuen Dienstwaffe bin ich sogar noch besser geworden. Wir haben die SFP9 zwar erst seit vier Wochen, aber sie liegt bombig in der Hand und hat mehr Schuss.«

Ein Grund mehr, vorsichtig zu sein und ihre Gegnerin

nicht zu unterschätzen. Dennoch war es ein Unterschied, ob man auf einen Pappkameraden schoss oder auf einen Menschen. Direkt von vorne. Kaltblütig. Würde Sophie dazu imstande sein?

»Ich war gerade beim Vergleichsschießen. Das war letzten Monat, als Sie krankgeschrieben waren. Ich war unter den ersten zehn.«

Sie war stolz auf diese Leistung. Und sie kannte ihre Waffe genau. Das machte Evas Situation nicht besser. Im Gegenteil. Sie bemerkte, dass sich während der Unterhaltung der Blick der jungen Frau erneut veränderte. Sie wirkte entschlossener. Und da war kein Mitleid in ihrem Blick.

»Sie wissen, dass Sie damit nicht durchkommen. Das alles wird auffliegen. Die Waffe ist auf Sie registriert.«

Die Schusswaffen der Krankenstation wurden in einem Safe in einem besonders mit Alarm gesicherten Zimmer aufbewahrt. Sie hätte diese Tür in ihrer ersten Woche beinahe schon einmal irrtümlich aufgeschlossen, deshalb wusste Eva das genau. Dass die Waffen nicht zentral aufbewahrt wurden, war ungewöhnlich und gab es so nur in Wiesheim. Der hohe Anteil von Frauen im weißen Vollzug hatte vor einigen Jahren zu dieser Sonderregelung geführt. Falls ein gefährlicher Patient im Krankentrakt behandelt oder mit dem Krankentransport begleitet werden musste, durften die Pflegekräfte ihre Waffen holen. Der Nachtschicht war das Tragen der Waffe ebenfalls erlaubt.

Über jede Entnahme wurde zwar genauestens Buch geführt, aber Eva war klar, dass die heutige sicher nirgends zu finden sein würde. Dennoch würde man zurückverfolgen können, wem die Waffe gehörte. Aber nur, wenn sie wirklich schoss... Erst dann würden die Schmauchspuren einen Hinweis liefern. Denn nichts würde auf Sophie hindeuten, und vermutlich würde ihr niemand so eine Tat zutrauen. Eva lief eine Gänsehaut über den Rücken. Mit einem Mal dachte sie an Winkler, daran, wie gut der Mord getarnt gewesen war.

Sophie schüttelte den Kopf. Entschlossen presste sie ihre Lippen fest zusammen, brachte sich in einen sicheren Stand.

»Nehmen Sie doch einfach die Waffe runter. Ich verspreche auch, nichts zu tun. Bitte, Sophie.« Sie schaute dem Mädchen direkt in die Augen. »Wir können doch über alles reden. Wenn Sie mich hier aber länger festhalten oder auf mich schießen... Früher oder später wird wieder jemand kommen. Sie wissen, dass Sie dann verhaftet werden, oder? Davor kann Sie auch Ihr Verlobter nicht retten.«

»Seien Sie still!« Sophie trat ein paar Schritte näher, stand jetzt bedrohlich nahe vor ihr.

Eva konnte direkt in den Lauf der Pistole sehen, ein schwarzes Loch, das sie ganz in seinen Bann zog. Ein Zittern überlief ihren ganzen Körper.

»Über nichts werden wir reden. Markus hatte alles gut geplant. Und dann sind Sie dahergekommen. Haben immer wieder Fragen gestellt. Fragen, Fragen, Fragen. Ihr Vorgänger machte immer nur Dienst nach Vorschrift. Niemanden hat interessiert, was sich hier abspielte. Aber Sie, Sie wollen alles wissen. Immer. Ich habe es Markus schon gesagt, als Sie nach dem Engel gefragt haben. Aber er wollte mir nicht glauben. Und jetzt...« Sie sog tief die Luft ein. »An allem, was jetzt hier passiert, tragen allein Sie die Schuld mit Ihrer verdammten Neugier!«

54.

Sie hörte ein Geräusch an der Tür, dann pochte es. Sophie schob sich rückwärts hin, vergewisserte sich, dass es ihr Verlobter war, und öffnete. Die Tür flog auf, als Brielbeck atemlos den Raum betrat und Eva und Sophie ungläubig anschaute.

»Bist du völlig übergeschnappt? Was hast du dir denn dabei gedacht?«, herrschte er Sophie in schroffem Ton an, die wieder hinter ihm zuschloss. Eva beachtete er nicht oder ging ihrem Blick bewusst aus dem Weg.

Sophie deutete mit dem Kopf zum Schreibtisch auf das Buch. »Sieh doch. Sie weiß Bescheid. Hörst du? Erst hat sie nach dem Engel gefragt, dann will sie von mir die Ausleihzeiten wissen. Sie hat das System durchschaut. Was hättest du denn an meiner Stelle gemacht? Es wäre doch sonst alles aufgeflogen.« Ihre Stimme klang brüchig und war kurz davor zu kippen.

Brielbeck fuhr sich durch die Haare. »Und wie sollen wir das jetzt wieder hinbiegen? Die Sache mit Winkler hätte schon fast alles verdorben. Aber das? Wir können sie nicht laufen lassen, das ist dir schon klar, oder?«

»Und was hätte ich tun sollen? Sie einfach machen lassen?« Sie deutete auf das Buch. »Sie *weiß* es. Ich hatte keine Wahl!«

»Verdammt, Sophie! Du schnallst es nicht. Wir stecken jetzt in echten Schwierigkeiten. Nur weil du die Nerven verloren hast! Der ganze Knast ist voller Menschen …«

Er starrte Sophie an und schüttelte den Kopf. Wütend stieß die Pflegerin einen Fluch aus, hielt Eva aber stets unbeirrt im Blick. Brielbeck ging zu Evas Schreibtisch, setzte sich und zog ihr Telefon heran, drückte auf verschiedene Tasten.

»Lass den Mist! Fessel sie lieber!« Sophies Stimme war so krächzend, dass sie sich immer wieder räuspern musste.

Gut so. Sophie stand eindeutig unter Druck.

»Und womit?«, herrschte er sie an. »Benutz dein Hirn, verdammt noch mal! Nur die Wachleute haben Handschellen. Das merkt doch ein Blinder, dass das kein Knasti war! Ich fasse es nicht! Wie blöd muss man eigentlich sein?«

Sophie schob den Unterkiefer vor und wurde krebsrot. Jetzt wirkte sie wie ein störrisches Kind, nicht wie eine Erwachsene. Aber ein Kind, das sicher mit einer Waffe umging. Das durfte Eva nicht vergessen.

»Ich muss nachsehen, ob sie schon die Polizei informiert hat. Und jetzt bete, dass das noch nicht passiert ist. Sonst können wir uns alles Weitere sparen und uns gleich freiwillig stellen.«

Dann verlangte er den Code für ihr Smartphone. Eva nannte ihn ohne zu zögern. Es brachte nichts, sich zu weigern, damit riskierte sie nur, dass er sie zwang und dabei verletzte und sie noch weniger Chancen hatte, sich zu wehren. Aber sie verfluchte sich, dass sie Brüggemann nicht kontaktiert hatte. Das hätte alles lösen können, wie sie gerade erkannte.

»Sie glauben doch nicht ernsthaft, dass diese Sache ohne Folgen bleibt, Herr Brielbeck. Wie wollen Sie das machen? Ich kenne Sie beide. Wenn Sie jetzt aufgeben, würde ich ein gutes Wort für Sie einlegen. Das verspreche ich. Sie können sich auch jetzt noch stellen.«

Er lachte. »Und was dann? Den Knast würde uns das nicht ersparen. Für wie dumm halten Sie mich?« Er sah sie eiskalt an. »Ich gebe nicht auf. Es war schon einmal fast so weit. Winkler, dieser Idiot, wollte uns auch auffliegen lassen. Und Sie wissen wohl am besten, wie es ihm ergangen ist.«

Eva hob den Kopf, wollte nicht zeigen, wie sehr seine Worte sie verstörten. Sofort schob sich das Bild der nackten Leiche vor ihre Augen. Der Strick um seinen Hals. So wollte sie auf keinen Fall enden.

»Okay«, sagte Brielbeck einen Moment später. »Offenbar hat sie nur dich vom Festnetz aus angerufen, sonst finde ich hier nichts. Unser Glück. Jetzt lass mich nachdenken, ich finde schon eine Lösung.« Brielbeck stützte den Kopf auf die Hände und starrte auf die Schreibtischplatte. Seine Finger trommelten nervös auf seine Schläfen.

Sophie hatte sich so positioniert, dass sie sowohl Eva als auch ihren Verlobten im Blick hatte. Sie war nun etwas weiter entfernt, dafür stand der Tisch zwischen ihnen. Eva hatte keine Chance, sie zu überwältigen. Der Weg zur Tür war noch immer zu weit, außerdem würde sie zu lange brauchen, um den Schlüssel umzudrehen. Ihr musste etwas anderes einfallen.

»Aber wie wollen Sie das dieses Mal anstellen?«, fragte sie und sprach möglichst laut, um die volle Aufmerksamkeit des Paares zu bekommen. Zeit war Evas einziger Verbündeter. Und sie musste so viel davon rausschinden wie möglich.

»Das weiß ich nicht, verdammt! Aber mir fällt was ein!

Ich muss nur in Ruhe nachdenken. Deshalb halten Sie gefälligst jetzt endlich Ihre Klappe!«

Auf keinen Fall, schwor sich Eva, und hob trotzig ihr Kinn. »Sie wissen, dass ich das nicht tun werde. Niemals. Sie haben mich kennengelernt, Herr Brielbeck. Ich lasse mich nicht so schnell einschüchtern. Und ich versichere Ihnen: Ich bin nicht wie Harald Winkler! Mich kriegen Sie nicht klein. Egal, wie viele Galgen Sie mir noch an die Tür hängen oder was Sie alles mit meinem Wagen anstellen.«

Irritiert schaute Sophie zu ihrem Verlobten. Doch der hielt den Kopf weiter gesenkt, hatte seine Hände einfach über die Ohren gestülpt und wippte leicht vor und zurück. Brielbeck hatte eindeutig das Sagen. Aber Sophie trug mit der Waffe im Moment die ganze Verantwortung. Würde sie diesem Druck standhalten? Eva musste es wagen. Ihn weiter erhöhen.

»Sophie kennt mich. Ich werde bei der Polizei auspacken. Da kommt jetzt schon einiges zusammen, egal wie gut Sie den Mord an Winkler vertuscht haben. Es fängt an mit Freiheitsberaubung. Wie viele Jahre stehen darauf? Ich bin keine Juristin, aber einige sind das sicher. Und wie wird ein ehemaliger Schließer wohl im Gefängnis behandelt …«

Sophies Lidschlag beschleunigte sich und sie schluckte schwer. Evas Worte zeigten Wirkung, denn wieder suchte ihr Blick den ihres Verlobten, dessen Wippen bei ihren Worten ebenfalls stärker geworden war.

»Dabei hatte ich gerade einen neuen Köder ausgeworfen«, murmelte Brielbeck vor sich hin. »Dann wären Schnepper und Zednik endgültig weg gewesen.«

Der Fund in der Zelle ging also auf Brielbecks Konto.

Langsam fügte sich das Puzzle zusammen. Winkler hatte irgendwie Wind von den Aktionen des Paares bekommen und war daraufhin ermordet worden. Ein Zeuge, der den beiden im Weg stand. Genau wie Eva jetzt. Sie schlug die Augen nieder, schluckte schwer. Ihre Kehle war ganz rau. Sie schielte nach der Waffe, und wieder fragte sie sich, ob Sophie sie eiskalt ermorden könnte.

Brielbecks Blick wanderte ziellos über ihren Schreibtisch und blieb unvermittelt an dem Buch hängen, das dort lag. Plötzlich stand er auf, trat an ihren Garderobenständer und nahm ihren Schal an sich.

»Was hast du vor?«, fragte Sophie, die kreidebleich wurde und offenbar denselben Gedanken hatte wie Eva.

Wollte er sie erwürgen? Instinktiv hob Eva die Arme und atmete keuchend durch den Mund. Sophie richtete die Waffe neu aus und kniff die Augen zusammen.

»Arme runter«, schrie sie.

Eva nahm sie blitzschnell herunter, ballte aber ihre Fäuste, bereit, sich gegen ihn zu wehren.

Doch Brielbeck ging zurück zum Schreibtisch, wickelte den Schal um seine Hand und legte den Umschlag zusammen mit dem Buch in die oberste Schublade. Dann brachte er den Schal zurück und schaute Eva triumphierend an. Sie erwiderte seinen Blick, hob wieder das Kinn und straffte die Schultern. Er würde keine Schwäche sehen. Ein Lächeln huschte über seine Züge.

Schließlich wandte er sich an seine Verlobte. »Schnepper und Zednik sollen verlegt werden. Heute noch. Sie sind gerade drüben in der Psychiatrie, bei der Herzog. Da dürften sie in einer guten halben Stunde fertig sein, dann muss ich sie dort abholen und wieder in ihre Zelle bringen. Aber bis dahin vermisst mich keiner. Wir haben also Zeit.«

»Und weiter?«, fragte Sophie.

Eva rutschte ein winziges Stück auf ihrem Stuhl nach vorne, so gespannt war sie zu hören, was er sich ausgedacht hatte.

»Ich bringe sie anschließend her. Dann werden die beiden unser kleines Problem hier lösen. Ganz einfach.«

Sophie schüttelte den Kopf. »Das machen die nie. Und selbst wenn: Das ist Mord, Markus. Dieses Mal kannst du den nicht so einfach vertuschen. Noch einen Suizid nimmt uns doch niemand ab. Und was, wenn sie aussagen? Warum sollten die uns denn schützen! Überhaupt: Wieso sollten die die schmutzige Arbeit für uns machen, wenn sie dafür noch länger sitzen müssen? Erklär mir das mal.«

Kluges Mädchen, dachte Eva. Nur nicht schlau genug, sich gar nicht erst auf so eine Tour einzulassen.

»Hast du eine bessere Idee, verdammt?«, schrie er Sophie an.

Sofort brach sie in Tränen aus. Sie ließ kurz die Arme sinken, doch schon war Brielbeck neben ihr und riss sie wieder hoch. Die Pistole berührte er nicht, dazu war er zu clever. Aber er legte kurz seinen Arm um Sophie, um sie zu beruhigen.

»Ich meinte das nicht so, entschuldige, Soph.« Er strich ihr über die Wange, und sofort schmiegte sie ihr Gesicht in seine Hand. »Die Frage ist nur, wie viel ich zahle. Schnepper schert sich nicht um ein Menschenleben, wenn die Summe hoch genug ist. Das weißt du. Ich muss dafür bloß vorher in die Kammer, in der die sichergestellten Waffen aufbewahrt werden. Da liegen so viele rum, es wird bestimmt niemandem so schnell auffallen, wenn eine davon fehlt.« Er sah auf die Uhr. »Zehn Minuten, länger brauche ich nicht.«

»Ich weiß nicht.« Sie schüttelte den Kopf. »Aber warum hätten sie denn herkommen sollen? Wenn die Psychologin sie schon gesehen hat, gibt es für eine Untersuchung doch gar keinen Grund.«

Er lächelte und deutete auf die Ärztin. »Ihr Gerede vorhin hat mich auf den Gedanken gebracht. Wir schlagen unsere Ärztin mit ihren eigenen Waffen. Mit dieser verdammten Überheblichkeit, mit der sie hier auftritt. Sie hat sich schon häufiger mit den Leuten hier angelegt. Das weiß auch die Direktorin, die vor Wut gekocht hat, als sie die Polizei gerufen hat. Jeder kennt mittlerweile ihre Art.«

Sein Blick ging zu Eva. Er genoss seine Ausführungen sichtlich. »Wir sagen einfach die Wahrheit: Dass sie herausgefunden hat, was mit den Drogen läuft, und dass sie geglaubt hat, sie könne die Jungs alleine zu einem Geständnis bewegen. Ich sollte die beiden dazu in ihr Büro bringen. Das wirst du bezeugen, weil du bei mir angerufen hast. Darum kümmere ich mich gleich, damit die Nummer zur richtigen Zeit gespeichert ist. Gleichzeitig hast du damit auch ein Alibi. Danach verschwindest du sofort zum Essen, damit dich in der Kantine jeder sieht. Die paar Minuten Unterschied fallen niemandem auf. Alles easy. Glaub mir.«

Er machte eine kurze Pause. »Nur leider hat unsere Frau Hanssen vergessen, dass sie es mit Strafgefangenen zu tun hat. Und das ist dann leider übel für sie ausgegangen. Die Kerle hatten sich nicht nur einen Generalschlüssel ergaunert, sondern auch eine Waffe. Und ich kam leider zu spät.«

Eva zuckte bei jedem seiner Worte zusammen. Nicht aus Angst, obwohl das, was er sagte, verdammt überzeugend klang. Sie erkannte vielmehr, dass sein Plan tatsächlich funktionieren könnte. Denn er hatte recht mit jedem verfluchten Wort, das er sagte.

Auch jetzt saß sie wieder in der Klemme. Und das nicht, weil der Knast so gefährlich war. Sondern weil sie alles im Alleingang machen wollte, sich nicht auf ihren eigentlichen Job konzentrierte, sondern glaubte, auch alles andere lösen zu können. Sie hatte auf eigene Faust einen Mord aufklären wollen, ohne sich jemals mit dem Kommissar abzusprechen – der sie obendrein mehrmals aufgefordert hatte, sich aus allem rauszuhalten. Aber sie war beleidigt gewesen, weil er ihrer Idee mit dem Thallium nicht gefolgt war. Und weil er sie von den Ermittlungen ausgeschlossen hatte. Das hatte sie jetzt davon. Es geschah ihr im Grunde ganz recht.

Den Galgenstrick, die Sache mit ihrem Auto, den Trauerflor, die gelöschte Datei – alles hatte sie für sich behalten und auch den Hinweis auf den Engel nur angedeutet. Damit hatte sie selbst dafür gesorgt, dass sie jetzt in der Falle saß. Sophie hatte recht: An allem, was hier passierte, trug sie selbst die Schuld.

Eva senkte den Blick und atmete heftig ein und aus. Kritik schmerzte am meisten, wenn sie einen wahren Kern hatte. Und diese brannte auf ihrer Haut wie Feuer.

Sophie sagte lange kein Wort. Dann nickte sie und antwortete: »In Ordnung. Was soll ich in der Zwischenzeit tun?«

Eva hob den Kopf. Brielbeck gab Sophie einen Kuss,

dann schloss er die Tür auf. »Hältst du hier noch einen Moment alleine durch?«

Sie nickte. »Geh.«

Der letzte Akt hatte begonnen.

Doch eines hatte Brielbeck übersehen: Tränen liefen über Sophies Wangen, als er die Tür hinter sich schloss.

55.

Brüggemann und Jovic folgten dem Wachmann, der sie zu ihrem provisorischen Büro zurückbegleitete. Zunächst war es Brüggemann schwergefallen, nicht sofort loszuschimpfen, als die Direktorin außer Sichtweite war, doch mit jedem Schritt verflog seine Wut etwas mehr.

Es brachte ohnehin nichts: Er musste die Gegebenheiten nehmen, wie sie waren. Das würde jedenfalls Jovic sagen, die gerade still neben ihm herlief, den Blick stur geradeaus gerichtet.

Immerhin blieben ihnen noch einige Stunden, bevor die beiden Strafgefangenen ihrem Zugriff entzogen wurden. Und vielleicht brachte die neue Spur sie endlich weiter. Jovic war brillant darin, Recherchen zu betreiben. Sicher hätte sie in kürzester Zeit alles über diese Sicherheitsfirma in Erfahrung gebracht. Und vielleicht war sogar einer der dort Beschäftigten aktenkundig. Er hoffte es beinahe …

Als ihnen gerade die letzte Schleuse geöffnet wurde, kam ein Anruf herein. Der Staatsanwalt.

»Santana hier. Die Direktorin hat versucht, mich zu erreichen, aber ich wollte mich zuerst bei Ihnen rückversichern. Gibt es endlich Fortschritte in der Sache?«

Brüggemann berichtete von dem Kreuz auf dem Zellenboden, der Verlegung und ließ durchblicken, er sei überzeugt, dass die beiden Gefangenen mehr wussten, als sie zugaben.

»Und wenn wir ihnen etwas für ihre Kooperation anbieten?«, fragte Santana. »Strafverkürzung oder eine Lockerung der Strafe? Was halten Sie davon? Vielleicht reden sie dann.«

Brüggemann blieb stehen. Das konnte Santana nicht ernst meinen. Hatte er überhaupt zugehört? Wenn Schnepper und Zednik den oder die Täter unterstützt hatten, wäre das die letzte Möglichkeit, die er in Erwägung ziehen würde.

Jovic riss die Augen auf und malte ein Fragezeichen in die Luft.

Doch Santana fuhr schon fort: »Warten Sie, es ist wohl am besten, ich komme gleich vorbei. Dann können wir das sofort mit der Direktorin durchsprechen. Es wirkt sicher glaubhafter, wenn ein solcher Deal direkt von mir angeboten wird.«

Bevor Brüggemann widersprechen konnte, hatte Santana schon aufgelegt. Er steckte das Smartphone ein und ging weiter in Richtung des Büros.

»Der Staatsanwalt will Schnepper und Zednik Hafterleichterung anbieten«, fasste er knurrend das Telefonat zusammen, als sie die Tür hinter sich geschlossen hatten.

Verblüfft schaute Jovic ihn an und ließ sich an die Tischkante plumpsen. »Was soll das denn? Ist das denn üblich?«

»Bei größeren Sachen schon. Wenn wir in einem wichtigen Prozess einen Kronzeugen brauchen. Aber hier ...« Er schüttelte den Kopf und schnaufte heftig. Leider konnte er sich vorstellen, warum der Staatsanwalt plötzlich so aktiv war, und das hing nicht mit dem Fall zusammen: Er setzte alles daran, eine bestimmte Person in der JVA zu beeindrucken, und versuchte, die Angelegenheit schnell und im Alleingang zu lösen. Um als Held dazustehen. Brüggemann ballte die Fäuste, hielt sich aber zurück, seine Wut herauszuposaunen.

»Egal«, sagte er. »Ich bin jedenfalls nicht bereit, mich jetzt mit diesem Blödsinn zu beschäftigen. Dieses Kreuz hat nichts zu bedeuten und ich könnte wetten, dass uns jemand damit nur in eine völlig falsche Richtung leiten will. Es gab vorher keine Todesdrohungen, und diese ist nahezu lächerlich. Außerdem drängt die Zeit. Bis heute Abend müssen wir etwas haben, um den Umzug unserer beiden Hauptverdächtigen zu verhindern. Also lass hören: Was hast du rausbekommen? Wo warst du überhaupt?«

Jovic wich seinem Blick aus und ging zu der großen Wand, an der sie alle Informationen gesammelt hatten.

»Ach, das ist gerade nicht so wichtig. Erzähl du. Irgendetwas hast du bei Jasinski doch herausgefunden, du sprühst ja förmlich vor Tatendrang.«

»Wusstest du, dass es hier auch eine private Sicherheitsfirma gibt, die zeitweise bei der Überwachung eingesetzt wird?«

Sie drehte sich zu ihm um. »Nein. Davon habe ich nie gehört.«

»Es handelt sich offenbar um ein Pilotprojekt. Man versucht damit dem Mitarbeitermangel in der JVA entgegenzuwirken. Die Externen werden wohl vor allem in der Nacht eingesetzt, wenn alle eingesperrt sind. Na, klingelt da bei dir was?«

Sie nickte. »Aber hallo! Schieß los. Wie heißt die Firma? Ich rufe gleich da an und lasse mir die Namen der Leute geben, die hier in den letzten Wochen eingesetzt wurden. Viele können das nicht sein.«

So sah er das auch. »Sie heißen die Guardian Angels.«

Aleksandra Jovics Hände flogen über die Tastatur, und sofort hatte sie die Homepage des Sicherheitsunternehmens gefunden. Das Firmenlogo war von geschwungenen Engelsflügeln flankiert.

»Die arbeiten auf allen möglichen Gebieten: Sicherheitstechnik, Personen- und Werkschutz, Streifen- und Revierdienste. Sieht sehr seriös aus. Schau mal.« Sie drehte das Laptop zu ihm und scrollte durch die Seiten. »Ich rufe da gleich mal an, in Ordnung? Oder müssen wir das erst mit der Direktorin abstimmen?«

Brüggemann überlegte kurz, dann schüttelte er den Kopf. »Wir haben keine Zeit. Wenn es Ärger gibt, nehme ich das auf meine Kappe. Ich will die Männer unbedingt überprüfen. Heute noch.«

Während Jovic die Kontaktdaten aufrief, starrte er auf das Logo. Er kannte den Namen noch aus einem anderen Kontext. In den USA waren in den frühen Achtzigerjahren gleichnamige Bürgerinitiativen entstanden, die für Sicherheit in einzelnen Stadtteilen sorgen sollten. In Deutschland gab es bereits ähnliche Gruppierungen – und er war sicher, dass derlei Maßnahmen in Zukunft zunehmen würden. Obwohl alle offiziellen Zahlen etwas anderes aussagten, empfanden die Bürger die Sicherheitslage als unsicher und wollten sich schützen. Keine schlechte Idee, eine solche Firma zu gründen. Auch der Name war gut: Schutzengel.

Nachdenklich rieb sich Brüggemann die Bartstoppeln

am Kinn. Er musste sich bald wieder rasieren, seine Haut begann schon zu jucken. Plötzlich erinnerte er sich an etwas. Eva Hanssen – hatte sie ihn nicht nach einem Engel gefragt? Bei ihr hatte es zwar nach einem Spitznamen geklungen, aber was, wenn es nicht um einen Menschen ging, sondern um ein Unternehmen? Er musste unbedingt wissen, warum sie der Name interessiert hatte.

»Halt, warte.« Er zog Jovics Arm herunter, die gerade bei der Firma anrufen wollte. »Mir ist noch etwas eingefallen. Bei meinem letzten Gespräch mit Eva Hanssen hat sie mich gefragt, ob ich mit einem gewissen Engel gesprochen hätte.«

»Ernsthaft?« Sie sah ihn gespannt an. »Und was noch?«

»Das ist es ja: nichts. Sie hat es dann abgetan. Ein Inhaftierter muss ihr gegenüber den Namen erwähnt haben. Das ist doch kein Zufall. Lass uns schnell zu ihr gehen, wir erwischen sie sicher in ihrem Büro. Sie muss mitten in der Sprechstunde sein.«

Jovic zögerte, dann schüttelte sie den Kopf. »Ruf sie doch besser an. Du hast selber gesagt, dass die Zeit drängt. Die Direktorin hat uns schließlich eben die rote Karte gezeigt. Wir teilen uns auf. Gerade wenn es diese privaten Wachleute gibt, sollten wir denen so schnell wie möglich auf den Zahn fühlen. Du versuchst, die Ärztin zu erreichen, und ich frage bei der Firma nach den Namen der Beschäftigten, die hier eingesetzt waren.«

Brüggemann nickte. Eva Hanssens Büronummer hatte er schon eingespeichert. Doch sooft er es klingeln ließ, niemand ging ran.

Jovic hingegen hatte jemanden erreicht und fragte routiniert nach einer Liste der Personendaten. Offenbar war es schwieriger als gedacht. Telefonisch wollte die Firma nichts herausgeben. Sie verlangten eine Legitimation.

Brüggemann versuchte es erneut bei der Ärztin, doch niemand hob ab. Eigentlich war das Telefon auf ihre Mitarbeiter umgestellt, solange sie die Sprechstunde durchführte. Aber auch die gingen nicht ran.

Rasch wählte er ihre mobile Nummer. Es klingelte durch, also war das Handy zumindest auf Empfang gestellt. Er lauschte – doch es schaltete sich nur die Mailbox ein.

Jovic legte gerade auf.

»Fünf Leute sind hier insgesamt beschäftigt gewesen, aber die Daten geben sie nur raus, wenn wir einen Dienstausweis faxen.«

Brüggemann starrte aus dem Fenster, rüber zu dem Gebäude, in dem der ärztliche Dienst untergebracht war. Er schrieb eine SMS und bat Eva Hanssen um sofortigen Rückruf. Eine seltsame Unruhe überfiel ihn. War es eigentlich normal, dass niemand seinen Anruf entgegennahm?

»Ist etwas nicht in Ordnung?«, fragte Jovic.

»Irgendetwas stimmt da nicht. Es ist niemand zu erreichen.«

»Sie arbeitet, schon vergessen? Wahrscheinlich hat sie einen Patienten da. Hast du ihr eine Nachricht hinterlassen?«

Er nickte.

»Dann meldet sie sich sicher, sobald sie wieder Zeit hat. Ich muss jetzt irgendwo ein Fax suchen. Kommst du mit? Dein Rang zieht bei denen sicher mehr. Na los, immerhin warst du es, der so auf die Zeit drängte.«

Unentschlossen stand er da, starrte immer wieder auf sein Handy. Schließlich lenkte er ein.

»In Ordnung. Aber danach gehen wir bei der Ärztin vorbei. Ich finde es seltsam, dass sich dort niemand meldet.«

Unentschlossen stand er am Fenster, versuchte seine Unruhe zu bekämpfen. Er seufzte. Wenigstens hatten sie jetzt eine Spur. Ein loses Ende, mit dem sie nun Stück um Stück das Knäuel entwirren konnten. Das war der Teil seines Berufs, den er am meisten liebte: Wenn sich endlich die Puzzleteile zusammenfügten und ein vages Bild entstand.

Schließlich steckte er sein Handy weg. Jovic hatte recht.

»An die Arbeit!«, rief er ihr zu und beeilte sich, zur Tür zu kommen.

56.

Das Telefon in ihrem Zimmer hatte minutenlang geklingelt. Jedes Mal, wenn die Tonfolge ertönte, war Sophie zusammengezuckt. Offenbar hatte sie Schwierigkeiten, ihre Emotionen wieder in den Griff zu bekommen.

Eva sagte das zweierlei: Sie waren immer noch alleine auf der Station, sonst hätte längst jemand aus ihrem Team das Gespräch angenommen. Der andere Punkt war jedoch wichtiger: Sophie war zwar von Brielbecks Plan überzeugt, dennoch schien sie das Ganze zu ängstigen. Vielleicht lag es auch an dem anhaltenden Adrenalinschub, der sie mittlerweile körperlich überforderte. Doch egal welchen Grund es hatte, Eva musste diese Schwäche unbedingt ausnutzen, bevor Brielbeck zurückkam.

Ihr Smartphone auf dem Schreibtisch begann zu vibrieren. Es gab nur wenige Menschen, die diese Nummer kannten. Und um diese Uhrzeit rief sie kaum jemand an. Eva merkte, dass sie neue Hoffnung schöpfte. Ann-Kathrin hatte ihr Handy nicht dabei und noch nie ihre Büronummer angerufen. Wenn derjenige, der es zuerst im Büro probiert hatte, es nun auch mobil versuchte, gab es vor allem zwei Personen, die infrage kamen: Brüggemann und Mateo Santana.

Sie fühlte, wie langsam die Kälte aus ihrem Körper wich. Es bestand ein wenig Hoffnung, dass doch noch jemand vorbeikam.

Sophie war in Bewegung, verlagerte permanent das Gewicht von einem Fuß auf den anderen. Das Geräusch irritierte sie. Schon war das Gerät wieder stumm.

»Sophie, Ihnen muss doch bewusst sein, dass Ihr Verlobter Sie gerade in etwas hineinzieht, aus dem Sie so ohne Weiteres nicht mehr herauskommen.«

Die Pflegerin kaute auf ihrer Unterlippe, starrte sie an. Dann wischte sie sich resolut die Tränen aus dem Gesicht und hob das Kinn. »Sie auch nicht. Ich weiß, wieso Sie so viel reden. Aber das wird Ihnen nichts nützen. Sein Plan klappt. Alles wird wieder gut werden.«

Eva schüttelte den Kopf. Was Sophie sagte, klang wie ein Mantra, so als wolle sie sich selbst glauben machen, dass alles spurlos an ihr vorüberginge. Am liebsten wäre Eva aufgestanden, um mit der Pflegerin auf Augenhöhe zu sein, doch als sie zuletzt nur die Arme gehoben hatte, war Sophie schon nervös geworden. Solange die Schusswaffe auf sie gerichtet war, durfte Eva sie nicht provozieren. Reden war der letzte Ausweg. Sie musste sie auf ihre Seite ziehen. Oder wenigstens Zeit schinden.

»Wir sprechen von Mord, Sophie. Ihr plant meine Hinrichtung.« Eva musste die Anrede wechseln, Nähe herstellen. »Tun wir für einen Moment so, als würde der Plan funktionieren: Glaubst du wirklich, dass du das jemals abstreifen kannst? Mit dieser Schuld musst du dann in Zukunft leben. Die vergeht nie mehr.«

Sophies Gesichtsmuskeln zuckten, und sie blinzelte kurz.

»Sieh mich an. Bitte«, fuhr Eva eindringlich fort. »Wenn du jetzt nichts tust, um mir zu helfen, dann bist du es, die entschieden hat, dass ich sterben soll.«

Wieder hob Sophie den Kopf, und ihre Nasenflügel blähten sich weit auf. »Das stimmt nicht. Ich habe nichts damit zu tun. Ich werde gar nicht mehr hier sein. Sobald Markus kommt, bin ich weg. Das haben Sie doch gehört!«

»Und dann was?«, schrie Eva. »Glaubst du, du kannst heute Abend gemütlich dein Abendbrot futtern, vor dem Fernseher rumlungern, deine Serien schauen und so tun, als wäre nichts passiert? Mädchen, wach auf! Das wird dich dein Leben lang verfolgen.«

Der Benachrichtigungston einer eingehenden SMS durchbrach die Stille. Sophies Kopf flog zur Seite, kurz richtete sie ihre Waffe auf das Smartphone, als wolle sie es zur Ruhe zwingen.

Aber schon nach einer Sekunde war ihre Aufmerksamkeit wieder bei Eva. Sie war nervös und verunsichert, ließ sich aber nicht aus dem Konzept bringen.

»Nennen Sie mich nicht Mädchen!«, zischte sie.

»Aber du verhältst dich gerade wie eins.« Eva hatte keine Lust mehr, sensibel vorzugehen. »Du bist naiv, wenn du glaubst, dass das alles hier reibungslos funktioniert. Das will dein Freund dich glauben machen. Schon der letzte Plan hat nicht funktioniert. Wieso sonst ist die Kripo im Haus? Hast du dich das nie gefragt? Und nächstes Mal werden sie noch mehr Beamte schicken.«

»Seien Sie still!«, stieß sie atemlos hervor. Unruhig tänzelte Sophie von einem Bein auf das andere.

Offenbar hatte Eva den wunden Punkt gefunden.

»Aber es ist wahr. Die Polizei ist im Haus. Jeder hat längst durchschaut, dass etwas nicht stimmt. Sie wiegen euch noch in Sicherheit, warten auf einen Fehler. Aber bald werden sie euch hochnehmen. Brüggemann ist der Beste, genau darum habe ich ihn gerufen. Ich bin sicher, sie sind euch schon auf den Fersen. Seine Kollegin war vorhin noch hier. Du müsstest sie gesehen haben.«

Sophie schnaufte. Ihre Wangen waren aufgeblasen. Sie wusste nicht, was sie tun sollte. »Sie bluffen!«

»Und wenn nicht?« Eva hielt den Blick direkt auf ihre Augen gerichtet. »Selbst wenn ich lügen würde: Wenn ihr mit mir fertig seid, wird es eine noch größere Untersuchung geben. Das wird in der Öffentlichkeit breitgetreten, dafür wird meine beste Freundin schon sorgen. Sie ist Journalistin bei einer großen Tageszeitung. Die Polizei wird keinen Stein auf dem anderen lassen, wird jeden von euch befragen, der Staatsanwalt ist ein Verehrer von …«

Mit zwei großen Schritten war Sophie bei ihr, hielt Eva die Pistole direkt vor das Gesicht. Eva wagte kaum zu atmen, starrte nur auf die schwarze Mündung. Der Geruch von Metall stieg ihr in die Nase, und sofort trat Schweiß auf ihre Stirn. Sie hätte am liebsten gefleht, Sophie solle aufhören, aber sie wagte kein Wort mehr zu sagen.

»Seien. Sie. Endlich. Still«, brachte Sophie gepresst hervor. Ihr Gesicht war gerötet, die Augen zu so schmalen Schlitzen verengt, dass Eva ihre Farbe nicht erkennen konnte.

Dann nickte sie kurz, ging rückwärts an ihren Platz zurück und blies verärgert eine Strähne aus ihrem Gesicht, die ihr kurz die Sicht genommen hatte.

Evas Herzschlag raste, und sie konnte den Harndrang nur mit Mühe unterdrücken. Das war knapp gewesen. Auch Sophie war außer Atem, leckte sich die trockenen Lippen.

Noch einmal musterte Eva die junge Pflegerin.

»Ich glaube, ich habe dich tatsächlich unterschätzt«, sagte Eva ganz leise. Und meinte es so. Sophie war nicht nur eine nette Pflegerin. Sie machte Kampftraining, beherrschte eine Waffe. Nur wer Rückgrat besaß, wurde in den Justizvollzug aufgenommen. Und sicher schaute man bei jungen Frauen zweimal hin, wenn sie den Straftätern hier Paroli bieten sollten.

Plötzlich ertönte erneut der Eingangston einer SMS.

Dann blieb minutenlang alles ruhig. Jeden Augenblick musste Markus Brielbeck zurückkommen. Das Warten und die Spannung machten sie langsam fertig. Eva konnte nicht anders. Sie musste einfach weiterreden.

»Nur eins noch: Wie handhabt ihr das mit den Drogen?«, fragte Eva, als sie sicher war, dass Sophie sich wieder beruhigt hatte. »Bist du der Engel?«

»Ich? Wieso …« Sophie brach ab und musterte Evas Gesicht. Für einen kurzen Moment ließ sie die Waffe ein Stück sinken, fing sich aber sofort wieder.

Ihr Gesichtsausdruck zeigte Erstaunen. Sie schien zu begreifen, dass Eva längst nicht so viel wusste, wie sie geglaubt hatte. Und konnte sich nun ausrechnen, dass sie selbst den Fehler gemacht hatte, zu früh aus der Deckung gekommen zu sein.

Sophie öffnete kurz den Mund, schwieg dann aber doch. Immer wieder verlagerte sie das Gewicht von einem Bein auf das andere, suchte einen sicheren Stand. Diese neue Erkenntnis hatte sie förmlich aus der Balance gebracht.

Das machte die Situation jedoch nicht weniger riskant. Im Gegenteil: Auch Raubtiere wurden gefährlicher, wenn man sie in eine Ecke trieb.

57.

»Wo warst du so lange?«, herrschte Sophie ihren Verlobten an, als sich die Tür endlich wieder öffnete. »Hier hat dauernd jemand angerufen. Verdammt, was wäre passiert, wenn meine Kollegen früher zurückgekommen wären?! Wir müssen uns beeilen! Ich halte das nicht mehr lang aus, Markus.«

Er schüttelte den Kopf. »Unten sitzen noch Patienten. Das wird noch eine ganze Weile dauern. Ein Kollege sorgt dafür. Er schickt noch ein paar Gefangene her. Lebensmittelvergiftung.« Er grinste. »Keine Sorge, ich habe alles geregelt.«

Sophie atmete sichtbar aus. »Hast du eine Waffe gefunden? Ich kann die Pistole bald nicht mehr halten. Kann ich jetzt endlich gehen?«

Eva horchte auf. Auch Sophie war nicht unfehlbar. Ihre Kraft ließ nach. Und Brielbeck musste noch die beiden Typen holen, von denen er gesprochen hatte. Vielleicht war das ihre Chance.

Brielbeck zeigte Sophie etwas, das aussah wie ein Messer, aber aus Plastik. »Draht habe ich keinen besorgt. Das wäre viel zu auffällig, denn wo hätten die den hier finden sollen? Wir nehmen einfach Kabel. Das sieht echt aus. Wie ein spontaner Überfall.«

»Und du bist sicher, dass das alles klappt? Wird Schnepper das Ganze überhaupt mitmachen?«

Er schnaubte genervt, sagte aber nichts, sondern bückte sich hinter einen Schrank.

»Antworte! Wie viel willst du ihm denn eigentlich bezahlen? Was, wenn wir gar nicht genug Geld dafür haben?«

»Lass das mal meine Sorge sein. Ich dachte, du willst hier raus, also lass mich jetzt endlich weitermachen!«

»Und wenn sie doch auspacken?« Ihre Stimme klang schrill. »Ich habe Angst, Markus. Ich weiß nicht, ob ich das schaffe… Mich hat schon die Sache mit dem Winkler fertiggemacht. Das hier ist noch tausendmal schlimmer. Und ich stecke mittendrin.«

Eva krallte sich an ihrem Stuhl fest. Sophie hatte ihr zugehört, ihre Verunsicherung war deutlich zu spüren.

Bitte, lass nicht nach, dachte sie. Aber sie hielt sich zurück, wollte die Aufmerksamkeit nicht auf sich lenken. Je mehr Zeit mit diesen Diskussionen verging, desto besser. Es war keine SMS mehr gekommen. Vielleicht hatte sie Glück und es war wirklich Brüggemann, der sie sprechen wollte. Sie verdrängte den Gedanken, dass er sie bisher aus allem heraushalten wollte.

»Denen glaubt doch keiner, Soph, das sind bloß Verbrecher. Abschaum. Mein Wort zählt mehr als das von diesen Lügnern. Außerdem habe ich einen Trumpf im Ärmel: Ich habe mit dem Handy gefilmt, wie sie Winkler in den Duschraum gebracht haben. Damit habe ich sie in der Hand, verstehst du?«

Sie schüttelte den Kopf, wieder konnte sie das Weinen nicht unterdrücken. »Du hattest mir versprochen, alles würde besser. Du wolltest mich hier rausholen! Und jetzt? Wenn du Schnepper bezahlen musst, haben wir doch nichts mehr. Wie sollen wir denn dann abhauen? Wir wollten doch neu anfangen.« Ihre Stimmlage wurde immer höher. »Die werden uns einsperren! Wir stecken noch tiefer in der Scheiße, als ich gedacht habe!« Verzweifelt redete Sophie auf Brielbeck ein. Sie hatte Angst. Eindeutig.

»Halt die Klappe, Soph«, herrschte er sie an. »Wessen Schuld ist das denn? Wem sind denn die Nerven durchgegangen? Mir jedenfalls nicht.« Er schaute sie wütend an, seine Nasenflügel blähten sich auf. »Konzentrier dich jetzt auf die Ärztin, kapiert? Bisher hat alles geklappt, also vertrau mir einfach. Ich kriege das hin.«

Doch Sophie konnte nicht aufhören, ein Damm war gebrochen. »Aber die Ärztin hat recht. Das ist etwas anderes. Damit kommen wir nicht durch! Niemals. Du kannst sie nicht einfach umbringen. Das fliegt alles auf!«, schrie sie schrill.

Eva hörte deutlich den hysterischen Unterton in Sophies Stimme. Das Mädchen war kurz davor, die Nerven zu verlieren. Der ausgestreckte Arm, mit dem sie die Waffe hielt, zitterte stark, obwohl sie ihn mit der anderen Hand stützte. Mittlerweile bebte ihr ganzer Körper. Immer wieder strich sie sich den Schweiß aus der Stirn, leckte sich die Lippen. Ihr Arm wurde lahm, das hatte sie selbst gesagt. Alles eindeutige Zeichen für eine Panikattacke. Eva musste Sophie ganz genau im Auge behalten. Sich voll auf sie konzentrieren.

Brielbeck kümmerte sich nicht um sie. Als er das Telefonkabel aus der Wand riss, zeterte Sophie weiter: »Wenn sie hier drin sind, was genau soll denn dann passieren? Du hast nur ein Messer besorgt. Und wenn etwas dazwischenkommt…« Sophie deutete auf Eva. »Was, wenn sie das überlebt?«

Brielbeck klopfte auf sein Pistolenholster, das Eva bisher gar nicht aufgefallen war. Genauso wenig wie die Handschuhe, die er trug.

»Keine Sorge. Ich habe gerade noch meine Waffe geholt. Deshalb hat es auch länger gedauert. Ich muss die beiden ja später ganz offiziell in die andere Einrichtung überstellen. Unser Glück. Es war kein Problem, die Pistole jetzt schon zu bekommen. Niemand hat Fragen dazu gestellt.«

Sophie kaute auf ihrer Unterlippe.

»Du siehst, ich habe an alles gedacht. Es wird keinen geben, der am Ende irgendetwas sagen kann. Dafür werde ich sorgen.«

Sophie runzelte die Stirn. Zwar schwieg sie jetzt, beruhigt hatte seine Antwort sie allerdings nicht. Im Gegenteil. Sie verstand, was das bedeutete: Er war bereit, einen Mord zu begehen.

Verbissen arbeitete er weiter, war hoch konzentriert damit beschäftigt, in dem Büro genug Material zu finden, um Eva zu fesseln, damit der Überfall wirklich spontan wirkte.

Sie überlegte fieberhaft. Schnell. Sie brauchte einen Ausweg.

Eva hielt beide im Blick. Würde Sophie ihren Verlobten wirklich schützen? So wie Winkler sich vor seine Frau gestellt hatte? Oder erkannte sie jetzt, dass seine Tat auch Auswirkungen auf sie selbst hatte? Dachte sie darüber nach, wie es sich anfühlte, mit einem Mörder das Leben zu teilen? Eva wünschte, sie könnte ihre Gedanken lesen.

Brielbeck zerrte an den Kabeln des Computers, prüfte die Biegsamkeit, nahm erneut Maß. Dann ging er zu der Garderobe, vermutlich um ihren Schal zu holen. Danach würde er direkt von vorne auf sie zukommen. Eva konnte den Blick nicht von den Kabeln abwenden, die er in seiner Hand hielt. Er stand direkt in Sophies Schusslinie.

Wenn es eine Chance gab, Brielbeck zu überwältigen, dann war sie genau jetzt gekommen. Vermutlich ihre letzte. Evas Körper war wie ein Bogen gespannt. Sie musste den richtigen Moment abpassen, ließ ihn keine Sekunde aus den Augen.

Sie mobilisierte all ihre Kräfte, spürte, wie das Adrenalin erneut durch ihren Körper strömte. Jede Faser war darauf ausgerichtet, sich zu verteidigen. Zu überleben. Sie würde nicht enden wie Winkler. Sie hatte einen Plan.

Doch sie hatte nur einen Versuch. Der musste klappen.

»Ich binde sie jetzt fest, dann bringst du deine Waffe zurück in die Waffenkammer, verstanden? Hast du die Entnahme vorhin eingetragen?«

Sie schüttelte den Kopf.

»Braves Mädchen.«

Sophie stand stocksteif da. Ihre Lippen bebten, und die Augen waren gerötet. Vielleicht nahmen ihr die Tränen die Sicht. Eva musste es riskieren. Sie hatte nichts zu verlieren.

Als Brielbeck nur noch knapp einen Meter von ihr entfernt war, schon leicht vorgebeugt, stieß sie sich ab, sprang hoch und rammte dabei mit aller Kraft ihre Stirn mitten in sein Gesicht, zielte direkt auf die Nase. Er schrie auf, ließ die Kabel fallen, schützte seinen Kopf mit einer Hand, mit der anderen versuchte er sie von sich fernzuhalten.

Eva schüttelte sich kurz, ihre Stirn schmerzte, aber sie stemmte sich mit aller Kraft gegen ihn und stieß dann ihr Knie mit Wucht in seine Genitalien. Er brüllte vor Schmerzen. Jetzt musste sie zur Tür sprinten. Er hatte sie nicht wieder verschlossen. Doch als sein Oberkörper nach vorne sackte, dröhnte ein lauter Knall durch das Zimmer.

Evas Atem ging stoßweise. Ihr Kopf und ihr Knie taten höllisch weh, auch ihr Arm, an den sich Brielbeck kurz gekrallt hatte, aber sosehr sie in sich hineinhorchte, da war kein anderer Schmerz. Sophie hatte sie nicht getroffen.

Brielbecks Augen waren weit aufgerissen, und sein Blick veränderte sich. Dann hörte sie Sophies verzweifelten Schrei. Er streckte die Hand nach Eva aus, suchte Halt, aber sie trat rasch einen Schritt zurück. Schon sackte er in sich zusammen, hielt sich die Brust, aus der aus einer Wunde Blut hervorquoll.

Sophie stand reglos da, ihr Mund noch immer von dem Schrei geöffnet. Ihre Arme hingen schlaff herab, aber sie hatte noch die Waffe in der Rechten.

Würde sie erneut schießen?

Sekundenlang wagte Eva nicht, sich zu bewegen, obwohl das Mädchen sich nicht rührte. Doch plötzlich schloss Sophie die Augen und begann laut zu schluchzen. Ihr ganzer Körper bebte, Speichel tropfte von ihren Lippen, immer wieder schüttelte sie den Kopf.

In dem Moment hörte Eva etwas hinter sich. Auch Sophie war aus ihrer Starre erwacht, aber bevor sie reagieren konnte, war Temme schon bei ihr und entriss ihr die Waffe. Sie wehrte sich nicht einmal.

»Ich habe einen Schuss gehört. Und ich hatte ja noch

meinen Schlüssel … Ihre Mitarbeiterin hatte vergessen, mir den abzu …«

Ohne nachzudenken, hechtete Eva über den Schreibtisch und zog den Clip aus ihrem Telefon. Ohrenbetäubend laut ertönte die Sirene. Dann rannte sie zurück zu Brielbeck, nahm ihren Schal, band einen dicken Knoten und presste ihn so fest sie konnte auf die Wunde. Er lebte noch. Aber er musste dringend versorgt werden. Jede Sekunde verlor er Blut.

»Herr Temme, mein Handy! Auf dem Schreibtisch«, schrie Eva gegen den Lärm an. »Wir brauchen einen Krankenwagen. Er muss durchkommen!«

Dann rief sie Sophie zu: »Sie haben ihn nicht getötet! Hören Sie? Sophie! Er lebt.«

Das Mädchen stand unverändert da und brabbelte vor sich hin. Sie hatte einen Schock. »Wir wollten es mal besser haben. Haben von einem Haus geträumt …« Sophies Stimme klang schrill. »Und jetzt? Ich verliere meinen Job, meine Wohnung. Alles. Das hat doch keinen Sinn mehr!« Ihre Stimme schraubte sich mit jedem Wort höher.

Temme eilte zum Schreibtisch, legte die Waffe hin und sah Eva konzentriert an, die ihm schon ihre Geheimzahl zum Entsperren des Handys zurief. Doch er zitterte zu sehr. Rasch lief er zu Eva und hielt ihr das Smartphone entgegen.

Im Hintergrund bemerkte Eva eine Bewegung. Die Waffe! Sophie war an den Schreibtisch geeilt und führte gerade die Hand an ihre Schläfe. So schnell sie konnte, rappelte sich Eva wieder hoch, stieß Temme zur Seite und hechtete mit einem großen Satz zu Sophie, schlug blindlings unter ihren Arm. Ein zweiter Schuss peitschte durch den Raum.

Zitternd brach Sophie zusammen. Der Schuss hatte sie verfehlt und war in die Decke gegangen. Behutsam nahm Eva ihr die Waffe ab und übergab sie Temme, der völlig verdattert auf dem Boden saß. »Halten Sie sie dieses Mal um Himmels willen fest!«, schrie sie. Dann riss Eva ihre Jacke von der Garderobe und legte sie dem Mädchen um die Schultern. Sophie brauchte Wärme.

Aber wichtiger war, sich jetzt um Brielbeck zu kümmern. Er war noch bei Bewusstsein. »Pressen Sie Ihre Hände hier drauf, so fest Sie können. Ich rufe den Rettungswagen.«

Doch bevor Temme das Handy an sie übergeben konnte, wurde der Raum von Wachleuten geflutet, im Hintergrund erkannte Eva Lisbeth, die die Hand vor den Mund hielt und ungläubig die Szenerie betrachtete.

»Einen Notarzt«, schrie Eva. »Er verliert viel Blut.« Sie hielt wieder ihre Fäuste auf die Wunde gepresst. »Ich bleibe bei Ihnen, bis jemand hier ist«, sagte sie zu Brielbeck.

Was danach geschah, konnte Eva nicht mehr genau sagen. Sie konzentrierte sich nur auf die Augen ihres Patienten, sodass sie nicht mitbekam, wie Sophie in Handschellen abgeführt wurde.

Sie konnte auch nicht sagen, wie viel Zeit verging, bis der Notarzt eintraf. Aber als sie sich erhob, um dem Kollegen Platz zu machen, der alles bei sich führte, um dem Verletzten zu helfen, spürte sie, wie jemand sie stützte und den Arm um sie legte. Eva ließ ihren Kopf dankbar an eine Brust sinken. Sie war plötzlich furchtbar müde.

Nach einigen Minuten sah sie hoch und spürte Mateos Lippen auf ihrer Stirn. Verwirrt schaute sie ihn an. Was machte er hier? Wie konnte er wissen, dass in der JVA etwas passiert war?

»Mein Gott, ist alles in Ordnung? Ich hatte schon befürchtet, dir wäre etwas passiert!«, unterbrach er ihre Gedanken.

Sie zwang sich zu einem Lächeln. »Alles gut. Den Umständen entsprechend. Mein Kopf tut weh, aber sonst … Bitte, kann ich mich setzen?« Sie fühlte eine Beule an ihrer Stirn.

Er zog einen Stuhl heran, hielt sie am Arm, während sie sich setzte, und legte seinen Mantel um ihre Schultern. Er roch nach seinem Aftershave.

Sie fröstelte, wollte ihn enger um sich ziehen, da fiel ihr Blick auf ihre zitternden Hände, die voller Blut waren. Brielbecks Blut.

Langsam begriff sie. Es war vorbei. Der Albtraum hatte endlich ein Ende.

Erleichtert hob sie den Kopf, betrachtete ihr Büro, die vielen Menschen. Alle redeten durcheinander, Jovic versuchte sie aus dem Raum zu scheuchen. Vermutlich wegen der Spuren.

Ein Stück abseits entdeckte sie Brüggemann, der in der Tür stand. Er war leichenblass und starrte auf irgendetwas auf dem Boden.

Sie hob kurz die Hand, und sofort wandte er ihr seinen Kopf zu. Ihre Blicke trafen sich. Santanas Mantel auf ihren Schultern wog plötzlich zentnerschwer. Sie schlug die Augen nieder.

Kommandos wurden gerufen, sie legten Brielbeck auf eine Trage und schoben ihn eilig nach draußen.

Brüggemann sah sie noch einmal an, dann drehte er sich um, folgte den Ärzten und verschwand aus Evas Sichtfeld.

58.

Protokoll vom 15. November 2019, 13.00 Uhr. Vernehmung von Sophie Frick, im Beisein von Gefängnisärztin Eva Hanssen als Zeugin und Maren Schilling, Direktorin der JVA Wiesheim.
Gesprächsführer: KHK Lars Brüggemann
Aufnahme und Protokoll: KOK Aleksandra Jovic

– Frau Frick, wir sind heute auf Ihren ausdrücklichen Wunsch hier zusammengekommen, weil Sie umgehend ein Geständnis ablegen möchten. Ist das richtig?
– *Ja.*
– Fühlen Sie sich nach allem, was gerade passiert ist, in der Lage, bereits jetzt eine Aussage zu den Ereignissen zu machen? Wenn Sie nicht fit genug sind, können wir dieses Gespräch auch an einem anderen Tag führen, im Beisein Ihres Anwalts.
– *Nein. Ich möchte jetzt ein Geständnis ablegen.*
– Gut. Dann möchten wir gerne von Ihnen wissen, was sich in den vergangenen Monaten im Haus III, zweiter Stock, zugetragen hat. Benutzen Sie bitte Ihre eigenen Worte. Wenn ich etwas nicht verstehe, werde ich nachfragen. In Ordnung?
– *(Nickt.)*
– Wie kam es zu dem Mord an Harald Winkler? Sind Ihnen die näheren Hintergründe bekannt?
– *Ja.*

– Können Sie uns bitte beschreiben, was genau passierte? Von Anfang an, bitte.
– *Winkler hat durch einen Zufall mitbekommen, dass wir dieses Haus mit Drogen beliefern.*
– Können Sie uns sagen, wer mit *wir* gemeint ist?
– *Mein Verlobter Markus Brielbeck, ein Kollege von seiner Schicht, zwei Sicherheitsleute der Guardian Angels und ich.*
– Danke. Bitte fahren Sie fort.
– *Winkler hat gedroht, die ganze Sache zu melden. Da kam mein Verlobter auf die Idee, ihn in die Gemeinschaftszelle zu zwei seiner besten Kunden verlegen zu lassen. Markus hat alles so gedreht, dass Winkler als akut suizidgefährdet eingestuft werden musste. Der Mann wollte ja nie viel mit den anderen zu tun haben, da war das nicht weiter schwer. Er hat noch ein paar Sachen erfunden, damit alles passte. Und bei seiner Vorgeschichte ... Frau Herzog hat den Köder sofort geschluckt und Maßnahmen angeordnet.*
– Mit den zwei besten Kunden meinen Sie Dirk Schnepper und Jakub Zednik, richtig?
– *Genau.*
– Er wurde zuvor von Judith Herzog begutachtet. Was ich nicht verstehe: Warum hat Winkler nicht einfach in der Sitzung bei der Psychologin alles offengelegt? Dort war er doch in Sicherheit.
– *Sie hatten ihm die Drogen untergeschoben und alles so hingebogen, dass der Verdacht auf ihn gefallen wäre, nicht auf die Männer.*
– Wie wurde das genau gemacht?
– *Wir haben die Kunden über die Bibliothek beliefert. Bestimmte Titel enthielten kleine Mengen Marihuana, Haschisch oder*

auch gemörserte Tabletten, die wir in die Umschläge eingearbeitet haben. Die Bücher werden von den Gefangen selbst ausgeteilt. Da hätte niemand gesungen. Alle profitieren schließlich davon.

– Und die Bezahlung?

– *Das Geld wird von Angehörigen oder Freunden auf ein neutrales Konto überwiesen. Eine Opfer-Stiftung. Natürlich keine echte.*

– (Räuspert sich.) Zurück zu den Büchern. Es waren immer die Klassiker der Weltliteratur, richtig?

– *Genau. Und die Bibel. Ein großer Teil davon stand permanent bei Winkler in der Zelle. Außerdem …*

– Reden Sie ruhig weiter. Außerdem?

– *Sie haben ihn gequält.*

– Bitte genauer. Wer hat wen gequält?

– *Zednik und Schnepper haben Winkler immer wieder schikaniert, um sicher zu sein, dass er nicht noch einmal den Notknopf drückt. Das hat er vorher wohl gemacht.*

– Wann war das?

– *Vor ein paar Wochen.*

– Aber davon gibt es keine Aufzeichnung. Wir haben das überprüft.

– *Markus hat das Protokoll manipuliert. Er war derjenige, der damals nach dem Rechten gesehen hat.*

– Verstehe. Wie haben Schnepper und Zednik Winkler schikaniert? Können Sie uns ein Beispiel nennen?

– *Ich … Markus hat nur selten etwas davon erzählt. Sie haben ihm seine Sachen gestohlen, ihm das Bettzeug weggenommen, damit er in der Nacht fror, seine Briefe versteckt oder vor seinen Augen zerrissen. So was. (Pause.) Einmal, nach der Sache mit dem Alarm, da musste er nackt mit einer Zahnbürste die ganze Zelle putzen. Sie … sie haben ihn dabei immer wieder getre-*

ten, wollten ihm damit bessere »Manieren« beibringen. (Hustet.) Bitte, könnte ich eine kleine Pause bekommen?

– Wir sind fast fertig. Lassen Sie uns bitte noch die letzten Fragen durchgehen, dann dürfen Sie sich ausruhen.

– *(Nickt.) In Ordnung.*

– Wer ist der »Engel«?

– *Das ist mein Verlobter, Markus Brielbeck. Den Spitznamen haben ihm die Häftlinge gegeben. Als das Projekt mit den Guardian Angels begann, kam er auf die Idee. Die Männer durften ja mit dem Wagen direkt in die Anstalt fahren. Damit konnte alles Mögliche in die JVA geschafft werden.*

– Sie meinen die Drogen?

– *Auch.*

– Was noch?

– *Handys. Und Frauen. Nicht oft. Aber sie brachten auch Prostituierte mit. Das gab die höchsten Einnahmen.*

– Wurden auch andere Häuser beliefert?

– *Nein. Zumindest weiß ich davon nichts.*

– Wie lange lief das Ganze schon?

– *Ein paar Monate. Nicht lange. Wir wollten nach einem halben Jahr Schluss machen, uns beide auf unbestimmte Zeit beurlauben lassen. Quasi mit Ende des Pilotprojekts.*

– Aber dann kam die Sache mit Winkler dazwischen.

– *Das war nicht unsere Idee!*

– Wessen dann?

– *Schneppers. Er hat den Mann umgebracht. Zumindest glauben wir das. Wir wissen selbst nicht genau, wie es passiert ist. Als Markus dazukam, war Winkler schon tot. (Zögert.) Jedenfalls hat er mir das so erzählt.*

– Was war der Grund dafür? Wissen Sie das?

– *(Nickt.) Sie wollten einen Selbstmord inszenieren, um selbst eine frühere Haftentlassung zu erwirken. Als Traumatisierte. Sie haben ihn ermordet und ihn dann in der Zelle aufgehängt. Aber Markus meinte, das würde niemand glauben. Also, dass sie nichts davon mitbekommen haben, wie er das gemacht hat.*

– Deshalb haben sie ihn in die Dusche gebracht und Frau Hanssen zur Begutachtung gerufen. Und das war dann alles?

– *Nein. Sie haben einen anderen Gefangenen in dem Gebäude etwas schlucken lassen. Rattengift. Das hatte ich vom Hof meiner Eltern besorgt. Wir hatten überlegt, die Drogen damit zu strecken.*

– Sie meinen das Thallium?

– *Ja.*

– Aber das ist Gift. Es schädigt das Nervensystem. Und ist deshalb in Deutschland seit Jahren verboten, wenn ich richtig informiert bin.

– *Deshalb ist ja bei uns daheim niemandem aufgefallen, dass es fehlte. Aber die Leute stehen da eben drauf. Denen ist völlig egal, was sie nehmen: Pflanzenschutzmittel, Badesalz. Hauptsache, der Kick ist da. Daran können Sie mir nicht die Schuld geben. (Seufzt.) Wir haben sofort Hilfe gerufen, und der Mann wurde dann auch gleich ins Krankenhaus eingeliefert. Lisbeth Haberer und Frau Dr. Hanssen haben das veranlasst. Dort wurde ihm ja ein Gegenmittel verabreicht, ich habe das Fax gesehen. Während sich alle um den Kranken kümmerten, haben sie Winkler von der Zelle in die Dusche gebracht. Dann hat Markus die Ärztin erneut angerufen …*

– Danke. Das war für den Moment alles, was wir wissen müssen.

– *Was wird jetzt mit mir?*
– Das hat der Staatsanwalt zu beurteilen. Eine akute Fluchtgefahr besteht zwar in meinen Augen nicht, aber da Frau Dr. Hanssen erwähnte, dass Sie sich am Tatort das Leben nehmen wollten, werden wir Sie voraussichtlich zunächst in Gewahrsam behalten.

59.

Schweigend saßen Eva Hanssen und Maren Schilling in dem Vernehmungsraum, nachdem Sophie auf Empfehlung von Brüggemann und Jovic in eine andere Anstalt überführt worden war. Solange nicht abschließend geklärt war, wie viele Angehörige des Wachpersonals noch in die Machenschaften des Engels involviert waren, erschien die Gefahr zu groß, dass ihr jemand in Wiesheim zu Hilfe kam – oder sie zum Schweigen bringen wollte.

»Das werde ich nicht aus der Presse heraushalten können, fürchte ich«, sagte die Direktorin resignierend.

Eva nickte. »Das Haus wird voll sein, in den nächsten Stunden und Tagen.«

»Das geschieht mir wohl ganz recht.« Maren Schilling sah zu Boden. Ihr Oberkörper war nach vorne gebeugt und sie stützte ihre Arme auf den Knien ab. Man sah ihr deutlich das Gewicht an, das nach Sophies Geständnis auf ihr lastete.

»Ich muss mich bei Ihnen entschuldigen«, sagte sie nach einer Weile.

»Das haben Sie doch schon. Erinnern Sie sich?«

»Nein. Das reicht nicht. Ich habe meinen Männern hier in der JVA vertraut. Blind. Ich habe nicht einen einzigen Moment an ihnen gezweifelt. Dabei haben sie mich eiskalt belogen und den Ruf der JVA in höchstem Maß geschädigt. Das wirft nicht gerade das beste Licht auf mich und meine

Menschenkenntnis.« Sie seufzte. »Ihre Meinung habe ich infrage gestellt. Dabei haben Sie mir sogar den Spiegel vorgehalten. Aber ich wollte das um keinen Preis wahrhaben. Stattdessen hielt ich Sie für anmaßend. Ihre Art genauso wie Ihre Handlungen.«

Eva seufzte und musste unweigerlich an das denken, was Brielbeck über sie gesagt hatte. »Da sind Sie nicht die Einzige, fürchte ich. In Wiesheim genieße ich nicht den besten Ruf, wie mir scheint.«

»Mag sein. Aber das war nicht richtig. Das habe ich heute erkannt. Frau Hanssen, ich will ehrlich zu Ihnen sein. Nach allem, was in den letzten Wochen passiert ist, war ich mir nicht sicher, ob ich Ihren Vertrag nach der Probezeit verlängern sollte.« Sie sah Eva offen ins Gesicht. »Nun muss ich mich allerdings eher fragen, ob ich die Richtige in dieser Position bin.«

Eva musterte Maren Schillings Gesicht. Sie meinte ernst, was sie sagte. »Das muss ich mich genauso fragen.«

»Sie haben nichts falsch gemacht. Ganz im Gegenteil. Ich hoffe sehr, dass Sie bei uns bleiben. Trotz dieser Sache.«

Eva wollte sich dazu in diesem Moment nicht äußern. »Wenn Sie wüssten! Ich habe eine ganze Menge falsch gemacht.« Sie dachte vor allem an Temme, den sie unbedingt aufsuchen musste, um sich bei ihm zu entschuldigen. »Sie hatten nicht unrecht, über meine Entlassung nachzudenken. Und wenn Sie so wollen: Sophie war aus meiner Abteilung, und auch ich hatte keine Ahnung.«

Maren Schilling schüttelte den Kopf. »Sophie ist da in etwas hineingeraten. Sie ist jung, verliebt. Sie hat nicht überblickt, was da auf sie zukommt. Vermutlich hat sie sich ein bisschen wie in einem Film gefühlt. Kennen Sie *Thelma und Louise*?«

Natürlich kannte sie den Film. Sie hatte ihn geliebt, als sie ihn als Teenager zum ersten Mal gesehen hatte. Ihre Mutter hatte die VHS-Kassette besessen. Das war alles noch vor dem Unfall ihrer Eltern gewesen. Danach hatte sie ihn nie wieder angesehen.

»Sie hat auf ihren Verlobten geschossen«, sagte Eva. »Ohne zu zögern.«

»Glauben Sie nicht, dass es ein Versehen war?«

»Eine so gute Schützin? Bestimmt nicht. Sie muss erkannt haben, dass das alles kein gutes Ende nehmen würde. Und hat gehandelt, bevor sie eine Schuld auf sich laden musste, mit der sie nie mehr würde leben können. Deshalb hat sie auch nicht auf seinen Kopf gezielt. Sie wollte, dass er überlebt.«

»Wird er denn durchkommen?«

Eva nickte. »Ich habe mit dem Krankenhaus telefoniert. Sie haben ihn operiert, die Kugel entfernt und ihm eine Bluttransfusion gegeben. Sein Zustand ist ernst, aber nicht kritisch. Auch ihm wird der Prozess gemacht werden.«

»Gut.« Maren Schilling seufzte. »Noch mal zurück zu Sophie: Im Grunde hat sie nur einen Fehler begangen: sich den falschen Mann auszusuchen. Aber am Ende hat sie richtig gehandelt, wenn Ihre Vermutung zutrifft.«

So konnte man es auch sehen. Oft genug schien der auslösende Moment für eine Kette von Ereignissen weit in der Vergangenheit zu liegen. Auch Eva selbst hätte ohne den Fehler, der ihr vor einigen Monaten im Krankenhaus unterlaufen war, vermutlich nie den Job im Gefängnis angenommen. Doch im Grunde war er der Auslöser – und hatte bewirkt, dass sie nun in kürzester Zeit schon zwei Mal um ihr Leben bangen musste. Ohne diesen Fehler wäre sie nie in diese Notlage gekommen.

Andererseits hatte Sophie in der JVA den Drogenhandel unterstützt und das Schicksal der Menschen, die davon abhängig waren, billigend in Kauf genommen. Ein Menschenleben schien auch ihr nicht besonders viel zu bedeuten. Zum Glück würde ein Gericht entscheiden, welche Strafe für ihr Verhalten angemessen war.

»Was werden Sie jetzt tun?«, fragte Eva.

Die Direktorin zuckte die Schultern.

»Ich sehe es für mich so«, fügte Eva hinzu. »Ohne Vertrauen in die Menschen, die mit uns arbeiten, können wir hier in Wiesheim nicht klarkommen. Gerade in diesem sehr speziellen, gefährlichen Umfeld. Manchmal täuschen wir uns in unserem Gegenüber. Das kann passieren. Wenn wir überlastet sind oder nicht aufmerksam genug hinsehen. Aber sollten wir nicht aus diesen Fehlern lernen und versuchen, es in der Zukunft besser zu machen? Wiederholen werden wir die Fehler jedenfalls ganz sicher nicht, was meinen Sie?«

Die Direktorin setzte sich auf, legte den Kopf schief und sah Eva lange an. Dann hielt sie ihr die Hand hin.

»Ich bleibe, wenn Sie bleiben.«

Eva schürzte ihre Lippen, nahm sich einen Augenblick Zeit zu überlegen. Jetzt wäre der Moment, alles zu Ende zu bringen. Zu gehen.

Sie zögerte. Doch dann schlug sie ein.

60.

Müde saß Eva an dem Tisch in ihrem Wohnzimmer und löffelte eine Dosensuppe, die sie sich schnell warm gemacht hatte.

Sie sah aus dem Fenster, nahm ein Stück knusprigen Toast und tunkte ihn in die rote, sämige Flüssigkeit, betrachtete, wie sie immer höher stieg. Sie bekleckerte ihr Kinn, als sie das Brot verschlang. Aber das war ihr heute völlig egal. Sie war alleine, niemand sah zu und würde ihre Manieren kritisieren.

Sosehr sie sich bemühte, sie konnte ihre Gedanken einfach nicht zum Stillstand bringen. Zum ersten Mal seit Langem war sie froh, alleine zu leben. Sie hätte einem anderen gegenüber gar nicht erklären können, wie es ihr gerade ging. Sie verstand es ja selbst nicht. So viele Dinge lagen ihr auf der Seele.

Aber vor allem war heute etwas in ihr zerbrochen. Vielleicht auch schon früher, das konnte sie im Grunde nicht sagen. Es war diese eine Frage, die sie quälte: Wie weit gingen Menschen, um sich selbst zu bereichern? Was war ein Menschenleben eigentlich wert? Sie hatte nicht viel aus dem Gespräch von Sophie und Brielbeck in Erinnerung. Aber die eiskalte Art, in der beide über ihren Tod gesprochen hatten, war ihr genauso nahegegangen wie die direkte Bedrohung mit der Waffe. Vielleicht sogar tiefer.

Und sie dachte an Winkler. Er hatte bloß alles richtig machen wollen. Und dafür nicht nur mit dem Leben bezahlt. Seine letzten Wochen mussten die Hölle gewesen sein. Sie mochte sich gar nicht ausmalen, was er in der Haftzelle mit Schnepper und Zednik erlitten hatte, bevor sie ihn ermordeten.

Sie verspürte Ekel gegenüber so viel Verachtung. Ihr war der Respekt vor anderen Menschen schon im Elternhaus beigebracht worden, und er blieb der Grundpfeiler für ihre Arbeit als Ärztin – und auch für den Umgang mit den Strafgefangenen.

Aber nun fragte sie sich einmal mehr, was hinter den Mauern des Gefängnisses Nacht für Nacht geschah. Wurden dort noch mehr Menschen gequält? So wie Winkler? Von anderen, die nur an einer einzigen Sache interessiert waren: ihrem eigenen Vorteil. Um Macht zu haben. Kannten diese Menschen keine Gnade? Schnepper und Zednik hatten sich sogar mit einem Mord Hafterleichterung verschaffen wollen. War es wirklich richtig, diese Menschen zu behandeln, damit sie gesund blieben? Oder sollte man sie einfach krepieren lassen, ohne jedes Mitleid?

Sie legte den Toast hin und schob auch die Suppe von sich. Plötzlich erinnerte sie die Farbe an Blut und sie spürte, wie ihr übel wurde.

Seufzend drehte sie einen zweiten Stuhl so zurecht, dass sie ihre Beine darauflegen konnte. Sie zog ihre Strickjacke eng um sich, sodass es sich wie eine warme Umarmung anfühlte. Die Wolle war verwaschen und schon leicht verfilzt, aber sie hatte ihrer Mutter gehört und Eva trug sie immer dann, wenn sie Kraft brauchte. Heute war so ein Tag.

Würde sie immer wieder an einen Punkt kommen, an

dem sie sich fragte, ob sie in der JVA richtig war? Sie wusste es nicht. Aber ihr war völlig klar, dass sie Schwierigkeiten hätte, wieder in einem normalen Krankenhaus eine Anstellung zu finden.

Im Sommer hatte sie in der Klinik eine Operation durchgeführt und ihren Patienten kurz darauf entlassen. Etwas zu früh, das war ihr sehr wohl bewusst gewesen. Aber es hatte keinen Platz mehr gegeben, sie musste einfach priorisieren, und andere Menschen hatten schwerwiegendere Erkrankungen gehabt. Der Mann hatte daraufhin eine Sepsis bekommen und nur knapp überlebt. Seine Eltern hatten dem Krankenhaus danach mit einer Klage gedroht. Die konnte zwar abgewehrt werden, indem man freiwillig ein großzügiges Schmerzensgeld zahlte – unter der Bedingung, dass Eva die Hälfte übernahm und dann geräuschlos die Klinik verließ. Für Referenzen stand man ihr dort allerdings nicht zur Verfügung.

Eva war sich nicht sicher gewesen, ob es ihre Schuld war. Die Blutvergiftung konnte von allem Möglichen stammen. Einem Virus vielleicht. Aber sie hatte sich damals nicht dagegengestellt. Im Grunde war es ihr nach der Trennung von ihrem damaligen Freund sogar gelegen gekommen.

Sie wollte einen Neustart wagen, alles auf null setzen. Doch jetzt saßen ihr die Schulden im Nacken, die sie dem Krankenhaus abstottern musste. Schlimmer wog jedoch, dass sie nicht wusste, ob sie damals vielleicht doch etwas falsch gemacht hatte. Ihr ein echter, handwerklicher Fehler unterlaufen war. Immer und immer wieder ging sie die Abläufe von damals durch, konnte es aber nicht mit Gewissheit sagen. Das nagte an ihr.

War sie damals genau davor weggelaufen? Vor der Erkenntnis, dass sie nicht so unangreifbar war, wie sie geglaubt hatte?

Langsam stand sie auf und trat an die Terrassentür, sah auf den winzigen Garten, den sie ihr Eigen nannte. Die Sträucher waren kahl, hatten längst ihre Blätter verloren, reckten ihre dürren Zweige in die Luft. Reif hing daran, glitzerte im Mondlicht. Der Winter stand vor der Tür.

Obwohl Eva alles in ihrem Leben erneuert hatte, steckte sie fest. Ohne Hilfe käme sie keinen Schritt weiter. Das war ihr heute klar geworden. Sie brauchte jemanden, der die richtigen Fragen stellte und die Blockaden löste. Egal, wie groß ihre Angst vor dem war, was sie tief in ihrem Inneren verbarg. Es war keine Lösung, weiter vor sich selbst davonzulaufen. Vor dem Schmerz genauso wenig wie vor ihren Defiziten. Zum Wohle ihrer Patienten und zu ihrem eigenen. Sie durfte nicht riskieren, aus falschem Stolz vielleicht irgendwann einen echten Fehler zu machen. Und sie musste endlich ihre Probleme hinter sich lassen, um einem neuen Leben eine Chance zu geben.

Das war vielleicht das Wichtigste an einem Neuanfang: wirklich Änderungen zuzulassen. Es wurde allerhöchste Zeit.

Wieder dachte sie an Brüggemann und Santana. An die Szene in ihrem Dienstzimmer. Ihre Blicke. Aber auch das musste erst einmal warten.

Sie musste sich zuallererst um sich selbst kümmern. Gleich am nächsten Tag würde sie Judith Herzog anrufen und sich jemanden empfehlen lassen. Ganz egal, wie sie zu der Frau stand, sie kannte sich aus und würde ihr sicher einen kompetenten Kollegen nennen. Nur gut, dass sie ihr das Schreiben hinterlassen und sich entschuldigt hatte. Vielleicht würden sie eines Tages doch noch miteinander klarkommen.

Dann atmete sie einmal tief durch, horchte in sich hinein. Diese Entscheidung war richtig. Das spürte sie schon jetzt. Aber es würde noch einige Zeit brauchen, bis sie sich wieder ganz wie sie selbst fühlte.

Einen Moment schloss sie die Augen. Es war Zeit für ihr Cello. Vielleicht würde ihr die Musik helfen, den Kopf abzuschalten und endlich zur Ruhe zu kommen.

Sie stellte das Geschirr in die Küche, löschte das Licht und wollte gerade die Treppe hinaufgehen, als das Signal einer neuen Nachricht ertönte. Eva zögerte einen Moment, zog dann aber doch neugierig ihr Smartphone aus ihrer Handtasche.

Die Mail kam von Ann-Kathrin: *Verdammt, was ist passiert? Geht es dir gut? Ich habe gerade die Nachrichten aus Wiesheim gelesen. Ich bin noch immer sehr durcheinander, aber ich komme dieses Wochenende zurück. Kann ich erst einmal bei dir wohnen?*

Eva stiegen Tränen der Erleichterung in die Augen.

»Natürlich kannst du das«, murmelte sie. »Solange du willst.«

61.

Wunderbar. Jetzt ist sie eine Heldin. Sicher fühlt sie sich großartig, denkt, es wäre alles vorbei.

Dabei stehen wir noch ganz am Anfang.

Ich werde ihr einen Moment Zeit lassen, um durchzuatmen. Sich in Sicherheit zu wiegen. Kraft zu sammeln.

Aber nicht zu lange.

Der nackte Rosenstiel liegt vor mir. Seine weichen schwarzen Blätter sind ohne jedes Geräusch in den adressierten Umschlag gefallen. Meine Zunge fährt liebevoll über den Klebestreifen. Wie eine sanfte Liebkosung.

Doch mir schwebt etwas ganz anderes vor.

Das Gegenteil von Liebe.

The show must go on, Eva Hanssen.

Du entkommst mir nicht.

Danksagung

Auch wenn Schreiben eine einsame Sache ist, so bleibt jedes Buch das Ergebnis von Teamwork. Deshalb möchte ich hier all jene Menschen erwähnen, die mir dabei geholfen haben: An erster Stelle steht meine Lektorin Anna Mezger, die sich stets für mich und meine Geschichten einsetzt und mit der ich schon einige Hürden gemeistert habe. Laura Austen und Stefanie Leimsner haben tolle Möglichkeiten geschaffen, um meine Serie bekannter zu machen. Carlos Westerkamp gab als Außenlektor dem Text den letzten Schliff und fand noch so manche Ungereimtheit. Natürlich danke ich auch allen anderen im Verlag: dem Vertrieb, der Herstellung, dem Korrektorat, der Lizenzabteilung und der Medienagentur, die alle ihren Teil dazu beitragen, dass meine Eva perfekt vermarktet wird.

Erneut hatte ich das große Glück, Experten an meiner Seite zu haben, die meine Fragen rasch, kompetent und mit viel Einsatz und Humor beantworteten. So danke ich zuerst von Herzen W. B. J. Mangelsdorf, »meinem« Gefängnisarzt in Berlin. Außerdem Kriminalhauptkommissar Ludwig Waldinger vom bayrischen LKA, dem ehemaligen Münchener Mordermittler Franz-Josef Wilfling, Prof. Dr. Michael Bohnert vom Würzburger Institut für Rechtsmedizin und wie immer Dr. Anina Stecay als medizinischer Beraterin.

Mein wunderbares Testleserteam – Daniela, Sabine und die beiden Sandras und seit Neuestem Stephanie – gaben mir wieder wertvolle Hinweise für die Überarbeitung. Ihr seid die Besten und habt jetzt einen Dauerjob – ich hoffe, das war euch bewusst. ;)

Aber es gibt auch andere Dinge, die mir das Schreiben im wahrsten Sinne des Wortes versüßten. Tom und sein Team vom Genusswerk versorgten mich und meine Schreibkollegin Nadia perfekt mit Kaffee, Vitaminen und guter Laune, wenn ich außer Haus geschrieben habe – und mit den besten Croissants in und um München. Lakritze, die schlecht für die Figur sind, sich aber sehr gut zum Schreiben kniffliger Passagen eignen, besorgte mir Daniela von Lille Lys, in deren wunderbarem Laden ihr übrigens auch online shoppen könnt. Zuletzt möchte ich hier noch dem Online-Shop www.mohnblume.de für den allerleckersten Ingwer-Lemon-Tee danken!

Ein großes Dankeschön geht dann an all die BuchhändlerInnen, die »Verborgen«, den ersten Band mit der Gefängnisärztin, auf ihren Tischen präsentierten, als Tipp empfohlen haben und so dazu beigetragen haben, neue Leser für meine Serie zu begeistern. Stellvertretend möchte ich hier einige nennen, die mich schon seit vielen Jahren unterstützen: Marc und Sonja aus der Buchhandlung Kirchheim in Gauting, Daniela aus der Hugendubel-Filiale in Berlin-Steglitz, das Team der Buchhandlung Baumhof in Bergneustadt, Frau Dobler aus der Buchhandlung Glatteis in München sowie Christine von Dekker & Dekker in den Niederlanden. Natürlich versorgen mich diese Buchhändler auch selbst mit Tipps und Lesestoff. Hiermit verbunden ein Wunsch: *Lest Bücher! Kauft Bücher! Verschenkt Bücher!* Es können nie zu viele sein!

Ganz besonders danke ich an dieser Stelle der Autorin, Moderatorin und Veranstalterin Sabine Thomas, die mir seit meinen ersten Schreibversuchen Mut machte, am Ball zu bleiben – und mir die Gelegenheit gab, die Premierenlesung von »Verborgen« im Rahmen des renommierten Krimifestivals München vor großem Publikum und toller Kulisse zu feiern. Nur wenige Wochen später verstarb Sabines Kollege und Lebenspartner Andreas Hoh, den wir alle als Mensch und als ruhenden Pol bei den Veranstaltungen geschätzt haben. Wir vermissen ihn – und ich bedauere, dass er nicht mehr erleben kann, wie es mit Eva weitergeht, die er sehr gemocht hat.

Natürlich möchte ich auch allen Lesern, Bloggern und Journalisten danken, vor allem jenen, die mir nach dem ersten Teil treu geblieben sind. Die begeisterten Rückmeldungen haben mit dazu beigetragen, dass Eva erneut die Hauptrolle in einem Buch spielen durfte! Ich hoffe, dass die Gefängnisärztin Unmengen neuer Fans bekommt – damit ich mir weitere Geschichten mit ihr ausdenken darf, denn Eva Hanssen ist mir schon sehr ans Herz gewachsen.

Es ist längst an der Zeit, liebe Menschen zu erwähnen, die nun seit zehn Jahren dafür sorgen, dass ich mit beiden Beinen fest auf der Erde bleibe und mich nicht völlig in meinen Geschichten verliere. Ich danke meinen wunderbaren Freunden Conni, Conny, Gregor, Isa, Karin, Manuela, Nic, Sabine, Sandy, Tanja und Ulli, die mein Rückhalt sind, mich zum Lachen bringen, mich trösten und die immer für mich da sind, wenn ich sie brauche! Danke für die wunderbaren letzten Jahre und dafür, dass es euch gibt.

Genauso danke ich meiner Mutter, die mich mit ihrer

großen Liebe zu Büchern schon als Kind zum Lesen gebracht hat und die bei jedem Projekt in meinem Leben verlässlich als größter Fan hinter mir steht.

Last but not least: Was würde ich ohne meine fantastischen Söhne und den allerbesten Mann tun? Ihr seid mein Mittelpunkt und meine Welt. Ohne euch wäre das alles nichts.

Lesen Sie weiter >>

LESEPROBE

»Ein mitreißender, äußerst spannender Serienstart!« Arno Strobel

Neuer Job, neue Stadt – Eva hofft, die Schatten ihrer Vergangenheit endlich hinter sich zu lassen. Aber noch vor ihrem ersten Arbeitstag als Gefängnisärztin in einer Münchner Haftanstalt wird sie in einen Kriminalfall verwickelt: Die Frau eines Inhaftierten bittet sie verzweifelt um Hilfe. Eva weist sie zurück, doch am nächsten Tag ist die Frau spurlos verschwunden. Eva macht sich Vorwürfe: Was hatte sie ihr sagen wollen? Wovor hatte sie Angst? Auf eigene Faust versucht Eva, der Wahrheit auf die Spur zu kommen – ohne zu ahnen, dass der Täter sie längst im Blick hat und ihr schon ganz nahe ist. Gefährlich nah …

1.

Blitzschnell zog Nicole Arendt ihre Hand aus dem Werkzeugkasten. Sie spürte einen höllischen Schmerz an ihrem Zeigefinger. Warum hatte sie sich bloß in den Kopf gesetzt, den verstopften Abfluss in der Küche selbst zu reparieren? Im Halbdunkel des Kellers hatte sie offenbar mitten in ein Teppichmesser gegriffen. Verdammt! Rasch steckte sie den Finger in den Mund, wühlte mit der anderen Hand fieberhaft nach etwas, um die Blutung zu stillen, Klebeband, Pflaster, egal was.

Sie hatte nicht aufgepasst. Wieder einmal.

In einer Ecke ganz unten im Werkzeugkasten sah sie einen alten Lappen. Der war zwar von Öl und Schmiere verklebt, konnte aber verhindern, dass sie weiter alles vollblutete. Der Finger pochte heftig. Rasch wickelte Nicole den Lappen darum. Doch dann sah sie die Bescherung: Auf dem Boden, auf der Werkbank, in dem Kasten – überall war Blut. Sie seufzte. Na bravo! Er hasste Dreck. Zum Glück hatte sie genug Zeit, alles gründlich zu reinigen. Er würde erst in drei Wochen wieder da sein. *Ob dann wirklich alles gut würde, so wie er es versprochen hatte?*

Der Anblick des Blutes und der Schmerz erinnerten sie an eine andere Zeit, eine verdammt üble. Das hier war die erste Verletzung, die sie in den letzten Monaten davongetragen hatte, seit er nicht mehr da war. Die erste, die ihr einfach zugestoßen war.

Ohne sein Zutun. Einfach so.

Eilig rannte sie nach oben, verarztete gekonnt die Wunde, holte Haushaltshandschuhe und ließ einen Eimer mit heißem Wasser und Lauge ein. Ihr Blick fiel aus dem Fenster auf den tristen Hinterhof. Später würde sie sich noch an die Nähmaschine setzen, um an einem Rock weiterzuarbeiten. Der Stoff war leuchtend grün. Seine Lieblingsfarbe. Sie wollte hübsch aussehen, wenn er heimkam.

Er hatte versprochen, sich zu ändern. Und sie glaubte daran.

Wieder zurück im Keller, zog sie die Schublade des Werkzeugkastens weiter heraus und hielt irritiert inne. Eine silberne Schmuckdose lag darin. Sie musste zuvor von dem Lappen verdeckt gewesen sein.

Vorsichtig nahm sie die Schatulle heraus. Sie war verziert, wirkte kostbar. Ihr Herz schlug schneller. Hatte Robert ihr ein Geschenk machen wollen und war vor seiner Inhaftierung nicht mehr dazu gekommen, es ihr zu geben? Es wäre nicht das erste Mal, dass er ihr etwas mitbrachte. Oft genug hatte er ihr eine Kette um den Hals gelegt, ihr einen Ring über den Finger geschoben. Mit denselben Händen, die sie kurz zuvor geohrfeigt hatten. Geboxt, geschlagen, gewürgt. Mit den Händen, die einmal so verdammt zärtlich gewesen waren, die sie über die Schwelle getragen hatten.

Stell sie weg. Er wird merken, dass du reingeschaut hast.

Sie rieb mit dem Daumen über das Metall. Dann blickte sie sich um, obwohl sie völlig allein im Keller des Mehrfamilienhauses war. Ihre Hand zitterte.

Nein. Resolut stellte sie die Dose zurück und griff mit der unverletzten Hand nach dem Schwamm im Eimer. Ganz sicher sollte das eine Überraschung für sie sein. Die durfte sie ihm nicht verderben.

Als sie alle Blutspritzer sorgsam entfernt hatte, nahm sie das Teppichmesser aus dem Werkzeugkasten und schob die Klinge nach innen. Wieder fiel ihr Blick auf die Dose. Sie war wunderschön verziert, mit filigranen Schnörkeln.

Nur ein kurzer Blick. Was war schon dabei?

Sie würde die Blutflecken aus dem Lappen waschen und dann alles wieder ordentlich in die Schublade drapieren. Das würde er sicher nicht merken. Behutsam versuchte sie, die Dose zu öffnen. Ungelenk machte sie sich mit ihrer verbundenen Hand an dem Verschluss zu schaffen. Endlich sprang der Deckel auf, wobei ihr die Dose beinahe aus der Hand gerutscht wäre. Sie fing sie gerade noch auf, hörte aber ein leises Klacken auf dem Fußboden. Etwas war herausgefallen.

Verflixt! Warum war sie nur immer so ungeschickt?

Sie stellte die Dose beiseite. Ihre Augen suchten den Kellerboden ab. Endlich entdeckte sie einen Ring, der mitten in dem Dreieck lag, das das schwache Licht auf den grauen Beton zeichnete. Sie bückte sich, um ihn aufzuheben – und erstarrte. Sie blinzelte, holte tief Luft, vergewisserte sich noch einmal. Sie kannte diesen Ring. Unzählige Male hatte sie ihn auf Fotos in den Nachrichten gesehen. Ein knappes Jahr musste das her sein. Er hatte einem Mädchen gehört. Einer Toten.

Ungläubig starrte sie darauf. Verzweifelt machte sie

die Augen zu, schüttelte den Kopf. Das konnte nicht sein. Die Erkenntnis traf sie wie ein Faustschlag: Nur eine einzige Person konnte ihn hier versteckt haben.

Niemand sonst hatte einen Schlüssel zu ihrem Keller.

Das Ding musste weg. Sofort. Nicole streckte ihre Hand aus, doch alles in ihr sträubte sich, den Ring zu berühren. Sie zog den Ärmel ihres Shirts über die Finger, hob das Schmuckstück zitternd auf und spürte, dass ihr übel wurde. Angewidert ließ sie den Ring in die Schatulle fallen. Erst jetzt registrierte sie die restlichen Gegenstände darin. Viele. Zu viele. Sie bekam keine Luft mehr, ihre Knie gaben nach.

Nichts davon wollte sie sehen. Sie war nie hier gewesen.

Sie schloss den Deckel, schob die Dose in die hinterste Ecke der Lade, bedeckte sie mit dem Lappen, packte Werkzeuge darüber, knallte die Kiste zu, löschte das Licht und drehte den Schlüssel zum Keller zweimal herum.

Warum hatte sie es nicht gelassen? Es schien doch alles besser zu werden.

Doch jetzt war eines völlig klar: Nichts würde jemals besser werden.

Nie mehr.

Sie brauchte Luft. So schnell sie konnte, rannte sie aus dem Keller und hinaus auf die Straße – nur weg von diesem verfluchten Haus.

2.

Eva Hanssen stieg aus ihrem schwarzen Volvo, um ihn vollzutanken. Sie hatte das wunderbare Wetter für einen Ausflug genutzt, war aber auf der Rückfahrt in einen langen Wochenendstau geraten. Jetzt wollte sie bloß noch nach Hause, dort eine Kleinigkeit kochen und den letzten freien Abend vor ihrem Dienstantritt im Garten genießen.

Gedankenverloren beobachtete sie die Zahlen, die blitzschnell über die Anzeige der Zapfsäule liefen, und holte tief Luft. Früher hatte sie Benzingeruch gerne gemocht, aber jetzt erinnerte er sie immer an den Autounfall ihrer Eltern. Bei diesem Gedanken fühlte sie eine dumpfe Last auf ihrer Brust. Es war schon Jahre her, doch der Schmerz war noch da und legte immer wieder seinen Schatten über sie. Instinktiv schloss Eva die Augen, strich ihre kurzen blonden Haare zurück und hielt ihr Gesicht in die Herbstsonne, um in der Wärme Trost zu finden.

Nach einer Weile seufzte sie, schüttelte kurz den Kopf und betrachtete wieder die elektronische Anzeige. Morgen Abend war sie bei ihrer besten Freundin Ann-Kathrin und deren Mann Victor zum Essen eingeladen, und sie hatte versprochen, sich um die Getränke zu kümmern. Vielleicht gab es hier in der Nähe irgendwo eine Weinhandlung, in der sie am nächsten Tag nach Dienstschluss schnell eine gute Flasche besorgen konnte.

Bisher kannte sie lediglich die Supermarktketten in der näheren Umgebung und dort vor allem die Tiefkühlabteilung. Seit sie wieder allein lebte, hatte sie ihre Vorliebe für Fertiggerichte neu entdeckt. Kochen konnte man das nicht nennen, und ungesund war es obendrein. Es war längst an der Zeit, andere Geschäfte zu suchen.

Eva schaute über das Wagendach zu der Ladenzeile auf der anderen Straßenseite. Während sie versuchte, die Schilder zu entziffern, fiel ihr eine junge blonde Frau auf, die mit wehender Jacke den Gehsteig entlanglief. Ihr Gang wirkte schwerfällig, als hätten ihre Füße ein zu großes Gewicht für ihren Körper.

Plötzlich blieb die Frau stehen, beugte sich leicht nach vorn, als müsste sie sich übergeben, kam wieder hoch, taumelte leicht und kippte dann einfach um. Ihr Kopf schlug dabei ungebremst auf dem Betonboden auf. Sie lag da und rührte sich nicht mehr.

»Verdammt!«, entfuhr es Eva.

Ohne zu zögern, schnappte sie sich ihre Tasche vom Autositz und rannte über die Straße. Akute Unterzuckerung, Kreislaufkollaps – im Kopf ging Eva die zahllosen Ursachen durch, die zu diesem Zusammenbruch geführt haben konnten. Sie kniete sich neben die junge Frau. Die zeigte keinerlei Regung, und ihr Gesicht war beinahe so grau wie der Boden um sie herum.

»Hören Sie mich? Wie geht es Ihnen?« Vorsichtig rüttelte Eva an der Schulter der Frau.

Ihre Augenlider flatterten leicht, blieben aber geschlossen.

Eva fühlte ihr den Puls. Der raste.

»Hallo!«, fuhr Eva etwas lauter fort. »Verstehen Sie mich? Ich bin Ärztin!«

Als sie gerade die Atmung prüfen wollte, begann die junge Frau zu husten und kam langsam wieder zu sich.

»Sie sind gestürzt«, erklärte Eva. »Bitte bewegen Sie sich nicht zu hastig. Sie haben eventuell eine Gehirnerschütterung. Ich möchte Sie gerne untersuchen, bevor Sie aufstehen. In Ordnung?«

Ohne eine Antwort abzuwarten, drückte Eva ihr die Schultern sanft nach unten. Die Frau sah zwar verwirrt und angstvoll um sich, ihre Pupillenreflexe wirkten jedoch normal, und sie schien Eva bewusst wahrzunehmen.

»Können Sie mir sagen, wie Sie heißen?«

»Ni…« Sie hustete. »Nicole Arendt. Bitte, ich… möchte aufstehen…«

»Warten Sie, ich helfe Ihnen dabei, aber vorher würde ich mir gern Ihren Kopf anschauen. Versuchen Sie, sich jetzt erst einmal langsam aufzusetzen.«

Als sie die Frau behutsam in eine aufrechte Sitzhaltung brachte, sah Eva auf dem Gehsteig einen feuchten dunkelroten Fleck, der eindeutig von Nicole Arendts Sturz herrührte.

Sie beobachtete sie genau. »Haben Sie Kopfschmerzen? Ist Ihnen übel?«, fragte sie.

Die Frau war auf eine verhaltene Art hübsch. Ihre hellblauen Augen waren völlig ungeschminkt und die durchscheinende Haut makellos. Eva beugte sich nach hinten, um ihren Kopf genau zu begutachten, und entdeckte sofort die Platzwunde, die zum Glück kleiner war, als der Fleck hatte vermuten lassen.

Nicole Arendt stöhnte auf und griff sich an die Stirn. Dabei bemerkte Eva den Verband an ihrer Hand. Vielleicht war es nicht ihr erster Unfall am heutigen Tag.

»Sie haben vermutlich eine Gehirnerschütterung. Ich rufe am besten einen Krankenwagen.«

Die Frau starrte sie entsetzt an und schüttelte vehement den Kopf. Dann verdrehten sich ihre Augen, und sie wäre beinahe erneut weggesackt.

»Vorsicht!«, warnte Eva und stützte sie. »Sie haben eine Wunde am Hinterkopf. Die werde ich jetzt erst einmal reinigen. Moment.«

Eva holte Desinfektionsmittel und eine Mullkompresse aus einem kleinen Notfallset, das sie immer in ihrer Handtasche mit sich führte, tupfte die Wunde ab und sprühte sie dann ein. Sie musste das Mittel einen Moment trocknen lassen, sonst würden die Klammerpflaster nicht halten. Nicole Arendt schwieg, zuckte jedoch immer wieder unter Evas Berührungen zusammen. Sie hatte Schmerzen, das war offensichtlich.

»Wollen Sie nicht doch lieber …« Eva brach den Satz gleich wieder ab, denn der flehende Blick der Frau war Antwort genug. Sie wollte nicht ins Krankenhaus. Warum auch immer.

»Das ist Ihre Entscheidung, obwohl ich Ihnen aus ärztlicher Sicht davon abrate. Ist denn jemand bei Ihnen, für den Fall, dass es Ihnen im Laufe des Abends schlechter gehen sollte? Kann Sie vielleicht jemand hier abholen?« Die Frau trug weder eine Handtasche noch sonst etwas bei sich. »Soll ich irgendwo für Sie anrufen?«

Nicole Arendt nickte, wollte etwas sagen, schien sich dann aber zu besinnen und starrte bloß an ihr vorbei auf den Verkehr. Als Eva Nicoles Blick folgte, fuhr gerade ein alter dunkelblauer Mercedes die Straße entlang. Ein Oldtimer. Sie kannte das Modell. Für einen Moment kam Eva aus dem Gleichgewicht und musste sich am Boden abstützen, so plötzlich traf sie die Erinnerung.

»Vorsicht! Ihr Ärmel«, holte die Stimme der jungen Frau sie wieder in die Wirklichkeit zurück. »Ach herrje, das ist alles meine Schuld.«

Zu spät erkannte Eva, dass sie sich direkt in der Blutlache abgestützt hatte. Der Ärmel ihres hellen Blazers wies einen feuchten Fleck auf.

»Dafür können Sie doch nichts. Ich war einfach unachtsam. In meinem Beruf passiert so was dauernd, deshalb trage ich meist praktische Sachen, die man heiß waschen kann.«

Eva schaute noch einmal die Straße hinunter, doch der Wagen war nicht mehr zu sehen.

Sie rieb sich die Stirn, zog kurzerhand den Blazer aus und machte sich mit einer kleinen Schere daran, Nicole Arendts Haare rund um die Wunde etwas zu kürzen, damit die Klammerpflaster halten konnten.

»Ich werde Ihnen selbstverständlich die Reinigung bezahlen«, stammelte die junge Frau, die bereits versuchte, mit dem Ärmel ihres Shirts den Fleck abzutupfen. Erst jetzt bemerkte Eva, dass auch auf der Kleidung der Frau getrocknete Blutflecken waren. Und nicht nur das: An ihrem anderen Arm war das Shirt ein Stück nach oben gerutscht und gab den Blick auf ein feines Netz von Narben auf ihrer Haut frei. Eva kannte dieses Bild, hatte es in der Klinik oft genug zu sehen bekommen.

»Ich brauche den Blazer bei dem Wetter heute sowieso nicht«, redete sie beschwichtigend auf die junge Frau ein. »Außerdem hat der seine besten Tage schon längst hinter sich. Das Geld für die Reinigung wäre pure Verschwendung.«

Nicole Arendt schaute sie prüfend an, ließ jedoch immer noch nicht von dem Kleidungsstück ab.

»Das tut jetzt kurz weh«, warnte Eva, »aber ich muss die Wundränder zusammenpressen, damit Ihnen keine hässliche Narbe entsteht.«

Nicole Arendt nickte. Eva tupfte noch einmal alles ab, schob die Haut zusammen und klebte routiniert mehrere Klammerpflaster auf die Verletzung. Die junge Frau gab bei der ganzen Prozedur keinen Ton von sich.

»Das wird erst einmal genügen«, sagte Eva. »Sie können jetzt versuchen, aufzustehen.«

Nicole Arendt erhob sich, taumelte und musste sich sogleich wieder auf Eva stützen. Hastig griff sie sich an die Stirn und schloss die Augen. Für einen Moment dachte Eva, sie würde erneut umfallen.

»Ist Ihnen schwindelig?«

Nicole Arendt schüttelte den Kopf und bemühte sich um ein Lächeln. Endlich hatte sie wieder etwas Farbe im Gesicht.

Statt einer Antwort streckte sie Eva den Blazer entgegen: »Überlassen Sie den doch einfach mir. Ich weiß, wie man solche Flecken wegbekommt. Ich löse dafür nur ein paar Aspirin auf …« Sie sah Eva mit schief gelegtem Kopf an. »Bitte. Sehen Sie es als Wiedergutmachung für Ihre Hilfe.«

Eva seufzte. Sie fand es eigentlich unnötig, andererseits mochte sie den Blazer. Schließlich bückte sie sich, holte Stift und Zettel aus der Tasche und notierte ihre Adresse und Telefonnummer.

»In Ordnung. Aber nur unter einer Bedingung: Sie gehen gleich morgen früh noch einmal zu Ihrem Hausarzt, damit der sich die Wunde ansehen kann.«

Die Frau nickte, legte sich den Blazer sorgfältig über den Arm und steckte die Adresse ein.

Wieder fiel Evas Blick auf das bizarre Narbengeflecht auf der Haut der jungen Frau.

»Sie können mich ja anrufen, wenn Sie mit der Reinigung fertig sind, und wir treffen uns irgendwo.« Eva deutete mit dem Kinn auf den Arm und fügte sanft hinzu: »Und falls Sie sich entschließen, mit jemandem darüber zu reden, melden Sie sich auch bei mir. Ich bin zwar noch neu in der Stadt, werde mich aber gerne erkundigen und Ihnen einen guten Kollegen empfehlen. Man kann so ziemlich alles überwinden, wissen Sie?«

Nicole Arendt errötete und zog rasch ihren Ärmel herunter. Sofort fing ihre Unterlippe an zu zittern, und sie schien wieder in sich zusammenzusacken.

»Wissen Sie was?«, sagte Eva spontan. »Warten Sie einen Moment. Mein Auto steht gleich da vorne bei der Tankstelle.«

Erst jetzt registrierte Eva den Tankwart, der mit verschränkten Armen neben ihrem Wagen stand. »Ich hole Sie gleich hier ab und fahre Sie noch rasch nach Hause. Abgemacht?« Lächelnd fügte sie hinzu: »Dieses Mal dulde ich keine Widerrede.«

Sie beobachtete die junge Frau, die nachdenklich an dem Blazer herumzupfte. Doch schließlich nickte sie und musterte Eva mit ihren großen blauen Augen.

»Gut. Dann zahle ich jetzt schnell.«

Im Laufschritt eilte Eva zur Tankstelle zurück. Sie ignorierte das Gemecker, das der Tankwart über ihr entlud: Offenbar ärgerte er sich, dass sie so lange die Säule besetzt hatte – obwohl kein anderer Kunde weit und breit in Sicht war. Er hantierte ewig mit ihrer Karte herum, behauptete, sie würde nicht funktionieren. Eva war sich sicher, dass er das mit Absicht machte, um sich zu revanchieren.

Als sie nach einer gefühlten Ewigkeit aus dem Ladenraum trat, war Nicole Arendt nirgends zu sehen. Eva suchte die ganze Gegend ab, doch die junge Frau blieb verschwunden. Hoffentlich brach sie auf dem Weg nach Hause nicht noch einmal zusammen. Mit Kopfwunden war nicht zu spaßen.

Einen Moment blieb Eva unschlüssig stehen, zuckte dann jedoch resigniert die Schultern und stieg in ihren Wagen. Glücklicherweise war ihr Blazer schon alt, denn vermutlich würde sie den nicht mehr wiedersehen.

Eva drehte den Schlüssel, ließ den Motor an und schaute noch ein allerletztes Mal in den Rückspiegel. Dann fuhr sie seufzend los und machte sich auf die Suche nach dem nächsten Weinladen.